W0352630

Escapade entre comtes

Jenny

HOLIDAY

Escapade entre comtes

Traduit de l'anglais
par Nicole Hibert

J'ai lu

Si vous souhaitez être informée en avant-première
de nos parutions et tout savoir sur vos autrices préférées,
retrouvez-nous ici :

www.jailu.com

Abonnez-vous à notre newsletter
et rejoignez-nous sur Facebook !

Titre original
EARLS TRIP

© Jenny Holiday, 2024

Cet ouvrage a été publié avec l'aimable collaboration
de Kensington Publishing Corp., New York,
et La Nouvelle Agence, Paris

Pour la traduction française
© Éditions J'ai lu, 2025

À Josie.
Que Dieu vienne en aide
à celui qui me séparera de ma sœur.

Roy : Mais qui peuvent bien être
ces Diamond Dogs ?
Ted : C'est juste un groupe de gens sympas, Roy.
Un peu comme ces types dans les concerts
de hip-hop qui gardent les mains dans les poches.

Ted Lasso

1

Les garçons sont de retour en ville

Ce qui se passe pendant l'Escapade des Comtes reste entre comtes.

En principe.

Lors de la huitième Escapade annuelle, en 1821, les choses furent cependant quelque peu différentes.

Quand Archibald Fielding-Burton, comte de Harcourt, arriva au 7, Park Lane pour récupérer son ami Simon Courteney, comte de Marsden, celui-ci faisait le pied de grue sur le trottoir.

— Salut ! lui lança Archie en descendant de la berline. Tu es prêt ?

— Il est prêt depuis 7 heures du matin, déclara M. Janes, le valet de Simon, qui se tenait sur le qui-vive derrière son maître.

— Sans surprise, rétorqua Archie en adressant un sourire affectueux à Simon puis en tournant un regard compatissant vers Janes, qui devait être doté d'une patience à toute épreuve. Et il attend devant cette porte depuis 7 heures du matin ?

Archie interpréta le grognement du valet comme un oui.

— Pauvre Janes ! Marsden, tu devrais attendre à l'intérieur, comme un garçon bien élevé.

— Tu oublies que je ne suis pas vraiment bien élevé, répondit Simon avec légèreté.

Archie gloussa tandis que Janes serrait visiblement les dents.

— Qu'allez-vous devenir pendant quinze jours, monsieur Janes, sans votre comte rebelle et sans pouvoir vous disputer avec lui au sujet de sa pitoyable garde-robe ?

— Ma tenue est impeccable, grommela Simon.

Cela fit tressauter un muscle sur la mâchoire de Janes.

À proprement parler, c'était vrai. Il n'y avait rien à reprocher à la tenue qu'arborait Simon aujourd'hui, ni d'ailleurs à l'ensemble de sa garde-robe. Le problème était plutôt qu'il affichait depuis toujours une prédilection pour le terne, le fade, en matière d'habillement, de cuisine et de soins corporels. Ce matin, par exemple, il portait une culotte chamois et une redingote marron dont la coupe était à la pointe de la mode cinq ans plus tôt, lorsqu'il avait hérité du titre de comte. Quant à ses cheveux… mieux valait ne pas aborder le sujet.

Si Archie n'était pas un dandy, il s'efforçait tout de même d'être à son avantage.

Tandis que Janes chargeait une petite malle dans la berline, Archie saisit un bagage posé au pied du perron, qui faillit lui arracher le bras.

— Ouille ! Qu'est-ce qu'il y a là-dedans ? Des briques ?

— Des livres, répondit Simon en montant dans la voiture.

— Évidemment.

Du Simon tout craché, songea Archie avec affection. Autrefois, au moment des vacances, il tentait toujours de faire sortir en douce des livres de la bibliothèque du Winchester College.

— Où est Effie ? demanda Simon quand Archie le rejoignit dans la voiture. Je pensais que tu passerais le prendre d'abord, puisque son domicile se trouve entre le mien et le tien. Maintenant, il va falloir revenir sur nos pas.

Simon détestait l'inefficacité, mais appréciait les arguments logiques, aussi Archie s'empressa-t-il de lui en servir un :

— Contrairement à toi, il ne sera pas prêt. Il ne se souvient peut-être même pas que nous partons en voyage. De toute façon, il n'aura vraisemblablement pas bouclé ses bagages. J'ai préféré faire un détour afin de ne pas être seul pour l'extraire de chez lui, ce qui sera à coup sûr laborieux.

— Tu marques un point, rétorqua Simon qui poussa un grand soupir et se laissa aller contre le dossier rembourré de la banquette.

Archie observa plus attentivement son ami, notant ses cernes plus sombres et son teint plus pâle qu'à l'ordinaire.

— Ça va ?

— Oui, mais j'ai grand besoin de repos. J'ai été débordé, ces derniers temps. J'ai été...

Il s'interrompit.

— Peu importe.

Archie lui sourit. Il comprenait parfaitement ce que Simon voulait dire parce qu'il le connaissait par cœur. Simon était un inquiet qui avait tendance à s'enfermer dans les cavernes de son esprit, et ses amis devaient régulièrement l'en extirper, ce qu'il détestait et adorait à la fois. On avait l'impression qu'une part de lui acceptait la nécessité du repos, et qu'une autre résistait. C'était un homme en guerre contre lui-même. Il l'avait toujours été, et cela n'avait fait qu'empirer depuis que, de manière inattendue, il était devenu comte.

Janes passa la tête par la fenêtre de la berline et posa une main sur la pile de journaux que Simon tenait sur ses genoux.

— Je vous prends ça, monsieur le comte ?

Simon se cramponna aux journaux, et une lutte acharnée s'ensuivit.

— C'est inutile, monsieur Janes, soupira Archie. Il faudra le sevrer progressivement, comme on sèvre un opiomane.

— Merci, Janes, ce sera... tout, déclara Simon sur le ton qu'il employait avec ses domestiques quand il essayait d'imposer son autorité.

Pour ses serviteurs, il serait toujours le troisième fils de leur défunt maître, un garçon d'une timidité maladive qu'ils voyaient rarement. Archie ne cessait de lui conseiller de s'adresser à eux avec la voix qu'il prenait au Parlement, mais Simon ne le faisait pas, ou n'y parvenait pas, si bien qu'il finissait par s'exprimer comme un petit garçon jouant à l'adulte.

Janes lança un regard consterné à Archie.

— Ne vous inquiétez pas, monsieur Janes. Je surveillerai le comte pendant le voyage. Une fois parvenus en Cumbrie, nous serons complètement seuls.

Archie avait hâte d'y être. La ville le rendait nerveux et irritable. Ses poumons réclamaient de l'air pur, son index brûlait d'appuyer sur la détente d'un fusil de chasse et, pour être tout à fait franc, son âme avait besoin de la compagnie de ses meilleurs amis.

À ce propos, il en manquait un : Effie.

Il frappa sur le toit de la berline, qui s'ébranla.

— Combien de temps nous faudra-t-il pour arracher Effie à ses papiers ? Ou à ses peintures ? ironisa Archie quelques minutes plus tard, comme ils atteignaient Berkeley Square. Ou simplement aux obscures profondeurs de son imagination ? Cela prendra sûrement un bon moment. On ouvre les paris ?

— Si je tenais le pari, je serais bon pour Bedlam[1].

La voiture s'arrêta devant le n° 20.

---

1. Nom d'un hôpital psychiatrique situé non loin de Londres. *(Toutes les notes sont de la traductrice.)*

— Bonté divine ! s'exclama Simon. Qui est mort ?

— Je n'en sais rien.

Les marches du perron de l'hôtel particulier étaient jonchées de paille, et la porte habillée de tentures mortuaires.

— Ce n'est quand même pas… ? murmura Simon, aussi inquiet qu'Archie.

— Non ! répondit ce dernier, comme si ce ton catégorique suffisait à conjurer le mauvais sort. Si le comte était décédé, nous le saurions.

Effie les en aurait immédiatement informés.

Néanmoins, le vieux comte mourrait fatalement un jour, et son fils, Edward Astley, vicomte Featherfinch, lui succéderait. Mais personne, et encore moins Effie, n'y était préparé.

Ils sortirent de la voiture et montèrent les marches quatre à quatre.

— Je parie qu'il sera prêt à partir dans une heure et dix minutes, dit Archie pour étouffer son anxiété.

— Comme c'est lui qui a organisé notre escapade cette année, je lui accorde le bénéfice du doute : quarante-cinq minutes.

— On verra bien. Le perdant sera assis dos à la route pendant tout le voyage.

— Si voyage il y a, rétorqua Simon. Quelqu'un est mort, manifestement, et il n'est pas question de partir sans Effie.

— Évidemment. Nous allons présenter nos condoléances, mais je maintiens que, si un drame s'était produit, Effie nous aurait prévenus.

Effie était toutefois souvent dans la lune, comme Simon. Mais si ce dernier était obsédé par ses débats parlementaires, Effie, lui, vivait dans ses rêves. Simon se souvenait généralement de manger ou de se laver, des tâches fastidieuses à ses yeux, mais nécessaires. Effie n'y pensait même pas.

Archie frappa à la porte qui s'ouvrit sur un laquais qu'il ne connaissait pas. L'homme n'arborait pas de brassard de deuil et les accueillit comme si tout était normal.

— Nous venons voir Featherfinch, déclara Simon.

— Le vicomte ne reçoit pas de visiteurs ce matin.

— Nous, il nous recevra, répliqua Archie en se dirigeant vers le grand escalier. Il nous attend.

Ou, aurait-il dû dire plus exactement : « Il est censé nous attendre. »

— Une minute ! protesta le laquais.

À cet instant, alertée par le bruit, la gouvernante apparut.

— Ah, madame Moyer ! s'exclama Archie. Nous venons chercher Featherfinch, nous partons pour notre voyage annuel.

— Votre voyage ? marmonna-t-elle d'un air ahuri avant de se ressaisir et de faire respectueusement la courbette. Messieurs les comtes…

Le laquais rectifia aussitôt sa position.

— Oui, notre voyage en Cumbrie, précisa Archie.

Il comprenait parfaitement ce qui arrivait à la malheureuse gouvernante : Effie n'avait pas averti son personnel ni sa famille de son départ.

— Je n'en ai pas été informée, je le crains, monsieur le comte, rétorqua Mme Moyer en plissant le front.

— Mais si, vous savez bien… le voyage que nous faisons chaque année dans la seconde moitié du mois de septembre, insista Archie.

Sérieusement ! La distraction d'Effie serait-elle contagieuse ? Aurait-elle infecté toute la maisonnée ?

En tout cas, Archie était en passe de gagner son pari.

— Bonjour, madame Moyer, intervint aimablement Simon, sentant qu'Archie s'énervait. Puis-je vous demander qui est décédé ?

La gouvernante pencha la tête de côté, comme si elle cherchait ses mots et ne les trouvait pas.

— Vous devriez peut-être poser la question à lord Featherfinch.

— Le comte et la comtesse vont bien, j'espère ? demanda Simon.

— Oh oui, ils sont à Highworth.

Il s'agissait de leur domaine familial en Cornouailles.

— Allons-y, grommela Archie.

Il monta l'escalier, Simon à sa suite, et se dirigea vers les appartements d'Effie, songeant que si les domestiques avaient reçu l'ordre d'éconduire les visiteurs, ils s'acquittaient fort mal de leur tâche.

— Featherfinch ! appela Simon, tandis qu'Archie frappait à la porte et l'ouvrait sans attendre de réponse.

— À moins que quelqu'un de très important n'ait rendu l'âme, tu as intérêt à être prêt ou je te...

Edward Astley, vicomte Featherfinch et héritier du comte de Stonely, n'était pas prêt.

Il n'était même pas habillé.

Il était assis à sa table de travail, nu comme un ver, ses longs cheveux ébouriffés.

— Je vous l'ai dit et répété, rouspéta-t-il tout en griffonnant frénétiquement sur du papier, armé d'une plume trop longue. Je ne veux pas manger.

Comme personne ne répondait, il pivota sur sa chaise. Sur son visage, l'agacement céda la place à la stupéfaction. Ses sourcils noirs escaladèrent son grand front, puis la joie éclaira sa figure.

— Salut ! Attendez que je vous lise mon dernier sonnet ! Il n'est pas terminé, mais j'en suis très content.

Il ébaucha un mouvement pour se lever. Archie et Simon se détournèrent précipitamment.

— Couvre-toi, bon sang !

— Ah oui...

On entendit des marmonnements et des froissements.

— Ça y est !

Effie avait enfilé un négligé en soie rose pâle, aux manches bordées de dentelle, nettement trop petit pour lui. L'ourlet frôlait ses genoux, et les manches peinaient à contenir ses biceps. Son teint pâle et ses cheveux noirs pendant sur ses épaules tendues de soie rose ajoutaient une dimension surnaturelle à son allure comique.

— Qu'est-ce que c'est que cette tenue ? interrogea Simon.

Effie baissa les yeux et s'examina comme s'il ne saisissait pas de quoi son ami parlait.

— Ah oui... Il y a une quinzaine de jours, j'ai fait une mauvaise rencontre. Des orties... J'ai eu une spectaculaire poussée d'urticaire, principalement sur les fesses. Tu aurais dû voir ça.

— Sûrement pas ! Et je ne te demanderai pas comment tes fesses sont entrées en contact avec des orties.

— Il vaut mieux ne pas savoir, renchérit Archie.

— Je me trouvais à Highworth, figurez-vous. J'étais en train de peindre, au fond des bois, et il faisait une chaleur terrible, déclara Effie, manifestement résolu à leur narrer la mésaventure de son postérieur. J'étais tout seul.

Il hocha la tête d'un air pénétré.

— L'ortie a une tige velue – c'est à ça qu'on la reconnaît. Je vous garantis que je ne commettrai plus jamais cette erreur. Bref... quand je suis rentré à la maison, je souffrais atrocement. Le bain me soulageait un peu, mais on ne peut pas passer tout son temps dans une baignoire. Sarah m'a prêté cette chose fabuleuse, et quand les démangeaisons ont cessé et que j'ai été en état de revenir en ville, je l'ai chipée. Il n'y a rien de plus merveilleux que la soie sur la peau nue.

— Ce négligé ne va pas manquer à Sarah ? demanda Simon, qui avait la manie de se focaliser sur des détails sans importance.

— Oh, j'en doute. Elle en a des dizaines dans son armoire.

La sœur d'Effie assurait en effet à sa couturière une bonne moitié de son revenu annuel.

— C'est magique ! J'attribue la réussite de ce poème, poursuivit Effie en pointant un doigt taché d'encre vers les feuilles étalées sur le bureau, à l'aisance et à la liberté de mouvement que ce vêtement offre.

Il inclina la tête, avant de reprendre :

— Enfin... je l'attribue à cela et aux tentures de deuil que j'ai fait installer.

— À ce sujet... qui est mort ? demanda Archie.

— Sally, répondit Effie d'une voix sourde.

D'un côté, c'était un soulagement car Sally était – ou plutôt, avait été – le perroquet d'Effie. D'un autre côté, elle avait été pendant de nombreuses années sa compagne adorée. Pour lui qui était si sensible, prendre le deuil pour un oiseau n'était pas déraisonnable.

— Oh... je suis vraiment navré, dit Simon.

— Moi aussi, ajouta Archie. Sally était une chouette oiselle.

Il mentait. Sally jacassait à longueur de temps et n'avait jamais un mot gentil pour quiconque. Archie ne la regretterait pas.

— C'est la vie, rétorqua Effie, stoïque. Elle était très âgée, et elle est morte subitement. Elle était sur son perchoir, elle jabotait gaiement entre deux bouchées de betterave, sa friandise préférée, quand elle a traversé une espèce de crise. Elle est tombée, un grand spasme l'a secouée, et voilà... c'était fini.

Il s'interrompit un instant.

— Nous étions dans le salon de musique. Quel magnifique tableau, murmura-t-il. Les plumes éclatantes de Sally, vertes et jaunes, sur le rose et le rouge du tapis d'Axminster. Toutes ces couleurs... c'était presque indécent, mais la mort nous attend tous, n'est-ce pas ? Même les plus beaux d'entre nous, fit-il en secouant la tête. Vraiment, vous auriez dû voir ça.

Effie avait le don de voir la beauté et de la montrer aux autres qui n'y prêtaient pas attention. Même – ou peut-être surtout – quand cette beauté se cachait sous des apparences moins séduisantes.

— Je suis venu méditer ici, j'ai pensé à ces couleurs, aux tentures noires dehors. Et j'ai écrit ceci, dit-il, pointant de nouveau le doigt vers les feuilles de papier. Je n'aime pas me vanter, mais j'en suis extrêmement satisfait.

Les poèmes qu'Effie s'acharnait à composer étaient généralement pour lui une source de grande souffrance. Son enthousiasme était donc surprenant.

— C'est l'essentiel, rétorqua Simon en tirant sa montre de son gousset – il craignait sans doute de perdre le pari. Tu n'auras qu'à nous le lire dans la voiture.

— La voiture ? répéta Effie, ahuri.

— Nous partons pour la Cumbrie, lui rappela Simon.

Effie lui décocha un regard étonné, puis son visage s'illumina soudain.

— Oh ! Nous partons aujourd'hui ?

— Tout à fait, répondit Archie, balayant des yeux les vêtements éparpillés dans la chambre.

Quand il n'était pas en costume d'Adam ou affublé des déshabillés de sa sœur, Effie était un véritable mannequin. Sur ce point, il était tout l'opposé de Simon. Il ne portait cependant que du noir. Archie lui avait demandé un jour pourquoi une personne qui ne portait que du noir avait besoin de toute une collection de vêtements. Il avait eu droit à un discours enflammé sur les différentes coupes, les saisons, l'élégance et la mode. Le shantung, par exemple, était recommandé dans une salle de bal, contrairement à, par exemple, la satinette, car il réfléchissait la lumière d'une façon à la fois charmante et mystérieuse.

Hélas, au milieu de ce fatras de vêtements, Archie n'apercevait ni malle ni bagage. Le désordre qui régnait dans la pièce ne résultait pas de préparatifs de départ.

Il réprima un sourire. Il allait gagner le pari.

— Parfait, parfait ! Asseyez-vous, s'exclama Effie en débarrassant à la hâte le lit des papiers qui y traînaient. Vous voulez une tasse de thé pendant que je fais mes bagages ? Ou peut-être quelque chose de plus corsé ?

— Non, répondit Simon d'un ton brusque. Nous sommes pressés. Dépêche-toi.

— Prends ton temps, susurra Archie.

Il jeta un coup d'œil à la pendule en similor sur la cheminée, derrière laquelle Effie avait glissé des roses séchées.

— Il ne faudrait pas que tu oublies quelque chose, ajouta-t-il en souriant. Et pour ma part, je ne dirais pas non à un petit brandy.

Malgré tous ses efforts, Archie perdit le pari. Effie déploya une célérité inhabituelle pour boucler ses bagages, si bien qu'une demi-heure plus tard, les trois amis s'installaient dans la berline. Archie s'assit de bonne grâce dos à la route, sans s'offusquer du ricanement triomphal de Simon.

Perdre ne le contrariait pas vraiment. Archie aimait le jeu, l'équitation, la boxe, et toutes sortes de passe-temps distingués. Il était d'un caractère actif, il aimait la compétition, mais il se moquait de gagner. Cette indifférence rendait son père fou. Quand Archie s'intéressait à une activité, c'était pour la pratiquer, et peu importait le résultat. S'il s'adonnait à la chasse, qui était probablement sa plus grande passion, c'était pour traquer le gibier et non pour le tuer. L'air pur qui décrassait ses poumons, la dépense physique, la concentration, la stratégie mise au point avec les amis qui l'accompagnaient... voilà ce qui lui plaisait.

Quoique, concernant la chasse, le résultat avait son importance : la viande qu'on vous servait au dîner était plus succulente quand on l'avait abattue soi-même.

En résumé, si Archie aimait le jeu et la bagarre, il n'avait pas l'âme d'un compétiteur. Il n'en voulait pas à Simon d'avoir gagné le pari ; cependant, il endossa volontiers le rôle du perdant, pestant et grommelant tant et plus. En réalité, il était content que Simon l'ait emporté, puisque cela signifiait qu'ils avaient pu se mettre en route sans tarder. Il adorait l'Escapade. Ces deux semaines de septembre étaient sa période favorite de l'année.

— Sache que nous avons parié sur le temps qu'il te faudrait pour être prêt à partir, déclara Simon à Effie.

— Vraiment ? Qui a gagné ?

— Moi, répondit Simon d'un air qui aurait pu paraître dédaigneux.

Mais Effie et Archie savaient que cette expression était due à la gravité, teintée d'anxiété, qui était propre à leur ami, ce dont la plupart des gens ne se doutaient pas.

— Très bien, commenta Effie. Archie gagne trop souvent. Depuis toujours. Tu te souviens de ce tournoi de tir à l'arc en cinquième année ?

— Comme si je pouvais l'oublier ! grogna Simon. Ça n'en finissait pas, j'ai cru mourir de faim.

— Et comme si ça ne suffisait pas, il s'est mis à pleuvoir, ironisa Effie.

Ils faisaient allusion au tournoi annuel de l'école. Peut-être Archie devait-il nuancer sa précédente réflexion sur son absence d'esprit de compétition. Il était certes placide quand il était avec ses amis mais, durant ce fameux tournoi de tir à l'arc, après l'élimination de tous les autres concurrents, il s'était retrouvé face à son ennemi juré, l'abominable Nigel Nettlefell, alors âgé de quinze ans. Il avait tiré des dizaines de flèches sous une pluie battante, jusqu'à en avoir les bras tétanisés. Il le referait encore, s'il en avait l'occasion, juste pour le plaisir d'écraser ce sale petit crapaud.

— Je gagne effectivement assez souvent, dit-il. J'essaie néanmoins de perdre de temps à autre, pour ne pas vous décourager.

Les deux autres grommelèrent, écœurés.

— Être en permanence battu à plate couture doit être affreusement pénible, aussi m'efforcé-je de rester humble, ajouta-t-il d'un air de martyr.

Se mettant à siffler, Simon déplia l'un de ses journaux, ce qui incita Effie à ouvrir un carnet relié de cuir. Effie ressemblait à un corbeau, noir et majestueux, et Simon à un moineau, modeste et tout de brun vêtu. Archie réprima un sourire. Il éprouvait pour ces deux-là, malgré leurs bizarreries – ou plutôt à cause d'elles –, une profonde affection, peut-être inconvenante pour un homme adulte. Mais il ne se souciait guère des convenances. Un homme avait besoin d'amis, et il avait les meilleurs du monde.

Bien sûr, il n'irait pas le crier sur tous les toits. Certains sentiments ne s'exprimaient pas.

Il laissa Effie et Simon s'absorber dans leur lecture, et ouvrit son sac de voyage. Il voulut prendre son komboloï pour s'occuper les doigts, mais aperçut une courtepointe élimée.

Oh non...

Qu'un objet aussi familier puisse être en même temps aussi indésirable était vraiment bizarre. Familier, car la courtepointe était celle de son lit d'enfant. Le dessus était en soie, le dessous en toile un peu rêche. Il avait l'habitude, lorsque sa mère lui lisait une histoire le soir, de suivre du bout des doigts les arabesques des piqûres qui maintenaient la bourre de laine en place. Celle-ci avait disparu depuis longtemps, et la soie bleue s'était fanée, virant au gris sale.

Indésirable, parce qu'ils allaient devoir rebrousser chemin. Heureusement, lady Harcourt était à Londres. Mais quelle malchance !

— Quelle plaie ! marmonna-t-il.

— Que se passe-t-il, Archie ? demanda Effie, levant les yeux de son carnet.

Il montra la courtepointe.

— Qu'est-ce que c'est que ce machin ?

— C'est ma mère qui…

Comment leur expliquer ? Les garçons n'ignoraient pas l'état de sa mère, mais il leur épargnait les menus détails du quotidien et la surveillance constante qu'elle requérait.

— C'est ce qui reste de la courtepointe qui était posée sur mon lit autrefois. J'avais sept ans quand Baron est entré dans ma vie. C'était le chien de mon père, un chien d'arrêt ; mais, au grand mécontentement du comte, Baron s'attacha à moi.

— Ton père, qui est comte, a appelé son chien Baron ? interrogea Simon.

— Eh oui.

— Eh oui, renchérit Effie, comme Simon grognait.

— Nous savions que Baron ne serait jamais à la hauteur des attentes de mon père, reprit Archie.

Il entendit la contrariété dans sa voix, lui qui se voulait désinvolte.

— Quand j'étais en pension, Baron trimballait partout cette courtepointe. Je lui manquais et je suppose qu'il sentait mon odeur sur le tissu. Mère la lui arrachait et la remettait sur mon lit. C'était devenu un jeu entre nous trois.

Et sans doute un jeu entre lady Harcourt et Baron, quand Archie n'était pas à la maison. À chaque retour, il découvrait une tache supplémentaire ou un nouvel accroc à sa courtepointe. Sa mère feignait de se mettre en colère et menaçait de remplacer la courtepointe qui, disait-elle, ne convenait plus à l'homme qu'Archie était en train de devenir. La menace était restée lettre morte.

— Quand son esprit a commencé à… s'embrouiller, Mère a fait une fixation sur ce foutu bout de tissu.

Il s'interrompit, secoua la tête.

— Je minimise le problème. Je ne suis pas sûr que ma mère et Mlle Brown puissent supporter d'être privées de ce chiffon pendant deux semaines. Mère y est démesurément attachée. Ça l'apaise quand elle a ses crises.

Cette courtepointe représentait pour elle ce que le komboloï était pour lui. Mlle Brown, la dame de compagnie de lady Harcourt, avait à l'origine confectionné le komboloï pour la comtesse, après avoir lu dans une revue un article sur cet objet traditionnel en Grèce, semblable à un chapelet catholique, mais sans rapport avec la religion : il ne servait qu'à s'occuper les mains et à se détendre. Cela n'avait pas marché pour lady Harcourt, mais cela fonctionnait pour Archie. Cela l'aidait à se concentrer.

Cependant, il pouvait s'en passer s'il le fallait.

— Comment cette courtepointe s'est-elle retrouvée dans ton sac ? demanda Simon.

— Je l'ignore. Mère a dû l'y mettre. Personne dans la maison n'aurait eu cette idée. Ses domestiques, à Londres, savent à quel point ce fichu machin est important pour elle.

— Même si la comtesse douairière a pris possession de cette courtepointe et en est devenue dépendante, peut-être qu'une part de son esprit la relie encore à toi, suggéra Simon. Si elle savait que tu partais en voyage, elle a peut-être pensé que tu devais l'emporter.

Archie resta un instant silencieux. Opiner serait plus simple, mais il ne mentait pas à ses amis.

— Ce serait une hypothèse plausible si Mère savait qui je suis.

— Oh, Archie..., murmura Effie. Elle est si mal en point ?

— Oui, elle ne me reconnaît plus du tout.

Six mois plus tôt, certains jours, quand il la rejoignait dans son boudoir, elle l'accueillait par un

« Bonjour, Archibald chéri », comme si tout était normal. Ces moments s'étaient faits de plus en plus rares et, désormais, ils n'étaient plus qu'un lointain souvenir. Archie avait l'impression de voir un bateau se perdre à l'horizon : il flottait sur les vagues, s'éloignait de plus en plus jusqu'à disparaître. On continuait à scruter la mer, tout en sachant que c'était vain, qu'il était à jamais parti.

— Je suis vraiment navré, rétorqua Effie.

— Moi aussi, renchérit Simon. C'est horrible.

— C'est supportable, corrigea Archie.

En réalité, il était à présent plus simple pour lui d'aimer sa mère que cela ne l'avait été durant ces dernières années, lorsqu'il s'évertuait encore à la maintenir à flot et l'obligeait à se comporter comme une mère devait, à ses yeux, se comporter. Il ne comprenait pas à l'époque que son attitude n'avait rien à voir avec lui.

Mais pouvait-on vraiment aimer quelqu'un qui avait perdu la tête ? Que restait-il à aimer, quand sa mère habitait toujours son enveloppe corporelle tout en n'étant plus qu'un souvenir ?

Seigneur… C'était trop philosophique pour lui qui n'avait jamais été un intellectuel. C'était atroce, voilà tout.

— Eh bien, nous n'avons plus qu'à faire demi-tour, dit Effie.

— Je reconnais que rebrousser chemin pour un chiffon est absurde, mais il le faut, soupira Archie. Ça nous fera deux heures de route supplémentaires.

— Ce n'est pas grave, rétorqua Simon. Effie s'est préparé en un clin d'œil, ça compense.

— Merci, murmura Archie. Je suis désolé.

Les garçons balayèrent ses excuses d'un revers de main, et Archie ordonna au cocher de regagner Londres.

— Vous voulez entrer ? interrogea-t-il lorsque la voiture s'arrêta devant la demeure de Hanover Square.

Il se sentait obligé de le leur proposer, mais le faisait à contrecœur.

— Oui ! répondit Effie. Il y a longtemps que je n'ai pas salué ta mère.

— Elle ne te reconnaîtra sans doute pas.

Chacun d'eux trois ne fréquentait qu'à peine la famille des deux autres, principalement parce que leurs proches n'étaient franchement pas des cadeaux. Lady Harcourt était… *avait été* l'exception.

— Tant mieux, rétorqua Simon en descendant de la voiture. Comme ça, elle ne se souviendra pas du soir où, quand nous sommes arrivés pour dîner, nous étions dans le brouillard.

— Ah là là, grommela Effie. Nous étions complètement soûls. Si elle se souvient de moi, je lui renouvellerai mes excuses pour ce déplorable écart de conduite.

Archie grimaça.

— Je crois que je ne l'avais jamais vue si furieuse.

Elle n'était pourtant pas colérique, contrairement à son époux. Ce soir-là, elle s'était fâchée parce qu'il y avait d'autres invités autour de la table. Archie avait trouvé son emportement légitime. Sa mère le réprimandait uniquement pour ses mauvaises habitudes, qu'il pouvait contrôler et corriger. Elle ne lui reprochait jamais d'être ce qu'il était.

— Et je serai content de voir Mlle Brown, ajouta Simon.

Comme Archie lui lançait un regard perplexe – il ne se rappelait pas que Simon eût déjà rencontré la dame de compagnie –, son ami précisa, sur la défensive :

— Tu ne l'as sans doute pas remarqué, mais Mlle Brown est très cultivée.

Non, il savait seulement que Mlle Brown les avait sauvés, sa mère et lui. Elle était leur ange gardien.

— Bon, marmonna-t-il, allons-y.

Ainsi qu'il le craignait, c'était le remue-ménage dans la maison. Archie arrêta dans le hall un laquais manifestement débordé.

— Je... Nous ne comptions pas vous revoir si tôt, monsieur le comte, bredouilla-t-il.

— Je ne comptais pas revenir si tôt, Angus, répliqua Archie en montrant la courtepointe. Je me suis aperçu que ceci s'était faufilé dans mes affaires.

Les épaules d'Angus se détendirent. Il était soulagé.

— Tant mieux... Je vais chercher Mlle Brown.

— Inutile, je vais dire bonjour – et au revoir – à la comtesse. Featherfinch et Marsden souhaiteraient la saluer. Je suppose qu'elle est avec Mlle Brown dans le salon de musique ?

— En effet, monsieur le comte.

Mlle Brown essayait probablement d'inciter lady Harcourt à chanter. Étrangement, si cette dernière avait oublié tant de gens et d'événements, elle se remémorait les paroles de toutes les chansons qu'elle avait pu apprendre au fil des années.

Tout semblait tranquille quand ils pénétrèrent dans la pièce. La comtesse et Mlle Brown étaient assises côte à côte devant le pianoforte. Mlle Brown pivota en les entendant entrer, et Archie brandit la courtepointe. Comme Angus, elle réprima un soupir de soulagement et sourit à Archie avec gratitude.

— Regardez qui est là, milady, et ce qu'il apporte, dit-elle en posant une main sur le bras de la comtesse.

Celle-ci se retourna. Si Archie nourrissait l'espoir de voir dans ses yeux qu'elle le reconnaissait, il fut comme toujours déçu. Plaquant un sourire sur ses lèvres, il s'avança.

— Bonjour, Mère. J'ai trouvé ceci dans mon sac et j'ai pensé que vous souhaiteriez le récupérer.

Il lui tendit la courtepointe dont elle se saisit vivement.

— J'ai amené lord Featherfinch et lord Marsden. Vous vous souvenez ? Mes camarades d'école : Edward – Effie – et Simon.

Elle ne s'en souvenait pas, bien sûr. Il ne savait pas trop pourquoi il s'obstinait. Il se conduisait simplement avec elle comme il l'avait toujours fait, comme si elle avait toujours eu une mémoire défaillante.

Les garçons la saluèrent gentiment, mais leur présence parut la perturber.

— Vous êtes des amis de Charles ? demanda-t-elle.

Elle faisait allusion au défunt père d'Archie.

— Il me fait la cour et Mère me répète que ce n'est pas bien, enchaîna-t-elle en décochant un regard dédaigneux à Mlle Brown. S'il vous plaît, dites à Charlie…, fit-elle en pouffant de rire. Pardon… dites à lord Harcourt que cet après-midi je serai dans le parc.

— Je ne suis pas un ami de Charles, rétorqua Simon avec douceur. Je suis un ami d'Archie, votre fils.

— Qui ?

La confusion se peignit sur le visage de la comtesse. Elle allait se mettre à pleurer.

— Je suis un peu perdue, balbutia-t-elle.

Les larmes roulaient déjà sur ses joues. C'était habituel ; pourtant, Archie en avait chaque fois le cœur lourd comme autrefois, en pension, quand il devait rendre une dissertation et ne parvenait pas à l'écrire. Un sentiment d'impuissance le submergeait, son incompétence l'accablait. À l'époque, cependant, il était capable de se ressaisir et de reprendre les rênes de sa vie : il sortait, harnachait son cheval ou faisait de l'escrime, ou s'absorbait dans une activité quelconque.

Avec sa mère, c'était une autre paire de manches.

Tandis que Mlle Brown la consolait à voix basse, Archie prit la main de sa mère dans les siennes. Cela la calmait parfois, même si elle ne savait plus qui il était.

Cette fois, cela ne l'apaisa pas. Au contraire, elle semblait de plus en plus contrariée. Elle se dégagea d'un geste brusque.

Bonté divine ! Il détestait la quitter quand elle était dans cet état. Mlle Brown l'avait compris, car elle déclara :

— Merci d'avoir rapporté la courtepointe, lord Harcourt. Votre mère craignait de l'avoir égarée, elle était bouleversée. Je vous souhaite de bonnes vacances, ajouta-t-elle avec un grand sourire.

Elle le congédiait gentiment, lui disait que tout irait bien.

Malgré tout, il hésita. Cette année, installer la comtesse et Mlle Brown à Londres pendant qu'il était à l'Escapade était sûrement une erreur. Il l'avait fait parce que le médecin londonien de sa mère avait proposé un nouveau traitement qui durerait une semaine. Il aurait dû attendre. Pendant son absence, elle serait bien mieux à Mollybrook, où elle se sentait à l'aise et pouvait se promener dans le parc.

Il se tourna vers Mlle Brown.

— Je pense que nous devrions retourner à...

— Le docteur sera là dans une heure, coupa Mlle Brown d'un ton ferme.

La dame de compagnie, qui n'avait pas encore trente ans, ressemblait parfois à une gouvernante chevronnée et pleine de sagesse.

— Il faut que votre mère se repose avant qu'il arrive.

Archie hésitait toujours.

— Monsieur le comte...

Elle se leva, comme si elle voulait les pousser, lui et ses amis, vers la porte.

— Allez-y, amusez-vous bien.

— Mais...

— Rappelez-vous que, l'été dernier, j'ai pris quatre semaines de vacances.

Il ne s'en souvenait que trop, elle leur avait terriblement manqué.

— Nous pouvons vous accorder quinze jours de répit. Si vous ne vous reposez pas et ne reprenez pas des forces, vous ne serez plus bon à rien ni à personne.

La comtesse était toujours aussi agitée. Effie s'approcha d'elle.

— Mademoiselle Emma, je ne pense pas que Harcourt ait prévu d'aller au parc cet après-midi, mais s'il sait que vous y êtes, je suis certain qu'il changera d'avis.

La comtesse cessa aussitôt de pleurer.

— Vous croyez ?

— J'en suis convaincu, répondit Effie avec chaleur.

— Alors tout va bien, dit timidement lady Harcourt.

Archie l'avait souvent vue dans cet état, mais cela le bouleversait toujours autant. La femme dont il gardait le souvenir n'était jamais timide, ni avec son époux ni avec quiconque. C'était pour cela, entre autres, qu'il l'aimait autant.

— Je pense aussi qu'il sera là, affirma Mlle Brown, montrant discrètement la porte. Comment pourrait-il résister à une aussi merveilleuse jeune femme ?

La comtesse sourit, Archie murmura un « Merci » fervent à Mlle Brown, et les trois amis sortirent du salon de musique.

Ils ne prononcèrent pas un mot avant de monter de nouveau dans la berline.

— Elle est perdue dans le passé, murmura Archie comme ils se remettaient en route. Mais ça saute aux yeux, n'est-ce pas ?

Il était toujours gêné lorsque quelqu'un d'extérieur à la maisonnée assistait à une crise de sa mère. Mais Effie et Simon n'étaient pas des étrangers.

— Je suis navré, dit Simon. On ne se doutait pas que la situation s'était à ce point dégradée.

— Elles vont s'en sortir sans toi ? demanda Effie. Parce que nous pouvons aussi passer ces deux semaines à Londres.

— Elles s'en sortiront très bien, répondit Archie, car c'était la triste vérité. Mère ne me regrettera pas.

Il fit taire d'un geste les murmures compatissants de ses compagnons.

— Je manquerai à Mlle Brown, mais uniquement parce que nous nous remplaçons mutuellement pendant la journée. À présent, Mère ne peut plus rester seule un instant. Elle a tendance à errer et à s'égarer. Elle jette des bougies allumées, elle oublie de manger et ainsi de suite. Une garde-malade passe la nuit auprès d'elle, mais pendant la journée je préfère ne pas la confier aux domestiques. Je n'ai rien à leur reprocher, ils sont dévoués, cependant…

— C'est ta mère, déclara Effie, comme si cela expliquait tout – et peut-être était-ce le cas.

— Ce n'est pas facile, mais peux-tu essayer de ne plus y penser ? intervint Simon. Je crois que Mlle Brown a raison : tu as besoin d'un moment de répit.

Archie en avait tellement besoin que la gentillesse de ses amis lui mit les larmes aux yeux. Il hocha la tête, saisit son komboloï et se mit à égrener lentement les perles. Les garçons comprirent qu'il n'avait plus envie de parler. Effie rouvrit son carnet, Simon son journal, et le silence s'installa dans la voiture qui, pour la deuxième fois de la journée, quittait Londres.

2

Les filles entrent dans la danse

Quand ils atteignirent Hampstead Heath, qui était un cadre propice à l'inauguration de l'Escapade 1821, Archie s'était ressaisi. Chaque année, il cherchait ainsi un point de repère signifiant qu'ils avaient bel et bien quitté Londres et ses foules. Il aimait marquer par un rituel le passage de la ville à la campagne, des responsabilités à la tranquillité, tranquillité qu'il avait gagnée de haute lutte cette année.

Il s'éclaircit la gorge.

— Messieurs, puis-je avoir votre attention ?

— C'est à moi de le faire, non ? objecta Effie.

Ils assumaient en effet par roulement les fonctions d'organisateur, et cette année c'était le tour d'Effie. Concrètement, cela signifiait qu'Effie avait choisi le château qui les attendait en Cumbrie au bout du voyage, et n'avait pas réfléchi au reste.

— Ça ne me dérange pas de m'en occuper, répondit Archie.

En fait, il aimait ça. La feinte solennité des « règles » l'amusait, particulièrement cette année, et il était content de se charger du rituel. Il avait besoin de se sentir utile. Il déboucha une bouteille de cognac, distribua les verres et y versa une petite dose de liquide ambré – pas plus, les cahots de la voiture ne le permettaient pas.

Puis il leva son verre, et les autres l'imitèrent.

— Messieurs, que l'Escapade commence ! Permettez-moi de vous rappeler les règles. Cette année, elles entreront peut-être dans vos têtes de pioche. Primo, chaque fois que Marsden prononcera le mot « Parlement », il devra siffler un petit verre de whisky. Deuzio, Featherfinch a interdiction d'écrire des poèmes, sauf s'il s'agit de poésie coquine. Enfin, au cas où vous craindriez que je ne m'estime au-dessus des lois, venons-en au tertio : Harcourt n'est pas autorisé à tirer sur quoi que ce soit. Hélas...

Sauf si vous n'en êtes pas informés, ajouta-t-il mentalement, songeant avec affection au fusil à petit gibier caché dans sa malle.

— Ces règles étant posées, je suis très heureux de...

Une bouffée d'émotion l'assaillit et lui bloqua le gosier, l'empêchant d'achever sa phrase. C'était vexant, mais les autres ne parurent pas le remarquer.

— Moi aussi, se borna à dire Effie.

— Pareillement, renchérit Simon.

Ils connaissaient les sentiments d'Archie sans qu'il ait à les exprimer. Il toussota, levant de nouveau son verre.

— Enfin, la règle la plus importante de l'Escapade...

À cet instant, la voiture stoppa dans une embardée et, même si Archie avait pris soin de ne pas remplir leurs verres, le cognac gicla. Effie pesta à la vue de la tache ambrée qui souillait sa cravate, d'un blanc neigeux sur ses vêtements noirs. Simon essuya quelques gouttes invisibles sur sa redingote marron.

— Que se passe-t-il ? marmonna-t-il ensuite, jetant un coup d'œil par la fenêtre.

— Des bandits de grand chemin ? suggéra Effie avec excitation, sa cravate oubliée.

— C'est un cavalier, messieurs ! cria le cocher. Il nous fait signe.

— Seigneur Dieu, c'est un brigand ? demanda Simon.

— En général, les bandits n'annoncent pas leur arrivée, objecta Archie.

Il ouvrit la portière et descendit. Un cavalier approchait, en effet. Archie eut l'impression de le connaître, sans pouvoir toutefois le resituer.

— Monsieur le comte, déclara l'homme en le saluant. J'ai un message à vous remettre de la part de sir Albert Morgan.

Ah, oui. Archie reconnaissait maintenant le messager : un domestique de sir Albert. Les Morgan possédaient une maison à Chiddington, près de Mollybrook, le domaine familial d'Archie, dans l'ouest du Kent. Désormais, les Morgan passaient la majeure partie de leur temps à Londres et Archie, qui passait la majeure partie du sien à Mollybrook, ne les voyait plus beaucoup. Mais sir Albert et le père d'Archie, feu le comte, avaient été amis. Les deux familles, durant la jeunesse d'Archie, avaient évolué dans les mêmes cercles de la bonne société provinciale. Ou plutôt, la plupart des Morgan avaient fréquenté ces cercles, mais l'une était trop... sauvage pour cela.

Archie esquissa un sourire au souvenir de sa vieille amie.

À vrai dire, l'envie d'avoir de ses nouvelles et le remords d'avoir trop négligé le meilleur ami de son père avaient incité Archie, le matin même, à rendre visite à sir Albert, lequel était malheureusement sorti. Archie, et ce n'était pas à son honneur, n'avait pas vu les Morgan depuis des années, et avait récemment appris que sir Albert souffrait de la goutte. Archie n'avait jamais été proche de sir Albert et, pour être honnête, il ne l'appréciait pas particulièrement ; néanmoins, cela n'excusait pas sa négligence. Ils étaient désormais géographiquement éloignés, ce qui n'était pas non plus une excuse. Il aurait pu lui rendre visite lorsqu'il passait à Londres pour un vote important à la Chambre des lords.

— Tout va bien ? demanda-t-il.

Pourquoi diable sir Albert lui enverrait-il un messager ? Ce dernier lui tendit une lettre.

— Sir Albert m'a ordonné d'essayer de vous rattraper.

De plus en plus inquiet, Archie fit sauter d'un coup d'ongle le cachet de cire verte.

Mon cher Archibald,

Vous n'imaginez pas le soulagement – et l'espoir – que j'ai éprouvé en trouvant votre message à mon retour. Apprendre que vous étiez à Londres, et surtout en partance pour la Cumbrie ! J'y ai vu un signe du destin.

Je vais aller droit au but, car je suis sûr de pouvoir compter sur votre discrétion. Olive s'est enfuie avec un dénommé Théodore Bull, récemment fiancé à Clémentine. Nous avons tous, à commencer par Clémentine, été atterrés ce matin de découvrir un billet d'Olive annonçant que M. Bull et elle partaient pour l'Écosse.

Archie sentit son estomac se contracter et dut respirer profondément pour se remettre d'aplomb. Olive Morgan était comme une sœur pour lui. Quant à Clémentine Morgan, c'était... Clémentine. Il regretta de nouveau d'avoir laissé s'effilocher ses liens avec la famille.

— Que se passe-t-il ? demanda Effie d'un ton pressant.

Simon et lui étaient descendus de la berline.

Archie agita une main impatiente et reprit sa lecture.

M. Bull est un écrivain, un philosophe aux idées qu'on pourrait, en étant charitable, qualifier de « modernes ». Pour l'exprimer plus simplement, il est odieux. Suffisant, imbu de sa supériorité et pourvu d'opinions radicales qu'il est résolu à imposer au monde entier. Après avoir d'abord eu le vent en poupe dans la haute société, il n'est maintenant plus reçu nulle part. Clémentine, qui était fascinée par son travail, prétendait ne pas se soucier qu'il soit passé de mode. Quand il m'a demandé sa main, j'ai mis mes réticences dans ma poche, avec mon mouchoir par-dessus, et j'ai donné ma bénédiction. Vous vous souvenez peut-être que Clémentine fait ce que bon lui semble, contre vents et marées.

Malgré la gravité de la situation, Archie étouffa un rire. Il s'en souvenait très bien, en effet.

Pour être tout à fait franc, je n'espérais plus guère marier Clémentine. Elle ne possède aucune des principales qualités qu'un gentleman recherche chez une épouse.

Archie ne serait pas allé jusque-là. Clémentine Morgan avait l'esprit d'aventure et de la gentillesse à revendre, du moins quand ils étaient jeunes. Mais, d'après ce qu'il savait de la bonne société londonienne, ces qualités n'étaient sans doute pas celles que le gentleman moyen attendait d'une femme.

Clémentine avait tout de même une chevelure somptueuse.

Il reprit sa lecture.

Ils ont annoncé leurs fiançailles, et j'ai pensé que tout allait bien. Mais le jour de la publication des bans, Clémentine m'a annoncé qu'elle désirait annuler le mariage. Je me suis dit qu'elle avait les nerfs à vif, que cela passerait, et j'ai essayé d'arrondir les angles puisque les dés étaient jetés.

Et voilà que ce matin, au réveil, nous avons trouvé ce billet d'Olive. Sans même mentionner Clémentine, M. Bull n'est pas le compagnon qu'il faut à mon Olive. Ce serait un désastre. Vous connaissez Olive : elle est versatile et sensible aux flatteries. Je crains qu'elle ne commette la pire erreur de sa vie. Je crois Clémentine capable de faire un choix rationnel, en ayant conscience de ce à quoi elle renonce en échange de ce qu'elle obtient. Olive, elle... vous la connaissez. Je sais que vous ne les avez pas vues depuis un certain temps, mais après le décès de leur mère, Olive est devenue de plus en plus... Olive.

Clémentine et moi avons trouvé le billet ce matin très tôt. Je suis aussitôt allé demander conseil à un ami de confiance. Quand je suis rentré, Clémentine était partie. J'ai peur qu'elle ne se soit lancée à leur poursuite. À quoi cela aboutira-t-il ? Soit le mariage n'a pas lieu, mais mes deux filles se retrouvent coincées en Écosse ; soit le mariage a lieu, et je me retrouve avec une fille malheureuse en ménage et l'autre perdue de réputation.

Sur son lit de mort, leur mère bien-aimée m'a fait promettre de veiller à ce qu'elles fassent chacune un beau mariage. J'ai tout gâché. Je n'ai pas l'habitude de dramatiser, mais je vous supplie du fond du cœur de les retrouver. Je suis tombé malade il y a quelques mois, et je n'ai plus que mes filles en ce monde. J'avais l'intention de partir moi-même à leur recherche, mais dans mon état, le voyage serait long et excessivement pénible. C'est le meilleur ami de votre père qui vous implore de lui rendre cet immense service.

Sauvez mes filles, Archibald !

Archie chancela, accablé. Il avait manqué d'égards pour les Morgan, surtout après le décès de Mme Morgan. Certes, l'état de sa mère limitait singulièrement sa liberté de mouvement : il venait d'en avoir une illustration. S'absenter de Mollybrook devenait compliqué, car cela exigeait de Mlle Brown des efforts héroïques. En outre, il détestait Londres.

Et puis... sir Albert ne lui était pas extraordinairement sympathique. Il se rappelait encore sa façon de ricaner avec lord Harcourt et de railler ce qu'ils considéraient, chez Archie, comme des faiblesses.

Mais Olive et Clémentine n'y étaient pour rien, et il avait de l'affection pour elles. N'aurait-il pas pu aller les voir, ne serait-ce qu'une fois par an ? Il avait honte.

— Qu'y a-t-il, Archie ? demanda Simon.

— Tu es livide, remarqua Effie.

Archie lui tendit la lettre. Effie la parcourut et conclut :

— Eh bien, je crois que nous allons changer de cap.

— Vous direz à sir Albert de ne pas s'inquiéter et de rester chez lui, déclara Archie au messager. Je prends l'affaire en main et le tiendrai informé dès que possible.

Le cavalier fit demi-tour et s'éloigna à toute allure dans un nuage de poussière. Les trois amis se regroupèrent pour discuter, formant un cercle étroit que nimbait le soleil de septembre.

— Olive et Clémentine Morgan sont les filles de sir Albert, qui possède un manoir près de Mollybrook, résuma Archie. Clémentine et moi…

Comment expliquer ce qu'était Clémentine pour lui ?

— Vous étiez très proches, dit Effie. On le sait.

— Ah bon ?

— À l'école, tu parlais d'elle à longueur de temps, répondit Simon. Ça a duré des années.

— Tu lui écrivais, enchaîna Effie. Je crois me souvenir que tu voulais me payer pour que je réponde à ses lettres.

— C'est vrai, acquiesça Archie, retrouvant la mémoire. Elle m'écrivait souvent et, bien que n'ayant aucune patience ni aucun goût pour le genre épistolaire, je me sentais obligé d'alimenter notre correspondance.

Cela lui pesait. Il n'était vraiment pas doué pour l'écriture, qu'il s'agisse de rédiger des courriers, des dissertations, ou de n'importe quel autre exercice littéraire, mais l'arrivée d'une lettre de Clémentine

Morgan, fourmillante d'informations sur la flore et la faune locales, lui remontait le moral pour la semaine.

Il s'ébroua. Ce n'était pas le moment de remuer des souvenirs du temps passé et de lambiner.

— Je dois aller à leur recherche. Je suis désolé. Nous devrons faire un détour pour rejoindre le relais de poste le plus proche. Là, je louerai un cheval, et vous n'aurez qu'à continuer jusqu'en Cumbrie. Le destin a manifestement décidé que, cette année, notre escapade se ferait sans moi, soupira-t-il avec amertume.

— Ah non, pas question ! décréta Simon. Si tu penses qu'on va te planter là, tu te fourres le doigt dans l'œil.

— Non mais franchement, grogna Effie. Tu ne crois tout de même pas qu'on t'abandonnerait ? Il y a un problème à régler, on t'accompagne.

— D'ailleurs, enchaîna Simon, aucun de nous n'a jamais manqué une Escapade. Je propose d'instaurer une nouvelle règle stipulant que le voyage s'adapte aux voyageurs. Peut-être que l'an prochain, nous passerons nos vacances près de Mollybrook, pour que tu ne t'éloignes pas trop de ta mère.

— Merci, murmura Archie, très ému de nouveau.

L'affection et l'indéfectible loyauté qui les liaient tous les trois le bouleversaient. Si seulement il avait témoigné une once de fidélité aux Morgan, ils ne seraient peut-être pas dans ce pétrin.

— Je connais Théodore Bull, déclara Simon. Il est l'auteur d'un pamphlet intitulé *De l'obligation morale de ne pas manger des animaux*.

— Pardon ? marmonna Archie.

— Il fait partie d'un groupuscule qui préconise de bannir la chair animale de notre alimentation pour des raisons éthiques.

— Fascinant, commenta Effie. Mais la chair animale est délicieuse, c'est un sacré dilemme. Vous pensez que les animaux sont conscients de leur propre mortalité ? ajouta-t-il en fronçant les sourcils. Vous pensez que Sally savait qu'elle allait mourir ?

— M. Bull a brièvement connu une certaine popularité dans les salons de Mayfair, poursuivit Simon, sourd aux questions d'Effie. Il faisait sensation auprès des hôtesses qui se targuent d'être les arbitres des élégances. Vous voyez le style : séance de spiritisme, gratin de navets, et cætera. Il me semble que, comme l'écrit sir Albert, M. Bull est à présent passé de mode.

Archie était bouche bée. Il n'avait jamais entendu parler de ce malotru friand de légumes, mais à vrai dire il ne faisait guère d'efforts pour se tenir informé des faits et gestes de la bonne société.

Il avait du mal à comprendre que cet individu, avec de pareilles idées, ait pu éblouir la capricieuse Olive Morgan au point qu'elle s'enfuie avec lui. Et, avant elle, Clémentine, si imperturbable et indépendante.

Le monde tournait à l'envers.

Il s'ébroua de nouveau. Ce n'était pas le moment de se torturer la cervelle, il fallait agir.

Il expliqua au cocher qu'ils changeaient de direction. Simon et Effie remontèrent dans la voiture. Lorsqu'il les rejoignit, ils s'étaient resservi du cognac et lui tendirent un verre.

— Tu n'avais pas terminé ton petit discours, déclara Simon.

— Oui, tu allais nous remémorer la règle la plus importante de l'Escapade, dit Effie dont les yeux pétillaient. Ça paraît d'autant plus pertinent cette année.

— Certes.

Archie et ses amis levèrent leurs verres.

— Pas de poèmes, pas de Parlement, pas de chasse et, enfin, la règle la plus importante...

Il fit une pause, puis ils reprirent tous en chœur :

— Ce qui se passe pendant l'Escapade des Comtes reste entre comtes !

3

Clem met dans le mille

Deux jours plus tard

Clémentine avait hâte de retirer ce maudit pantalon.

C'était décevant. Dans les romans, quand les filles s'habillaient en garçons, elles se vantaient d'être plus libres de leurs mouvements. En pantalon, elles pouvaient chevaucher au grand galop, escalader des clôtures et accomplir toutes sortes d'exploits sans difficulté.

On ne disait jamais qu'un pantalon était terriblement inconfortable, qu'il comprimait le ventre de façon vraiment désagréable. Une femme habituée au corset supportait peut-être mieux ce supplice, mais quand on était une paysanne dans l'âme, sur le point de devenir vieille fille – et fasse le ciel qu'elle retrouve bientôt le monde des célibataires, où était sa place –, on se dispensait la plupart du temps de corset.

Songer qu'elle avait, il y a peu, souvent porté le corset – pour *lui*, de surcroît ! – lui fit bouillir le sang. Le malotru. L'infâme. Le...

— Oups !

La voiture stoppa brusquement, propulsant Clémentine contre son voisin, un homme cramponné à sa bible qui n'avait pas prononcé un mot depuis Chorley et empestait le chou et le papier moisi. Il se tourna vers elle, surpris par son exclamation regrettablement féminine et le sein rond, tout aussi regrettablement féminin, qu'elle pressait contre son épaule.

Clémentine avait récemment appris une foule de choses sur les seins, lors de ses débuts forcés sur le marché du mariage. Elle avait appris que certaines femmes poudraient les leurs. Elles allaient même parfois jusqu'à en souligner les veines à l'encre bleue, pour des raisons qui échappaient totalement à Clémentine. D'autres introduisaient des buscs bien rigides dans le devant de leur corset, comme si celui-ci n'était pas déjà un instrument de torture. D'autres encore avaient recours à du coton et à de la cire à modeler pour en augmenter le volume.

Tout ce que Clémentine avait appris avait pour but d'attirer les regards. Elle n'avait hélas pas découvert comment détourner l'attention de ces mottes de chair, souvent gênantes, dont les femmes étaient encombrées.

Ce jour-là, à sa consternation et malgré ses efforts acharnés pour les dissimuler, ses seins plutôt généreux refusaient de rester à leur place – en l'occurrence, derrière une longue bande de mousseline qu'elle avait enroulée autour de sa poitrine avant de se glisser hors de la maison, deux jours auparavant.

Deux jours ou une vie entière, c'était du pareil au même.

Comme son voisin malodorant lui faisait les gros yeux, elle marmonna une vague excuse. Le cocher ouvrit alors la portière.

— Cinq minutes d'arrêt ! annonça-t-il.

Clémentine descendit d'un bond de la voiture, plissant les paupières pour se protéger du soleil éblouissant.

La cour du relais de poste grouillait, comme il se doit, de gens qui bavardaient, de valets d'écurie qui dételaient et attelaient des chevaux, de portefaix qui chargeaient ou déchargeaient des malles.

C'est avec plaisir que Clémentine sentit le sol sous ses pieds et admira le ciel au-dessus de sa tête. Elle ne pouvait pas retirer ses bottes et planter ses orteils dans la boue, comme elle en avait envie, mais elle pouvait imaginer toutes les bestioles plus ou moins louches qui pullulaient dans la terre, indifférentes aux manigances des hommes. Elle pouvait renverser la tête en arrière et fermer à demi les yeux pour gommer de son champ de vision le toit de chaume de l'auberge, hérissé de cheminées, et ne plus voir que le ciel. Le bleu intense et magnifique d'un ciel anglais, comme celui sous lequel se blottissait sa maison à la campagne.

Elle serait bientôt de retour à Hill House. Elle devait d'abord secourir Olive.

Olive…

Son cœur se serra. Elles n'avaient jamais été très proches. On pouvait aussi dire que Clémentine n'était proche d'aucun membre de sa famille. Elle les aimait, mais se demandait parfois si elle était du même sang qu'eux. Quand elle était petite, elle s'imaginait être un changelin : les fées étaient venues chez ses parents enlever leur premier-né et déposer Clémentine à sa place dans le berceau. Puis elle avait grandi et forci sans qu'il lui pousse des oreilles d'elfe, et elle avait dû accepter d'être une Morgan authentique, quoique atypique.

Elle n'avait pas les mêmes priorités et centres d'intérêt que les autres Morgan : Olive en particulier. Olive se sentait chez elle dans une salle de bal bondée, parée d'une toilette à la dernière mode et parlant avec force gloussements des gentlemen avec lesquels elle espérait danser.

Clémentine se sentait bien dans la forêt, au bord d'un ruisseau, sous le ciel étoilé. Elle préférait les taillis aux salons, les prairies aux boutiques des modistes. Pour qui savait regarder, la nature était d'une beauté renversante, dans ses plus infimes détails : les nervures, pareilles à des veines, d'une feuille quand elle change de couleur à l'automne ; une coccinelle posée sur une rose, rouge sur rouge, piquetée de points noirs ; et même la moire froide d'un poisson abandonné par les vagues sur la grève et agonisant sur le sable.

La plupart des gens ne prêtaient pas attention à ces détails. Olive s'en souciait comme de colin-tampon.

Néanmoins, elles étaient sœurs. Orphelines de mère. Et bientôt, la goutte, ou une autre maladie, les priverait de leur père. Il ne resterait plus qu'elles deux.

Tout cela pour dire qu'Olive avait blessé Clémentine, beaucoup plus que Théo ne l'avait fait.

Une semaine plus tôt, Clémentine aurait pourtant dit que Théo l'avait profondément blessée, à la fois physiquement et moralement.

Mais ruminer ses griefs ne menait à rien. Olive ne savait pas dans quel guêpier elle s'était fourrée, il fallait la secourir. Clémentine volait donc à son secours, car dans le monde qui était le sien, on faisait ce genre de chose pour sa sœur.

Une fois sa mission accomplie, elle mettrait les choses au point avec leur père. Plus de réceptions, de bals, de soupirants. Et adieu Londres. Elle laisserait tout cela à Olive et se retirerait à Hill House. Elle avait des années durant répété à sir Albert qu'elle ne se marierait pas, et des années durant il ne l'avait pas écoutée. Il finirait peut-être par capituler, ce serait le seul avantage qu'elle tirerait de cette sinistre affaire.

Dire qu'elle avait failli commettre une erreur fatale… Elle en frémissait encore. Le destin l'avait épargnée, la désolation qu'elle éprouvait était le prix à payer.

Un faucon s'élança soudain vers le ciel et Clémentine ravala un petit cri d'émerveillement et de gratitude. Les larmes lui montèrent aux yeux, comme souvent quand le monde était pareil à lui-même : trop beau, trop intense et capable de donner l'impression, à travers ses créatures et ses couleurs, d'une sorte de justesse absolue.

Des voix hélas trop humaines détournèrent son attention de l'oiseau dans le ciel pour la déplacer sur deux hommes qui discutaient derrière la malle-poste. Le cocher et le passager qui empestait le chou. Ce dernier la regardait fixement.

Les trois saisons mondaines de Clémentine à Londres ne lui avaient pas appris grand-chose, contrairement à son enfance campagnarde. Elle avait passé tellement de temps à observer – une biche s'enfuyant dans la forêt, une araignée tissant sa toile dans un trou d'arbre, un saule ployant sous le vent et effleurant de ses rameaux la surface d'un étang – qu'elle était devenue sensible aux moindres variations de l'atmosphère.

Elle passa la bandoulière de sa sacoche sur son épaule, s'apprêta à relever le bas de sa jupe, se souvint qu'elle était en pantalon et s'éloigna au pas de course.

Vingt minutes après, elle regagnait la cour en catimini, espérant que M. Chou serait parti. Elle n'avait pas prévu de faire escale à cet endroit. En fait, elle comptait voyager à bord de la malle-poste qui reliait Londres à Glasgow. Quarante-huit heures de route, cela ne semblait pas surhumain.

Elle avait négligé les réalités physiques qu'engendrait un voyage en malle-poste à travers le pays. La faim, bien sûr : elle y avait pensé et rempli ses poches et son sac de pommes, de pain et de noix. Cela ne suffisait pas, elle aurait dû emporter des denrées plus consistantes. Mais l'inconfort des sièges était bien pire. Jusqu'ici, le trajet reliant la demeure londonienne des Morgan à Hill House, dans le Kent – plus précisément dans l'ouest du Kent, donc pas si loin de Londres –, était le plus long qu'il ait jamais fait. Elle avait toujours voyagé dans la berline familiale, plus lente que la malle-poste et par conséquent beaucoup moins brinquebalante. En comparaison, les heures passées dans cette voiture, tassée sur son siège, serrée comme un hareng, privée d'air pur et de lumière, semblaient un vrai cauchemar.

À deux reprises déjà, la nécessité de ne pas compromettre son déguisement l'avait forcée à se réfugier à l'intérieur d'une auberge et à attendre la malle-poste suivante. Ici, à Thorpesden, la prochaine partirait à 4 heures le lendemain, ce qui obligerait Clémentine à passer la nuit au Lion Bleu. C'était une perte de temps regrettable, mais la perspective d'un lit propre et douillet la plongeait dans l'extase.

Si elle avait été l'héroïne d'un roman, elle n'aurait pas tenté de faire le voyage sans la moindre escale. Elle se serait arrêtée dans les relais de poste pour demander si quelqu'un avait vu une jolie jeune femme aux cheveux auburn, accompagnée d'un gentleman étonnamment grand et chaussé de bottes en toile.

Dans ce roman, l'individu en question aurait été pour elle un étranger. Un scélérat qui aurait enlevé sa sœur, et non un homme que Clémentine connaissait dans tous les sens du terme, à son grand regret. Dans les livres, on omettait également de préciser qu'il y avait pléthore de routes de poste entre Londres et l'Écosse.

Mais le problème n'était pas là. Clémentine, contrairement aux personnages de fiction, savait que Théo ne se dirigeait pas vers le premier village après la frontière nanti d'une échoppe de forgeron, d'une enclume et d'un aubergiste peu scrupuleux[1]. Il allait

1. Le forgeron local et son enclume sont devenus les symboles des mariages de Gretna Green, village du sud de l'Écosse qui offrait la possibilité aux couples mineurs de se

à Glasgow, où il avait des amis. Des acolytes qui l'hébergeraient, le dorloteraient et le flatteraient, sans se soucier d'Olive autrement que comme un pion dans la vie de M. Théodore Bull. Celui-ci voulait Olive, par conséquent ses partisans déplaceraient des montagnes pour qu'il puisse l'avoir.

Le fait que M. Théodore Bull ne soit pas un inconnu pour Clémentine avait tout de même un avantage. Elle connaissait sa façon de penser, sa vanité, ses habitudes, et pouvait utiliser ce savoir pour sauver sa sœur.

Puisqu'elle était ici, au Lion Bleu de Thorpesden, elle en profiterait pour demander si quelqu'un avait aperçu Théo et Olive, même si, contrairement à ce qui se passait dans les livres, elle ferait certainement chou blanc.

Elle entra dans le relais de poste et balaya la salle du regard. L'aubergiste s'affairait derrière le comptoir. Elle n'avait qu'à l'interroger et à lui commander un en-cas.

— Vous voulez juste des pommes de terre ? grommela-t-il.

— Oui, à condition qu'elles ne soient pas cuites dans de la graisse de bœuf. Je les préférerais bouillies.

Le pauvre homme la dévisagea d'un air confondu.

— Le bœuf et les produits dérivés du bœuf ne me conviennent pas, grimaça-t-elle en se tapotant l'estomac.

— Ah... dans ce cas, je vous donne ça à la place, rétorqua-t-il en posant une tourte sur le comptoir éraflé. Il n'y a que de l'agneau là-dedans.

Lâchant un soupir, elle but une gorgée de bière. Elle appréciait la bière, c'était bien meilleur que le

---

marier sans l'autorisation des parents. La loi écossaise permettait à presque tout le monde (y compris les forgerons) de célébrer la cérémonie de mariage, pourvu qu'une déclaration soit faite devant deux témoins.

ratafia douceâtre et écœurant que Théo lui faisait ingurgiter dans les réceptions. Lorsque l'aubergiste lui tourna le dos, elle extirpa un journal de sa sacoche, en enveloppa la tourte et fourra le paquet dans sa sacoche. Elle trouverait bien un chien à qui l'offrir.

— Vous l'avez vite engloutie, mon garçon, approuva l'aubergiste, quand il revint vers elle. Les tourtes à l'agneau de ma femme sont réputées dans le coin. À juste titre, si je puis me permettre.

Il rayonnait de fierté.

— Je lui dis toujours qu'à ma dernière heure je veux goûter un morceau de sa tourte à l'agneau.

Clémentine fut touchée par l'admiration de cet homme pour son épouse. Ce devait être agréable pour celle-ci d'avoir un mari qui l'estimait au point de vanter ses talents à des étrangers. Non qu'elle-même ait envie de se marier. Elle l'avait brièvement envisagé, et voilà où cela l'avait menée.

Néanmoins, si une femme devait absolument être mariée, ce qui était effectivement le cas de la majorité – dont Clémentine se félicitait de ne pas faire partie –, être appréciée devait être gratifiant.

— Ou plutôt, non... Je préférerais goûter ses pommes d'amour, si vous voyez ce que je veux dire, rectifia l'aubergiste avec un clin d'œil.

Il ne faisait manifestement pas allusion à des fruits. Les hommes, quand ils étaient entre eux, échangeaient des grivoiseries aussi naturellement que s'ils parlaient de la pluie et du beau temps.

— Oui, je vois.

Elle but une nouvelle lampée de bière pour s'épargner d'autres commentaires. Elle avait presque vidé sa chope et commençait à trouver la vie beaucoup moins déprimante.

— Au fait, monsieur... Je cherche quelqu'un qui est peut-être passé par ici. Un homme vraiment très grand, accompagné d'une ravissante jeune femme aux cheveux auburn.

— Il ne porterait pas de drôles de bottes ?

— Oui, voilà !

— Il a réservé un salon particulier.

— Oh…, souffla Clémentine qui, de surprise, faillit tomber de son tabouret. Il est ici en ce moment ?

Dans un roman, l'enquêtrice devrait glaner des renseignements sur la direction prise par les amants fugitifs et le laps de temps écoulé depuis leur passage. Elle ne découvrirait pas d'emblée qu'ils étaient là, à quelques mètres. Mais Clémentine savait où se rendaient Théo et Olive : à Glasgow. Et il fallait bien admettre que, si elle avait été une enquêtrice digne de ce nom, elle aurait envisagé la possibilité que la malle-poste soit plus rapide que le landau de Théo et le rattrape.

— Absolument, répondit l'aubergiste. Il est un peu bizarre, ce client.

— Oui, il…

Elle s'interrompit. Fallait-il dire la vérité ? Après tout, ils étaient entre hommes – du moins portait-elle un costume masculin –, donc prompts à se faire des confidences. Elle pourrait déclarer : « Ce type est une brute qui s'est enfui avec ma sœur. » L'aubergiste pourrait manifester de l'indignation et l'aider à affronter Théo. Et ensuite ? Acculé, Théo dénoncerait le subterfuge de Clémentine. Or, aux yeux de l'aubergiste, qu'une femme se fasse passer pour un homme serait un scandale plus choquant que la fuite d'un couple projetant de se marier en Écosse. Au mépris de la loi, du bon sens, du bon goût, de la morale, de la bienséance et…

Elle secoua la tête pour remettre de l'ordre dans ses pensées qui devenaient un brin confuses, et se concentra sur les explications à fournir à l'aubergiste sans trahir sa féminité, ni les raisons diverses pour lesquelles elle s'intéressait à l'homme aux drôles de bottes.

— C'est un vieil ami, et on m'avait dit qu'il passerait peut-être par ici.

En descendant du tabouret, elle eut l'impression que le sol tanguait sous ses pieds et dut se cramponner au comptoir pour ne pas perdre l'équilibre.

— La chance vous sourit, fit remarquer l'aubergiste. Ils sont dans le salon au bout de ce couloir.

— Vous avez une chambre à me louer pour la nuit ?

Elle répugnait à dilapider son argent, le pécule qu'elle avait chipé dans le bureau de son père maigrissant à vue d'œil, mais il n'était pas question de faire irruption dans le salon particulier avant d'avoir élaboré un plan. Elle avait besoin d'un moment pour réfléchir.

Il restait une chambre libre. L'aubergiste courut chercher la clé. Quand il revint, il tenait un plat sur lequel étaient disposées des tranches de rôti de bœuf.

— Si vous allez les voir, rendez-moi service et apportez-leur ça.

— Oh... vous devez vous tromper. Ce sont sûrement d'autres clients qui vous ont commandé ça.

Théo n'avait pas avalé une seule bouchée de viande depuis près de quatorze ans.

— Non, non, c'est pour vos amis. Ils ont déjà englouti une part de rôti et l'ont tellement aimé qu'ils en ont demandé davantage. Personnellement, je trouve que le rôti de bœuf de ma femme est moins bon que...

Étouffant de colère, Clémentine n'écouta pas l'ode de l'aubergiste aux talents culinaires de son épouse. Comment Théo osait-il ? Qu'il mange de la viande était presque aussi intolérable que l'enlèvement d'Olive.

Mais, d'un autre côté, était-elle vraiment surprise ? Une remarque de sa sœur lui revint en mémoire : « La plupart des gens te montreront ce qu'ils sont si tu les observes avec suffisamment d'attention. »

Cette idée s'était souvent insinuée dans son esprit ces temps-ci, mais elle la mettait tellement mal à l'aise qu'elle s'empressait chaque fois de la chasser.

Et voilà où l'on en était à présent.

Clémentine monta l'escalier avec précaution, tenant le plat à bout de bras pour que le fumet de la viande ne lui blesse pas les narines. Arrivée dans sa chambre, elle ouvrit la fenêtre et jeta le rôti et la tourte à l'agneau. Un sourire d'amère satisfaction erra sur ses lèvres quand elle vit une horde de chats faméliques se ruer sur cette manne tombée du ciel.

En se redressant, elle dut s'agripper au rebord de la fenêtre. Quand elle avait monté l'escalier en vacillant, elle s'était dit que le choc n'était peut-être pas le seul responsable. La bière n'y était sans doute pas pour rien. Mieux vaudrait attendre que les effets de la boisson s'atténuent avant de redescendre, mais elle ne pouvait pas se le permettre. Elle ignorait si Théo passerait la nuit ici ou s'il comptait repartir après avoir dévoré sa deuxième portion de « vache morte ».

Résolue, elle farfouilla dans sa sacoche, en extirpa un livre, des fruits secs et une robe – outre les vêtements volés dans la garde-robe paternelle, elle avait emporté une robe, puisqu'elle comptait abandonner son déguisement après le sauvetage d'Olive. Elle trouva finalement ce qu'elle cherchait : un autre objet dérobé à son père.

La rage qui bouillait en elle la poussa vers un miroir accroché au mur. Elle resserra la bande de tissu qui lui comprimait la poitrine, remit une mèche rebelle à sa place, sous son chapeau, et glissa le pistolet à silex dans la ceinture de son pantalon, dans son dos, sous la veste trop large pour elle.

Finalement, les pantalons n'étaient pas si inutiles.

Elle laissait la colère continuer à guider ses pas. Ce fut elle qui la conduisit au rez-de-chaussée, lui fit traverser la salle commune et longer le couloir flanqué de salons particuliers. La porte du dernier était entrebâillée.

Dans un roman, ce serait le point culminant du drame. Le moment où, généralement, un personnage serait tué.

Ce fut beaucoup plus simple que cela, tellement simple que c'en était presque risible. Clémentine s'approcha de la porte à pas de loup et coula un regard par l'entrebâillement. Elle ne vit qu'Olive. Théo parlait. À vrai dire, il était bavard comme une pie.

— Vous comprenez, disait-il, il y a sur le continent d'autres penseurs, des esprits novateurs, des mouvements d'avant-garde. Après mûre réflexion, j'ai décidé qu'il fallait s'installer là-bas.

— Vous ne m'en aviez pas parlé ! protesta Olive. Je n'ai jamais accepté de quitter définitivement l'Angleterre.

Qu'avait-elle accepté au juste ? se demanda Clémentine. Et pourquoi ? C'était là toute la question. Olive avait connu quelques flirts durant la saison – la première, pour elle. Elle s'était follement amusée, au point qu'elle avait déclaré ne pas souhaiter se lier avec un quelconque soupirant avant d'avoir vécu une nouvelle saison. Et même si elle en avait décidé autrement, elle aurait pu jeter son dévolu sur des jeunes gens qui ne soient pas... de second choix, comme Théo.

— Je pense que le continent réservera un meilleur accueil à nos idées, déclara Théo.

— À vos idées, vous voulez dire.

— Tout ce qui est à moi est à vous, rétorqua-t-il, mielleux.

Clémentine avait déjà entendu cette phrase.

— Et réciproquement, tout ce qui est à vous est à moi, ajouta-t-il.

Ça, c'était nouveau. Théo n'avait pas eu le toupet d'exposer ouvertement cette philosophie à Clémentine, du moins jusqu'au dernier jour.

Olive poussa un soupir irrité, comme si elle déplorait ne pas avoir reçu l'invitation à une réception qu'elle espérait. L'échec potentiel de sa fugue amoureuse ne semblait pas la préoccuper. Clémentine aurait sans doute dû être soulagée que sa sœur n'ait pas décelé la facette obscure de la personnalité de Théo.

— Épargnez-moi ces soupirs, Olive ! s'écria Théo.

Il y eut un bruit de verre brisé, puis le cri surpris et teinté d'anxiété d'Olive.

Voilà la facette obscure de Théo ! Le pouls de Clémentine s'accéléra, ses sens s'aiguisèrent, achevant de dissiper les effets de la bière. Elle était soudain le faucon qui planait dans le ciel, prêt à fondre sur sa proie.

Qu'elle soit damnée si elle laissait Théodore Bull porter la main sur sa sœur. Elle referma les doigts sur la crosse de son pistolet et ouvrit plus largement la porte.

Elle vit la peur dans le regard d'Olive, un regard qu'elle n'avait pas eu depuis le jour où leur mère était morte. La peur se mua en stupéfaction quand Olive reconnut sa sœur. Cela ne dura qu'une seconde. Olive se ressaisit, secoua imperceptiblement la tête et, plaquant un sourire sur ses lèvres, se retourna vers Théo.

— Vous avez bien sûr raison, Théo chéri, susurra-t-elle.

Sans doute s'approcha-t-elle de lui, car elle disparut du champ de vision de Clémentine.

— Je possède un intellect supérieur à la moyenne, je croyais que vous vous en étiez rendu compte.

— Évidemment, mon chéri. C'est pour ça que je suis là, n'est-ce pas ? Il faut être patient avec moi.

Je n'ai jamais côtoyé un homme aussi débordant d'idées novatrices.

Clémentine n'avait pas besoin de voir le visage de sa sœur pour savoir qu'elle battait des cils d'un air innocent et plissait sa bouche rose en une moue implorante.

— C'est précisément pour ça que j'ai besoin d'une compagne.

Clémentine réprima un ricanement.

— Je recherche une véritable communion d'esprit, ajouta Théo.

C'était avec ces mots-là, exactement, qu'il avait harponné Clémentine.

— Vous avez raison, bien sûr, comme toujours.

Olive parlait de cette voix douce que d'aucuns trouvaient angélique, mais qui était parfaitement hypocrite : celle qu'elle utilisait pour extorquer à leur père un peu d'argent supplémentaire.

— Théo chéri, j'ai besoin de me rafraîchir. Je reviens dans un instant et nous discuterons de notre itinéraire sur le continent. J'ai le sentiment que les Romains seraient ouverts à certaines de vos idées mais, bien sûr, vous êtes meilleur juge que moi.

— Demandez où est passé le rôti de bœuf, voulez-vous ? Je l'ai commandé il y a une éternité.

Clémentine sourit, songeant aux chats faméliques.

Olive franchit le seuil de la pièce. Clémentine n'avait pas eu à se servir de son arme, elle n'était même pas intervenue. Elle se borna à prendre sa sœur par la main et à lui faire signe de refermer la porte derrière elle.

L'histoire allait se terminer de façon fort peu palpitante.

Elles ne parlèrent pas, du moins pas avec des mots. Un flux d'émotions circula cependant entre elles, fait d'anxiété et de soulagement mêlés, et aussi – Clémentine s'enhardit à le penser – d'affection. Théo était le seul responsable de ce qui s'était passé. Ou du moins, il en était largement responsable.

Certes, il ne s'était pas enfui seul.

C'était à moitié de sa faute ?

Elles montèrent à l'étage en silence. Sitôt entrée dans la chambre de Clémentine, Olive éclata en sanglots.

Elle avait eu la présence d'esprit, avant de quitter le salon particulier, de prendre son sac, qu'elle serrait contre sa poitrine comme un bouclier. Clémentine le lui retira et, la poussant doucement, la fit asseoir sur le lit.

— Allons, calme-toi, c'est fini, murmura-t-elle.

— Non, ce n'est pas fini ! s'écria sa sœur, affolée. Il va me retrouver ! Il nous retrouvera toutes les deux !

— Je ne le laisserai pas faire.

Les larmes jaillissaient en cascade des yeux bleus d'Olive et ruisselaient sur son visage.

— Je suis désolée, balbutia-t-elle d'une pitoyable petite voix, encore plus inquiétante que ses sanglots.

Théo avait réussi à terrifier Olive, qui ne se laissait pourtant pas impressionner facilement. C'était un nouveau forfait, peut-être le pire, à ajouter à une liste déjà longue.

— C'est lui, et non toi, qui est à blâmer.

Cette affirmation manquait de conviction. À vrai dire, Clémentine avait du mal à analyser ce qu'elle éprouvait à l'égard de sa sœur. Le sentiment d'avoir été trahie, qui la taraudait, s'atténuait face au désespoir d'Olive, mais elle était toujours meurtrie. Et perplexe, même si elle était bien placée pour savoir combien Théo pouvait être enjôleur. Il sondait l'âme de son interlocuteur, y repérait des failles qu'on pensait indécelables et entreprenait de les réparer, travaillant si vite et si efficacement qu'il fallait attendre que le plâtre, longtemps après, sèche et s'effrite pour réaliser que le matériau utilisé était de piètre qualité.

— Désigner le coupable ne nous avancera à rien, rétorqua Olive d'un ton plus dur en séchant ses larmes. Il n'y a pas d'issue. Si je ne pars pas avec lui, il nous détruira. Tu ne sais pas à qui tu as affaire.

Avec un rire amer, Clémentine extirpa le pistolet de sa ceinture.

— Je sais exactement à qui j'ai affaire, crois-moi.

Durant les quelques secondes qui suivirent, elle eut l'impression d'être dans l'un de ces rêves où le temps se détraque, où les choses se produisent à la fois plus vite et plus lentement qu'elles ne le devraient. D'abord, le temps s'emballa. Clémentine entendit une voix qui criait le nom d'Olive, puis le sien. Elle se demanda comment Théo savait qu'elle était là, mais cela n'avait aucune importance. Théo n'épouserait pas sa sœur, cela seul comptait.

La porte s'ouvrit alors à la volée. Clémentine tenait son pistolet à deux mains. Une détonation retentit. Olive hurla.

Le temps ralentit. Ou plutôt, non, il stoppa dans une embardée, brutalement, comme la malle-poste quand elle s'était arrêtée dans la cour. Un homme proféra un juron.

C'était une voix familière, mais pas celle de Théodore Bull. Cette voix venait du passé, c'était celle d'un garçon rieur qui chantait avec elle *Tournons autour du buisson de mûres* quand ils en croisaient un au cours de leurs balades.

Puis ce fut sa voix à elle qui s'exclama :

— Arch !

— Clem !

— Je t'ai tiré dessus.

— Exact.

4

Panique à bord

La chambre fut envahie par une agitation frénétique. Les sœurs Morgan, après avoir regardé Archie comme si elles avaient devant elles leur mère revenue d'outre-tombe, poussèrent des cris perçants. Telle une paire de vautours, elles se jetèrent sur lui. Le soulagement qu'il avait éprouvé en surgissant dans la pièce et en les voyant indemnes céda la place à la contrariété.

Sans leur prêter attention, il retira sa redingote, sa cravate, et déboutonna sa chemise pour examiner sa blessure qui lui cuisait. Il la nettoya rapidement avec sa cravate et constata qu'elle n'était pas si grave. Cela faisait quand même un mal de chien.

Il rajusta hâtivement sa chemise.

— Du calme ! ordonna-t-il aux Morgan qui n'en finissaient pas de glapir.

À sa stupéfaction, elles obéirent, ce qui lui permit de reprendre ses esprits.

— Nous nous sommes chargés de votre M. Bull, et je pense qu'avec un peu d'habileté nous pouvons sortir d'ici en catimini. À condition que personne ne fasse d'esclandre.

— « Nous » ? rétorqua Olive. C'est-à-dire ?

— Mais je t'ai blessé ! bredouilla Clémentine à la même seconde.

— C'est vrai, elle t'a blessé, dit Olive.

— Ce n'est pas *mon* M. Bull, protesta simultanément Clémentine.

— Ce n'est qu'une égratignure, déclara Archie, choisissant de répondre à la première déclaration de Clémentine qui lui avait bel et bien tiré dessus.

Il montra le couloir derrière lui ; le geste le fit grimacer.

— La balle a dû se loger dans le lambris.

Archie était à présent un chasseur accompli, mais cela n'avait pas toujours été le cas ; dans sa jeunesse, il avait par mégarde tiré sur assez d'arbres pour connaître le bruit du plomb se fichant dans du bois.

— Ce n'est qu'une égratignure, répéta-t-il.

— Elle t'a pris pour M. Bull, balbutia Olive.

— Mais qu'est-ce que tu fabriques, Clem ? mugit-il soudain.

Il oubliait sa consigne de discrétion, mais c'était pour une bonne raison : Clémentine était en train de retirer ses vêtements.

— Je me déshabille, répondit-elle posément.

— Je le vois, merci ! Au cas où tu n'aurais pas saisi ce qui se passe, j'essaie de sauver votre réputation, à ta sœur et toi, mais tu as tiré un coup de feu que tout le monde en bas a dû entendre et...

— J'ai sous ma chemise quelques mètres de mousseline pour comprimer mes... pommes d'amour.

— Tes... quoi ?

— Je te saurais gré de te tourner un instant, Arch.

— Ne m'appelle pas comme ça, rétorqua-t-il de façon machinale tout en pivotant.

Il avait la figure en feu.

— Au fait, Clémentine, ton déguisement est vraiment ingénieux, intervint Olive. Je t'ai reconnue, bien sûr, parce qu'on se connaît par cœur. N'empêche que tu as vraiment l'air d'un garçon.

— Tu peux te retourner, Arch.

— Ne m'appelle pas comme ça, s'agaça-t-il de nouveau.

Il se rendit alors compte que Clémentine Morgan portait des vêtements masculins : une culotte en daim, de hautes bottes usées mais pratiques qui paraissaient sur elle absurdement grandes, et une chemise blanche froissée qu'elle achevait de reboutonner.

Elle n'avait pas du tout l'air d'un garçon.

Elle fit un signe à sa sœur qui marmonna :

— Oui, oui...

La bande de mousseline dans les mains, Olive se précipita vers lui.

— Enlève ta chemise, Archie.

— Certainement pas !

— Si tu veux que nous sortions d'ici sans attirer l'attention, il faut arrêter ce saignement, répliqua Clémentine d'un ton sévère.

Il suivit la direction de son regard et constata que sa blessure, quoique superficielle, saignait abondamment et rougissait sa manche.

Soupirant, il dégagea son bras de la manche. La mousseline qu'Olive enroula autour de son biceps était tiède. Elle avait gardé la chaleur du corps de Clémentine. L'étoffe était aussi légèrement humide. Il faisait incroyablement chaud pour un mois de septembre.

Il étudia Clémentine à la dérobée. Elle avait dû transpirer, emmaillotée là-dedans sous une chemise, un gilet et une veste. Maintenant qu'elle avait retiré ce carcan, il était obligé de constater qu'elle avait des... rondeurs. Plus que dans le passé, si sa mémoire ne le trompait pas. C'était très... perturbant.

Un bruit de pas dans le couloir le ramena brusquement sur terre.

— Clem, regarde-moi, chuchota-t-il d'un ton pressant.

Elle le regarda et il nota, comme chaque fois quand ils étaient jeunes, que ses yeux avaient la couleur exacte d'une pièce de trois pence : gris argent. Il secoua la tête. Que la couleur de ses yeux n'ait pas changé n'avait rien d'extraordinaire.

— Quelqu'un vient, enchaîna-t-il. Sans doute alerté par ton coup de feu.

Elle grimaça, penaude. Elle pouvait battre sa coulpe, en effet.

— Si on frappe, Olive et moi nous cacherons derrière la porte. Tu ouvres, tu dis que tu as entendu la détonation et que tu es certaine que ça venait de l'étage du dessous, de l'autre côté du bâtiment.

Il la pointa du doigt.

— C'est compris ?

Elle acquiesça. Il craignait qu'elle ne soit pas capable de jouer la comédie, surtout maintenant qu'elle avait démailloté ses... rondeurs, mais il avait tort de s'inquiéter.

On toqua à la porte qu'elle entrebâilla. C'était l'aubergiste, et elle lui parla d'une voix qu'Archie aurait reconnue dans une salle de bal peuplée de foules jacassantes, mais qui descendait de façon convaincante dans les graves et pouvait sonner comme une voix masculine aux oreilles d'un étranger.

— Tu nous as fait gagner un peu de temps, mais il faut nous dépêcher, déclara-t-il quand elle eut refermé la porte.

— Tu as dit que tu t'étais chargé de M. Bull, qu'est-ce que ça signifie ? demanda Olive en glissant l'extrémité de la bande de mousseline dans le pansement de fortune entortillé autour du biceps d'Archie. Où est-il ?

Elle pencha la tête de côté, exactement comme le faisait Clémentine.

— Et qu'est-ce que tu fais ici, Archie ?

Il répondit à la première question tout en enfilant sa redingote. Ce n'était qu'une égratignure, mais bon Dieu ce que ça brûlait !

— J'ai menacé M. Bull avec un fusil. En silence, sans presser la détente.

Il lança un regard noir à Clémentine qui grimaça de nouveau. Tant mieux.

— Il est dehors, discrètement maintenu par deux de mes amis.

— Mais oui, on est en septembre ! s'exclama Clémentine, quittant brusquement son air sérieux. Lord Marsden et lord Featherfinch sont avec toi ? C'est merveilleux !

— On croirait que tu commentes une soirée musicale où nous nous serions tous retrouvés par hasard, grommela-t-il, et non une mésaventure susceptible de causer ta perte et celle de ta sœur.

Il se tourna vers Olive pour répondre à sa deuxième question :

— Je suis là parce que votre père m'a demandé de partir à votre recherche.

Il regarda les deux filles digérer l'information : il était missionné par sir Albert.

— Je peux tout expliquer, dirent-elles en chœur.

Clémentine dévisagea sa sœur.

— Tu ne penses pas que tu me dois aussi une explication ?

Il y avait dans sa question une note de… pas vraiment de colère, mais d'une vive émotion. Était-elle blessée d'avoir perdu ce Bull de malheur ? N'avait-elle pas rompu leurs fiançailles avant que le butor s'enfuie avec Olive ?

Olive hésita, ne sachant visiblement quoi répondre.

— Oh, Clemmie, je suis désolée, je…

— Je suggère de remettre ça à plus tard, coupa Archie. Dans l'immédiat, nous devons partir d'ici avant qu'on alerte le juge de paix. On descendra par l'escalier de service. Que faut-il faire de M. Bull ? C'est le problème, et j'aimerais avoir votre avis là-dessus avant de prendre la poudre d'escampette.

— Que faut-il faire de lui ? répéta Clémentine avec méfiance. Qu'entends-tu par là ?

Archie poussa un soupir irrité. Il s'en doutait : quand elle s'était lancée à la poursuite de sa sœur, Clémentine n'avait pas réfléchi à la suite des événements si son plan extravagant réussissait – ce qui, il l'admettait, était le cas dans une certaine mesure, puisqu'elle s'était débrouillée pour localiser sa sœur et l'éloigner de M. Bull.

— Je suis prêt à provoquer M. Bull en duel et à épouser l'une de vous si nécessaire, mais je préférerais éviter de mettre en œuvre l'un et l'autre de ces engagements.

Clémentine écarquilla les yeux d'une façon qui l'aurait amusé si la situation n'avait pas été aussi critique.

— Si j'extorque à cet individu la promesse de quitter l'Angleterre et de ne plus jamais vous adresser la parole ou parler de vous, cela vous suffira-t-il ?

— Oui ! répondit Olive avec véhémence. Il n'est pas question que tu meures à cause de nous, Archie.

— Je suis d'accord, renchérit Clémentine. Ne meurs pas à cause de nous, s'il te plaît. Et par pitié, pas de mariage.

Elle fronçait le nez. C'était exactement la grimace qu'elle faisait autrefois, comme si elle flairait une mauvaise odeur, quand il se disait capable de grimper à un arbre trois fois plus vite qu'elle. Ou quand il expliquait pourquoi sa mère, la comtesse, n'avait pas pu assister à une soirée dansante dans la salle des fêtes de Chiddington et que Clem ne gobait pas ses mensonges.

— Mais comment la lui extorqueras-tu, cette promesse ? ajouta-t-elle.

Au lieu de lui répondre avec des mots, il écarquilla à son tour les yeux en faisant craquer ses doigts, histoire de lui rappeler ses nombreux passe-temps de jeunesse : le tir à l'arc, la fronde et la chasse, sa passion.

— Je vois, marmonna-t-elle.

Ah, elle se souvenait.

— Essaie, s'il te plaît, de ne pas tuer ni estropier M. Bull. C'est un misérable vaurien, mais je crois préférable de ne pas nous trouver impliqués dans une enquête criminelle.

— De toute manière, il doit se rendre sur le continent la semaine prochaine, intervint Olive. Tu n'auras donc pas à le menacer, Archie.

— Je prendrai cette information en considération, rétorqua-t-il posément.

Il réfléchissait déjà à la pénible tâche qui l'attendait. En disant qu'il ne tenait pas à commettre un meurtre, il ne mentait pas. Mais un quidam ne pouvait pas causer un tel préjudice aux sœurs Morgan, susceptible de les déshonorer, et s'en tirer sans y laisser des plumes.

Il était temps pour M. Bull d'assumer les conséquences de ses actes.

Clémentine acheva de se déshabiller et enfila sa robe fripée. Elle se sentait patraque. Une atroce migraine lui vrillait le crâne, ses mains tremblaient. Elle n'était pas sûre que ce malaise soit uniquement dû à la bière, car elle éprouvait un poids bizarre sur la poitrine.

— Je devrais peut-être mettre une autre capote ? demanda Olive, plantée devant le miroir. S'il vaut mieux pour toi changer d'apparence, je devrais peut-être faire de même ?

Ils avaient décidé que Clémentine reprendrait ses vêtements féminins, pour éviter qu'on fasse le lien entre le jeune homme qu'elle avait incarné et... la punition qu'Archie réservait à Théo, quelle qu'elle soit. C'était exaspérant comme il pouvait être vague sur le sujet.

— Bonne idée, répondit Archie.

Clémentine fit un geste vers le sac d'Olive, avec l'impression de regarder son bras bouger sous l'eau.

— Si tu as une autre capote, mets-la et donne-moi celle que tu portes, dit-elle.

Elle loucha sur la monstruosité qu'Olive lui tendait, espérant que sa vue troublée était due à cette chose et non à un problème physique. Comme la plupart des vêtements et accessoires de sa sœur, le chapeau était surchargé à l'excès. Des plumes roses le disputaient à une avalanche de fleurs en tulle bleu. Il y avait même un oiseau perché sur l'une des fleurs. Un oiseau non identifiable, ce qui agaça particulièrement Clémentine. C'était là l'invention ruineuse d'une modiste qui se piquait d'améliorer les perfections de la nature.

Elle referma les doigts sur l'oiseau et tira d'un coup sec.

— Mais qu'est-ce que tu fais ? s'écria Olive.

— Je rends cette chose moins voyante.

Clémentine prit un plaisir bizarre à libérer l'oiseau de sa prison de tissu. Cela la remit à peu près d'aplomb. Pour faire bonne mesure, elle arracha également les ruchés de tulle, sourde aux protestations de sa sœur.

— Assez ! articula Archie.

Il était exaspéré, ce que Clémentine ne pouvait pas lui reprocher. Dans la situation actuelle, elles ne devraient pas se chamailler pour un chapeau.

— Suivez-moi, ordonna-t-il, et pour l'amour du ciel, taisez-vous.

Sur le palier, ils entendirent une cacophonie de voix venant de l'étage du dessous, au bout du couloir, Clémentine ayant prétendu que le coup de feu provenait de là. Mais ils ne croisèrent personne dans l'escalier, et leur fuite passa inaperçue.

L'ami d'Archie, Edward Astley, vicomte Featherfinch, les attendait dans la cour boueuse, tel un héros des romans gothiques dont Clémentine raffolait en secret. Les deux hommes entamèrent un bref dialogue muet fait de hochements de tête, de froncements et de haussements de sourcils, puis Archie poussa les deux sœurs vers son comparse et tourna les talons.

— Où va-t-il ? chuchota Clem à lord Featherfinch comme il les entraînait vers un jeune palefrenier qui faisait patienter cinq chevaux.

Lord Featherfinch ne répondit pas, mais Clémentine n'avait pas besoin d'explication. Elle savait : Archie allait « extorquer une promesse » à Théo. Archibald Fielding-Burton, comte de Harcourt, pouvait se montrer extrêmement déterminé quand il s'agissait de défendre un ami. Elle s'estimait chanceuse qu'il la considère toujours comme tel.

— D'après Harcourt, vous êtes d'excellentes cavalières ?

— En effet, répliqua Olive.

Elle parlait à lord Featherfinch mais regardait Clémentine. Ses yeux s'étrécirent ; à l'évidence, elle n'aimait pas ce qu'elle voyait. Clémentine se toucha les joues, plus froides qu'elles n'auraient dû l'être par cette chaleur.

— Nous nous rendons en Cumbrie, déclara lord Featherfinch. Nous avons jugé préférable de laisser la voiture ici et de louer des chevaux. Nous irons plus vite ainsi. Étant donné ce qui est probablement en train de se passer, dit-il en jetant un coup d'œil à l'auberge, cela nous paraît opportun. Ce sera une chevauchée fatigante, d'au moins deux heures. Nous pourrions nous arrêter en chemin, mais compte tenu de votre situation précaire et si ce n'est pas trop pénible pour vous, il vaudrait mieux faire le trajet d'une traite.

— Tu t'en sens capable ? demanda Olive à Clémentine.

— Je suis meilleure cavalière que toi, répondit sèchement Clémentine, oubliant un instant que c'était Théo qui méritait sa colère. Bien sûr que j'en suis capable.

Mais, pour être honnête, elle n'en avait pas la certitude. Le malaise qu'elle avait commencé à ressentir dans la chambre empirait de minute en minute. Elle était tout étourdie et ses mains tremblaient de plus en plus.

— Clemmie ? l'interpella Olive.

Clémentine jeta un regard autour d'elle, car la voix de sa sœur semblait soudain lointaine, comme si elle lui parvenait du bout d'un long tunnel. Elle fut surprise de voir lord Featherfinch qui aidait Olive à monter sur un cheval.

— Depuis quand tu n'as pas mangé ?

— Je...

Ce malaise serait dû à la faim ? Clémentine tourna soudain la tête : Archie approchait. Il ne faisait pas de bruit, mais elle pouvait sentir sa présence avant même de l'entendre ou de le voir. Il en avait toujours été ainsi.

Archie et Simon Courteney, comte de Marsden, marchaient à grands pas. Le sang sur l'épaule d'Archie tachait maintenant sa redingote, et Clémentine s'aperçut à sa consternation qu'il avait une coupure sanguinolente sur la figure. Lord Marsden, lui, se massait le poing.

Ils avaient extorqué la fameuse promesse et en avaient payé le prix.

Clémentine avait faim, mais elle était aussi... submergée. Par tout ce qu'elle avait perdu. Non, corrigea-t-elle, par tout ce qu'elle avait donné, et elle ne pensait pas uniquement à sa virginité, mais aussi à son respect, à son attention et, en particulier, à sa loyauté. Par la pensée du sort malheureux auquel sa sœur avait échappé de justesse. Et aussi par la bonté de ce vieil ami accouru à son secours.

Ses jambes se mirent à flageoler.

— Elle se trouve mal ! lança une voix grave qui n'était pas celle d'Archie.

Des bras solides se refermèrent autour d'elle. Elle leva la tête vers le ciel. Il était toujours là, toujours bleu. À Londres, il ne serait pas aussi bleu. Elle avait besoin de se remplir de ce ciel-là.

— Il faudra monter à deux sur le cheval le plus robuste.

Ça, c'était la voix d'Archie.

— Confie-la-moi, proposa quelqu'un d'autre.

— Je me charge d'elle, rétorqua Archie d'un ton bourru.

— Mais ton bras..., protesta la voix grave.

— Elle vient avec moi, décréta Archie, catégorique.

Il n'y eut plus d'objection, et elle se sentit flotter dans les airs, à la rencontre de ce ciel qu'elle aimait tant.

Elle poussa un petit cri quand cette lévitation s'interrompit, puis les bras solides l'entourèrent de nouveau. Il y avait maintenant du tangage, mais elle avait l'impression d'être blottie dans un berceau de chair et d'os.

— Je te tiens, Clem, murmura-t-il. Je te tiens.

Elle n'en doutait pas.

Deux heures plus tard, quand Archie, ses amis et les sœurs Morgan, l'une consciente, l'autre non, s'engagèrent dans l'allée menant à Quintrell Castle, chevaux et cavaliers étaient fourbus. Comme il lui restait un semblant de lucidité, Archie songea qu'en temps normal il froncerait les sourcils à la vue de l'empilement de pierres qui se dressait devant eux.

Si on retirait une seule pierre, l'antique donjon s'écroulerait à coup sûr. En s'approchant, ils constatèrent que la partie plus moderne du château, qui datait tout de même d'au moins deux cents ans, ne se trouvait pas vraiment en meilleur état. La toiture avait grand besoin de réparations, de nombreuses ardoises manquaient, et la tour semblait près de s'effondrer. La forêt, qu'on avait laissée envahir le domaine, ne tarderait pas à prendre possession de l'édifice. Ce n'était pas sans rappeler Macbeth le maudit, terré dans sa forteresse assiégée par le bois de Birnam qui gagnait implacablement du terrain. Ils n'étaient pas loin de l'Écosse, après tout.

Voilà ce qui arrivait quand Effie se chargeait d'organiser l'Escapade. Il se mettait une idée saugrenue en tête, et on se retrouvait dans un endroit impossible. C'était une de ses connaissances, un écrivain absent pour l'automne, qui lui avait prêté Quintrell Castle.

— Il paraît que le château est hanté, avait dit Effie à ses amis, en guise d'explication, quand ils lui avaient demandé pourquoi il fallait faire un aussi long voyage, alors que chacun d'eux pouvait immédiatement trouver une gentilhommière confortable avec un toit digne de ce nom.

Un croassement strident les fit soudain sursauter. Archie leva les yeux et vit un corbeau tournoyer autour de ce qui avait dû être jadis un corps de garde. L'oiseau finit par se poser sur une tourelle.

— Quelle merveille ! s'exclama Effie.

En temps normal, Archie aurait pesté et ronchonné qu'ils avaient eu tort de donner carte blanche à Effie pour organiser leurs vacances. Mais en cet instant il était surtout soulagé d'être arrivé quelque part, peu importait où. Son épaule l'élançait et, même si l'hypothèse d'Olive selon laquelle le malaise de Clémentine était dû à la faim était sans doute la bonne, il s'inquiétait. Il voulait la faire manger, vérifier qu'elle n'était pas blessée et, dès qu'il aurait la certitude qu'elle n'avait rien, l'enguirlander copieusement.

Ils dépassèrent les vestiges du corps de garde et fouillèrent les environs du regard, en quête d'un signe de vie : un garçon d'écurie, par exemple ? Quelqu'un, n'importe qui...

Cet amas de pierres à l'écart du monde avait peut-être un avantage : l'arrivée de trois gentlemen et de deux jeunes femmes célibataires ne représenterait pas le problème épineux qu'il craignait. Il s'était autorisé à espérer, en réglant ses comptes avec Théodore Bull, ne pas être forcé d'épouser l'une des sœurs Morgan. Mais tandis qu'ils quittaient l'auberge au triple galop, il s'était dit qu'ils n'étaient pas tirés d'affaire pour autant. Lorsqu'ils arriveraient à Quintrell Castle, il leur faudrait justifier la présence, dans leur petit groupe, de deux demoiselles. Il avait envisagé de se faire passer pour le frère aîné d'Olive et Clémentine. Ce n'était pas si éloigné de la vérité, puisqu'ils avaient quasiment grandi ensemble.

Mais ils n'auraient peut-être pas à user de subterfuges. Ils étaient peut-être réellement tirés d'affaire.

— Allons voir s'il y a quelqu'un, dit Effie.

Ils avancèrent, et les arbres cédèrent la place à un vaste jardin orné de topiaires.

— Bonté divine ! souffla Simon.

Car, au lieu des sphères et pyramides classiques de l'art topiaire, voire des cygnes ou des dragons, le jardin n'était peuplé que de représentations d'une certaine partie de l'anatomie masculine. Il y avait au moins trois douzaines d'attributs virils, au complet et de différentes tailles.

— Featherfinch ! gronda Simon, qui se retenait visiblement de rire.

— Oui, oui, répondit Effie d'un ton brusque. Sir Lionel avait effectivement dit qu'il était très amateur.

— Très amateur de quoi ? De plantes ou de quelque chose de plus... ? ricana-t-il en remuant les sourcils.

— Messieurs ! intervint Archie.

Il avait envie de rire, lui aussi, et après les péripéties de la journée c'était un baume apaisant. Mais deux dames les accompagnaient, et l'une d'elles était tout à fait consciente. Il dirigea ses regards vers Olive, qu'il considérait comme une petite sœur, bien qu'il ne l'ait pas vue depuis quelques années et qu'elle ne soit plus du tout une enfant. Il aurait voulu lui bander les yeux.

Ce qu'il ne pouvait évidemment pas faire puisqu'il avait sa sœur aînée dans les bras. *Eh bien, ça promet !* pensa-t-il.

— Bon, j'y vais, déclara Effie.

Il sauta à terre, tendit les rênes de son cheval à Simon et se dirigea vers ce qui paraissait être la porte d'entrée : c'était difficile d'en être sûr, car elle était presque entièrement recouverte de vigne vierge.

— Rappelle-moi qui est le propriétaire de cet endroit ? demanda Archie à Simon. Sir Lionel, c'est ça ? Comment Featherfinch s'est-il lié avec un baronnet de Cumbrie ?

— Sir Lionel Maundy n'est pas un baronnet, mais un chevalier.

— Puis-je me permettre de demander quel genre de services sir Lionel a rendu à la Couronne ?

— D'après Featherfinch, c'est un essayiste et un artiste, mais... je ne sais pas dans quel domaine, rétorqua Simon, observant les alentours avec un sourire amusé. Qu'en penses-tu, Harcourt ?

Que Simon lui donne du « Harcourt », sans doute parce qu'Olive les entendait, et se montre si formaliste au milieu de ces sculptures obscènes était franchement cocasse.

Comme Archie ne répliquait pas, Simon enchaîna :

— Je crois que sir Lionel ne s'est jamais marié, ce qui explique peut-être l'état de ce domaine.

Archie pensait plutôt que le délabrement général du domaine était dû à plusieurs siècles de négligence. Mais, dans l'immédiat, il avait d'autres préoccupations. Il jeta de nouveau un coup d'œil à Olive, se demandant avec anxiété quels commentaires formuler à propos de ce jardin, et s'il ne valait pas mieux s'abstenir. Dieu merci, les sculptures végétales semblaient la laisser de marbre.

Elle se tourna vers Archie, l'air inquiet.

— Comment va ma sœur ?

— Elle dort, mais sa respiration et sa température sont normales.

Il fallait cependant la faire descendre de ce cheval. Il regarda Effie qui frappait toujours à la porte tapissée de vigne vierge. Il commençait à craindre que le château soit aussi inhabité qu'il le paraissait et qu'ils soient obligés de crocheter la serrure quand la porte s'ouvrit sur un vieillard voûté en bras de chemise. Une discussion, qu'Archie ne pouvait pas entendre, s'engagea. Finalement, le vieil homme sortit d'un pas vacillant et annonça avec un accent écossais à couper au couteau qu'il s'occuperait des chevaux.

Faire descendre Clémentine ne fut pas simple, mais ils finirent cahin-caha par pénétrer dans le château où ils furent accueillis par une femme très âgée qui déclara, avec un fort accent écossais, s'appeler Mme MacPuddle.

Elle semblait ignorer totalement qui ils étaient, mais s'accommoda apparemment fort bien de leurs explications : sir Lionel, qui était un ami de lord Featherfinch, avait proposé de prêter le château aux trois comtes pour deux semaines.

— Il ne me dit jamais rien, ce grand benêt, marmonna-t-elle avec affection.

Vu l'état de Clémentine, Mme MacPuddle les conduisit directement à une chambre. Archie eut de nouveau envie de rire. La situation était tellement absurde ! Voilà qu'ils s'entassaient maintenant dans une petite pièce que nul ne semblait avoir occupée ni dépoussiérée depuis des lustres. Après moult va-et-vient, Effie et Simon, qui tenaient Clémentine, l'un par les pieds, l'autre par les épaules, le bras blessé d'Archie étant hors service, l'allongèrent sur le lit.

Puis Archie leur ordonna de sortir. Il dut pour se faire obéir promettre de les rejoindre un peu plus tard, dès que Clémentine serait bien installée, pour qu'ils pansent sa blessure. Il avait l'impression d'être aux prises avec des parents envahissants.

— Chut, dit-il à Clémentine qui commençait à protester.

Elle avait dormi tout le long du trajet, cahotée sur le dos d'un cheval, pour s'agiter une fois confortablement couchée sur un lit : du Clémentine tout craché.

— Pourriez-vous, sans vous déranger, lui préparer un en-cas ? Quelque chose de revigorant et facile à manger ? Peut-être une viande froide ? demanda-t-il à Mme MacPuddle qui tourniquait dans la chambre.

— Je crois qu'un peu de pain trempé dans du lait conviendrait mieux, objecta vivement Olive, qui mouillait un linge avec l'eau du broc que Mme MacPuddle avait apporté.

— Oui, merci, murmura Clémentine.

Elle adressa un faible sourire à Archie qui calait deux oreillers derrière son dos. Il en fut tellement soulagé qu'il faillit se laisser tomber sur le lit.

— Ça va ? interrogea-t-il à voix basse.

Il ne savait pas pourquoi il chuchotait, ni pourquoi cette question était empreinte de tendresse alors qu'il était furieux contre elle. Ni pourquoi sa main, de son propre chef, repoussait une mèche qui balayait le front de Clémentine.

Il n'avait plus les idées claires. Ses jambes flageolaient, jamais il ne parviendrait à se redresser pour quitter la chambre, ce qu'il lui fallait pourtant faire s'il ne voulait pas que les garçons viennent le chercher.

Clémentine ne répondit pas. Ils restèrent là, à se regarder, jusqu'à ce qu'Olive, le linge humide dans les mains, s'interpose entre eux.

— Ça va aller, Clemmie, déclara-t-elle fermement. Tout le monde va bien, et on discutera de tout ça demain.

Archie se leva ; à l'évidence, on le congédiait.

— Je ne suis pas blessée, dit Clémentine d'une voix plus forte, haut perchée, répondant avec retard à la question d'Archie.

Ce n'était pas vraiment rassurant, mais Archie hocha la tête et sortit à reculons. Les yeux gris argenté de Clémentine restèrent rivés aux siens jusqu'à ce qu'il ait franchi le seuil.

5

On vire de bord

Le lendemain matin, Archie buvait son thé dans une petite salle à manger – où il n'y avait rien à manger, quoique Mme MacPuddle leur ait assuré qu'elle se débrouillerait pour les nourrir pendant deux semaines. Il songeait que l'Escapade débutait enfin quand Clémentine entra.

La fille qui s'exprimait dans un murmure avait disparu, cédant la place à une grande et énergique jeune femme aux cheveux en bataille, qui marchait et parlait avec assurance.

À en juger par ses bottes et le bas de sa robe crottés, elle était déjà sortie. Il n'était pourtant que 7 h 30. Elle avait toujours été une lève-tôt, et cela indiquait que les péripéties de la veille ne l'avaient pas sérieusement atteinte.

— Nous avons quelques points à discuter, déclara-t-elle en se laissant tomber sur une chaise à côté d'Archie avant qu'il réussisse à se lever pour la saluer. Premièrement, je ne suis pas du genre à m'évanouir.

— Bonjour, d'abord, rétorqua-t-il en tâchant de l'examiner le plus discrètement possible pour s'assurer qu'elle était vraiment rétablie.

Elle portait une robe bleu ardoise qui, hormis l'ourlet taché de boue, était assez quelconque. Elle avait natté et relevé ses cheveux acajou de manière négligée. Des mèches s'en échappaient, et ses tresses qui étaient attachées par des épingles penchaient toutes du même côté. Ses joues étaient roses, ses yeux étincelaient et de minuscules taches de rousseur saupoudraient ses pommettes et son nez légèrement aquilin. Elle avait l'allure de la Clémentine dont il se souvenait, pourtant elle paraissait différente.

À quand remontait sa dernière rencontre avec les Morgan ? Il avait bien sûr assisté aux obsèques de Mme Morgan, mais les sœurs étaient en grand deuil et entourées de gens qui présentaient leurs condoléances, si bien qu'il ne les avait pas observées de près. Il fit un rapide calcul : il avait vingt-sept ans ; par conséquent, Clémentine en avait vingt-quatre. Elle devait donc avoir dix-neuf ans lors de leur dernière rencontre. Comment pouvait-elle avoir autant changé en cinq ans ?

Pourtant, elle était bel et bien différente.

Mais c'était peut-être lui qui avait changé, songea-t-il avec un brin d'inquiétude.

— Je ne suis pas le genre de femme qui tombe dans les pommes quand elle affronte des désagréments, explicita-t-elle. Ce n'est pas de cette façon que je gère les situations difficiles.

— Je n'en doute pas. Tu les gères en tirant des coups de feu.

— Je suis vraiment désolée, rétorqua-t-elle d'un ton radouci. Comment va ton épaule ? Et ta figure ? ajouta-t-elle en se rapprochant.

Elle avait pris un bain. La veille, si elle ne sentait pas vraiment mauvais, elle dégageait l'odeur d'une personne qui a passé plusieurs journées dans une malle-poste.

Ce matin, elle sentait… le sucre et l'herbe. L'odeur de Clémentine.

Elle avait des brindilles dans les cheveux, si fines qu'il fallait être tout près pour les distinguer. Il détourna la tête pour dissimuler un sourire. Un homme n'affichait pas une mine amusée quand on avait failli l'assassiner.

— Je vais bien, répondit-il d'un ton bourru.

— Il a fallu appeler le médecin ?

— Non, la plaie saignait beaucoup mais n'était pas profonde.

Mme MacPuddle avait écarté les garçons qui s'agitaient vainement autour de lui et lui avait fait deux points de suture. Les élancements cuisants de la veille s'étaient mués en une douleur sourde qui le tracassait encore, mais Clémentine n'avait pas besoin de le savoir.

— Et ça ?

Elle tendit la main, comme pour toucher l'égratignure sur son visage, et il recula par réflexe.

— Ce n'est rien.

A posteriori, il n'en revenait pas que Simon et lui se soient rués sur Théodore Bull de cette manière. Archie était un mordu de boxe : il pratiquait aussi souvent que possible avec un entraîneur à Sevenoaks, le bourg le plus proche de Mollybrook. Dieu savait qu'à l'école, il avait eu son compte d'empoignades. Jamais cependant il n'avait provoqué une bagarre en bonne et due forme avec un homme adulte. C'était déconcertant. Mais l'attaque avait marché : après quelques coups de poing, M. Bull avait capitulé. Il avait eu peur, suffisamment pour tenir sa promesse de disparaître.

— Nous savons tout et nous rendrons ces faits publics si vous vous avisez de remettre les pieds en Angleterre, avait menacé Simon.

Quand Archie, intrigué, avait demandé des précisions à Simon, celui-ci s'était contenté de répondre :

— Les types de cet acabit ont toujours des secrets. J'ignore quels sont les siens, mais il croit que je les connais.

Archie estimait donc que ce déchaînement de violence avait été fructueux. Il lança un coup d'œil à Clémentine. Il recommencerait si cela s'avérait nécessaire, même si cette idée le mettait mal à l'aise.

— Tant mieux, dit Clémentine, n'empêche que je suis désolée de t'avoir tiré dessus et de t'avoir entraîné dans ce guêpier.

Elle s'interrompit, soupira :

— Oh, Arch...

— Ne m'appelle pas Arch.

— Pourquoi ? Arch est un diminutif nettement plus digne qu'Archie.

— Je ne l'aime pas.

Ce n'était pas tout à fait vrai. Quand Clémentine l'appelait Arch, qu'elle prononçait cette syllabe, il se sentait flageoler, comme la veille quand il était à son chevet. Telle une gelée qu'on secouerait sans ménagement. Être comparé à une gelée n'était pas du goût d'Archie, même si c'était lui qui faisait la comparaison.

— Ça ne me convient pas, bougonna-t-il.

— Toi, tu m'appelles bien Clem.

— Non, contra-t-il par réflexe.

Elle avait pourtant raison, il l'appelait effectivement Clem. Autrefois. Il l'avait fait la veille aussi, mais c'était la première fois depuis des années.

— Si.

— Je ne suis pas le seul, Olive aussi t'appelle Clem.

— Non, elle m'appelle Clemmie. Tu es le seul qui m'appelle Clem.

Était-ce vrai ?

— Je t'appelle Arch et tu m'appelles Clem, mais uniquement, en général, quand il n'y a personne dans les parages.

Et cela, était-ce vrai ? Il ne l'appellerait effectivement pas par son prénom en public, pas plus qu'elle ne le ferait. Néanmoins, lorsqu'ils étaient seuls ou en présence de proches parents, ils n'avaient jamais fait de chichis.

Mais cela ne datait pas d'hier et, depuis, les deux sœurs avaient fait leurs débuts dans le monde. De plus, il s'efforçait devant elles d'appeler Simon et Effie par le patronyme attaché à leur titre de noblesse. Même si ce château délabré n'était pas l'épicentre de la bonne société.

Il s'ébroua pour arrêter de se noyer dans les détails.

— Si nous parlions plutôt d'hier ?

— À quel propos ?

Peut-être à propos de ta sœur qui s'est enfuie avec un vaurien qui était précédemment ton fiancé ? De comment, déguisée en garçon, tu t'es lancée à leur poursuite, pour finir par me tirer dessus ?

— Tu n'as pas été surprise de me voir à l'auberge.

Cette pensée venait juste de lui traverser l'esprit, car il s'était soudain souvenu qu'elle l'avait appelé Arch lorsqu'il avait fait irruption dans sa chambre.

— Ça ne m'a pas vraiment étonnée. C'est bizarre, n'est-ce pas ? Ou peut-être pas. Il me semble que tu as toujours été là quand j'avais besoin de toi.

Elle poussa un soupir résigné.

— Je suppose que je vais devoir tout te raconter depuis le début, mais je préférerais attendre qu'Olive se réveille, parce que je ne connais pas toute l'histoire. À nous trois, nous tirerons ça au clair.

— Je préférerais aussi que Marsden et Featherfinch nous rejoignent, si ça ne t'ennuie pas. Ce sont mes meilleurs amis, ils étaient là hier et ils sont dignes de confiance. S'il fallait prendre d'autres mesures pour s'assurer que cette situation calamiteuse tourne à notre avantage, ils nous seraient utiles. Mais si tu n'as pas envie de les impliquer davantage, je garderai bien sûr tes confidences pour moi.

— Je suis disposée, quoique à contrecœur, à relater par le menu cette malencontreuse aventure devant vous tous. Je propose donc d'attendre Olive et tes amis.

Il allait acquiescer quand elle ajouta :

— Il y a cependant quelques points à discuter immédiatement. D'abord, ce à quoi tu as assisté hier n'était pas, malgré les apparences, un évanouissement. Je n'avais quasiment rien mangé depuis plusieurs jours, ni fermé l'œil. Je ne me suis pas évanouie.

— C'est noté.

Évanouissement, malaise, perte de conscience... il ne saisissait pas bien la nuance, mais elle semblait vouloir qu'il y en ait une. Il s'abstint d'insister sur le fond du problème, à savoir son jeûne et sa privation de sommeil pendant plusieurs jours. Il réserverait ses réflexions pour un plus vaste auditoire. Mais franchement, quand on partait pour un voyage aussi hasardeux, on prévoyait au moins quelques provisions.

Elle parut surprise qu'il ne la réprimande pas et resta un instant silencieuse.

— Deuxièmement, je tiens à préciser que je n'ai aucune intention de me marier. Je suis farouchement opposée à la notion même de mariage. Cette lamentable histoire avec M. Bull était due à une terrible erreur de jugement, mais j'ai retrouvé la raison. Si j'apprécie ta loyauté envers ma famille, je suis sûre que tu es soulagé de ne pas être forcé d'épouser Olive ou moi-même. J'ignore ce que mon père a pu te dire à ce sujet, mais j'ai eu l'occasion, durant trois saisons mondaines, de me familiariser avec sa... sélection. Je n'épouserai personne, pas même pour sauver ma réputation. Je voulais que ce soit clair.

La « sélection ». Archie ravala un gloussement. Il fut tenté de répondre qu'il compatissait. Avoir un père autoritaire et convaincu de savoir mieux que vous ce qu'il vous faut était pénible. Mais il était encore fâché contre elle.

— C'est noté, répéta-t-il. C'est tout ?

De nouveau, elle parut surprise par son ton neutre.

— Non, il y a encore une chose. Je souhaiterais rester ici pendant la durée de votre séjour. Avec Olive, évidemment. Je préférerais ne pas retourner tout de suite à Londres.

— Très bien.

— « Très bien », vraiment ?

L'étonnement se muait en stupéfaction. Ses yeux s'arrondissaient tellement que ses sourcils disparaissaient sous les mèches qui lui barraient le front.

— Nous sommes arrivés ici plus tard que prévu parce que nous avons fait un grand détour pour te retrouver, expliqua-t-il. Il ne nous reste que dix jours de vacances. Si je te ramène à Londres, je perdrai encore plusieurs jours et revenir ici ensuite ne vaudrait pas le coup.

Maintenant qu'il était là, après deux faux départs, il refusait de renoncer à ses vacances. Les garçons et Mlle Brown avaient raison : il avait besoin de repos.

— Je vais écrire immédiatement à ton père.

Ou plutôt, il en chargerait Effie.

— Je lui dirai que tout va bien et que je vous reconduirai chez vous, ta sœur et toi, à la fin de mes vacances. Il n'y verra sans doute pas d'inconvénient. Il a eu suffisamment confiance en moi pour me charger de vous récupérer.

Par ailleurs, sir Albert se trouvait à plusieurs centaines de kilomètres. Par conséquent, même s'il n'était pas d'accord, il ne pourrait pas faire grand-chose.

— Cela dit, ajouta-t-il, je vous aurais naturellement ramenées à Londres si j'y avais été contraint mais, de toute évidence, personne dans cette étrange bicoque n'est en mesure de compromettre votre réputation ou votre position dans la bonne société.

Effie avait bavardé avec Mme MacPuddle et appris qu'outre elle-même et le vieil homme qui s'était occupé de leurs chevaux le château n'abritait qu'une servante de cuisine, une bonne à tout faire et sa fille âgée de quatre ans. Mme MacPuddle était la grand-mère de la bonne, âgée d'une vingtaine d'années, qui, au matin, avait allumé le feu dans les pièces occupées. Cette jeune femme ne semblait pas avoir de mari. Archie s'en fichait éperdument, sauf dans la mesure où cela lui rappelait qu'il valait mieux balayer devant sa porte avant de critiquer les autres. Bref, personne n'était en danger à Quintrell Castle, s'ils réussissaient à éviter les ardoises tombées du toit.

— Donc, si ça ne t'ennuie pas, j'aimerais profiter de mes vacances, conclut-il.

Clémentine ouvrit la bouche, la ferma, la rouvrit. Avec ses yeux écarquillés, elle ressemblait à un aiglefin hors de l'eau. Il pinça les lèvres pour ne pas rire. Si Clémentine Morgan adorait toutes les créatures terrestres et aquatiques, elle n'apprécierait guère d'être comparée à un poisson dont on faisait du haddock. En tout cas, il l'avait surprise au point de lui couper le sifflet. Il devait savourer l'instant, car c'était la première fois que cela se produisait et ce serait peut-être bien la dernière.

— Ça me semble acceptable, acquiesça-t-elle quand elle eut recouvré l'usage de la parole. Mon père ne trouvera rien à redire, il sait que tu es comme un frère pour Olive et moi-même.

— Il y a cependant une condition : Olive et toi, vous vous ferez discrètes. Ni trop ni trop peu, juste discrètes.

Il se félicitait que Clémentine soit saine et sauve, et il désirait sincèrement renouer des liens avec la famille Morgan, mais ce n'était pas le but de ce séjour.

— Suis-je assez clair ?

— Assez, oui.

— Ce voyage annuel est une tradition sacrée et il est réservé aux hommes.

— Je comprends.

— J'ai exploré le château ce matin, surtout pour vérifier qu'il ne risquait pas de s'écrouler sur nous, et j'ai constaté qu'il était assez vaste pour nous permettre d'y cohabiter sans nous marcher sur les pieds.

— Bien.

— J'insiste vraiment sur ce point. Je ne veux pas que vous...

— Arch !

— Quoi ?

— Je suis d'accord avec tout ce que tu dis. Vous ne vous rendrez même pas compte de notre présence, à Olive et moi. Vraiment, je te le promets.

Très bien. Il saisit sa tasse de thé.

— Ne m'appelle pas Arch.

Après cette discussion et la réaction étonnamment positive d'Archie, Clémentine se rendit dans la chambre d'Olive. Sa sœur, qui n'avait jamais été du matin, était toujours pelotonnée sous ses couvertures et ronflait paisiblement, comme si elle n'avait pas le moindre souci dans sa vie. Clémentine entra d'un pas décidé, claqua la porte derrière elle et, s'approchant de la fenêtre, ouvrit les tentures. Le ciel était brumeux.

— Debout ! dit-elle sèchement.

Elle essayait de retrouver son état d'esprit de la veille et la conviction que sa sœur ne l'avait pas trahie délibérément et sans vergogne. Mais à la lumière du jour et avec les idées claires, se cramponner à cette conviction était nettement plus difficile. Car, de fait, Olive s'était enfuie avec Théo.

Oui, Olive s'était bien enfuie avec Théo.

Maintenant que l'affolement des derniers jours se dissipait, la colère revenait en force. Clémentine en avait une réserve considérable à déverser, d'abord sur Théo, mais aussi sur Olive qui lui avait volé son bon à rien de fiancé, qui avait failli sacrifier sa jeunesse et sa réputation à un individu pareil, qui les avait obligés à se lancer dans une absurde course-poursuite qui aurait pu se terminer très mal pour toutes les deux et qui pour Archie s'était soldée par une blessure.

— Clemmie ? appela Olive d'une voix ensommeillée.

Dans les romans, on qualifiait souvent la colère de « brûlante ». Ou de « revigorante ». Une force qui stimulait, qui rendait impulsif et imprudent. La colère qui animait Clémentine en cet instant était comme la neige, blanche et froide, engourdissante.

La vie n'est pas un roman, enfonce-toi ça dans la tête.

— Tu vas bien, Clemmie ? Je me suis fait tellement de souci pour toi, hier soir.

Clémentine pivota lentement et vit que sa sœur était sincère : elle s'était réellement inquiétée. En général, Olive était insouciante, frivole et égoïste. Elle ne pensait qu'à manipuler les gens et à tourner n'importe quelle situation à son avantage afin de satisfaire ses caprices. Si elle ne blessait jamais les autres intentionnellement, elle les blessait pourtant bel et bien parce qu'elle n'envisageait pas les conséquences de ses actes, sinon pour se demander s'ils lui procureraient ce qu'elle désirait.

Pour être honnête, il fallait toutefois reconnaître qu'Olive était aussi loyale, et presque à l'excès. Elle avait tracé autour d'elle un cercle de feu infranchissable. Si vous étiez à l'intérieur, il n'y avait rien qu'elle ne puisse faire pour vous. Clémentine l'avait constaté à de multiples reprises. Elle avait vu sa sœur rayer de sa vie des personnes dont le seul crime, parfois même involontaire, avait été de froisser l'une de ses amies.

Clémentine et Olive n'avaient pas grand-chose en commun et n'avaient jamais été intimes. Elles avaient cinq ans d'écart et, si elles avaient eu la même gouvernante pendant un certain temps, on avait ensuite engagé un précepteur pour Clémentine. Plus tard, quand Olive s'était surtout intéressée au dessin, à l'aquarelle, au chant et au pianoforte, on l'avait confiée à des professeurs d'art et de musique. Les deux sœurs étaient deux étoiles qui semblaient proches dans le ciel, mais qui en réalité n'appartenaient pas à la même galaxie.

Clémentine avait pourtant cru être à l'intérieur du cercle de feu d'Olive, ne serait-ce que parce qu'elles étaient du même sang.

Mais, dans le fond, que signifiait « être du même sang » ? Archie n'avait-il pas forgé des liens fraternels avec ses amis intimes ?

— Physiquement, je vais bien, répondit Clémentine. Mais si ça se trouve, j'ai le cœur brisé.

Olive scruta son visage.

— Ce n'est pas le cas, n'est-ce pas ?

Elle repoussa les couvertures et tendit les bras, invitant sa sœur à l'embrasser.

Clémentine ne bougea pas. La colère ne désarmait pas. Elle se sentait fragile, peu disposée à réconforter sa sœur.

Mais il n'y avait pas que de la colère. Il y avait aussi de l'orgueil, sa seule défense à l'extérieur du cercle de feu.

— Tout le monde sait que tu es la plus jolie de nous deux, Olive.

Sa voix était froide, son ton neutre, comme si elle parlait par exemple… d'un ouvrage de broderie, et Dieu sait à quel point la broderie lui était indifférente.

Comme Olive protestait, Clémentine l'interrompit d'un geste.

— Tu es également intelligente, ne fais pas semblant de ne pas comprendre ce que je dis. Tu es ravissante, tu chantes comme un rossignol, tu parles trois langues, tu brodes à la perfection et tu joues très bien du pianoforte. Et ton père est un baronnet.

Olive plissa le front. Clémentine allait devoir mettre les points sur les *i*, ce qui rendait les choses encore plus humiliantes.

— Nous avons le même père, d'accord, en revanche je n'ai pas tes autres qualités. Je n'ai ni ta beauté classique, ni ton charme, ni ta maîtrise des disciplines typiquement féminines. Je n'ignore pas ce que les gens disent de moi : que je suis bizarre, asociale et incontrôlable, que j'ai un nez affreux et que je devrais camoufler mes taches de rousseur si je veux trouver un mari. Toi, en revanche, tu pourrais avoir tous les hommes qui existent. Alors pourquoi as-tu jeté ton dévolu sur le seul homme que j'aie jamais désiré ?

Elle s'efforçait de gommer toute note douloureuse dans sa voix, en vain.

Olive sortit du lit et vint se camper devant elle.

— Mais tu ne voulais plus de lui, n'est-ce pas, Clemmie ? dit-elle en lui prenant la main. C'était justement le problème.

La compassion se lisait sur son visage.

C'était intolérable ! Clémentine dégagea brutalement sa main.

— Que veux-tu dire ? Comment le sais-tu ?

Comment diable aurait-elle pu le savoir ? Clémentine avait confié à son père qu'elle avait changé d'avis concernant ses fiançailles, mais il avait tenté de la convaincre d'aller jusqu'au bout. Qu'il ait réussi ou non, il n'en aurait jamais parlé à Olive. Il croyait sa fille cadette plus innocente qu'elle ne l'était. Il essayait en permanence de protéger Olive contre les manigances des hommes, quand il aurait plutôt dû protéger les hommes contre les manigances d'Olive.

— Par Théo, répondit posément sa sœur. Il m'a dit que tu avais rompu, que tu avais perdu ta virginité dans ses bras et qu'il le crierait sur tous les toits si tu ne changeais pas d'avis et n'acceptais pas de l'épouser. Il n'aurait pas hésité à te faire du chantage.

Clémentine ne se choquait pas facilement, du moins se plaisait-elle à le penser. Elle n'était pas du genre à avoir des vapeurs pour un rien ou à pousser des cris. Bon sang, un jour, elle avait même fait reculer un sanglier d'un seul regard ! Mais les révélations d'Olive sur les méfaits de Théo lui arrachèrent un couinement si mélodramatique qu'on aurait pu l'inclure dans une pièce de théâtre.

Ces derniers jours étaient décidément une descente aux enfers.

Elle n'aurait pas cru Théo capable d'une telle vilenie. À vrai dire, elle ne l'avait pas cru capable d'une foule de choses qu'elle l'avait vu faire, notamment commander deux parts de rôti de bœuf.

— J'ai donc proposé de l'épouser pour acheter son silence, poursuivit Olive, ce qui arracha un nouveau couinement à Clémentine. Je ne suis pas aussi sotte que tu le penses, sœurette. Toi ou moi, c'était pareil pour lui. J'avais compris qu'il voulait seulement empocher une jolie dot et entrer dans une famille respectable. Il n'avait pas de sentiments pour toi.

Clémentine l'avait découvert, en effet. Et cela faisait encore mal.

— Ni pour moi, ajouta Olive.

Ça, c'était comme une piqûre d'abeille, qui attisa la colère de Clémentine. Comment Théo osait-il ne pas aimer Olive, même si Clémentine était furieuse contre elle ?

Quel imbroglio !

— Mais moi, reprit Olive, je savais qu'il n'était pas amoureux de moi et ça ne me dérangeait pas.

— Mais pourquoi as-tu proposé de prendre ma place ? Pourquoi te serais-tu sacrifiée pour...

Oh... oh non !

— Est-ce que toi aussi, tu as...

Elle ne parvint pas à terminer sa phrase. Elle n'était pourtant pas du genre à couiner, à s'évanouir ou à jouer les saintes-nitouches.

— Non, répondit fermement Olive, qui avait manifestement deviné la question. Non, je ne l'ai pas fait.

Elle décocha à sa sœur un regard qui semblait dire : « Contrairement à toi. »

Clémentine avait les joues en feu. Non qu'elle ait honte de sa conduite. Cela ne plaidait peut-être pas en sa faveur, mais perdre sa virginité avant le mariage ne lui avait pas posé de problème moral. Non, elle était rouge de honte parce qu'elle avait singulièrement manqué de jugement en choisissant Théo.

Elle ravala son humiliation. Il fallait faire toute la lumière sur cette affaire.

Elle ne voyait qu'une explication plausible. Olive était sincèrement éprise de Théo. Elle était sentimentale, et Théo était un excellent comédien.

— Tu étais tombée amoureuse de lui ? soupira-t-elle.

— Seigneur Dieu, non ! se récria Olive, grimaçant comme si elle venait de tremper les lèvres dans du lait tourné.

— Si tu n'étais pas amoureuse et que tu es toujours vierge, pourquoi aurais-tu offert de prendre ma place ?

Ce n'était pas simplement pour épargner à sa sœur l'humiliation et le déshonneur. Clémentine n'était pas à l'intérieur du cercle de feu d'Olive.

N'est-ce pas ?

— J'avais mes raisons, répondit sèchement Olive.

Elle pivota et s'approcha d'un miroir posé sur un secrétaire. Comme tout ce qui se trouvait dans le château, il était vieux et abîmé, et Olive dut se contorsionner pour voir son reflet entre les taches noires.

— C'est tout ce que tu as à dire ? protesta Clémentine.

La conversation n'allait tout de même pas s'arrêter là ! Elle n'avait rien appris. Enfin, hormis le fait, finalement peu surprenant, que Théo avait prévu de lui faire du chantage pour l'empêcher de rompre leurs fiançailles.

— Tu n'as pas besoin de tout savoir sur moi, Clemmie, et réciproquement.

C'était vrai, mais dit avec une telle désinvolture que Clémentine en eut un pincement au cœur. Hier encore, elle aurait opiné et n'aurait eu aucun désir de connaître en détail les intrigues de sa sœur, ni aucun désir de se confier à elle. Aujourd'hui, elle se demandait si elle n'avait pas été trop prompte à accuser Olive, sous prétexte qu'elles étaient différentes.

— Par exemple, enchaîna celle-ci, je n'ai pas besoin de savoir pourquoi tu as offert ta virginité à Théo.

Clémentine rougit de plus belle.

— Ça ne regarde que les deux personnes concernées. Ainsi que Dieu, je suppose, pour ceux qui y croient.

Bonté divine, sa sœur serait-elle secrètement païenne ? Y avait-il autre chose que Clémentine ignorait à son sujet ?

Olive se pinçait les joues pour les rosir. Clémentine l'observait, bouche bée.

— J'avais donc mes raisons pour conclure un marché avec Théo, continua Olive en se pinçant les lèvres comme un canard referme son bec. Nous n'étions plus très loin de l'Écosse quand j'ai compris ses intentions concernant notre future vie conjugale. J'estime par conséquent que nous nous en sommes remarquablement bien tirées. Grâce à Archie, nous ne sommes pas perdues de réputation ni forcées d'épouser Théodore Bull.

Olive s'écarta enfin du miroir et sourit gaiement à Clémentine.

— Maintenant nous pouvons oublier ces petits désagréments.

— Mais..., bredouilla Clémentine.

Qu'avait-elle à dire ? Qu'elle voulait savoir en quoi consistait ce « marché » et ce que signifiait au juste ce « j'avais mes raisons » ? Comment Olive pouvait-elle être aussi calme et joyeuse ? Comment ne frémissait-elle pas à l'idée de ce qui aurait pu se passer ?

L'assaillir de questions ne servirait cependant à rien : Olive pouvait se montrer plus têtue qu'une mule. D'ailleurs, Clémentine était d'accord avec elle sur un point : qu'elles ne soient ni déshonorées ni mariées était assurément une bonne chose.

— Mais quoi ? rétorqua Olive.

— Eh bien... euh... ici, tu ne peux pas l'appeler Archie, bafouilla Clémentine, saisissant la première idée venue. En public, il est lord Harcourt.

— Je le sais, sœurette. Tu as dit toi-même que j'étais intelligente.

Un petit sourire joua sur les lèvres d'Olive et s'effaça aussitôt.

— Il accepte que nous restions ici, avec lui et ses amis, poursuivit Clémentine. À condition de nous tenir à l'écart et de les laisser tranquilles. Il écrira à Père que tout va bien, et nous rentrerons à Londres avec eux à la fin de leurs vacances.

— Vraiment ? Youpi !

Olive pirouetta sur ses talons. Elle eut soudain l'air d'une gamine, ce qu'à dix-neuf ans elle n'était plus, et Clémentine éprouva de nouveau un étrange pincement au cœur.

L'enthousiasme de sa sœur la surprenait, car Olive, au contraire de Clémentine qui aimait la campagne, préférait la ville.

— Quand il dit qu'il ne veut pas nous avoir dans les pattes, il ne plaisante pas, insista-t-elle.

— Dommage ! Je voudrais que lord Featherfinch me donne l'adresse de son tailleur. Il est superbe, non ? Il a l'allure d'un héros de roman gothique qui erre sur la lande, en proie aux affres d'une passion non partagée.

Cette image était aussi venue à l'esprit de Clémentine, mais il n'était pas question de l'admettre. Elle ne lisait ces romans-là qu'à l'abri des regards, perchée dans un arbre. Devant témoins, elle privilégiait des ouvrages plus respectables. À la réflexion, elle ne savait pas trop pourquoi. Prendre un homme dans ses filets ne l'intéressait pas le moins du monde, et elle commençait à penser que la vie était trop courte pour s'empêcher de lire ce qu'on avait envie de lire.

— Mais bon, je comprends, déclara gravement Olive. Je ne ferai rien qui risque de compromettre notre séjour, parce qu'à mon avis nous en avons besoin toutes les deux.

— Parfait.

Que dire de plus ? Rien, apparemment, même si Clémentine gardait l'impression qu'elles se dépêtraient trop facilement de ce qui avait failli tourner au désastre.

— Tu es sûre que tu vas bien, Clemmie ? demanda Olive, comme sa sœur se détournait.

La question méritait réflexion. Elle ne savait pas si elle allait bien. En tout cas, elle n'était pas désespérée à cause de Théo. Ni à cause d'Olive, vu que celle-ci avait apparemment agi ainsi dans l'intérêt de sa grande sœur - du moins, en partie, ses autres raisons étant mystérieuses et sans doute égoïstes.

Elle n'était plus affamée, puisque ce matin, dans la cuisine, elle avait mangé du pain trempé dans du lait et bu plusieurs tasses de thé.

Elle devrait se sentir revigorée. Elle devrait aller bien.

— Tu as l'air un peu chancelante, ajouta Olive.

Oui, le terme était juste. Elle était chancelante. Comment une histoire aussi effarante, de nature à bouleverser une vie, pouvait-elle se terminer aussi piteusement ? Elle avait fourbi ses armes pendant des jours. Et voilà qu'à présent, non seulement elle n'avait pas à combattre, mais elle était en vacances.

— Je vais bien, mentit-elle.

Sur quoi, elle fit ce qu'elle faisait toujours quand elle était perturbée : elle sortit prendre un grand bol d'air.

6

Devinez qui (ne) vient (pas) dîner

L'après-midi, Clémentine, Olive, Archie et ses amis prirent une collation, si on pouvait appeler cela une « collation », sur la terrasse, si on pouvait appeler cela une « terrasse ».

Clémentine s'était inquiétée : trouverait-elle quelque chose à manger ? Il y avait du pain dans la cuisine, mais elle craignait fort qu'Olive et Archie ne lui permettent pas de continuer à se nourrir exclusivement de pain. À son grand soulagement, Mme MacPuddle leur servit un panier de raisins et de pêches, et des biscuits.

De curieux biscuits.

— Fichtre, marmonna lord Featherfinch après avoir essayé, en vain, d'y planter les dents.

— Effectivement, dit Archie avec une grimace en reposant le sien sur son assiette.

Clémentine avait fait de même.

Lord Featherfinch reprit le sablé dur comme un caillou et réussit à en croquer un bout. Il mastiqua longuement, puis s'exclama :

— C'est... de l'anis ?

Clémentine goba un grain de raisin tout en étudiant la terrasse. Le cadre avait le charme de l'ancien et du délabré. Le mur de pierre qui les séparait du jardin en contrebas, envahi par les mauvaises herbes, menaçait de s'écrouler : il n'avait pas été entretenu depuis des années, semblait-il, contrairement au jardin de devant où se dressaient les sculptures végétales qu'elle avait découvertes lors de sa promenade matinale.

Quant aux dalles de la terrasse, elles s'effritaient. Lord Marsden, qui les rejoignait en disant : « Excusez mon retard, j'ai perdu la notion du temps », trébucha sur des débris et faillit perdre l'équilibre.

— Attention aux biscuits, le prévint lord Featherfinch, lorsque son ami fut assis.

— J'ai discuté avec Mme MacPuddle et visité la cuisine, déclara Olive. Il n'y a qu'une servante, pas de cuisinière. Le maître de maison n'en a pas besoin car, je cite : « Il ne fait pas de chichis pour la nourriture. »

— Ça ne m'étonne pas, rétorqua lord Featherfinch. Sir Lionel est un cérébral.

Il jeta un regard circulaire.

— Ce qui explique peut-être... l'état général de ce château.

— Où est sir Lionel en ce moment ? demanda lord Marsden. J'ai l'impression qu'il est assez excentrique.

— Il a prévu de publier un recueil d'essais sur la solitude, répondit lord Featherfinch. Il est parti s'isoler.

— Cet immense château, au fin fond de la Cumbrie, où il vit seul quasi sans domestiques, n'est sans doute pas assez isolé, ironisa lord Marsden.

Lord Featherfinch haussa les épaules.

— Il s'est retiré dans les Hébrides extérieures[1].

— Mme MacPuddle m'a dit qu'il était possible d'engager une cuisinière qui travaille dans un domaine voisin, intervint Olive. Si tout le monde est d'accord, j'irai me renseigner dans l'après-midi.

---

1. Groupe d'îles au large de la côte ouest de l'Écosse.

Clémentine observait Olive qui picorait gracieusement une grappe de raisin, comme si cette journée était tout à fait ordinaire, et non le lendemain du jour où on l'avait arrachée des griffes de son ravisseur, l'ex-fiancé de sa sœur.

Tous approuvèrent chaudement cette initiative, à commencer par Clémentine que cela rassurait : Olive pourrait avertir la cuisinière du régime alimentaire particulier que suivait sa sœur aînée.

Elle adressa un sourire reconnaissant à Olive avant de se rappeler que, si elle n'était plus fâchée, elle était encore... quoi donc ?

Quoi qu'il en soit, Olive serait un jour, pour un homme, une merveilleuse épouse. Théo ne serait pas cet homme-là, et Clémentine s'en réjouissait.

— Qui veut un de ces horribles biscuits ? interrogea lord Featherfinch.

À cet instant, une ardoise se détacha du toit et tomba sur les dalles à quelques mètres d'eux.

— Bonté divine ! s'exclama Olive. Quel drôle de château !

— Il est hanté, paraît-il, dit lord Featherfinch.

— Vraiment ? rétorqua Olive, fascinée.

— Oui, il a été assiégé à l'époque des rébellions jacobites[1] et serait hanté par le fantôme d'un dénommé Magnus MacCallum, un Highlander.

Lord Featherfinch baissa la voix.

— Quelqu'un aurait-il entendu ou vu quelque chose d'inhabituel, la nuit dernière ?

— Outre les topiaires du jardin ? railla lord Marsden.

Clémentine ravala un gloussement.

---

1. Série de soulèvements, rébellions et guerres ayant visé, entre 1688 et 1746, à restaurer les Stuarts sur les trônes d'Écosse et d'Angleterre, puis de Grande-Bretagne, après 1707.

Lord Featherfinch se pencha en avant, comme s'il s'apprêtait à révéler un secret.

— Je me suis réveillé en sursaut au beau milieu d'un rêve, bien après minuit, et j'ai cru entendre des cornemuses.

— Peut-être y avait-il réellement des cornemuses. Je veux dire... tu ne les as pas forcément inventées. Après tout, nous sommes à quelques encablures de la frontière écossaise, fit remarquer lord Marsden.

— Hmm..., marmonna lord Featherfinch, désappointé par tant de logique. Une petite chasse au fantôme s'impose pour tirer ça au clair.

Olive poussa une exclamation ravie, et lord Marsden un grognement exaspéré.

— Je propose une promenade en forêt, reprit lord Featherfinch. Il paraît que le chemin qu'emprunta le clan MacCallum quand il envahit le château est encore visible. Rien n'y pousse depuis des siècles.

Clémentine était partante. Elle doutait que les revenants du clan MacCallum aient pu saler la terre pour la rendre stérile, mais elle pensait au bosquet de hêtres près de Hill House, victime quelques années auparavant d'une terrible attaque de rouille et où plus rien ne poussait.

Archie s'éclaircit la gorge, lui qui était jusque-là resté silencieux, attirant l'attention de l'auditoire. Depuis qu'elle s'était assise à la table, Clémentine avait cependant une conscience aiguë de sa présence. Une présence impressionnante, qu'il n'avait pas autrefois. Il avait toujours été très grand, mais il était plus mince, avec des pommettes saillantes et une longue mèche noire qui lui balayait le front et le faisait paraître plus mûr et raffiné. Il avait bel et bien l'air d'un comte.

— La chasse au fantôme, c'est parfait pour ceux que ça tente, mais nous avons d'abord certains points à discuter, n'est-ce pas ?

Il décocha un regard sévère à Clémentine.

— Maintenant que nous sommes tous là, allons-y.

Clémentine aurait voulu que le fantôme de MacCallum surgisse brusquement pour l'enlever. Mais les trois hommes qui l'observaient étaient en droit d'exiger une explication. Elle prit une inspiration pour se donner du courage.

— Je dois sans doute raconter toute l'histoire...

— Ce serait aimable à vous, l'encouragea lord Featherfinch. Quelque chose me dit qu'elle est palpitante.

— Moi, j'ai l'impression que votre sœur et vous avez été malmenées, intervint lord Marsden avec une gentillesse mêlée d'indignation. Si vous acceptez de nous expliquer ce qui s'est passé, soyez assurées que nous mettrons tout en œuvre pour vous aider.

— Absolument, approuva lord Featherfinch. Croyez bien que ma curiosité, si elle n'est peut-être pas complètement désintéressée, n'a pour autant rien de salace : je suis un poète, voyez-vous, l'expérience humaine est ma source d'inspiration.

— Je n'en doute pas, et je vous remercie tous pour ce que vous avez d'ores et déjà fait pour nous, répliqua Clémentine.

— Oui, merci, renchérit Olive en lui prenant la main sous la table.

Elle la serra doucement, et ce geste de soutien réconforta Clémentine.

— J'ai fait la connaissance de M. Bull lors d'une réception que donnaient nos voisins, à Londres, commença-t-elle lentement.

Maintenant qu'elle avait pris du recul, elle considérait d'un autre œil cette regrettable soirée.

— C'était ma troisième saison mondaine ; trois de trop, à mon goût. (Elle lança un regard à Archie, qui écoutait attentivement.) Londres ne m'a jamais attirée, lord Harcourt s'en souvient peut-être. Je préfère vivre dans notre demeure familiale de Chiddington, près de Mollybrook.

— Sur ce point, vous vous ressemblez beaucoup, tous les deux, commenta lord Marsden. Harcourt déteste tellement Londres que je ne le vois plus que rarement.

— Notre père voulait que je me marie, poursuivit Clémentine. Pour ma part, je n'en avais aucune envie, ce dont je m'étais rendu compte dès le début de ma première saison. Ces dernières années, nous avons passé la majeure partie de notre temps à Londres ou à Bath, où mon père pensait que je trouverais un mari.

Elle s'interrompit, réfléchissant à la façon de formuler la suite.

— Je n'en ai pas trouvé un seul d'acceptable.

— Ah... les hommes de l'aristocratie britannique sont assez décevants, n'est-ce pas ? approuva lord Featherfinch.

Était-ce une boutade ? se demanda Clémentine. Peu importait, elle dirait toute la vérité, sans fard.

— J'ai surtout découvert que je suis inapte au mariage. J'ai peut-être commencé trop tard : ma première saison a été retardée de deux ans à cause de la maladie de notre mère. Lorsque j'ai fait mes débuts, j'avais sans doute déjà des opinions bien arrêtées. J'ai exprimé mon désir profond de rester célibataire. Bref, mon père et moi étions en désaccord.

— Notre défunte mère souhaitait ardemment que notre père marie ses deux filles, intervint Olive. Ce qui va à l'encontre des inclinations naturelles de ma sœur, ajouta-t-elle diplomatiquement.

Hmm... Peut-être Olive était-elle plus perspicace que Clémentine ne le supposait.

— En d'autres termes, reprit celle-ci, résolue à se montrer directe, je ne suis pas une jeune femme prometteuse, et Père commence à désespérer de moi.

— Pas « prometteuse » ? Dans quel sens ? objecta lord Marsden. Vous me paraissez très capable.

— Tous les hommes n'auraient pas envie que leur épouse se lance seule à la poursuite d'un criminel, déclara Archie d'un ton sec.

— J'ai conscience que mes centres d'intérêt et mes goûts ne sont pas ceux de la plupart des jeunes femmes bien élevées.

Clémentine ne tenait pas à débattre de si elle était ou non mariable. Cela suggérerait qu'elle envisageait cette notion, ce qui n'était pas du tout le cas. Elle poursuivit donc son récit pour en finir au plus vite. Les amis d'Archie étaient très gentils, néanmoins elle avait la désagréable sensation de comparaître devant un tribunal.

— M. Bull est un adepte du végétarisme, une doctrine qui exclut la chair animale du régime alimentaire.

— Nous en avons entendu parler, fit remarquer lord Featherfinch.

— Il a publié un essai sur le sujet, au début de la saison dernière. Je l'ai lu, et même si je crois à présent que M. Bull est un infâme hypocrite, lâcha Clémentine alors que l'image du plat de rôti de bœuf dansait encore devant ses yeux, j'ai été séduite par ses idées. J'ai toujours aimé les animaux, et souvent souhaité ne pas être obligée d'en manger. M. Bull, dans ses écrits, démontrait que je n'y étais pas contrainte. Et même, que je ne devrais pas le faire. Voire que personne ne le devrait.

Elle jeta un coup d'œil à Archie, qui haussait un seul sourcil. Elle avait oublié qu'il était capable de cela. Puis elle enchaîna :

— M. Bull et moi avons noué une amitié, et bientôt il...

Elle ferma une seconde les paupières. C'était tellement humiliant.

— Il s'est mis à me flatter, je suppose. Ça s'est passé si vite, et c'était si...

Elle s'éclaircit la gorge.

— Il m'a fait sa demande. Il avait besoin d'une épouse qui soit aussi une compagne de route. Il regrettait de gaspiller des heures à superviser la fabrication de ses livres. S'il avait quelqu'un à qui dicter ses textes, quelqu'un qui se chargerait de négocier avec les imprimeurs, de noter les dates de ses conférences et des réceptions auxquelles il était invité, et ainsi de suite, cela lui libérerait du temps pour penser. J'étais éprise de ses idées. Et, pour être honnête, pas seulement de ses idées. Je me disais que...

Même si elle n'était pas amoureuse de Théo – du moins ne croyait-elle pas l'avoir été –, elle le tenait à l'époque en grande estime. Elle avait imaginé qu'au fil du temps l'amour viendrait, renforcé par leur noble objectif commun.

— Il n'est pas nécessaire de nous dire ce que vous aviez dans le cœur, mademoiselle Morgan, déclara lord Featherfinch avec une gentillesse qui la toucha.

— Ce n'est en effet pas nécessaire, Clemmie, approuva Olive en lui étreignant de nouveau la main sous la table. Passons plutôt à la suite.

Clémentine opina. La facilité avec laquelle Théo l'avait prise au piège de ses flatteries était consternante, mais ce n'était pas l'essentiel et cela ne concernait pas ces messieurs.

— J'avais précédemment reçu deux demandes en mariage que j'avais déclinées, expliqua-t-elle pour situer les faits.

Archie laissa échapper un petit ricanement dédaigneux qu'elle ne sut comment interpréter. Pensait-il qu'elle inventait ? Ou était-il, comme sir Albert, irrité qu'elle n'ait pas accepté ? Elle le dévisagea d'un air interrogateur, mais ne lut dans son regard qu'une perplexité teintée de scepticisme. Il ne haussa cependant pas le sourcil, c'était déjà ça.

Elle se tourna vers lord Featherfinch et lord Marsden qui, contrairement à Archie et Olive, ne connaissaient pas sir Albert Morgan.

— Mon père ne me forcerait pas à épouser quelqu'un qui me déplaît. Du moins je l'espère. Mais quand il a une idée en tête, il n'en démord pas. Nous étions donc dans une impasse dont je ne voyais pas l'issue. Je comptais patienter et supporter autant de saisons qu'il en faudrait pour qu'il admette que je reste vieille fille.

Olive pouffa de rire et tous les regards se braquèrent sur elle.

— Excusez-moi, je pensais juste au fait que, vu l'entêtement de mon père et de ma sœur, nous pourrions croiser dans quelques années une Mlle Clémentine Morgan toujours sur le marché du mariage et refusant toujours catégoriquement de convoler en noces.

Olive plaisantait, mais elle n'avait pas tort, aussi Clémentine s'abstint-elle de glousser de concert avec les lords. Ou plus exactement avec lord Featherfinch et lord Marsden. La boutade n'avait visiblement pas amusé Archie, qui affichait une mine glaciale.

— Je commençais à m'inquiéter, poursuivit-elle. Je craignais de ne pas pouvoir tenir indéfiniment la dragée haute à mon père. Il était extrêmement contrarié que j'aie éconduit mon dernier soupirant. Il m'a semblé soudain que M. Bull m'offrait le moyen de sortir de l'impasse. Ce serait une union différente. Un mariage, certes, mais qui me permettrait de contribuer au progrès de notre société. Tout bien considéré, cela semblait en valoir la peine.

Clémentine détestait s'entendre le dire ainsi. Elle n'avait pas rêvé, telle une midinette sentimentale, d'un mariage d'amour comme celui de ses parents : elle savait que la plupart des gens n'avaient pas cette chance. Cependant, elle n'aimait pas se considérer comme une créature calculatrice et vénale. Elle n'était pas Olive. Elle ne voulait pas se montrer sous un jour aussi peu reluisant devant les amis d'Archie. Celui-ci demeurait indéchiffrable. Impossible de deviner ce qu'il pensait : c'en était déconcertant. Mais elle ne connaissait sans doute plus Archie, du moins pas l'homme adulte qu'il était devenu, sévère et intimidant.

— Vous avez donc accepté la proposition de M. Bull, déclara lord Marsden.

— Oui, et mon père était ravi.

— Il était fou de joie, renchérit Olive.

Comment raconter la suite de l'histoire ? D'ailleurs, fallait-il la raconter ?

Non... Ainsi qu'Olive l'avait dit, il n'était pas nécessaire d'exposer tous les détails. Les grandes lignes suffisaient amplement.

— M. Bull m'a courtisée, et peu à peu j'ai compris que l'intérêt qu'il me portait était essentiellement... pécuniaire. Il me posait des questions sur Hill House, notre domaine campagnard. Il voulait savoir combien de domestiques y travaillaient et qui en hériterait.

Sa réponse à cette dernière question avait rendu les attentions de Théo particulièrement ardentes. Elle aurait dû ouvrir les yeux à ce moment-là. Elle aurait vu quel homme il était, si seulement elle avait daigné le regarder.

— Il ne me considérait pas comme une brillante intellectuelle, je ne m'illusionnais pas sur ce point, continua-t-elle, tentant d'expliquer ses actes autant pour elle-même que pour son auditoire. Il s'avéra néanmoins que j'avais nettement surestimé le respect de M. Bull pour mes idées et même, tout simplement, son intérêt pour mon utilité en tant que compagne de route...

Elle fut interrompue par un ricanement sarcastique. Tous les regards se tournèrent vers Archie.

— Tu as quelque chose à ajouter, Harcourt ? demanda lord Marsden.

Sans répondre, Archie fit signe à Clémentine de poursuivre.

— Mon père voulait tellement me marier qu'il promettait une dot rondelette. Même si M. Bull avait connu un certain succès dans plusieurs salons de la haute société, il n'aurait jamais pu épouser une jeune femme issue de l'élite de l'aristocratie. Pour le dire simplement, il n'aurait pas trouvé mieux que moi.

— Tu as un caractère enjoué, les plus beaux cheveux de Londres, sans parler des huit cents livres de dot et de la demeure dont tu hériteras... Tu n'as rien d'un prix de consolation, Clemmie ! s'indigna Olive.

Olive pensait qu'elle avait de beaux cheveux ? Par réflexe, Clémentine toucha la tignasse qu'elle s'était évertuée à discipliner en chignon.

La question n'est pas là, se dit-elle. Théo se fichait éperdument de ses cheveux.

— J'aurais dû comprendre qu'il s'intéressait uniquement à l'argent et au domaine. J'ai été parfaitement stupide. Le plus rageant, et le plus humiliant, c'est que même si j'avais compris que pour M. Bull j'étais un moyen de s'enrichir et non la compagne de route que je souhaitais être, je me serais peut-être accommodée de la situation. Pourquoi ? Parce que les femmes mariées jouissent d'une plus grande liberté que les célibataires. Mais ensuite... certains problèmes sont survenus, assortis de certaines... prises de conscience.

L'auditoire n'avait pas besoin de tout savoir. L'essentiel était que ces prises de conscience l'avaient poussée à rompre les fiançailles ; ce qui l'y avait menée était accessoire.

— J'ai déclaré forfait, conclut-elle.

En réalité, pour raconter le dénouement de cette histoire – du moins en ce qui la concernait –, il fallait dire la vérité sur la suite des événements.

— Là-dessus, ma sœur s'est enfuie avec lui.

Comme elle l'espérait, tous les yeux se braquèrent sur Olive.

Qui fondit aussitôt en larmes.

Ces messieurs en furent bouleversés, Clémentine beaucoup moins. Avec Olive, cela se produisait souvent. Tout allait bien en apparence, puis soudain elle était prise d'un terrible accès de désespoir. Ces crises ressemblaient parfois à du théâtre, voire à de la manipulation. D'autres fois, comme à ce moment-là, et comme la veille à l'auberge, elles pouvaient sembler sincères. Dans ce dernier cas, elles étaient déconcertantes. Pourquoi, par exemple, Olive pleurait-elle à cause de Théo, alors qu'elle avait parlé de lui le matin même avec mépris, se disant soulagée d'en être délivrée ?

— Oh, Olive..., compatit Archie en lui tendant un mouchoir et en lui tapotant le bras.

Pourquoi Archie n'était-il pas aussi prévenant avec Clémentine ? Pourquoi, lorsqu'elle parlait, se murait-il dans un silence glacial, quand il ne lâchait pas des soupirs incrédules ou des ricanements sceptiques ? Alors qu'à la moindre larme d'Olive, il se montrait galant et dégoulinant de sollicitude ?

— Me diras-tu enfin ce qui s'est passé avec M. Bull pendant votre confrontation ? lui demanda Clémentine. Que lui avez-vous dit... ou fait ?

Archie la dévisagea en fronçant les sourcils. Dieu qu'il était agaçant !

Ce fut lord Marsden qui répondit :

— Pour parler sans détour, nous l'avons rossé.

Clémentine apprécia son honnêteté.

— Je vois... Vous êtes sûrs qu'il ne réapparaîtra pas ?

— Il ne reviendra pas, affirma Archie. Il part pour l'Amérique.

— L'Amérique ? s'étonna Olive. Je pensais qu'il se rendait sur le continent.

— Harcourt lui a donné…

— Il ne remettra pas les pieds en Angleterre, coupa Archie en décochant un regard noir à lord Marsden. Soyez tranquilles.

Clémentine s'efforçait de contenir son irritation. Ce que lui avait dit Olive s'appliquait aussi à cette partie de l'histoire : elle n'avait pas besoin de savoir exactement ce qui s'était passé entre les trois lords et Théo. Sa sœur et elle étaient en sécurité et, Dieu merci, toujours célibataires. C'était l'essentiel.

— Merci, dit-elle d'une voix sourde, soudain impressionnée par la loyauté de ces hommes : celle d'Archie envers Olive et elle-même, et celle des deux autres envers Archie. Merci pour tout.

Il y eut un silence, une légère gêne que lord Featherfinch dissipa d'un geste négligent.

— Ne nous remerciez pas. Nous ne nous étions pas autant amusés pendant nos vacances depuis l'année où, accidentellement…

Archie toussota pour le faire taire. Mais il souriait, il avait retrouvé sa bonne humeur.

— Oublierais-tu, Featherfinch, la règle la plus importante de l'Escapade ?

Il y avait des règles pour des vacances ? Comme c'était curieux !

— Oui, bon, d'accord, rétorqua lord Featherfinch en agitant les mains. Sachez simplement, mesdemoiselles, que vos tribulations ont ajouté du piment à nos vacances, ce que, personnellement, je trouve vivifiant. Et maintenant, que diriez-vous d'une promenade dans la forêt hantée ?

À cette perspective, Olive reprit du poil de la bête, et Archie déclara :

— J'ai averti Mlles Morgan qu'elles devaient se tenir à l'écart si elles voulaient rester ici. Il s'agit de l'Escapade des Comtes, et je ne suis pas disposé à chambouler davantage nos traditions.

— Il n'y a que deux comtes parmi vous, fit remarquer Olive, malgré le coup d'œil que lui lançait sa sœur. Alors, pourquoi avoir choisi ce nom : l'Escapade des Comtes ?

— Je ne suis qu'un simple vicomte, c'est vrai, reconnut lord Featherfinch. Mais ce nom sonnait bien. Si je ne m'abuse, il nous est venu après que Marsden a hérité du titre. Nous avons pensé que deux comtes sur trois, ça suffisait.

— J'ajoute que lord Featherfinch est l'héritier d'un comte.

— Hélas, grommela celui-ci.

— Bref, reprit Archie, c'est un voyage entre hommes.

Il se tourna vers lesdits hommes.

— Par conséquent, nous allons explorer les bois, qui ne sont certainement pas hantés. Accordez-moi un instant, je cours récupérer mon fusil.

Clémentine aurait voulu protester contre son intention de chasser, mais elle estima ne pas en avoir le droit. Par chance, sa cause fut défendue par les amis d'Archie qui, indignés, se mirent à vociférer. Les fameuses règles revinrent sur le tapis.

— Il me semble qu'elles ne s'appliquent plus, se justifia Archie pendant que, sans cesser de se chamailler, les trois amis retournaient à l'intérieur. Admettez que, si je n'avais pas eu d'arme hier au relais de poste, les choses auraient pu tourner autrement.

Clémentine et Olive, muettes, se regardèrent.

— Au fait, Olive ! lança Archie avant de franchir le seuil. Si tu comptes aller te renseigner sur la cuisinière, n'y va surtout pas seule. Attends notre retour, et l'un de nous t'escortera.

Il attendit, très raide, comme prêt à recevoir une volée d'objections. Normalement, Clémentine aurait dû protester au nom d'Olive. Quel mal y avait-il à suivre un chemin de campagne jusqu'à la demeure voisine ? Mais elle se tut, bizarrement contrite et ne s'estimant pas en mesure de défier Archie.

— Ce n'est pas loin, rétorqua Olive. Clémentine m'accompagnera.

— Il n'en est pas question. Dans l'enceinte du château, votre réputation ne risque rien, mais nous ignorons qui sont les voisins. Imaginez que quelqu'un vous reconnaisse.

— Ça me paraît peu probable, contra Olive.

Clémentine réprima un sourire. Si elle n'avait pas le cran de s'opposer à Archie, Olive s'en chargeait avantageusement.

— Nous avons jusqu'ici, malgré tous les obstacles, évité la catastrophe, insista Archie. Et maintenant, les sœurs Morgan se présenteraient sans chaperon chez...

— J'emmènerai Mme MacPuddle, coupa Olive. J'en avais d'ailleurs l'intention. Je ne peux évidemment pas entrer chez des inconnus pour leur demander de me prêter une domestique. Mme MacPuddle fera les présentations. Nous passerons par l'entrée de service, nous ne rencontrerons même pas les propriétaires. S'il faut donner des explications, je leur servirai une version de la vérité : je séjourne à Quintrell Castle avec ma famille, dit Olive en désignant Clémentine. Or, il y a eu un quiproquo concernant le personnel et il nous manque une cuisinière.

Archie ouvrait la bouche pour répliquer, mais Clémentine lui coupa la parole :

— Il vaut tout de même mieux pécher par excès de prudence, Olive. Attendons le retour de ces messieurs.

Elle n'en revenait pas d'avoir dit cela. Archie était visiblement interloqué, lui aussi. Cette fois, il haussait les deux sourcils.

Olive s'inclina, de mauvaise grâce.

— Bon, très bien.

Il y eut un silence, puis elle reprit dans un soupir exagérément soucieux :

— Néanmoins... quand l'un de vous, messieurs, sera disponible pour m'escorter, même si nous parvenons à recruter une cuisinière, il sera certainement trop tard pour qu'elle puisse déménager et préparer notre dîner. Nous aurions peut-être intérêt à pousser jusqu'au village le plus proche pour acheter quelque chose de plus comestible que ces biscuits, n'est-ce pas ?

— Bonne idée, concéda Archie.

Il marqua une pause, comme s'il hésitait à prendre congé.

— Après cette sortie pour nous procurer des victuailles, et trouver par la même occasion quelqu'un pour préparer nos repas, vous ne nous reverrez pas jusqu'à la fin de vos vacances, promit Clémentine.

Archie opina sèchement et tourna les talons.

Olive regardait sa sœur comme si elle avait quelque chose à dire. Mais brusquement, Clémentine en eut plus qu'assez de parler. D'être assise sur cette terrasse.

— Je vais me promener, annonça-t-elle.

— Mais Archie a recommandé...

— Je ne vais pas chez les voisins ni au village. Je ne m'éloignerai pas du château.

Olive hocha la tête. Clémentine se leva, songeant qu'elle devrait sans doute inviter sa sœur à se joindre à elle. Elle n'en avait pas envie. Autrefois, elle sillonnait la campagne avec Archie sans que sa présence la dérange. Avec quelqu'un d'autre que lui, c'était pesant, trop... social. Comme une couche de civilisation qui s'interposait entre elle et le monde. C'était comparable au port du corset : même si on se débrouillait pour que ce ne soit pas trop inconfortable, on ne pouvait pas l'oublier.

Voilà ce qu'elle ressentait en compagnie, même quand il s'agissait de sa sœur. *Surtout* quand il s'agissait sa sœur, qui avait souvent essayé, comme les cadets en ont la manie, de s'accrocher à ses basques.

Certes, Olive ne le faisait plus. En réalité, Clémentine ignorait à quoi sa sœur consacrait la majeure partie de son temps.

Elle n'avait pas de quoi s'en vanter dans la mesure où, récemment, Olive avait de toute évidence passé son temps à préparer sa fuite avec Théodore Bull.

Elle devrait proposer à sa sœur de l'accompagner, mais au diable ! Elle ne le ferait pas.

Il était 19 heures et Archie se trouvait affamé et énervé. Effie s'était porté volontaire pour escorter les sœurs Morgan, sorties chercher de quoi préparer un dîner et engager une cuisinière pour le reste du séjour.

Étonnamment, Simon avait choisi de se joindre à eux. Archie, lui, avait d'abord pensé se servir un scotch : sir Lionel n'avait pas grand-chose dans son garde-manger, mais il possédait une enviable collection de bouteilles de scotch et avait passé la consigne de la mettre à la disposition des invités. Il avait aussi projeté de faire plaisir à Simon en se lançant, au mépris des règles, dans une discussion politique. Ç'aurait été sa façon de le remercier de l'avoir aidé, la veille, à se débarrasser de Théodore Bull. Simon n'avait jamais été un bagarreur : quand il fallait régler un différend, il recourait aux mots plutôt qu'aux poings. Néanmoins, il avait asséné à M. Bull un direct magistral qui l'avait suffisamment estourbi pour qu'Archie puisse finir le travail.

Mais, à la stupeur d'Archie, Simon préférait une vadrouille avec leurs invitées indésirables à une discussion stimulante sur l'étalon-or.

Archie les aurait bien accompagnés, cependant cela aurait trop ressemblé à une capitulation. Il était toujours fâché contre les Morgan qui s'étaient sottement mises en danger et, comme il avait exigé à cor et à cri qu'elles les laissent tranquilles, il ne pouvait décemment pas les suivre partout.

Par conséquent, puisqu'il n'y avait personne pour le lui interdire, il était allé chasser. Il était revenu avec une paire de faisans et Mme MacPuddle lui avait garanti que la servante de cuisine serait capable de les plumer et de les rôtir. Il espérait qu'elle se montrerait plus douée pour le gibier que pour les biscuits.

La chasse l'avait, comme toujours, apaisé. Lorsqu'il foulait les prés et les champs avec l'intense concentration qu'il fallait pour tirer un volatile, surtout quand on n'avait pas de chien, il oubliait tout. La chasse lui donnait la sensation que son cerveau, sans cesse mis à rude épreuve, se reposait. Il attendait avec impatience de dîner avec les garçons qui avaient sur son esprit le même effet réparateur.

Il extirpa son komboloï de sa poche et s'installa confortablement pour attendre.

Son ventre gargouillait hargneusement. La collation, trop parcimonieuse, était digérée depuis longtemps. Et à l'heure du thé, il n'y avait eu que du thé, trop infusé de surcroît, et sans les accompagnements traditionnels qu'il trouvait généralement de toute façon insuffisants. Ses nombreuses activités physiques lui creusaient l'estomac et lui donnaient un solide appétit. Si ses amis n'arrivaient pas rapidement, il serait obligé de dévorer les faisans à lui seul.

— Fichtre, tu as l'air de bien méchante humeur !

Enfin ! C'était Effie qui entrait avec fracas dans le salon, les joues rouges et humides, car il avait commencé à pleuvoir, toujours emmitouflé dans son volumineux manteau.

— Où étiez-vous ?

— À Doveborough.

— Pendant quatre heures ?

— C'est un petit village épatant.

Ce commentaire venait de Simon, aussi rougeaud et guilleret qu'Effie, mais qui avait pris le temps de se débarrasser de son manteau.

— Il s'y passe un tas de choses.

— Il y a une excellente modiste, c'est étonnant pour un petit village, ajouta Effie.

Archie se retint de rétorquer qu'il se passait « un tas de choses » à Londres, que Simon non seulement s'évertuait d'ordinaire à éviter, mais qu'il s'ingéniait de surcroît à critiquer. Archie ne l'en blâmait pas, loin de là, mais tout de même... En outre, les modistes de Londres étaient sûrement plus talentueuses que celle de Doveborough.

D'ailleurs, pourquoi Effie s'intéresserait-il à une couturière ?

— Nous rapportons du bifteck, des tourtes de rognons et un panier de poires, annonça Simon. Nous sommes rentrés juste à temps, avant qu'il tombe des hallebardes. Mlle Morgan nous a affirmé que les poires feraient un délicieux dessert, elle s'en occupe en ce moment même.

Archie allait objecter que Clémentine, fille de baronnet, ne devrait pas mettre la main à la pâte, mais il se tut : n'étaient-ils pas sortis pour trouver une cuisinière ? Comme établi précédemment, la réputation de Clémentine ne risquait rien dans l'enceinte du château. La façon dont elle remplissait ses journées ne le regardait donc pas... du moment qu'elle ne les dérangeait pas.

Ce qu'elle avait apparemment compris.

— Bien, marmonna-t-il, s'arrachant à ses pensées. On dîne ? Personnellement, j'ai l'estomac dans les talons. Je nous ai tué des faisans, nous devrions pouvoir nous préparer un petit festin.

— Tu es donc allé chasser ? rétorqua Simon, fronçant les sourcils.

— Si on renonce totalement aux règles de l'Escapade, renifla Effie, j'exige de lire mon nouveau sonnet pendant le repas.

Archie ricana mais, intérieurement, il souriait. Les choses reprenaient leur cours. En principe, on ne piétinait pas les règles avant la deuxième semaine, mais cela se produisait toujours à un moment ou à un autre, avec force railleries et soupirs de martyr.

De plus, Archie aimait sincèrement écouter Effie lire ses poèmes. Il avait un véritable talent et, surtout, sa passion de la poésie n'avait jamais faibli au fil des années. Le garçon qui composait naguère des chansonnettes drolatiques et maladroites sur les examens était devenu un homme dont le travail était publié, quoique anonymement, dans certaines revues. Chaque fois qu'un poème d'Effie paraissait, Archie avait le sentiment de remporter une victoire personnelle.

Il adorait aussi écouter Simon disserter sur le prochain coup d'éclat, révoltant, que mijotaient les tories[1].

Il était fier de ses amis et de leurs accomplissements, et il se targuait de savoir trouver et maintenir près de lui des gens de bonne compagnie. Bien qu'à dire vrai ce sentiment doive être nuancé si on tenait compte de ses manquements impardonnables à l'égard des sœurs Morgan ces dernières années. Le dîner serait peut-être l'occasion de redresser la barre.

— Où sont ces demoiselles ? demanda-t-il vingt minutes plus tard.

---

1. L'un des deux principaux groupes parlementaires au Royaume-Uni. Les « tories » désigne les membres du parti conservateur, en opposition aux « whigs », qui sont les membres du parti réformateur.

Il était assis avec Simon et Effie à une gigantesque table autour de laquelle tout le clan MacCallum aurait pu banqueter. Or, le couvert n'était dressé que pour trois.

— Elles prennent leur repas dans la petite salle à manger, répondit Simon en dépliant sa serviette.

— Pourquoi ?

— Sans doute parce que tu leur as ordonné de se tenir loin de nous.

— Je..., bredouilla-t-il, gêné. Mais... je ne leur ai pas interdit de dîner avec nous.

Il y avait une clochette sur la table. Était-ce Mme MacPuddle qui l'avait posée là ? Est-ce que quelqu'un viendrait s'il s'en servait ? Il l'agita pour voir.

En attendant, il tenta de s'expliquer :

— Je ne voulais simplement pas que nos vacances se transforment en une interminable suite d'activités féminines.

— Nous courions ce risque ? rétorqua Simon, perplexe.

— « Une interminable suite d'activités féminines », répéta Effie, comme s'il faisait rouler ces mots sur sa langue.

Il pencha la tête de côté, scrutant le vide. Archie reconnut dans ce regard le signe que son esprit créatif était à l'œuvre.

— Je ne sais pas exactement ce que ça signifie, mais c'est extrêmement percutant.

À cet instant, Mme MacPuddle arriva et fit la courbette.

— Vous m'avez appelée, messieurs ?

— Pourriez-vous prier Mlles Morgan de venir dîner avec nous ? déclara Archie.

Tandis que Mme MacPuddle tournait les talons, Archie examina la table. Les faisans rôtis, d'un appétissant brun doré, étaient servis avec des champignons et une sauce à la sauge. Les tourtes étaient disposées sur un grand plat flanqué de compotiers contenant les raisins rescapés de la collation. Pas un seul biscuit immangeable en vue.

— Un assortiment de mets original, mais plutôt agréable, à mon avis, commenta Effie.

— Servis en même temps et non successivement, ce que je trouve aussi agréable, ajouta Simon. On a l'impression de s'affranchir un moment des conventions sociales.

Ses amis exprimaient ce qu'Archie pensait. Ce repas était exactement ce qu'il leur fallait, simple et copieux. Il en avait l'eau à la bouche.

— Messieurs ? lança Mme MacPuddle depuis le seuil. Ces demoiselles vous remercient de votre aimable invitation, qu'elles doivent cependant décliner. Elles ne veulent pas déranger votre tranquillité.

— Non, non... elles ont mal compris. J'ai prié Mlle Clémentine Morgan de nous donner de l'espace, et elle l'a pris au pied de la lettre. S'il vous plaît, dites-leur qu'elles sont les bienvenues à notre table.

— Juste ciel ! Qu'est-ce que tu as raconté à Mlle Morgan pour la faire fuir de cette manière ? demanda Simon, quand Mme MacPuddle eut de nouveau tourné les talons.

— Ça me rappelle les lettres que tu recevais à l'école, déclara Effie. Mlle Morgan t'écrivait, tu soufflais et ronchonnais que cette correspondance te pesait, après quoi tu me suivais partout en me suppliant de t'aider à rédiger ta réponse.

Archie s'en souvenait. C'était en partie pour cette raison, il le réalisait brusquement, qu'il avait perdu Clémentine et sa famille de vue. Si les deux familles n'étaient presque jamais au même endroit en même temps, Clémentine avait continué à lui écrire lorsqu'il avait fini ses études. Sans l'aide d'Effie, et alors que son père lui farcissait continuellement la tête avec les problèmes du domaine, Archie, malgré sa volonté de répondre aux lettres de Clem, remettait toujours cela à plus tard pour s'occuper de choses plus urgentes.

Et puis, à un moment donné, elle avait cessé d'écrire.

Il le regrettait, peut-être davantage aujourd'hui qu'à l'époque.

— Oui, enchaîna Simon, rappelle-toi la fois où elle lui a raconté qu'elle était allée à un bal dans la salle des fêtes de Chiddington et que, à sa grande surprise, on l'avait invitée à danser non pas une mais deux fois. Dans sa lettre, elle ne précisait pas qui avaient été ses cavaliers. Il lui avait posé la question, mais elle n'y avait pas répondu dans sa lettre suivante. Il était devenu à moitié fou.

— J'étais simplement surpris qu'elle ait dansé deux fois dans la soirée, se défendit Archie. À l'époque, Clémentine n'était pas très...

« Civilisée » était le mot qui lui venait, mais il craignait qu'il soit peu flatteur et trahisse sa pensée. Clémentine n'était fondamentalement pas faite pour les bals, les soirées musicales et les thés, mais le dire en ces termes passerait pour une critique. Or, ce n'était pas une critique, au contraire.

Mme MacPuddle revint pour la troisième fois.

— Mlle Clémentine Morgan a décidé de s'abstenir de consommer de la viande pendant son séjour ici, et Mlle Olive Morgan a décidé de s'y efforcer elle aussi, par conséquent elles ne peuvent pas accepter votre aimable invitation.

Archie cligna des yeux. Il lui fallait parfois un moment pour comprendre les propos de Mme MacPuddle tant son fort accent écossais contrastait avec son langage cérémonieux. On aurait cru qu'elle était sur une scène de théâtre et qu'elle interprétait un rôle de gouvernante.

— Eh bien, elles ne sont pas obligées de goûter à la tourte ni au faisan.

Il était étrangement déçu que Clémentine méprise le produit de sa chasse. Ses amis, eux, se régalaient toujours du gibier qu'il rapportait. Ils le feraient d'ailleurs dans un instant – s'ils pouvaient commencer à manger – tout en le sermonnant pour avoir enfreint la règle qui lui interdisait de chasser.

— Dites à ces demoiselles d'apporter leur repas, ajouta-t-il. Nous les attendrons.

Son estomac gargouilla de plus belle, protestant contre ce nouvel atermoiement.

Ce fut seulement quelques minutes plus tard, quand Simon toussota et qu'Effie s'esclaffa, qu'Archie se rendit compte qu'il regardait fixement la porte et tambourinait sur la table.

— J'ai faim, grommela-t-il. Trop pour papoter.

— Puisque nous avons résolu de ne pas faire de cérémonies, pourquoi ne pas commencer ? suggéra Simon.

— Non, si ces dames doivent se joindre à nous, il faut attendre, objecta Archie. Nous sommes des vacanciers, pas des sauvages.

Effie et Simon échangèrent un regard qu'Archie ne sut interpréter.

À cet instant, Mme MacPuddle reparut et, sans entrain, refit la courbette.

— Messieurs, soupira-t-elle. Ces demoiselles ont fini de manger et ne veulent surtout pas vous importuner.

Elle jeta un regard appuyé, et clairement réprobateur, aux mets qui refroidissaient sur la table.

Oh, nom d'un chien ! Il faillit proposer de déguster le dessert tous ensemble, mais il aurait l'air de vouloir à tout prix que les jeunes femmes leur tiennent compagnie. Ce qui, naturellement, n'était pas le cas.

— Très bien, articula-t-il. Mangeons, messieurs.

Tous trois firent rapidement un sort aux faisans et aux tourtes. Archie, que le dédain des sœurs Morgan pour son butin avait vexé, fut rasséréné par l'appétit et les compliments de ses amis, même si, comme prévu, les jérémiades sur la mort des volatiles ne manquèrent pas.

— Vous ne pouvez pas dévorer le gibier tout en critiquant la chasse, s'indigna Archie.

En réalité, sa mauvaise humeur s'envolait, éloignée par la présence de ses amis et la satiété.

À ce moment, le dessert aux poires fit son apparition.

— Doux Jésus ! s'exclama Effie après la première bouchée. C'est de la sorcellerie. Je sens du miel mais... quoi d'autre ?

— Des noix, répondit Archie en étudiant le fruit fumant qu'il avait sous les yeux. Par contre, j'ignore ce qu'est cette sauce noire.

— Mlle Morgan est opposée à ce que l'on mange des animaux, mais elle n'hésite pas à consommer le fruit de leur labeur. Ce sont les abeilles qui fabriquent le miel, commenta Simon, portant sa fourchette à sa bouche.

Il mâcha, avala.

— De la sorcellerie, roucoula-t-il. Je n'ai rien mangé d'aussi bon depuis des semaines. Des mois !

— Ce ne sont que des poires ! rétorqua Archie.

— C'est bien ça, de la sorcellerie, répéta Effie qui avait déjà englouti la moitié de son dessert.

— Ce n'est certainement pas meilleur que le faisan, bougonna Archie.

Il planta sa fourchette dans la poire tandis que ses amis s'interrogeaient sur le mystérieux ingrédient.

Il goûta une bouchée, laissa ses papilles s'imprégner de cette saveur : miel, poire et... mystère.

Nom d'un chien, c'était meilleur que le faisan !

7

Devinez qui (ne) vient (toujours pas) dîner

Après leur étrange mais satisfaisant dîner, les trois amis passèrent dans un salon dont l'air saturé de poussière déclencha chez Simon une crise d'éternuements. La pièce était encombrée de seaux destinés à recueillir l'eau de pluie qui traversait toit et plafonds. Ils durent effectuer quelques aménagements pour pouvoir bavarder sans être mouillés. Lorsqu'ils furent installés, Effie lut son sonnet en l'honneur de Sally.

On aurait pu croire qu'un poème en mémoire d'un perroquet défunt serait ridicule. On se serait trompé.

C'était comme ça, avec Effie. D'une certaine façon, il était ridicule avec ses habits noirs et son air rêveur. Néanmoins, Archie n'aurait pas toléré que quiconque, hormis Simon et lui-même, se moque de lui. Au cours de leurs études, plus d'un crétin, à commencer par Nigel Nettlefell, avait commis cette erreur et s'en était mordu les doigts.

Simon, Archie et quelques autres personnes peut-être savaient que sous son gilet de soie brodée battait le cœur d'un authentique artiste. Il n'avait pas son pareil, dans ses meilleurs poèmes, pour faire vibrer chez l'auditeur par quelques images d'une exquise sobriété une corde sensible dont il ignorait l'existence.

Humble lamento était l'un de ses plus beaux sonnets. Il y était question d'un oiseau, mais pas seulement. Effie avait la particularité de traiter de sujets apparemment modestes d'une telle manière que l'auditeur finissait par s'apercevoir, à son étonnement, qu'il s'agissait de tout autre chose, qui faisait écho à sa propre expérience. Vous vous croyiez, par exemple, en train de canoter paisiblement, quand tout à coup l'embarcation chavirait, et vous vous retrouviez plongé dans un torrent de vérités sidérantes d'une tragique beauté. Le talent d'Effie avait quelque chose de magique, et Archie était extrêmement fier d'être son ami.

Simon et lui applaudirent quand Effie se tut. Archie dut déglutir pour dénouer sa gorge serrée par l'émotion, car étrangement ce poème sur un perroquet qu'Effie avait tendrement aimé lui avait rappelé son père, qu'il avait… appris à ne pas aimer, pour être honnête. Et sa mère, qu'il avait l'impression d'avoir perdue, bien qu'elle soit toujours vivante. Il se demandait parfois, quand il s'asseyait à son côté pour tenter d'avoir avec elle un semblant de conversation, s'il la pleurerait lorsqu'elle s'éteindrait. S'il se pouvait qu'un homme n'ait qu'une réserve limitée de chagrin, il l'avait dépensée pour sa mère. Que ne donnerait-il pas pour rentrer encore une fois à la maison après une journée de cours et se jeter dans les bras grands ouverts de sa mère ? Que ne donnerait-il pas pour jouer dans le jardin avec elle ou disputer une partie de whist ? Elle le battait invariablement à ce jeu, mais toujours en le faisant rire. Il avait dû renoncer peu à peu à tous ces menus plaisirs.

Trêve de sensiblerie ! se tança-t-il, et il s'empressa de chasser ces sombres pensées.

— Tu vas l'envoyer au *Monde Joli*, n'est-ce pas ? demanda-t-il à Effie.

Il s'agissait de la revue qui publiait régulièrement les œuvres du jeune homme.

— Oublie *Le Monde Joli*, grommela Simon. Tu devrais viser plus haut qu'un simple magazine féminin. Mieux encore, tu as maintenant suffisamment de bons poèmes pour éditer un recueil.

— Je l'ai déjà expédié à mon éditeur du *Monde Joli*, répondit Effie. Je répugne à me vanter, mais je crois bien que ce sonnet sera publié.

Il faisait preuve d'une indéfectible loyauté envers la revue qui avait publié son premier poème, après que toutes les autres lui avaient fermé la porte au nez. À l'époque, il n'avait pas compris que le magazine était destiné à un public féminin, mais quand il s'en était rendu compte, cela n'avait nullement douché son enthousiasme. À l'en croire, l'éditeur était terriblement exigeant et tirait le meilleur de lui.

— Franchement, si j'étais une femme, la façon dont tu utilises le qualificatif « simple » m'offenserait, ajouta-t-il.

— Du moment que tu es content..., lança Archie.

Effie devait cependant garder l'anonymat. Qu'un vicomte, de surcroît fils et héritier du comte de Stonely, très à cheval sur les principes, publie des poèmes dans un magazine féminin ou toute autre revue n'était pas convenable. Si lord Byron était plus respectable et constituait donc un précédent plus reluisant, les choses pourraient être différentes pour Effie, mais les circonstances étant ce qu'elles étaient, le secret s'imposait.

Après la poésie, les trois hommes s'octroyèrent un verre de porto qu'ils sirotèrent dans un silence chaleureux que troublait seulement le crépitement des flammes dans la cheminée. Archie poussa un soupir d'aise, savourant d'avance le bien-être qui, au fil des jours, se répandrait en lui. Ce soir, ils boiraient et bavarderaient. Ils seraient ensemble, comme autrefois à l'école, lorsque les responsabilités et les contraintes de l'âge adulte et d'un titre de comte semblaient fort lointaines. Pendant deux semaines, ils pourraient faire ce qui leur chantait. Il n'y avait pas de professeurs, de parents ou de conventions sociales pour les en empêcher. Pas de dissertations à rédiger – ou plutôt à faire rédiger par Effie au prix de moult supplications. Il n'y avait qu'eux et le plaisir que procurait une longue amitié.

L'exprimer à voix haute serait ridicule, mais c'était ce moment-là qu'Archie attendait toute l'année. Si le toast qu'ils portaient en sortant de Londres marquait le point de départ de l'Escapade, la première soirée qu'ils passaient ensemble, après avoir déballé leurs affaires – ou après avoir fait un détour jusqu'à un relais de poste, s'être fait tirer dessus, avoir secouru des amies d'enfance et suffisamment brutalisé un aigrefin pour qu'il ne remette plus les pieds en Angleterre –, marquait le véritable début de leur retraite.

Simon avait dit un peu plus tôt qu'il avait besoin de repos. Il n'était pas le seul. L'Escapade permettrait à Archie de se retrouver. Il avait toujours aimé ces voyages mais, les années passant et l'état de sa mère se détériorant, il en avait désormais désespérément besoin.

Il se comparait quelquefois à l'un de ces fantômes auxquels il ne croyait pas, comme si, au fil de l'année, une part essentielle de son être, son âme sans doute, se détachait lentement de son corps. Comme s'il existait deux versions de lui-même censées se réunir mais qui, à l'arrivée de l'automne, ne s'emboîtaient plus du tout.

Simon et Effie les faisaient s'imbriquer de nouveau.

Il leva les yeux au ciel. Versait-il dans le sentimentalisme parce qu'il avait trop bu ou pas assez ? Il n'y avait qu'un moyen de le savoir. Il saisit son verre et avala une lampée de porto. Un souvenir lui vint soudain à l'esprit, un autre exemple de cette sensation de liberté et de camaraderie qu'il recherchait.

— Vous vous rappelez les vacances de Noël que nous avons passées ensemble à l'école pendant deux ou trois années consécutives ?

— C'était formidable, répondit Effie.

— Quand tu es resté avec moi la première année, j'étais tellement content, Archie. Et la suivante, Effie s'est joint à nous, se remémora Simon avec un grand sourire d'autant plus précieux qu'il était rare.

— Mais, à propos, pourquoi étais-tu resté à l'école cette année-là ? demanda Effie à Archie. En dehors du fait que nos Noëls au pensionnat étaient cent fois plus amusants qu'à la maison, du moins en ce qui me concerne.

Simon passait toujours les vacances à l'école parce que, chez lui, sa présence n'était pas désirée. Effie rentrait en principe chez lui pour Noël, mais cette fois-là, ainsi qu'à une ou deux autres occasions, ses parents étaient en voyage.

— J'étais retourné à la maison pour les vacances de mi-trimestre, répondit Archie, se replongeant dans ses souvenirs de ce séjour désastreux. L'état de ma mère s'était aggravé en quelques semaines. Il n'était plus possible de justifier ses trous de mémoire et ses sautes d'humeur. Mon père insistait pour que j'endosse davantage de responsabilités par rapport au domaine. Il me faisait asseoir en face de lui et m'ordonnait de lire à haute voix le dernier rapport de l'intendant.

Il s'interrompit, contrarié que ce souvenir ait encore le pouvoir de l'échauffer.

— Je vous laisse imaginer comment ça se passait. On peut sans doute donner une interprétation charitable à son attitude : le déclin de ma mère l'incitait à penser à sa succession.

— On peut aussi en donner une autre interprétation, rétorqua Simon.

— Laquelle ?

— Ton père était un imbécile.

Archie leva son verre, acquiesçant à ce jugement.

— Le concept de famille est curieux, non ? dit Effie qui contemplait le feu d'un air plus mélancolique qu'à l'accoutumée.

— Que veux-tu dire ? demanda Simon.

Archie soupira de contentement. La discussion qui s'annonçait serait probablement démoralisante, pourtant elle le réconfortait d'avance.

— Vous savez que la mort de Sally a été pour moi plus douloureuse que celle de ma grand-mère, l'an dernier ?

— Entre nous, ta grand-mère était horrible, décréta Simon, fidèle à son habitude de ne pas mâcher ses mots.

— Oui, n'est-ce pas ? approuva Effie, retrouvant le sourire.

Archie gloussa. Il était d'accord : la comtesse douairière était réputée pour sa méchanceté. Elle n'hésitait pas, par exemple, à renverser « accidentellement » du thé bouillant sur une personne dont la tenue vestimentaire lui déplaisait. Elle avait à plusieurs reprises infligé ce traitement à Effie quand il était jeune : son cou présentait, sur le côté, une cicatrice de brûlure.

— Ce que je veux dire, poursuivit Effie, c'est que, quand on y réfléchit, l'idée même de famille est bizarre. On naît au sein d'un groupe de personnes, au hasard. C'est comme du sel soulevé par le vent : les grains retombent çà et là, au hasard.

— Qui sont les grains, en l'occurrence ? interrogea Simon.

— N'importe qui. Nous tous. On tombe éventuellement sur quelque chose qui est fait pour soi : un gigot d'agneau, mettons, dont le sel exhausse la saveur.

Mais on peut aussi tomber sur… une fraise. Quel goût aurait une fraise salée ?

— Cette fraise, c'est… un parent ?

Simon, qui prenait tout au pied de la lettre, s'efforçait de comprendre les réflexions fantaisistes d'Effie.

— Oh, je ne sais pas. La métaphore est déplorable, je le reconnais. La mort de Sally m'a amené à mesurer à quel point je ne supporte pas mes parents. Ce qui ne serait pas bien grave si je les aimais. Mais je ne crois pas que ce soit le cas. Cela dit, pour être honnête, ils ne m'aiment pas non plus. Par conséquent, nous sommes à égalité.

Il regarda pensivement Simon.

— Tu aimais ton père ? Et ta mère, tu l'aimes ?

On pouvait compter sur Effie pour aller droit au but. Archie appréciait particulièrement son courage.

— J'avais à l'égard de mon père un amour filial, répondit Simon. Comme toi, je crois qu'il ne m'aimait pas. Il ne me détestait pas, je n'existais tout simplement pas pour lui. Il m'avait destiné à l'Église, c'est la seule fois où il a pensé à moi et à mon avenir. Je crois que ma mère m'aime à sa façon, mais cet amour va de pair avec une sorte de perpétuelle déception. Ce que je comprends un peu. Je n'étais pas censé devenir comte. Je n'étais même pas censé venir au monde. Vous savez que ma mère parle encore tous les jours de mes frères ? Ils me manquent aussi. Eux, je les aimais, comme un gamin idolâtre ses grands frères.

Les frères de Simon, des jumeaux beaucoup plus âgés que lui, étaient morts dans un incendie cinq ans auparavant. On avait propulsé Simon du séminaire à la tête du comté. En tant que troisième fils, il avait été considérablement négligé par sa mère, jusqu'au moment où il avait hérité du titre. Elle s'était alors démenée pour faire de lui un homme « digne de son statut », en d'autres termes pour le faire ressembler à ses défunts frères.

— Curieusement, le fait que ma mère pleure autant les jumeaux et de manière aussi bruyante est...

— ... blessant ? suggéra Archie. Comme s'il fallait soustraire l'amour qu'elle leur vouait de l'affection qu'elle a pour toi ?

— Oui, je crois que c'est ça, rétorqua Simon, surpris par cette révélation. Je sais qu'elle les pleurera toujours. Moi aussi. Mais je souhaiterais qu'elle ne me compare pas sans arrêt à mes frères.

— Et toi, Archie ? lança Effie. Pour toi, il me semble que c'est moins compliqué. Tu aimes manifestement ta mère et c'est réciproque. Quant à ton père...

Il eut une grimace éloquente.

— Quand j'étais plus jeune, il me semble que je l'aimais, répondit Archie. Il fut un temps où notre expédition de chasse annuelle, juste avant le début du premier trimestre de cours, était le moment phare de mon année.

Au souvenir de ces parties de chasse, Archie éprouva une bouffée de mélancolie. Il les attendait toujours avec impatience, car elles étaient pour lui l'occasion de passer du temps avec son père et d'oublier les problèmes du domaine. Mais elles n'étaient pas dénuées de tension, tel un pain trop cuit dont l'extérieur avait durci. Si Archie désirait tellement exceller dans l'art de la chasse et les autres activités physiques, c'était sans doute, à l'origine, pour impressionner son père, qui ne l'était assurément pas par ses résultats scolaires.

Le retour à la maison après ces sorties, à l'époque où sa mère était encore elle-même, était un bonheur. Elle fronçait les sourcils devant ses vêtements crottés, l'envoyait prendre un bain, puis prenait le thé avec lui dans le salon en l'écoutant raconter ses exploits. Il embellissait toujours la réalité pour lui montrer la bonne entente qui régnait entre son père et lui. Elle l'attirait contre elle sur le divan, le félicitait, lui disait qu'il était un bon fils et qu'il ferait un jour un comte remarquable. Lorsqu'il fut en âge de reconnaître qu'il ne brillerait pas en tant que comte, il continua à s'efforcer d'être un bon fils. Il continuait encore.

— Et maintenant, le moment phare de ton année, c'est notre voyage ! commenta Effie avec un grand geste.

— Eh oui ! approuva Simon, jovial. C'est nettement plus amusant qu'une partie de chasse avec feu ton père. D'abord, à cette période de l'année, le temps est plus agréable. Ensuite, on peut se soûler avec des copains, qui sont de bien meilleure compagnie.

— C'est vrai, reconnut Archie.

Il n'était pas dupe. Ses amis avaient deviné que penser à ses parents l'attristait.

— Je pense que ça répond à ta question sur la famille, ajouta-t-il en se tournant vers Effie.

— C'est-à-dire ?

— C'est effectivement le hasard qui nous fait naître dans telle ou telle famille. Je ne connais qu'une famille réellement unie : les Morgan.

— On a du mal à se l'imaginer, objecta Simon. Les deux filles d'une famille heureuse et soudée se laisseraient flouer par un individu comme ce Bull ?

— Je vois ce que tu veux dire, répondit Archie.

Il n'avait jamais éprouvé une grande sympathie pour sir Albert : il était l'ami de son père, et Archie avait appris, dès qu'il avait appris à marcher seul, à s'en tenir aussi loin que possible. Il gardait cependant ce souvenir assez vague des Morgan : celui d'un clan heureux et soudé.

— Je pense que Mme Morgan était le ciment de la famille et que sa disparition les a tous déstabilisés, mais ça ne signifie pas qu'il n'y a pas d'amour entre eux.

— Sir Albert a tout mis en œuvre pour récupérer ses filles, fit remarquer Effie. L'angoisse qu'il exprimait dans sa lettre semblait sincère.

— Certes. Quoi qu'il en soit, je considère que nous ne sommes, pour la plupart d'entre nous et pour reprendre ta métaphore, Effie, que des grains de sel sur une fraise. Et c'est très bien ainsi, car ça nous laisse libres de fonder notre propre famille.

— Aux dernières nouvelles, il faut être marié pour se livrer à ce genre d'activité, du moins si on veut fonder une famille respectable, plaisanta Simon.

— Pourquoi une famille devrait-elle reposer sur les liens du sang ? Pourquoi ne pourrions-nous pas en créer une en s'entourant de personnes qui partagent nos goûts et nos idées ? De personnes qui nous apprécient ?

Archie parlait comme si cette suggestion était le fruit d'une longue réflexion philosophique, alors qu'elle venait juste de lui venir à l'esprit.

— Pourquoi ne pas chercher des pommes de terre au four si nous sommes des gigots d'agneau, ou de la crème si nous sommes des fraises ? déclara Effie.

— Précisément.

— C'est exactement ce que nous faisons ici, n'est-ce pas ? déclara Simon, montrant d'un geste leur trio. Inconsciemment, peut-être, nous formons une famille de cœur.

— Oh, c'est adorable, Simon ! s'exclama Effie. C'est vrai, nous nous sommes choisis à l'école et nous avons formé une famille.

Tous deux regardèrent Archie qui commençait à se sentir gêné, même s'il était d'accord avec ses amis et même si c'était lui qui avait lancé l'idée. Cette affaire avec Clem et Olive l'avait poussé à se replonger dans le passé, à se pencher sur ses états d'âme et autres inepties.

— Trêve de mièvreries ! décréta-t-il. Il est temps de s'enivrer.

Cela arrivait souvent durant l'Escapade : ils discutaient de choses sérieuses et, quand elles devenaient trop sérieuses, ils se mettaient à boire. À la différence que, en temps normal, ils n'auraient pas discuté sérieusement de la nature des liens qui les unissaient.

Mais les vacances de cette année n'étaient pas ordinaires, n'est-ce pas ? Clémentine Morgan se trouvait quelque part dans ce vieux château dont le toit fuyait de toutes parts. Dormait-elle déjà ? se demanda-t-il en se levant pour prendre la bouteille de scotch. Était-elle au moins rentrée ? Il espérait qu'elle n'était pas en train de patrouiller dans le domaine, sous la pluie et dans l'obscurité, même s'il l'en croyait tout à fait capable. Mais il ne pouvait décemment pas aller s'en assurer après lui avoir commandé de rester à l'écart. Un ordre qu'elle comptait exécuter à la lettre, à en juger par son refus obstiné de dîner avec eux.

— Ce sera le dernier pour moi, prévint Simon tandis qu'Archie versait dans son verre une généreuse dose de scotch.

C'était un refrain familier, tout comme les tirades suivantes d'Effie, reprochant à Simon de les abandonner, d'aller se coucher trop tôt et d'être un vieillard avant l'heure. Ils étaient en vacances, bon Dieu !

Archie s'empressa d'abonder dans le sens d'Effie, mais en réalité il n'était pas fâché que Simon se retire de bonne heure. Effie était un oiseau de nuit et Simon une alouette. Archie sacrifiait volontiers quelques heures de sommeil pour le plaisir de passer du temps en tête à tête avec chacun de ses amis. Il dormait si peu pendant les vacances qu'au retour à Mollybrook, il était éreinté. Mais le jeu en valait la chandelle. Deux semaines de fatigue physique pour se recharger en énergie mentale et tenir le coup toute l'année.

Avec Effie, Archie buvait et parlait poésie. Désormais seuls tous les deux, celui-ci lui apprit que l'éditeur du *Monde Joli* avait, concernant lord Byron, une position qu'il ne partageait pas.

— Bien sûr qu'il est possible de lire et d'apprécier une œuvre même si l'on en désapprouve l'auteur. L'art ne peut être vicié par les opinions et les comportements odieux de l'artiste. Tu n'es pas d'accord ?

La question, à laquelle il ne savait trop quoi répondre, rappela à Archie la fois où Clem, âgée d'une dizaine d'années, avait refusé de manger lors du dîner de Pâques. Les parents d'Archie avaient invité les Morgan à Mollybrook. Lorsqu'on avait annoncé que le jambon rôti venait de la ferme des Smith, Clem avait pâli, reposé sa fourchette et déclaré qu'elle n'avait pas faim. Archie avait été le seul à comprendre pourquoi elle avait subitement perdu l'appétit. Quelques jours plus tôt, pendant une promenade, tous deux avaient surpris M. Smith en train d'invectiver bruyamment sa femme qui avait renversé le seau de bouillie qu'elle apportait aux cochons. Ils avaient assisté à la scène derrière une clôture. Archie en avait été paralysé d'effroi, il n'avait jamais rien vu de pareil, la méchanceté de son père étant nettement plus subtile. Lorsque M. Smith avait levé la main sur sa femme, Archie s'était brusquement réveillé et avait eu pour seule initiative, à sa honte, de se mettre à parler à Clem d'une voix forte, comme si tous deux ne faisaient que passer par là. Cela avait suffi pour mettre fin à la dispute. Mais, comme l'avait dit Clem sur le chemin du retour, si M. Smith se comportait de cette manière à l'extérieur, alors que n'importe qui risquait de lui tomber dessus, jusqu'où allait-il quand il était chez lui ?

Elle avait donc refusé de manger son jambon.

— Ce sujet est un vrai casse-tête, Effie, répondit-il, s'arrachant à ses souvenirs. Dans le doute, on peut toujours mettre les œuvres de Byron à part.

— Tu prétends que *Le Siège de Corinthe* est bon à jeter parce que Byron est un goujat ? protesta Effie.

— Non, non... Je pense simplement qu'étant donné la multitude de poèmes qui existent en ce monde en oublier quelques-uns n'est pas un drame.

Pour en revenir à ce dîner de Pâques, la table débordait de mets variés. Clémentine avait trouvé de quoi se restaurer et lui aussi, après l'avoir rejointe dans son abstinence et discrètement donné son jambon au toutou d'Olive. Néanmoins, le jambon et la poésie n'étaient sans doute pas comparables.

— Je ne suis cependant pas un expert dans ce domaine, ajouta-t-il, contrairement à toi. Je propose de boire un autre scotch.

Tout compte fait, ce fut une très agréable soirée, avec un Effie dans toute sa splendeur.

Et le lendemain matin, dans la petite salle à manger, ce fut au tour de Simon d'être fidèle à lui-même alors que du thé s'était substitué au scotch de la veille.

— J'ai peut-être jugé les luddites[1] trop sévèrement, déclara-t-il, levant les yeux de son livre, quand Archie le rejoignit.

— Parce que tu portais un jugement sur eux ? Première nouvelle.

Archie ne savait pas grand-chose des luddites, mais il n'était pas nécessaire de savoir de quoi on parlait pour apprécier une conversation avec Simon.

Simon posa son livre qui, en y regardant de plus près, était une brochure.

— J'ai soutenu leur cause, mais le recours à la violence me semblait répréhensible. Et inutile. On n'arrête pas le progrès, la mécanisation est inévitable, n'est-ce pas ?

---

1. Ouvriers du textile anglais, menés par Ned Ludd, qui, dans les années 1810, s'opposaient à l'usage de machines, accusées de provoquer le chômage.

— Je suis tenté de le penser, répondit Archie, qui n'en avait aucune idée.

Il examina le buffet dressé dans un angle de la pièce et se servit avec plaisir une généreuse portion d'œufs brouillés et de hareng fumé. La cuisine s'était apparemment remise en ordre de marche.

Clémentine mangeait-elle du hareng ? se demanda-t-il soudain. Elle ne classait tout de même pas le poisson parmi les animaux ? Et les œufs, alors ? Non, ce serait aller trop loin, même pour elle. Sinon, que mangerait-elle au petit déjeuner ?

— Maintenant, j'estime que les verdicts rendus lors de certains procès sont excessivement sévères, poursuivit Simon. Détruire des machines serait un crime capital ? Je ne siégeais pas à la Chambre des lords à l'époque, mais tout de même !

— Les luddites n'ont-ils pas incendié des manufactures ? rétorqua Archie.

C'était à peu près tout ce qu'il en savait.

— Si, et je ne cautionne pas. Pas du tout.

— Où as-tu déniché cette brochure ? interrogea Archie en s'asseyant à la table.

— Ce matin, j'ai rencontré les sœurs Morgan dehors. Mlle Olive Morgan procédait à un rituel de purification en balançant les vestiges de sa relation avec M. Bull dans le ruisseau. C'était amusant, vu que l'eau est boueuse à cause de la pluie d'hier. J'ai récupéré ça, expliqua Simon en brandissant la brochure. Apparemment, M. Bull a dévié de sa cause initiale. J'ai lu ce livret par curiosité et pour me distraire, puisque les journaux me manquent, mais il faudrait que je vérifie les sources de l'auteur avant de souscrire à ses arguments. En principe, je suis beaucoup plus circonspect. Je commence à voir comment les deux sœurs…

Simon continua à monologuer tandis qu'Archie était en pleine rumination. Ce matin, Simon avait croisé Clem, qui était déjà sortie... Archie pensait s'être levé aux aurores, mais ce n'était pas encore assez tôt.

Pourquoi songeait-il à cela ? Assez tôt pour faire quoi ? Il avait été suffisamment matinal pour prendre le petit déjeuner avec Simon, ce qui était son objectif. Scotch et poésie la veille avec Effie, petit déjeuner et politique avec Simon au matin.

Des vacances parfaitement, merveilleusement ordinaires. Exactement ce qu'il attendait.

La suite de la journée fut tout aussi normale et satisfaisante. Effie se leva vers midi, après quoi tous trois partirent en promenade. Plus tard, ils jouèrent aux cartes dans le salon. À 19 heures, Mme MacPuddle vint leur annoncer que le dîner était servi.

— C'est une vraie charmeuse, celle-là, leur confia-t-elle à propos de la nouvelle cuisinière qui leur avait été prêtée par le propriétaire du domaine voisin. Figurez-vous qu'elle a relevé le défi de Mlle Morgan : servir chaque soir à ces demoiselles, dans la petite salle à manger, un repas composé de trois plats.

— Je ne vois vraiment pas pourquoi elles ne se joindraient pas à nous dans la salle à manger, même si leur repas diffère du nôtre, bougonna Archie tandis que la servante de cuisine leur apportait trois belles truites.

— Je crois qu'elles ont déjà dîné, rétorqua Effie en se tournant vers Mme MacPuddle. N'est-ce pas ?

— Comment le sais-tu ? lança Archie d'un ton accusateur qui l'embarrassa.

— J'ai rencontré l'aînée des demoiselles Morgan en venant ici, et elle m'a dit qu'elle allait retrouver sa sœur dans la bibliothèque pour prendre sa leçon de broderie du soir.

— Oh, non, tu as mal compris. Clémentine Morgan ne brode pas.

Effie haussa les épaules. Mme MacPuddle confirma ses dires :

— Les demoiselles ont effectivement fini de manger, monsieur. La cuisinière se fait un plaisir de répondre à leurs demandes particulières, mais avant que ces messieurs se mettent à table. Elle veut s'occuper uniquement de vous pendant que vous dînez.

— Eh bien, nous en sommes ravis.

De toute évidence.

Après tout, l'Escapade était une affaire d'hommes.

N'est-ce pas ?

Broder n'était pas si assommant. Clémentine se faisait cette réflexion en se hissant sur le rebord de la fenêtre de sa chambre alors que minuit sonnait à l'horloge du hall.

Elle se sentait redevenir elle-même après une journée passée au grand air. La campagne de Cumbrie était aussi vivifiante que celle de Hill House, quoique de manière différente. À Hill House, elle ressentait le plaisir de la familiarité, elle pouvait effleurer au passage le mince bouleau qui lui signalait un tournant du chemin. Ici, dans cette forêt inconnue où elle était une intruse, elle avait le regard d'une novice, comme si elle était involontairement devenue une citadine subitement confrontée au lacis des racines d'un chêne rouvre, couvertes de mousse côté nord. Cela pouvait servir de boussole, comme toujours avec les arbres : c'était la seule chose à laquelle on pouvait se fier dans ce monde versatile. Ce chêne était un mélange subtil de force et de fantaisie grâce à l'enchevêtrement de ses racines. On aurait dit qu'il avait seulement à moitié revêtu son habit vert du dimanche.

Ce chêne au charme étrange permettait à Clémentine de se retrouver. Mais étonnamment, les gens d'ici produisaient aussi sur elle un effet régénérateur. Elle qui trouvait en principe la compagnie des humains épuisante avait adoré la balade jusqu'au village voisin avec Olive, lord Featherfinch et lord Marsden. Tout en achetant des tourtes pour le dîner de ces messieurs, ils avaient appris que Doveborough préparait sa traditionnelle fête de l'automne, un événement qui attirait des foules venant de toute la région et au-delà. Ils avaient passé un moment à observer les villageoises qui décoraient une estrade avec des rubans et des feuillages, puis ils avaient bu du cidre chaud, très épicé, dans un salon de thé sur une place.

Aujourd'hui, après avoir aidé Olive à se débarrasser des vestiges de sa relation avec Théo, une petite cérémonie des plus revigorantes, les deux sœurs s'étaient installées dans le petit salon qu'elles avaient réquisitionné parce qu'il était loin de celui que ces messieurs se réservaient.

Olive avait travaillé à sa broderie, reproduisant de mémoire un paysage bucolique entre Hill House et le village de Chiddington. Clémentine n'avait jamais envisagé cet aspect de la broderie : la possibilité de faire surgir d'une toile vierge une pure merveille.

— On fait du battage autour des vieux maîtres et de leurs peintures, avait dit Olive, mais je suis sûre que les femmes qui tiraient l'aiguille avaient autant de talent. Seulement, voilà : on ne parle pas d'elles.

Olive était manifestement devenue une fontaine de sagesse pendant que Clémentine avait le dos tourné.

Flûte… Sa robe s'était accrochée au rebord de la fenêtre. Elle tira dessus pour la dégager et entendit un craquement qui la fit grimacer. Elle n'avait qu'une seule robe. Elle serait obligée d'en emprunter une à Olive, car à un moment ou un autre, elle devrait demander à la servante de laver celle-ci et, maintenant, de la raccommoder.

Mais, robe déchirée ou non, elle se trouvait dehors. La fenêtre de sa chambre était un chien-assis en saillie sur le toit et, une fois enjambé le rebord de la fenêtre, Clémentine pouvait s'asseoir sur la pente. Les ardoises étaient froides mais pas inconfortables. Être perchée à cette altitude était grisant pour elle qui grimpait naguère aux arbres avant d'être contrainte d'endurer la vie londonienne et le marché du mariage.

Les étoiles brillaient par myriades, comme si on avait jeté des poignées de diamants sur la voûte céleste. Serait-il possible de broder le ciel nocturne ?

— Pour réussir une broderie, il faut avant tout bien choisir son sujet, avait dit Olive. Ce doit être réalisable et te tenir à cœur.

Il y avait des moutons dans la scène que brodait Olive, or cette dernière n'avait jamais eu le moindre contact avec des moutons.

Sous la supervision de sa sœur, Clémentine avait décidé de représenter les feuilles des arbres les plus communs autour de Hill House : des hêtres, des saules et des aulnes. Elle avait terminé la première feuille qui, si elle paraissait avoir été réalisée par une écolière, n'était pas si affreuse pour quelqu'un qui n'avait pas touché un métier à broder depuis plus de dix ans. À vrai dire, le caractère répétitif de l'ouvrage s'était révélé apaisant, et après les péripéties de ces derniers jours, un peu de calme était bienvenu.

La broderie favorisait également le dialogue. En fait, elle le facilitait car, avec les mains et les yeux occupés, la conversation semblait anodine, même quand elle ne l'était pas. Deux soirées en tête à tête lui en avaient beaucoup appris sur Olive. Cela n'avait cependant pas éclairé les raisons mystérieuses qui l'avaient poussée à vouloir épouser Théo pour l'empêcher de faire chanter Clémentine. Olive n'était pas à ce point altruiste.

Mais Clémentine avait appris plusieurs petites choses sur Olive qu'elle trouvait absolument charmantes. Par exemple, sa sœur avait une théorie fascinante, quoique fantaisiste, sur l'évasion de Napoléon de l'île d'Elbe. Et, pendant des années, elle avait fait semblant d'adorer leurs voisins de Londres.

C'était assez stupéfiant.

Avec un soupir guilleret, Clémentine serra un plaid autour de ses épaules et s'allongea sur le toit. Alors voyons… les Pléiades. Elle aurait dû prendre une lanterne et la carte du ciel qu'elle avait consultée un peu plus tôt. Elle l'avait dénichée dans la bibliothèque du château, un véritable capharnaüm. Mais elle avait craint que le toit soit trop pentu. Même si elle admettait qu'il lui arrivait parfois d'être un brin imprudente, elle était assez raisonnable pour ne pas s'encombrer lors de sa première sortie sur le toit.

— Clem ?

Elle sursauta.

— Attention, ne tombe pas !

Archie. Il était à sa fenêtre, apparemment voisine de celle de Clémentine. En un clin d'œil, il fut sur le toit, un bras tendu devant Clémentine, comme pour la retenir si elle glissait.

Penser que sa chambre était de l'autre côté du mur était un peu… perturbant.

— Qu'est-ce que tu fais là ? articula-t-elle.

— C'est drôle, j'allais te poser la même question, ironisa-t-il.

— Je contemple les étoiles.

S'attendant à ce qu'il la réprimande, comme il ne s'en privait pas ces temps-ci, elle expliqua :

— Je suis sortie… en bas, mais la végétation est tellement touffue qu'on ne peut pas voir le ciel en entier, or je cherche une constellation proche de l'horizon.

La réprimande ne venait toujours pas. Archie se borna à renverser la tête en arrière pour scruter le ciel.

— Quel spectacle extraordinaire, n'est-ce pas ?

— Oui. Le ciel me manque beaucoup à Londres. Le jour et la nuit.

— Tu n'es vraiment plus jamais à Hill House ? Ou bien, quand tu y es, tu ne daignes pas nous rendre visite à Mollybrook ?

Il plaisantait.

— Je n'y vais jamais, répondit-elle en souriant. Je n'exagérais pas quand j'ai dit que mon père est si pressé de me marier qu'il me garde prisonnière à Londres, même en plein cœur de l'été. Olive n'aime pas la campagne, elle préfère de loin les distractions de la ville. Tu sais que dans ma famille j'ai toujours été…

— … portée sur les activités de plein air ?

Il avait senti qu'elle avait le mot « paria » sur le bout de la langue et l'avait empêchée de le dire. Il avait raison. Le terme « paria » était excessif. Son père et sa sœur, et sa mère quand elle était encore en vie, l'aimaient et se donnaient du mal pour l'inclure dans leur quotidien. Mais ils ne la comprenaient pas, et c'était réciproque. Elle ne concevait pas l'attrait d'une salle de bal bondée à l'atmosphère étouffante, tandis qu'eux s'ennuyaient à mourir à la campagne.

Elle était le changelin de la famille Morgan.

Elle songea alors qu'autrefois, quand elle était enfant, elle avait Archie auprès d'elle. Même quand il était en pension, elle lui écrivait, et quand il revenait pour les vacances, ils reprenaient leurs longues promenades.

En fait, elle était très seule. Elle comprenait soudain que, durant ces dernières années passées dans les salles de bal ou les rues animées de Mayfair, elle avait été fondamentalement seule.

— « Portée sur les activités de plein air », répéta-t-elle. C'est ça. La dernière fois que nous avons séjourné à Hill House, c'était à Pâques. Nous y sommes restés une semaine, c'est tout, et je crois que toi, tu étais à Londres.

— En effet.

Un silence.

— On m'a recommandé un nouveau médecin, je voulais que ma mère le consulte. En fait, elle est à Londres en ce moment, elle suit un traitement.

— Oh, Arch… Comment va-t-elle ?

Elle n'avait pas encore eu l'occasion de lui poser la question, puisqu'elle s'efforçait, selon ses ordres, de ne pas le déranger.

— Je la mentionne toujours dans mes prières, ajouta-t-elle.

Le silence se prolongea. Elle envisageait de battre sa coulpe. Qui aurait pu prévoir qu'elle devrait s'excuser d'avoir posé une question à Archie ? Mais il murmura :

— Elle est… Tu ne la reconnaîtrais pas. Son état a empiré.

La comtesse douairière de Harcourt souffrait d'une maladie mentale. Sa mémoire la trahissait de façon anormale pour une femme de son âge, elle semblait parfois mélanger le passé et le présent. Archie et Clémentine étaient jeunes quand les premiers signes de la maladie s'étaient manifestés.

— Mais ce diagnostic est peut-être erroné, poursuivit-il. D'une certaine manière, elle va mieux. Tu te rappelles comment elle se mettait en colère contre mon père ?

Clémentine acquiesça. Elle se souvenait de dîners qui dérapaient, car la comtesse se déchaînait contre son mari à cause de ce qu'elle percevait comme un affront et qui, quelquefois, était bien réel, le père d'Archie n'étant pas particulièrement gentil ni patient.

— La mort de mon père a éteint sa colère. C'est compréhensible. Personne n'était à la hauteur des exigences de mon père. Mais d'un autre côté, elle s'est beaucoup détériorée. Elle ne me reconnaît plus depuis des mois. Elle a gardé plus longtemps le souvenir de Mlle Brown. Tu te rappelles, la dame de compagnie que j'ai engagée après la mort de mon père ? Mère se souvient quelquefois de Mlle Brown. Malheureusement, ces éclairs de lucidité sont de plus en plus rares.

Quelle tristesse ! songea Clémentine. Sa mère lui manquait énormément, bien qu'elles ne soient pas faites du même bois : il y a quelque chose dans la main d'une mère sur votre front qui fait qu'elle vous console, quel que soit votre âge. Mais avoir près de soi une mère vivante et pourtant complètement absente était sans doute encore plus douloureux que l'avoir perdue.

Archie laissa échapper un petit rire amer.

— Parfois, elle prend Mlle Brown pour sa mère, ma grand-mère, ce qui peut s'avérer terriblement hilarant. Ma grand-mère n'appréciait pas mon père, et Mère semble rejouer ce vieux conflit avec Mlle Brown.

— C'est curieux, rétorqua Clémentine avec circonspection, car elle avait toujours eu l'impression que les parents d'Archie n'étaient pas très heureux en mariage.

— En effet. Je pensais, vu la froideur que mes parents se témoignaient, que leur union avait été arrangée par leurs parents. Mais si j'en juge par ces saynètes avec Mlle Brown, c'est ma mère qui menait la barque. C'est surprenant.

— Hmm…

— Mlle Brown est merveilleuse. Heureusement qu'elle est là. Elle joue le rôle de ma grand-mère avec patience et gentillesse ; elle répète à ma mère qu'avec le temps, elle s'est prise d'affection pour mon père.

Il s'interrompit et s'éclaircit la gorge.

— Elles ont fréquemment cette conversation.

— Qui es-tu pour ta mère, dans ces moments-là ?

— Personne. Je ne suis personne.

Elle sourcilla. Il avait répondu trop vite et d'un ton trop catégorique, comme si cette constatation était une vérité absolue. Mais Archie n'apprécierait sûrement pas qu'elle en fasse la remarque.

Elle renversa la tête en arrière et scruta le ciel.

— J'essaie de repérer les Pléiades.

— Les sept sœurs, rétorqua-t-il, sa voix redevenue normale.

— Elles sont censées être proches de l'horizon.

— Oui, c'est cet amas d'étoiles, là-bas, déclara-t-il, pointant l'index. Elles sont collées les unes aux autres.

— Hmm… Ça ne va pas.

— Comment ça ? Les cieux ne te conviennent pas ?

Clémentine lui sourit.

— Olive et moi avons conclu un marché : pendant notre séjour ici, chacune de nous accepte de tester l'activité favorite de l'autre. Moi, j'ai appris à broder.

— Vraiment ? J'en ai entendu parler, et je n'y ai pas cru.

— Je reconnais que la broderie n'est pas une occupation si désagréable. De plus, après l'agitation de ces derniers temps, je m'efforce de m'intéresser davantage aux loisirs d'Olive.

— Et toi, à quoi vas-tu l'initier ?

— Je n'ai pas encore décidé. Il n'est pas facile de condenser mes centres d'intérêt en une seule activité. Être à l'extérieur n'est pas une occupation en soi.

— Oui, je saisis la difficulté.

— Marcher ne suffit pas non plus. Ce n'est pas assez précis, et ça n'apprendrait rien de nouveau à Olive.

— C'est là que, normalement, je suggérerais la chasse.

— Oui, je m'en doute.

En toute honnêteté, Archie était l'une des personnes qu'elle appréciait le plus au monde. Ou plutôt, il l'était autrefois, quand ils étaient gamins, mais elle avait du mal désormais à concilier son ami d'enfance et le tueur d'animaux. Mais pour être juste, il avait toujours aimé la chasse, il n'avait donc pas fondamentalement changé.

C'était peut-être elle qui avait changé.

Une idée déconcertante... qu'elle n'avait pas envie de creuser.

— Je suis tentée de lui proposer l'observation des étoiles, et je mène quelques recherches préliminaires pour rendre la chose plus captivante.

— Ces étoiles majestueuses ne sont donc pas suffisamment intéressantes ? la taquina-t-il gentiment.

— Tu comprends ce que je veux dire, répliqua-t-elle en souriant. Olive réagira mieux si je réussis à agrémenter d'un récit ce qu'elle a devant les yeux.

— Par chance, les Anciens l'ont fait.

— Exactement. J'ai trouvé une carte du ciel dans la bibliothèque et j'essaie de relier ce qui y est représenté, ce que je vois et ce que je me rappelle des mythes associés aux constellations.

— Je suppose que les Pléiades vous symbolisent, Olive et toi.

— J'y ai pensé, en effet. Les sept sœurs, filles d'Atlas, transformées en étoiles. Malheureusement, maintenant que je les regarde, elles me paraissent...

Elle haussa les épaules.

— Tu penses qu'Olive sera déçue.

— Je le crains.

— Et le chariot ? Ou plutôt la Grande Ourse ?

— Trop banal. Tout le monde connaît la Grande Ourse, même Olive, sans aucun doute.

— Ah...

Ils se turent, et le silence les enveloppa comme autrefois, quand Archie arrivait pour les vacances et reprenait sa place dans la vie de Clémentine, comme s'il n'était jamais parti. Il apparaissait dans la clairière où elle aimait musarder et se laissait tomber à côté d'elle dans l'herbe, ou lui emboîtait subitement le pas alors qu'elle se rendait à Chiddington. « Salut, Clem », disait-il simplement, lui donnant l'impression qu'ils s'étaient vus la veille.

Et maintenant, il était assis près d'elle sur un toit, à minuit, comme si c'était la chose la plus naturelle du monde.

Beaucoup d'eau avait coulé sous les ponts et, avec l'affaire Bull et tout le reste, Clémentine avait craint que les choses ne soient plus jamais simples entre eux. Leurs retrouvailles n'avaient assurément pas été faciles. Après l'épisode de l'auberge et leur arrivée au château, Archie lui avait intimé de se tenir à distance.

Et pourtant, il était là et c'était simple. Elle comprenait que ces moments lui avaient manqué. Archie lui avait manqué.

— Dommage que ce ne soit pas la bonne période pour voir Orion, le chasseur géant de la mythologie, et les trois étoiles de son baudrier.

— Oh oui, mon activité favorite représentée dans les cieux pour l'éternité ! ironisa-t-elle.

— Tu n'aimes pas la chasse ?

— L'ai-je jamais aimée ?

— Je… je ne sais pas.

Il faisait trop sombre pour que Clémentine puisse voir son visage, mais elle sentit qu'il fronçait les sourcils. *Oh…* Archie pouvait être si attentif mais en même temps si… bête.

— Eh bien, dans la mesure où je refuse de manger des animaux, on peut dire que je n'apprécie pas qu'on les tue juste pour le plaisir.

— Je…

Il était choqué, lui qui adorait la chasse. N'ayant pas envie de se lancer dans un débat éthique, ni de critiquer le loisir préféré d'Archie, Clémentine scruta de nouveau le ciel.

— Orion, en poursuivant la Grande Ourse à travers le ciel, est resté coincé là-haut, déclara-t-elle gaiement. Ce doit être un piètre chasseur.

Archie grommela dans sa barbe pour la forme. Un silence complice s'installa. Clémentine songea qu'elle pourrait rester sur ce toit avec Archie jusqu'à la fin des temps, sans ressentir le besoin de parler. Cette quiétude qui régnait entre eux avait des vertus apaisantes, au même titre que les arbres, les ruisseaux et les étoiles, même celles qui formaient la silhouette d'un chasseur.

— Clem ?

— Oui ?

— Promets-moi qu'à l'avenir tu garderas tes distances avec les individus comme M. Bull.

— Si j'avais su quel genre d'homme il était, je ne me serais jamais approchée de lui. Je te promets néanmoins de garder mes distances avec les personnages de cet acabit, car je suis désormais résolue à me tenir loin des hommes en général.

— Moi excepté ?

— Loin de tout homme qui pourrait souhaiter m'épouser, précisa-t-elle en riant. À Londres, et avec mon père dans les parages, cette catégorie inclut toute la gent masculine.

— Il est peut-être temps pour toi de faire un petit séjour à Hill House.

— Oh, c'est mon vœu le plus cher.

— Ça te permettrait de te vider la tête, de ne plus penser aux intrigues des saisons londoniennes.

— Je crains fort que, pour mon père, me mêler à ces intrigues soit un objectif. Quoique, maintenant que ses deux filles ont été de justesse sauvées du déshonneur, il nous autorisera peut-être des vacances à la campagne. Pour se rafraîchir le palais, en quelque sorte.

Archie gloussa, et elle se réjouit d'être capable de l'amuser, heureuse qu'ils puissent déjà rire de leurs récentes tribulations.

— Mais je l'aurai à l'usure, Arch, même s'il nous interdit une retraite immédiate à Hill House. Je lui survivrai et, quand j'aurai enfin le droit d'être la vieille fille que je suis destinée à être, je me retirerai à la campagne et je serai bien contente de t'avoir pour ami.

Cette tirade manquait de légèreté et d'humour, la détermination vibrait dans sa voix, comme si elle faisait un vœu.

— Je suis sûr que, si tu le décides, tu l'auras à l'usure, rétorqua pensivement Archie.

Puis, d'un ton plus guilleret, il ajouta :

— Pourquoi ne pas dîner avec nous demain, Olive et toi ?

— Je croyais que tu ne voulais pas nous avoir dans les pattes.

En outre, Clémentine appréciait beaucoup ses repas végétariens avec Olive dans la petite salle à manger. La cuisinière qu'elles avaient engagée semblait vouloir réellement relever le défi que représentait le régime alimentaire de Clémentine. Elle leur avait servi quelques mets ambitieux, et souvent délicieux.

— Un repas par jour, ce n'est pas dérangeant.

Il était gentil de le proposer, mais elle n'oubliait pas le regard intense qu'il avait braqué sur elle le premier matin, quand il lui avait ordonné de se tenir loin de lui et de ses amis. Il ne plaisantait pas.

8

Attention au satyre puant

Le lendemain soir après le dîner, les feuilles de Clémentine avaient pas mal avancé. Enfin, elles avaient surtout avancé dans la mesure où elles s'étaient largement étalées sur la toile de lin mais elles ressemblaient de moins en moins... à des feuilles.

— À quoi ça ressemble, à ton avis ? demanda Clémentine, tenant à bout de bras le tambour à broder. On dirait un cottage avec un toit ondulé, tu ne trouves pas ?

Olive plissa les yeux pour étudier le pauvre chef-d'œuvre de sa sœur.

— Moi, je vois plutôt des bâtons plantés dans une eau verte.

— Hmm... Que faire ?

— Eh bien, je pourrais t'expliquer comment arranger ça, mais ça reviendrait à le faire pour toi.

— Et ce serait mal ?

— Ce ne serait plus ton ouvrage, n'est-ce pas ?

— Sans doute, mais ça ne t'a pas arrêtée en ce qui concerne Théo, n'est-ce pas ?

Clémentine regretta ces mots à la seconde où ils franchirent ses lèvres. Son agressivité la choqua, ainsi qu'Olive qui ravala un hoquet.

Elle ne parvenait manifestement pas à tourner la page sur cette lamentable affaire. C'était d'autant plus absurde qu'elle avait rejeté Théo avant qu'Olive s'enfuie avec lui. Comment pouvait-elle reprocher à sa sœur d'avoir volé ce dont elle s'était débarrassée, ce dont elle ne voulait plus et même qu'elle méprisait ?

— J'ai juste essayé de t'aider, répondit sèchement Olive. À mon détriment, disons-le. Je n'aurais peut-être pas dû m'embêter avec ça.

— Je sais, je sais…, marmonna Clémentine d'une voix contrite.

Il fallait prendre du recul, mais l'incompréhension la taraudait.

— Pourquoi tu l'as fait ?

— Il menaçait de te détruire.

— Ça ne répond pas à ma question.

Les yeux d'Olive s'exorbitaient, comme toujours quand elle était contrariée.

— J'ai déjà répondu : il a dit que tu t'étais donnée à lui.

Olive parlait lentement, avec une patience évidente, comme si elle s'adressait à une enfant. Clémentine en aurait hurlé de rage.

— Tu avais rompu vos fiançailles, et il voulait raconter à tout le monde qu'il t'avait déflorée, pour que tu sois forcée de l'épouser.

— Mais toi, tu étais forcée de l'épouser ?

Le nœud du problème était là. Clémentine ne contestait pas les faits qu'exposait sa sœur. Elle cherchait seulement à comprendre ses motivations, car Olive ne se distinguait pas par son altruisme.

— Je n'y étais pas obligée. J'ai proposé de prendre ta place.

Olive était vexée, comme si Clémentine sous-estimait son intelligence et que c'était bien plus grave que d'épouser un maître-chanteur.

— D'accord, mais encore une fois : pourquoi ? articula Clémentine, vexée elle aussi. Ne sois pas si bornée, réponds ! Et ne va pas me raconter qu'il n'est pas nécessaire de tout connaître de l'autre. C'est peut-être vrai en théorie, mais moi, j'ai besoin de savoir !

Olive la dévisagea longuement, ses grands yeux bleus ne cillant plus. Puis elle détourna le regard et haussa les épaules d'une façon que Clémentine jugea théâtrale.

— Je veux découvrir le monde. Théo préparait son tour d'Europe. Je veux aussi me marier. Alors, pourquoi pas lui ?

Cela n'avait aucun sens. Olive était amoureuse de l'amour, ou du moins de l'idée qu'elle s'en faisait. Elle enchaînait depuis toujours les toquades, brèves mais intenses. L'objet de son engouement semblait n'avoir que peu d'importance. Des amis leur rendaient visite ? Olive s'entichait de leur fils. Ou d'un gentleman rencontré brièvement pendant une réception. Elle avait même eu le béguin pour le maréchal-ferrant de Chiddington et avait inspecté les sabots de tous les chevaux de la famille dans l'espoir de trouver un fer à remplacer d'urgence.

Cette tendance s'était amplifiée durant l'année passée, celle de ses débuts dans le monde. Olive avait adoré sa saison à Londres : les belles robes, les réceptions, les promenades avec des amies. Les glaces de chez Gunter[1]. Les amourettes s'étaient multipliées, plus éphémères et échevelées que jamais, les jeunes gens disponibles et susceptibles de les inspirer pullulant dans la capitale.

« Ce n'est pas encore le bon moment, disait Olive. Je ne souhaite pas me marier trop tôt, et j'adorerais vivre une autre saison. Mais je ne veux pas non plus attendre qu'il soit trop tard. »

---

1. Gunter's Tea Shop : célèbre salon de thé situé à Berkeley Square, fondé en 1757.

Ces tirades étaient assorties d'un regard appuyé en direction de Clémentine, comme si celle-ci était l'incarnation du concept « trop tard ».

Clémentine aurait bien voulu que son père la regarde de cette façon et lui permettre de rester vieille fille.

— Donc... tu veux voyager et Théo te proposait le mariage, résuma-t-elle. Mais l'amour dans tout ça ? Tu as envie d'aimer, n'est-ce pas ?

Olive eut un nouveau haussement d'épaules, résigné cette fois.

— On ne peut pas tout avoir.

— Oh, Olive, tu es si jeune ! Ne te...

Elle s'interrompit. Elle était mal placée pour encourager sa sœur à attendre le grand amour.

Olive la dévisagea longuement, semblant peser le pour et le contre.

— Viens avec moi, dit-elle enfin d'un ton brusque. Je veux te montrer quelque chose.

Clémentine la suivit dans sa chambre, où régnait un désordre qui ne la surprit pas. Des vêtements traînaient çà et là, un livre était ouvert et posé à l'envers sur le lit, ce qui ne manquerait pas d'abîmer le dos, une tasse de thé à moitié pleine voisinait sur la table de chevet avec un tambour à broder. Qu'Olive ait créé un tel chaos en quelques jours à peine et qu'elle ait réussi à fourrer un tel bric-à-brac dans un seul sac était tout à fait fascinant.

Clémentine s'approcha de la table de chevet et du tambour à broder.

— Tu as commencé un autre ouvrage ?

Celui sur lequel Olive travaillait le soir, les moutons de Chiddington, était déjà ambitieux aux yeux de Clémentine.

— Non, non ! répondit Olive en se jetant sur le lit pour attraper le tambour. Je fais juste un essai, ce n'est pas encore montrable.

Voilà qui était intéressant... L'envie de lui arracher le tambour démangeait Clémentine, mais elle se contint.

À la réflexion, on pouvait s'étonner qu'Olive brode une scène bucolique, elle qui clamait détester la campagne. D'ailleurs, qu'Olive déteste Hill House était étrange. Naguère, elle grimpait aux arbres et pataugeait dans les ruisseaux ; elle le faisait peut-être avec moins d'enthousiasme que Clémentine, mais elle était contente de passer du temps au domaine en famille. Et ses chiens adorés y étaient plus heureux qu'à Londres.

— Assieds-toi, ordonna Olive, désignant une chaise près de la fenêtre.

Clémentine obéit tandis que sa sœur sortait son almanach de son sac de voyage. Elle était attachée à ce livre relié de cuir, usé jusqu'à la trame, comme une enfant est attachée à une poupée ou un objet fétiche. Elle le trimballait partout depuis des années. Elle en extirpa une feuille de papier, aussi usée que la jaquette, et la tendit à Clémentine.

Celle-ci reconnut l'écriture ronde, tout en boucles, de sa sœur. Olive avait dressé la liste des expériences qu'elle aimerait vivre.

1. *Voyager : Europe, Égypte, Amérique, Haut-Canada.*
2. *Faire un vol en aérostat.*
3. *Jouer aux cartes et miser beaucoup d'argent, comme les hommes.*
4. *Avoir ma propre maison et mettre du papier peint à fleurs dans toutes les pièces.*
5. *Avoir autant de chiens que je le souhaite dans ma maison entièrement fleurie, et autoriser les chiens à faire ce qu'ils veulent (une fois les quatre premiers souhaits accomplis).*
6. *Avoir des enfants (même chose que pour le 5).*

L'idée que Clémentine se faisait de sa sœur bascula brutalement. Elle éprouva la même sensation qu'à l'auberge, quand elle avait bu de la bière avec l'estomac vide : le sol sous ses pieds n'était plus aussi solide qu'elle le croyait depuis toujours. Qui aurait pu se douter qu'Olive était une aventurière ?

— Ça alors, c'est extraordinaire.

— Je veux vivre, Clemmie. Je veux une belle vie. Tu sais aussi bien que moi que les femmes n'ont généralement pas l'existence dont elles rêvent. Je ne prétends pas faire tout ce que j'ai noté sur cette liste, mais avec Théo, j'étais au moins sûre de voyager. Et comme il n'est pas conformiste, je pensais qu'il ne verrait pas d'inconvénient à ce que sa femme ne le soit pas non plus.

— C'est là que tu te trompes. Théo veut une épouse foncièrement conventionnelle. Et soumise par-dessus le marché, je m'en suis aperçue.

— Moi aussi. J'ai eu le tort de ne pas l'observer suffisamment avant de sauter le pas. Mais je n'en ai pas eu le temps.

Olive braqua un regard implacable sur Clémentine.

— Et ça, sœurette, c'est ta faute.

Oh, bon sang... Clémentine avait accusé Olive de les avoir mises dans ce pétrin, mais la boule qui lui pesait sur l'estomac laissait penser qu'elle avait peut-être aussi sa part de responsabilité.

— Tu suis mon raisonnement ? enchaîna Olive d'un ton plus doux. Théo et moi, nous allions parcourir le monde avant de nous installer définitivement en Angleterre, près de toi et de notre père. Sur ce point, je n'aurais fait aucune concession.

Clémentine lui prit la main et l'étreignit.

— Et pour avoir des enfants, j'aurais supporté les attentions de Théo, mais seulement pendant un certain temps, après quoi nous serions convenus de nous ignorer mutuellement. Un accord de cette nature entre époux scelle en principe une union paisible et satisfaisante.

— C'est...

Clémentine s'interrompit. Un tel arrangement paraissait pratique, certes, mais bien triste. Cela ne ressemblait pas à Olive, et encore moins à leurs parents.

— Après tout, poursuivit Olive, nos parents n'ont pas fait un mariage d'amour, pourtant ils ont été plutôt heureux ensemble.

— Quoi ? s'exclama Clémentine, stupéfaite. Comment peux-tu dire une chose pareille ? Nos parents s'adoraient. Tu te trompes.

— Je ne me trompe pas. Un jour, j'ai surpris une conversation entre notre mère et Tante Susan qui, à l'époque, hésitait à épouser Oncle Roderick. Maman lui a déclaré que, pour sa part, elle se félicitait d'avoir épousé notre père. « Nous ne sommes pas amoureux, a-t-elle dit, mais nous avons de l'affection l'un pour l'autre. Je lui sais gré, quand il a des aventures, de se montrer discret. »

Clémentine laissa échapper un hoquet de désarroi. Elle était au bord des larmes.

— Ils ont eu une vie conjugale harmonieuse, Clemmie. Nous sommes une famille unie. Du moins nous l'étions jusqu'à ce que Maman nous quitte, soupira-t-elle.

Comme Clémentine hochait la tête, trop chamboulée pour parler, Olive ajouta :

— Ne te désole pas, je crois qu'ils ont fini par s'aimer vraiment. J'ai demandé à Maman, peu de temps avant sa mort, comment elle avait su qu'elle était amoureuse de notre père. C'était une question piège. Je voulais voir si elle me ferait la même réponse qu'à Tante Susan.

Une manœuvre typique d'Olive.

— Et comment a-t-elle réagi ?

— Elle a dit : « Un soir, à Londres, ton père rédigeait sa correspondance… »

Clémentine sourit, amusée par la façon dont sa sœur imitait leur mère. Elle avait un vrai talent de comédienne.

— « Il était agacé, car il y avait un problème avec le puits de Hill House, et il marmonnait dans sa barbe en écrivant à M. Hugues. J'ai proposé de partir immédiatement pour le Kent. Il a machinalement objecté que c'était impossible, puisque nous avions un bal le lendemain soir. J'ai rétorqué qu'un puits était assurément plus important qu'un bal. Il a posé sa lettre, m'a regardée par-dessus son binocle et m'a dit : "Pas pour vous, mon amie, donc pas pour moi. Nous partirons après-demain." C'était dit simplement, avec tendresse. Je me rappelle avoir pensé que j'avais de la chance d'être aimée et d'aimer votre ronchonneur de père. »

— Je me demande à quel moment ça s'est passé, marmonna Clémentine.

— À un moment quelconque, dans les années qui ont précédé la mort de Maman. Quelle importance ? Ça s'est passé, c'est l'essentiel.

— Oui, sans doute. Qui se marie par amour, de toute façon ? Je parle de l'amour passionné, romantique.

— Franchement, plus je vieillis, plus je crois que c'est rarissime. On ne trouve ce genre d'amour que dans les livres. Mais je ne t'apprends rien, toi qui as passé des heures à dévorer des romans, perchée dans un arbre.

Olive avait remarqué les séances de lecture dans les arbres qu'affectionnait Clémentine ? Elle n'était donc pas si indifférente à ce qui l'entourait.

— Olive, il me semble tout de même que…

Clémentine n'acheva pas sa phrase. Elle voulait dire que le grand amour devait tout de même exister dans ce monde, mais à quoi bon en parler si les sœurs Morgan n'étaient pas destinées à le connaître ?

— Excuse-moi, Clemmie, je t'ai perturbée. J'aurais peut-être dû me taire, mais je désirais te montrer que je sais comment notre milieu fonctionne. J'ai essayé, et j'essaie toujours, de jouer le jeu de manière à ce que ça se termine bien pour moi. Avec Théo, je me suis fourvoyée. Résultat, je suis punie et renvoyée à la case départ. Je ferai une nouvelle tentative la saison prochaine.

Olive esquissa un sourire malicieux.

— Je réussirai peut-être à économiser assez d'argent pour pouvoir suivre ton exemple si je ne trouve pas de mari à mon goût : rester célibataire et m'offrir mon aérostat personnel et tout le reste. Tu me laisseras vivre avec toi quand Père ne sera plus là, j'espère ? Peut-être même que tu me laisseras redécorer notre maison, puisque ces choses-là ne t'intéressent pas.

Clémentine était médusée.

— Mais... d'où provient cet argent dont tu parles ?

— De notre père. Lui en soutirer est très facile, il suffit de le flatter. Tu ne l'as pas remarqué ? (Le sourire d'Olive s'élargit.) En fait, je l'ai littéralement saigné à blanc depuis mes débuts dans le monde. Lorsqu'il disparaîtra, le plus tard possible, bien entendu, nous aurons chacune notre pécule.

Clémentine n'en revenait pas. Elle avait toujours su que sa sœur était lucide et pragmatique, voire un brin vénale, mais imaginait qu'elle ne recherchait que des bénéfices anodins, comme une robe neuve, une fête ou une soirée au théâtre.

— Olive, je crois que tu es...

— Oui ?

Olive était beaucoup plus intelligente qu'elle ne le supposait. Avouer la piètre opinion qu'elle avait auparavant d'elle aurait été inutilement méchant.

— Je suis désolée que tu n'aies pas atteint tes objectifs, mais te marier avec Théo ne t'aurait rien apporté. Ce n'est pas un homme... bien.

— Je m'en suis rendu compte, soupira tristement Olive. Quand il ne déploie pas tous ses charmes, il est plutôt quelconque. Je suis navrée que tu... Il t'a fait du mal, Clemmie ?

— Non, je me suis fait du mal toute seule. Je me suis donnée à lui. Je ne sais pas ce qui m'a pris.

Clémentine ne pensait pas faire un jour cet aveu humiliant, ni avoir l'impression de se confier à une sœur plus âgée et plus sage.

— Tu étais persuadée que tu allais l'épouser d'ici quelques semaines, alors un peu plus tôt ou un peu plus tard... quelle importance ? rétorqua Olive avec simplicité, sans la moindre once de jugement.

Clémentine avait clairement mésestimé sa sœur. Elle n'avait vu que leurs différences, s'était concentrée sur les attitudes d'Olive et pas suffisamment sur ses actes. Certes, parfois, ses actes, si bien intentionnée soit-elle, n'étaient qu'un coup d'épée dans l'eau : le fiasco de sa fugue amoureuse en témoignait. En revanche, l'épisode de la cuisinière était significatif. Olive était partie du principe que la cuisinière devrait s'adapter au régime alimentaire de Clémentine et le lui avait expliqué en détail. Elle faisait preuve à l'égard de sa sœur d'une tolérance extraordinaire.

Clémentine était donc, apparemment, à l'intérieur de son cercle de feu. Elle ne s'en était simplement pas rendu compte.

— Clemmie... Si ma fuite avec Théo t'a blessée, j'en suis navrée. Mais je savais que tu avais rompu vos fiançailles.

Comment le savais-tu ? Clémentine s'abstint de poser cette question. Elle découvrait jour après jour que sa sœur était étonnamment perspicace.

— J'ai supposé que tu avais une bonne raison de le faire. J'ai mis au point mon plan en partie pour que tu ne sois pas forcée de l'épouser. Le désagrément que je te causais serait, me semblait-il, de courte durée. Si ce n'est pas le cas, je te prie de me pardonner.

Des excuses sincères avaient un pouvoir troublant : les émotions négatives qu'Olive inspirait encore à Clémentine achevèrent de s'envoler.

— Il m'a fait du mal, murmura-t-elle.

Pour l'instant, elle n'avait pas la force d'en dire plus.

— Je m'en doute, rétorqua Olive avec douceur.

— Si j'avais deviné ce que tu projetais, je t'aurais mise en garde contre Théo. L'objectif que tu voulais atteindre ne valait pas un tel sacrifice.

— Mais toi, tu le valais. Tout bien considéré, répliqua Olive avec un petit sourire ironique.

— C'est-à-dire ?

— J'aurais agi comme je l'ai fait, même en sachant ce que je sais maintenant de lui, si ça avait permis de préserver ta réputation.

Clémentine ouvrit la bouche pour lancer un autre « Pourquoi ? », mais Olive lui coupa la parole.

— Les souhaits que j'énumère dans cette stupide liste ne se concrétiseront jamais, j'en suis certaine. Alors, dans la mesure où je me fiche d'épouser untel ou untel, autant choisir un mari qui serve à quelque chose. En épousant Théo, je t'aurais évité le déshonneur et donné une petite chance d'être heureuse. Tu aurais peut-être eu le temps d'attendre que notre père te laisse tranquille.

Olive haussa encore les épaules d'un air insouciant, comme s'il s'agissait de se contenter d'un thé tiède et non de s'enchaîner à un mari lamentable.

— Mais…

— N'en parlons plus puisque ni toi ni moi n'avons été forcées d'épouser Théo. Grâce à Archie.

Ah oui, Archie... Bavarder avec lui avait été merveilleux. Le fait d'être perchés sur le toit, dans l'obscurité, leur avait permis de retrouver leur ancienne camaraderie. Autrefois, il leur arrivait souvent de grimper aux arbres pour discuter. Elle comprenait à présent que son vieil ami lui avait terriblement, viscéralement manqué. Savoir qu'il se trouvait dans le château, et même dans la chambre voisine de la sienne, éveillait en elle un étrange et pressant besoin de lui parler.

Elle voulait lui relater sa conversation avec Olive, lui dire qu'elle aussi avait appris des choses surprenantes sur le mariage de ses parents.

— Que penses-tu de lord Featherfinch ? demanda Olive à brûle-pourpoint.

Clémentine sursauta.

— Il est tellement séduisant ! s'exclama sa sœur en se laissant tomber sur le lit avec un soupir à fendre l'âme.

La fille impétueuse, capable de tomber amoureuse en un clin d'œil, était de retour.

— Il est imposant et... ténébreux, rectifia Clémentine.

— Oui, n'est-ce pas ? Et sa tenue vestimentaire est tellement raffinée ! Il porte le noir comme personne. Et ses cheveux..., soupira de nouveau Olive. Ils sont encore plus beaux que les tiens, Clemmie.

Elle se redressa brusquement.

— C'est peut-être sur lui que je devrais jeter mon dévolu.

Archie passait une journée parfaitement normale et agréable avec les garçons. Néanmoins, elle ne produisait pas sur lui l'effet salutaire qu'il attendait. En réalité, il se sentait de plus en plus las et irritable. À l'heure du dîner, il bâillait à s'en décrocher la mâchoire, il avait des fourmis dans les jambes et dut prendre son komboloï à table.

Il n'arrêtait pas de penser que la moitié des vacances était quasiment écoulée. Il ne restait que huit jours pour...

Pour quoi ?

Que désirait-il exactement qu'il n'avait pas ?

Il était trop fatigué. Son cerveau, comme cela lui arrivait parfois, ne fonctionnait plus. Mieux valait s'arrêter là pour aujourd'hui, et repartir frais et dispos le lendemain.

Il prit donc congé de ses amis juste après le dîner.

Mais pourquoi, au lieu de regagner ses quartiers puisqu'il était épuisé, se faufila-t-il dans la chambre jouxtant celle de Clémentine et passa-t-il la tête par la fenêtre ?

Ah, elle était là... Ce soir, elle avait pris une lanterne.

— Salut ! s'exclama-t-elle en le voyant.

La joie qui vibrait dans sa voix le réveilla de sa léthargie. Tandis qu'il enjambait le rebord de la fenêtre pour rejoindre sa vieille amie, il se demanda s'il avait déjà été aussi alerte. C'était un véritable coup de fouet.

— Salut, dit-il.

Elle portait la même robe bleue que la veille. La jupe ample lui permettait de s'asseoir en tailleur, et la lanterne l'éclairait de telle manière qu'il distinguait, sous le tissu, la forme de ses jambes. Ses cheveux ruisselaient le long de son dos, frôlant presque sa taille. Il ne les avait jamais vus dénoués. Naguère, quand ils vagabondaient en liberté autour de Mollybrook, elle avait des nattes d'où s'échappaient, bien sûr, des mèches folles : rien de comparable, toutefois, à cette cascade de boucles. Ensuite, en grandissant, elle avait relevé ses cheveux qu'elle dissimulait parfois en public sous une capote qui...

— Je me suis rendu compte seulement hier soir que tu occupais la chambre voisine, déclara-t-elle, l'interrompant dans ses réflexions sur sa chevelure.

Il s'éclaircit la gorge.

— Eh bien, euh... moi aussi, je m'en suis aperçu quand j'ai passé la tête par la fenêtre, hier soir, et que je t'ai vue.

Quel mensonge ! Le quartier des lords se trouvait dans une aile du château qui formait une équerre avec le bâtiment principal où logeaient Clémentine et sa sœur. Archie avait lui-même suggéré cette organisation à Mme MacPuddle quand elle s'était demandé où installer les invités, arguant que de cette façon les uns et les autres ne se dérangeraient pas.

La veille, quand il avait ouvert sa fenêtre pour aérer sa chambre avant de dormir, un mouvement sur le toit du bâtiment principal avait attiré son attention. Il avait reconnu Clémentine et, sans réfléchir, était parti à sa recherche. Il avait jeté un coup d'œil dans plusieurs chambres avant de trouver celle dont la fenêtre lui permettrait de rejoindre Clémentine sur son perchoir. Il avait l'impression d'être une bille d'acier attirée par un puissant aimant.

— Je pensais que, ce soir, tu serais là avec Olive. Tu ne voulais pas lui montrer les étoiles ?

— Je me suis documentée aujourd'hui, et j'ai apporté ceci, répondit-elle en prenant une carte posée derrière elle. Je me suis dit que je pourrais sans doute repérer une constellation plus intéressante que les Pléiades.

— Et tu l'as trouvée ?

— Oui, mais reste le problème du récit mythologique associé à chaque constellation. Je n'ai que cette carte, j'ai fouillé la bibliothèque à la recherche d'un recueil de légendes et je n'ai trouvé que des romans gothiques ou des ouvrages sur les rébellions jacobites. Je suis friande de romans gothiques, je l'avoue, malheureusement ils ne me sont d'aucune utilité dans le cas qui nous occupe.

Autrefois, ils passaient beaucoup de temps à lire dans les arbres. Ou plus exactement, Clémentine lisait et lui la regardait. Ce souvenir le fit sourire.

— Une bibliothèque mal achalandée. Quelle poisse !

— Ce n'est pas grave. Je suis ravie de mon séjour.

— C'est agréable, n'est-ce pas, malgré un début mouvementé ?

— Je... J'en suis désolée et je réitère mes excuses.

— Ne t'inquiète pas pour ça, je pensais plutôt à la pénurie de vivres du premier jour. À la bibliothèque mal achalandée. Aux corbeaux qui, d'après Effie, ont annexé la tourelle du corps de garde. Au régiment d'écureuils qui a emménagé dans le vieux donjon. Aux... hmm... étonnantes sculptures végétales.

— Olive croit qu'elles représentent des champignons, figure-toi.

Archie éclata de rire.

— Des champignons ?

— Oui.

— Quels types de champignons seraient aussi... allongés ?

— Le *Phallus impudicus*, plus connu sous le nom de « satyre puant ».

— Bravo, Clem. C'est bien trouvé.

— Je suis sérieuse ! Pendant la maladie de ma mère, je me suis intéressée à la médecine traditionnelle. Je cherchais le remède miracle, tu comprends. J'étais tellement désespérée et bouffie d'orgueil que je me croyais capable de la guérir, malgré l'impuissance de ses médecins.

Il connaissait ce désespoir-là, qui vous poussait à vous accrocher au moindre espoir de guérison, lequel n'était au bout du compte qu'une illusion ou une duperie.

— Bref, je me suis particulièrement intéressée aux champignons. Je peux donc te certifier que le *Phallus impudicus* est long, blanc, pourvu d'un chapeau bulbeux et noirâtre, passablement rébarbatif, et sécrète une substance visqueuse des plus rebutantes.

Se moquait-elle de lui ?

— Hmm... Ton *Phallus impudicus* est-il vénéneux ?

— Je n'en suis pas sûre, mais il dégage une odeur pestilentielle : une odeur de cadavre en putréfaction, à en croire ce que j'ai lu. Par conséquent, même s'il est comestible, je suppose qu'il ne serait pas agréable de... euh... mettre un *Phallus impudicus* dans sa bouche.

Il s'esclaffa de nouveau. Clémentine ne partagea pas son hilarité. Peut-être présumait-il trop d'elle ? Elle était toujours son amie de jeunesse, espiègle et pleine d'esprit, mais cela ne signifiait pas obligatoirement qu'elle était consciente du double sens de ses paroles. Il avait l'impression que, sur ce sujet particulier, on se gardait d'éclairer les jeunes filles bien élevées. À certains égards, on ne pouvait cependant pas dire de Clem, cette herbe folle, cette sauvageonne, qu'elle était « bien élevée ».

Mais si elle savait ce qu'elle disait, si elle s'amusait en glissant le *Phallus impudicus* dans la conversation, l'allusion à la fellation était-elle volontaire ou accidentelle ?

Bonté divine, être ami avec la femme adulte d'aujourd'hui était infiniment plus compliqué qu'avec la Clémentine Morgan d'autrefois.

Soudain, elle pouffa de rire. Un rire clair et mélodieux qui le rasséréna. Qui apaisa une part bien cachée de son être, au tréfonds de lui, et l'emplit de cette sensation de bien-être que lui procurait toujours le premier toast de l'Escapade : le délicieux soulagement de déposer son fardeau et de l'oublier un moment.

Il renversa la tête pour scruter le ciel. La lanterne de Clémentine projetait un cercle lumineux, si bien que ce soir la voûte céleste était moins spectaculaire que la veille. Peu importait, il se sentait merveilleusement bien.

— Comment va la broderie ?

Elle poussa un soupir.

— L'attrait de la nouveauté est déjà émoussé ? la taquina-t-il.

— Je dois admettre que la broderie est une activité plus exigeante que je ne le pensais.

— Ah... C'est la difficulté qui suscite ce gros soupir, ou le fait d'avoir méprisé le passe-temps favori de ta sœur ?

— Tu me connais trop bien, Arch, grommela-t-elle.

Il fut content, inexplicablement content, qu'elle dise cela. Malgré les années et la négligence dont il avait fait preuve à son égard, le fossé qui s'était creusé entre eux ne paraissait pas infranchissable.

— Je suis désolé d'avoir arrêté de t'écrire, déclara-t-il tout à trac.

— Pardon ?

— Tu m'écrivais quand j'étais en pension. On m'a récemment rappelé que tu avais continué après, mais je... j'avais du mal à répondre.

Il s'exprimait si maladroitement qu'elle allait le prendre pour un analphabète.

— L'environnement familial m'incitait moins que la pension à entretenir une correspondance, mais je regrette de ne pas avoir...

— Bah, n'y pense plus. Il est plus facile d'écrire des lettres quand on est jeune, tu ne crois pas ? En grandissant, on se perd de vue, c'est normal. D'ailleurs, ce n'est pas seulement une question d'éloignement géographique. Olive et moi, nous nous sommes éloignées, pourtant nous vivons sous le même toit.

— D'où cet échange de passe-temps pour vous rapprocher.

— Oui, mais ce n'est pas encore au point. Je brode depuis plusieurs jours et je n'ai toujours pas trouvé d'activité à proposer à Olive.

— Au lieu de lui montrer les étoiles, tu devrais peut-être lui donner une tâche plus compliquée. Juste pour équilibrer les difficultés. L'observation des étoiles ne réclame aucun effort particulier. Pourquoi ne pas lui demander de grimper à un arbre ? Tu le fais toujours ?

— Non, répondit-elle songeusement. Il y a des années que je ne l'ai pas fait. Je ne me vois pas escalader un chêne de Hyde Park.

— Si quelqu'un en est capable, c'est bien toi, gloussa-t-il. Mais je comprends ce que tu veux dire.

— De toute façon, ne suis-je pas trop vieille pour grimper aux arbres ?

Il ne supportait pas que Clémentine se juge trop âgée, ou trop quoi que ce soit, pour s'adonner à une activité qu'elle adorait autrefois.

— Je ne crois pas qu'il y ait de limite d'âge pour l'escalade.

— Hmm, marmonna-t-elle, d'un ton plus gai cependant.

Le silence s'installa, et Archie songea que, s'il aimait beaucoup Olive, il était content qu'elle ne soit pas là. C'était son deuxième tête-à-tête en altitude avec Clémentine et, d'une absurde manière, il serait ravi que cela se répète chaque nuit, sans Olive ni personne d'autre.

En réalité, s'il avait refusé de passer la soirée à boire avec Effie, ce n'était pas, contrairement à ce qu'il avait dit et peut-être cru à moitié, pour aller se coucher mais pour aller retrouver Clem. Il aurait dû en être gêné, vu que c'était censé être l'Escapade des Comtes, et non l'Escapade de Clem et Archie.

Mais puisqu'il avait la jeune femme pour lui tout seul, il voulait lui poser une autre question qui le titillait depuis longtemps et lui était dernièrement revenue à l'esprit.

— Tu te souviens des bals dans la salle des fêtes de Chiddington, quand nous étions jeunes ?

Ce n'était évidemment pas la question qu'il avait en tête, juste le préambule. Même s'il s'adressait à Clem, à qui il pouvait tout dire, il jugeait nécessaire d'amorcer la pompe.

— Oui, je détestais ces bals ! Rétrospectivement, ils me paraissent pourtant bien inoffensifs.

— Comment ça ?

— Si on avait envie de filer en douce, on était dehors en moins d'une minute. Il n'y a qu'une rue digne de ce nom à Chiddington, on sort du village en cinq minutes. En revanche, lors de certaines réceptions mondaines à Londres, il faut parcourir des kilomètres dans une résidence pour atteindre la salle de bal. Et si tu veux décamper, enchaîna Clem, qui parlait de plus en plus en vite, c'est toute une affaire. Tu dois demander à un domestique de t'apporter ton manteau, à un autre laquais de faire venir ta voiture. Et, bien sûr, tu ne peux même pas lever le petit doigt sans avoir un chaperon derrière toi. Or, s'il se trouve que ce chaperon est ton père, qui tient mordicus à te marier, eh bien... bonne chance pour t'échapper.

— Ah oui, je vois...

Il n'avait jamais envisagé les choses sous cet angle, mais il partageait sa vision des réceptions londoniennes, bien que n'ayant naturellement pas besoin d'un chaperon pour s'éclipser. Quant au marché du mariage dont se plaignait Clem, le décès de son père et la folie de sa mère avaient au moins un avantage : personne ne le houspillait pour qu'il se marie, perpétue la lignée et ainsi de suite. Le titre, avec le domaine et la fortune qui y étaient liés, pourrait toujours revenir à Herbert, le cousin d'Archie qui était le suivant dans l'ordre de succession et qui, au passage, avait les qualifications requises pour la fonction de comte. Personne ne s'en soucierait.

Cette idée, qui aurait dû être libératrice, était en réalité un peu perturbante. Que personne ne se soucie de l'avenir du comté signifiait que personne ne semblait se soucier de lui, Archie.

Mais non, se morigéna-t-il, *Effie et Simon se soucient de moi.*

Le problème, c'est qu'ils ne pouvaient rien pour lui, concernant l'avenir de sa lignée.

Ce qui n'était pas un problème, ainsi qu'il venait de le démontrer.

Tu t'embrouilles, mon vieux.

— Et après, même si tu réussis à t'esquiver, reprit Clémentine, décrivant de grands moulinets avec les bras comme si elle dirigeait un orchestre symphonique, eh bien... tu es *à Londres* ! conclut-elle dans un hoquet.

— Effectivement, acquiesça-t-il en riant.

— Et puis, il y a les invités.

Ah, elle n'avait pas fini. Il lui sourit, prêt à écouter la suite de son monologue sur les mérites comparés de la salle des fêtes de Chiddington et des salles de bal londoniennes.

— À Chiddington, on parlait beaucoup de chevaux et de rotation des cultures, deux sujets qui m'intéressent et sur lesquels j'ai des connaissances. Même si je n'étais pas censée en faire étalage, personne ne voyait vraiment d'inconvénient à ce qu'une simple fille ait une opinion sur les qualités du bai de Cleveland pour tirer une voiture par rapport au trotteur Norfolk.

— Parce que tu savais de quoi tu parlais. Je me souviens que tu avais conseillé à Aaron Hastings d'acheter une paire de bais de Cleveland et qu'il en était très satisfait.

— Oui, il envisageait de s'offrir des chevaux carrossiers bien trop puissants pour l'usage qu'il voulait en faire : en l'occurrence, tirer son cabriolet et épater la galerie. Franchement, dit-elle en ricanant, il n'avait même pas besoin de bais pour ça.

— Pour en revenir à nos moutons, tu ne peux donc pas discuter publiquement de ces sujets à Londres ?

— Seigneur, non ! À Londres, on ne parle que de toilettes, de boutiques et des derniers potins : le scandale de lord Byron, par exemple. Attention, je serais ravie de discuter de ses poèmes. Quelle plume acérée, n'est-ce pas ? Mais la plupart des gens qui le dénigrent semblent n'avoir rien lu de lui.

— Tu devrais lire ce qu'Effie...

Il s'interrompit brusquement. Nom d'un chien, il se sentait tellement à l'aise avec Clem que le secret d'Effie avait failli sortir de sa bouche comme le thé déborde d'une tasse.

— Featherfinch est un passionné de littérature, je crois qu'il a lu tous les écrits de Byron. Tu devrais en parler avec lui.

Il fit une pause avant de poursuivre :

— Si tu dînais avec nous demain, nous pourrions le pousser à disserter sur lord Byron pendant toute la soirée, jusqu'à ce que tu cries grâce.

Clémentine parut un instant enchantée, puis Archie vit son visage se fermer.

— Tu crois peut-être que j'avais encore le cerveau embrouillé à cause de cet éprouvant voyage et de cette lamentable histoire avec M. Bull, mais j'ai bien entendu ce que tu as dit. Ma sœur et moi, nous ne perturberons pas vos vacances entre hommes. Il faut vraiment que tu oublies tes bonnes manières, Arch. Ta mère n'est pas là pour te gronder.

Elle réalisa aussitôt qu'elle avait commis une bourde, et il vit la consternation assombrir son regard, comme un nuage d'orage. Elle avait évoqué lady Harcourt comme une sorte de symbole pour représenter les règles ou coutumes enjoignant à un gentleman de se montrer perpétuellement accommodant et bienséant. Elle avait voulu dire que personne ne le surveillait ni ne l'observait, or il voulait être observé – par elle.

Il voulait qu'elle accepte ce foutu dîner.

Elle avait l'air de plus en plus effarée, et il ne savait pas comment la rassurer : elle n'était pas fautive, et il n'était pas offensé.

Ne sachant donc comment les sortir de ce mauvais pas, il remit sur le tapis leur sujet de conversation initial, car il désirait vraiment une réponse à sa question.

— Pour en revenir à Chiddington, je me rappelle que, dans une de tes lettres, tu parlais d'un certain bal. Tu disais que tu avais dansé avec deux cavaliers ce soir-là. Je me demandais…

Il se rendit compte avec retard que se remémorer un détail aussi anodin était franchement bizarre. Mais à présent qu'il était lancé, il ne voyait pas comment faire marche arrière.

— … je me demandais avec qui tu avais dansé. Je viens juste d'y repenser en parlant de… du passé et de la salle des fêtes.

La lanterne, qui atténuait la splendeur du ciel au-dessus de leurs têtes, illuminait littéralement les sourcils froncés de Clémentine.

— Euh… l'un d'eux était forcément Ralph Scully. Tu te souviens de lui ? Il commençait toujours par danser avec Olive. Ils étaient très amis. Ensuite, quand il nous ramenait Olive, il m'invitait. Il avait pitié de moi, mais je l'aimais bien.

— C'était le fils du chirurgien.

Lequel avait toujours témoigné de la gentillesse à lady Harcourt, même s'il n'avait pas pu faire grand-chose pour l'aider.

— Tout à fait. Je crois que Ralph et Olive se sont liés d'amitié à l'époque où je suis tombée du saule, près de l'étang. Tu te rappelles ?

— Oui, il a couru chercher son père au village.

— Exact ! Moi, j'étais étendue par terre, sous l'arbre, certaine que j'allais y passer. Je me disais : « Et voilà, c'est fini. » Pour me consoler, je me disais aussi que je mourais à l'ombre du saule, qui était magnifique et dont les branches pendantes formaient une cascade de feuilles.

Elle secoua la tête, riant d'elle-même.

— Puis M. Scully est arrivé et s'est occupé de mon bras. C'est ce jour-là que Ralph et Olive se sont découvert un amour commun, ou plutôt une obsession, pour les chiens.

— L'annonce de sa mort nous a atterrés.

— Ralph est mort ? s'exclama Clémentine, effarée.

— Oui, il s'était enrôlé dans l'armée et se trouvait en garnison dans la province du Haut-Canada. M. Scully est décédé lui aussi, environ un an avant son fils. La pauvre Mme Scully est maintenant seule au monde.

— C'est affreux. Je me demande pourquoi Olive ne m'en a pas parlé.

Un silence morose s'ensuivit, puis Clémentine reprit :

— Lors de ce bal, Ralph était certainement l'un de mes cavaliers. Les règles étaient moins strictes à Chiddington. À Londres, je n'aurais jamais eu la permission de danser avec le fils d'un chirurgien.

— Hmm... et ton deuxième cavalier ? interrogea Archie d'un ton exagérément négligent.

— Je ne m'en souviens plus, mais c'était peut-être M. Chapman. Je lui plaisais bien, j'aurais peut-être dû le laisser me courtiser. Ce qui est bien quand on prend du recul, c'est qu'on finit par apprendre avec le temps à revoir ses attentes à la baisse.

Elle poussa un petit soupir résigné qui, en principe, aurait chagriné Archie, mais il était obnubilé par ses paroles.

— Te laisser courtiser ? Par Frank Chapman ? articula-t-il, s'efforçant de masquer sa stupeur et, plus encore, sa consternation.

Il se soumit aussitôt à un rapide examen mental. Était-il stupéfait d'apprendre que des hommes la courtisaient ? Elle avait beau prétendre le contraire, Clémentine Morgan était un trophée de choix. D'accord, elle pouvait être bizarre et, aux yeux de certains, sa passion de la nature était peut-être excessive : elle avait tendance à se promener avec des feuilles et des brindilles dans les cheveux et de la boue sur l'ourlet de sa jupe. Mais elle était jolie, pleine de vie et, d'une manière générale, vraiment... unique.

Frank Chapman, pour sa part, était veuf et probablement plus âgé que le père de Clémentine. C'était forcément de lui qu'il s'agissait. Il n'avait engendré que des filles.

— Oui... c'était un ami de mon père et du tien. Après le décès de sa femme, il venait très souvent dîner chez nous.

Archie s'éclaircit la gorge et dit d'un ton faussement détaché :

— Frank Chapman et toi feriez un couple très mal assorti.

— C'est aussi ce que j'ai pensé. N'empêche que, si je lui avais dit oui, je vivrais à la campagne. Et il n'est ni méchant, ni pédant, ni autoritaire, ni idiot.

— « Ni méchant, ni pédant, ni autoritaire, ni idiot » ? Ce sont tes critères de choix ?

— M. Chapman est ennuyeux comme la pluie, c'est son seul crime.

Elle pencha la tête de côté, plissant le front.

— Beaucoup plus ennuyeux que la pluie, qui est un phénomène tout à fait intéressant, corrigea-t-elle.

Elle agita la main, comme pour balayer cette digression.

— Plus je compare M. Chapman aux gentlemen que j'ai connus à Londres, plus je me demande si je n'ai pas eu tort de l'éconduire. Avec lui, j'aurais certes subi des discours abrutissants sur les impôts, sujet qui le fascine. Et comme je le soupçonne d'être toujours épris de sa défunte épouse, je n'aurais été pour lui qu'une remplaçante. Mais je serais casée, et mon père me ficherait la paix.

— Qui était l'autre gentleman ? questionna-t-il à brûle-pourpoint.

— Comment ça ? Je ne me souviens pas très bien du bal dont nous parlons, néanmoins je suis presque certaine que mes deux cavaliers de la soirée étaient Ralph Scully et Frank Chapman.

— Non, je... hmm... L'autre jour, sur la terrasse, tu as dit que tu avais reçu deux demandes en mariage. L'une venait donc de M. Chapman.

Il comprit brusquement que cela ne le regardait pas. Mais il avait juste... envie de savoir.

— Ah oui, rétorqua-t-elle avec un soupir qui le fit sourire. La deuxième venait d'un dénommé Alfred Potter.

Archie fouilla sa mémoire, en vain. Clémentine le devina, car elle ajouta :

— Tu ne le connais pas. C'est un Américain, figure-toi. Un industriel.

Archie était sidéré. Un industriel américain avait demandé la main de Clem ? Mais pourquoi s'était-il tellement éloigné des Morgan ? Seigneur Dieu, et si elle avait dit oui ? Était-il le genre d'homme capable de perdre une amie très chère, partie pour l'Amérique, sans même s'en apercevoir ?

Apparemment, oui.

— C'était le fils d'un magnat de la construction navale, installé à New York. Nous nous sommes rencontrés dans un bal, nous cherchions tous les deux à éviter le quadrille, ce qui a créé une certaine camaraderie entre nous.

Elle eut un sourire attendri qui provoqua dans la poitrine d'Archie un pincement des plus désagréables.

— Il a récemment fondé une compagnie qui expédie de la glace en Amérique du Sud, figure-toi ! Il était d'une franchise rafraîchissante, poursuivit-elle. Il m'a avertie tout de suite qu'il cherchait une épouse. Je lui ai dit que, s'il voulait se marier, se cacher pour ne pas danser n'était sans doute pas la meilleure stratégie. Il a répondu que si une demoiselle le voyait danser le quadrille, il pourrait d'emblée aller se rhabiller. Nous avons bavardé et, à la fin de la conversation, il m'a demandé ma main. J'ai été surprise et…

Archie tenta de l'interrompre : quel genre d'individu pouvait bien demander une jeune femme en mariage au bout de trois minutes de conversation ? Mais il ne fut pas assez rapide, trop occupé à assimiler les révélations stupéfiantes qu'elle lui faisait.

— … j'y ai réfléchi, continua-t-elle gaiement. Il ne manquait pas de charme, et l'intérêt passionné que lui inspirait la glace était assez irrésistible. Mais son épouse devait le suivre en Amérique et vivre dans son appartement à New York. Un très grand appartement, a priori, mais…

Elle haussa les épaules.

— … il allait hériter de l'empire paternel et avait besoin d'une femme qui sache recevoir. Bref, je n'étais pas celle qu'il lui fallait.

Seigneur Dieu, évidemment qu'elle ne l'était pas ! Archie ouvrit la bouche pour exprimer son approbation mais, de nouveau, il fut trop lent.

— Je lui ai dit que je n'étais pas faite pour cette vie-là, comme il ne l'était pas pour le quadrille, et nous nous sommes séparés bons amis. J'ai malheureusement eu le tort d'en parler à Olive qui l'a répété à notre père. Il m'a enguirlandée, furieux que j'aie refusé la proposition de M. Potter. Cela m'a blessée. On aime à croire que son père rechignera à envoyer sa fille épouser un étranger à l'autre bout du monde.

Elle frotta ses paumes l'une contre l'autre et enchaîna d'un ton brusque :

— Et voilà ! Un industriel américain qui habitait un appartement, et un homme inoffensif mais ennuyeux et assez vieux pour être mon grand-père. Je me demande quand même, vu l'épisode Théodore Bull, si j'ai eu raison de les repousser.

— Clem, je...

Les mots lui échappaient. Elle tourna la tête vers lui, et la lumière de la lanterne joua dans sa luxuriante chevelure. Dans sa vaporeuse robe bleue, elle avait l'air d'un ange rebelle. Il se sentit soudain tellement désorienté que même s'il avait su ce qu'il voulait dire, il n'aurait sans doute pas réussi à articuler. En principe, les mots lui posaient problème quand il s'agissait de les coucher sur le papier, voire de les lire, jamais lorsqu'il fallait les énoncer. Mais là, trop d'idées se mélangeaient dans sa cervelle.

Clem avait failli quitter définitivement l'Angleterre pour s'installer en *Amérique* !

Elle avait failli se contenter de Frank Chapman ou, un comble, de Théodore Bull. Ou d'un quelconque quidam.

Elle était trop bien pour se contenter de si peu. Même si elle épousait un gentil garçon tout à fait ordinaire, et même s'il l'aimait, il ne la comprendrait pas. Il ne saurait pas que, parfois, elle devait impérativement quitter une réception pour ne pas étouffer. Que, si un concert durait trop longtemps, elle se sentait prisonnière et qu'il fallait l'emmener au plus vite respirer un grand bol d'air. Qu'elle n'avait pas grimpé dans un arbre depuis des années, et que c'était un véritable drame.

Clémentine Morgan n'avait pas seulement besoin d'amour. Elle avait besoin d'être comprise.

Cependant, à supposer qu'il réussisse à exprimer ces pensées à voix haute, il n'avait pas le droit de le faire. Il n'était pas dans la situation de Clémentine. En tant qu'homme, il était libre de vivre sa vie comme il l'entendait.

Il aurait été malvenu de lui dire qu'elle devrait exiger d'être aimée et comprise, parce qu'elle serait peut-être forcée d'y renoncer. Il en bouillait d'indignation… C'était tellement injuste !

Que pouvait-il faire ? Rien… si ce n'était changer la base sur laquelle reposait la société, ce qui dépassait de beaucoup ses capacités.

Il avait entendu Clémentine déclarer qu'elle ne désirait pas se marier. Il avait compati, sans cerner réellement sa répugnance. Maintenant, il la comprenait. Si seulement il existait un moyen de la soutenir dans sa volonté de rester célibataire ! Cela résoudrait le problème pour elle, au détriment peut-être de la société, mais Clémentine comptait infiniment plus pour lui que la société.

Serait-il possible de fléchir sir Albert ? Il allait y réfléchir.

— Oui, Arch ?

— Je… Pardon ? bredouilla-t-il.

— Je croyais que tu allais dire quelque chose, mais j'ai l'impression que tu as perdu le fil, le taquina-t-elle.

— Oh… excuse-moi. J'allais te prier de dîner avec nous demain soir.

9

La femme pirate

Elle ne vint pas dîner. Une autre journée passa sans nouvelles de Clémentine. C'était exaspérant. Archie ne souscrivait pas à la théorie fantaisiste d'Effie selon laquelle Quintrell Castle était hanté, mais Clem avait tout du fantôme évanescent.

Après une promenade matinale au cours de laquelle il n'eut pas l'heur de l'apercevoir et un petit déjeuner tardif et prolongé durant lequel il ne vit pas non plus l'autre sœur, Morgan, Archie se rendit avec ses deux amis à Doveborough, le village voisin où se tenait un marché.

Simon s'engouffra illico dans une librairie tandis qu'Archie et Effie allèrent flâner dans un vaste labyrinthe végétal. Ils finirent par s'y perdre, si bien qu'Archie dut soulever Effie afin qu'il repère la sortie par-dessus les haies.

Il ne put s'empêcher de penser que Clem aurait adoré tout cela, le labyrinthe et la longue balade à cheval, elle qui était amoureuse des chevaux.

Une fois de plus, il dut attendre la nuit pour la revoir. Ce qui, à la réflexion, semblait confirmer qu'elle était un fantôme. Clémentine serait-elle morte sans qu'il le remarque et reviendrait-elle à présent le hanter ? Elle en serait bien capable.

Mais non, c'était Clem en chair et en os, perchée sur le toit en dessous de sa fenêtre. Chaque fois qu'il passait la tête par la fenêtre de la chambre voisine et qu'il l'épiait, il était partagé entre le réflexe de lui crier de rentrer avant de se rompre le cou, et le besoin impérieux de la rejoindre.

Ce dernier l'emportait invariablement.

Pour se rassurer, il se disait que, si elle n'avait pas grimpé aux arbres depuis longtemps, elle n'avait pas perdu son agilité, qui habitait encore son corps comme les mouvements de boxe habitaient celui d'Archie, au point que son cerveau n'avait même plus à commander ses muscles. Ce qui s'était avéré fort utile avec M. Bull.

— Où étais-tu passée ? interrogea-t-il en s'extirpant de la fenêtre.

— Comment ça ?

— Je ne t'ai pas vue depuis des jours.

— Ce n'est pas vrai, je t'ai vu la nuit dernière et aussi celle d'avant.

— Ça ne compte pas. Je… je ne t'ai pas vue avec les autres, bafouilla-t-il.

— Corrige-moi si je me trompe : je croyais que tu souhaitais ne pas me voir. Or, c'est toi qui viens ici tous les soirs.

— Oui, mais…

Mais quoi ? Clémentine faisait exactement ce qu'il lui avait demandé de faire.

— Je t'ai apporté une longue-vue, annonça-t-il, se rappelant tout à coup le prétexte qu'il avait trouvé pour la rejoindre cette nuit-là.

Il lui tendit l'instrument.

— Il y a un belvédère au-dessus du corps de garde. Effie a voulu l'explorer durant sa partie de chasse au fantôme, et nous y avons trouvé cette lunette d'approche. Elle était en piteux état, mais je l'ai nettoyée. Elle te permettra d'observer les étoiles avec Olive, même si je persiste à penser que tu devrais plutôt lui proposer d'escalader un arbre.

Il faisait trop sombre pour discerner l'expression de Clem, sa lanterne ne diffusant ce soir-là qu'une faible lumière, mais il la devina : un mélange de surprise, d'excitation et de... quelque chose qu'il ne parvint pas à définir.

Quand elle saisit la longue-vue, leurs mains se frôlèrent. Archie tressaillit. S'ils se connaissaient très bien, ils s'étaient rarement touchés. Enfants, quand ils vagabondaient dans la campagne, ils marchaient côte à côte, et Clémentine n'avait besoin de personne pour se hisser sur un mur ou la fourche d'un arbre. À l'adolescence, c'était devenu un peu bizarre : quand ils n'étaient pas seuls, leurs parents exigeaient qu'ils fassent étalage de leurs bonnes manières. Archie prenait du bout des doigts la main gantée de Clem et s'inclinait. Ce formalisme leur paraissait si ridicule qu'ils avaient du mal à ne pas éclater de rire.

Et puis, bien sûr, il y avait eu leur départ précipité de l'auberge et le trajet jusqu'à Quintrell Castle, quand il l'avait tenue serrée contre lui sur le cheval. Il était alors trop soucieux de la mettre en sécurité pour penser à autre chose.

Chaque fois, il y avait eu entre eux un écran de tissu. Des vêtements. Des gants.

C'était peut-être la première fois que leurs peaux se frôlaient.

Non, pas « peut-être ». Il était sûr et certain que c'était la première fois. Il n'aurait pas oublié cette sensation, étonnamment semblable au frisson de la chasse, quand, après avoir parcouru des kilomètres au grand galop dans l'air glacial, on aperçoit soudain un renard.

Oui, c'était ça. Un coup au cœur, une bouffée d'exaltation.

Une fraction de seconde, il craignit de tomber du toit.

— Ça va, Arch ?

Il s'ébroua et changea hâtivement de sujet.

— Olive et toi, vous semblez plus proches que vous ne l'étiez.

Qu'en savait-il ? Avant cette aventure, il ne les avait plus vues depuis des lustres.

— Nous nous sommes éloignées après la mort de notre mère, mais ces derniers temps… je crois effectivement que nous nous sommes rapprochées.

— Pourquoi vous étiez-vous éloignées ?

— Je ne sais pas trop. J'y ai beaucoup réfléchi depuis quelques jours. Bien sûr, nous sommes assez différentes, physiquement et intellectuellement, et nous n'avons pas le même âge, mais… franchement, je ne sais pas. Ça s'est fait tout seul, comme pour toi et moi : la vie nous tire d'un côté et, quelquefois, elle entraîne les amis et la famille dans une autre direction.

— Votre mère était peut-être le ciment qui vous soudait.

— Probablement.

— Et que s'est-il passé pour que vous vous rapprochiez maintenant ?

— Eh bien… Théodore Bull, je présume.

— Vu de l'extérieur, il aurait plutôt dû vous séparer. Olive s'est tout de même enfuie avec lui.

— Certes, mais j'avais déjà rompu mon engagement. Je pensais sincèrement que ça mettrait un terme à cette histoire, mais les choses ont tourné autrement.

Archie flairait qu'elle ne disait pas tout, que les deux sœurs ne disaient pas tout. Une pièce du puzzle manquait.

— Pourquoi ? demanda-t-il d'un air détaché.

En réalité, il brûlait de curiosité.

— Parce que je lui ai écrit une lettre de rupture, à laquelle il a répondu en me disant qu'il comprenait et me souhaitait le meilleur. Il n'a pas protesté ni essayé de me retenir. J'en ai naturellement déduit que c'était réglé.

— Non... Je te demandais pourquoi tu as rompu.

Elle ne répondit pas.

— Explique-moi.

Il grimaça, ces mots sonnaient comme un ordre.

— Ça ne te regarde pas.

— Explique-moi quand même.

Il s'ensuivit un autre long silence. Elle ne parlerait pas, et c'était son droit le plus strict. Il s'allongea sur le toit. Elle l'imita, elle désirait rester auprès de lui et, malgré le froid, il sentit une onde de chaleur se répandre dans tout son corps. Ils allaient contempler les étoiles ensemble.

Il commençait à savourer le silence quand elle murmura :

— J'ai devancé mes vœux de mariage, Arch.

Comment réagir ? Malgré le choc, son premier réflexe fut de répondre que cela n'avait pas d'importance. Mais ce n'était pas à lui de déterminer ce qui était ou non important pour elle. Il faillit rétorquer que cela ne regardait personne, qu'elle n'avait pas à s'inquiéter, mais il n'avait pas non plus à lui dire ce qu'elle devait ressentir.

En réalité, il ne savait pas trop ce que lui-même ressentait.

Elle se redressa brusquement sur son séant – pour s'enfuir ? – et il comprit que son mutisme lui paraissait sans doute réprobateur.

— Ma foi, j'ai aussi devancé mes vœux de mariage, déclara-t-il d'un ton qui se voulait léger.

— Pour toi, ce n'est pas pareil. En ce qui te concerne, c'est une façon de parler.

— Ah bon ?

— Tu n'avais pas l'intention d'épouser les personnes avec qui tu…

Elle s'interrompit, et il vit tourner les rouages de son esprit. Une idée lui venait après coup.

— Tu n'en avais pas l'intention, *n'est-ce pas* ?

— Non, rétorqua-t-il avec un petit rire.

— Tu vois ? Pour toi, ce n'est pas pareil.

— Parce que je suis un homme ? Un aristocrate ? Riche ?

Il proposait trois options, et elle choisit les trois.

— Oui, voilà.

Il aurait voulu en ajouter une quatrième : c'était différent pour lui parce que tout le monde se fichait de ce qu'il faisait. Sir Albert, à force de vouloir la marier coûte que coûte, se montrait despotique à l'égard de Clémentine, mais il devait bien exister un juste milieu entre cette tyrannie et l'indifférence générale. Non ?

Mais on ne parle pas de toi, se morigéna-t-il. Sa stupéfaction initiale se muait en franche colère.

— J'aurais peut-être dû tuer ce satané Bull quand j'en avais l'occasion !

Comment réagir à cet accès d'agressivité ? Il était facile de se confier à Archie, parce qu'il ne se hâtait pas de meubler le silence. Il la laissait réfléchir et semblait même accepter l'éventualité qu'elle reste muette. Il laissait entendre, sans le dire, que si elle choisissait de ne pas répondre cela ne perturberait pas leur relation.

Paradoxalement, cela lui donnait envie de tout lui raconter.

D'autant plus qu'ils étaient perchés sur le toit, dans une quasi-obscurité : des conditions idéales pour dévoiler ses secrets. Ce serait un tel soulagement.

Elle éteignit la lanterne. Elle ne voulait pas voir le visage d'Archie pendant qu'elle s'épanchait, ni qu'il voie le sien.

— J'ai perdu ma virginité de mon plein gré, Arch.

Les mots avaient eu du mal à franchir ses lèvres.

— C'est une information que tu dois connaître pour comprendre la suite.

— D'accord, rétorqua-t-il avec douceur.

Elle pouvait se confier à lui sans risque, elle en avait la certitude. Archie était probablement la seule personne de son entourage capable de lui témoigner de l'indulgence après un pareil aveu.

Non, elle avait tort : Olive aussi s'était montrée indulgente.

— Je ne le regrette pas, ajouta-t-elle.

C'était la vérité et aussi, peut-être, une petite provocation. Elle cherchait à situer les limites de sa tolérance, pour savoir jusqu'où elle pouvait aller sans danger. Il était un vieil ami, mais cela ne signifiait pas nécessairement qu'il était imperturbable.

— D'accord, répéta-t-il.

Elle sourit dans le noir et s'allongea de nouveau près de lui, les yeux rivés sur la Voie lactée.

— Je ne le regrette pas, parce que si je ne l'avais pas fait, je n'aurais pas découvert la vraie nature de Théodore Bull.

— C'est-à-dire ?

— Il s'est révélé fourbe et… violent.

Elle marqua une pause. Pourquoi hésiter ? Pour elle qui n'avait pas tout dit à Olive, exposer à quelqu'un la vérité sans fard serait une délivrance.

— Tu connais le début de l'histoire, reprit-elle. Le charme de cet homme, l'espoir que je nourrissais de l'assister dans son travail.

— Hmm.

— Je m'étais réellement faite à l'idée de l'épouser. Non, je m'exprime mal. J'attendais le mariage avec impatience. Flûte... ce n'est pas ça non plus, s'agaça-t-elle.

Elle avait vraiment du mal à trouver les mots justes.

— Quand tu sais que tu dois faire quelque chose et que tu es prêt, tu as simplement envie de passer à l'acte. Tu vois ce que je veux dire ?

— Oui.

— Théo voulait que les bans soient publiés au plus vite. J'ai accepté. Mon père, bien sûr, était aux anges. Le dimanche suivant, nous nous sommes rendus tous ensemble à l'église. Je devrais plutôt dire que Théo nous a suivis à l'église, car il ne brillait pas par sa piété.

— Je m'en doute.

— Il a trouvé la foi au moment même où il cherchait une épouse. Étonnant, n'est-ce pas ?

— Hmm..., marmonna Archie d'un ton nettement moins placide.

— Après l'office, je me suis retrouvée seule à la maison avec Théo. Mon père avait allégé les règles de chaperonnage avant même que Théo apparaisse dans le décor.

Elle laissa échapper un petit rire.

— J'avais parfois l'impression que Père rêvait d'un bon scandale. Sans doute pensait-il que ce serait le moyen le plus sûr de m'obliger à me marier.

— Peut-être qu'il avait simplement confiance en toi.

— Oh, Arch, tu es trop gentil.

Il voyait toujours le bon côté des gens, on comprenait pourquoi ses amis lui étaient fidèles.

— Tu as une trop haute opinion de tes semblables. Mon père et Olive se ressemblent : ils calculent, ils combinent. Bref, j'étais seule avec M. Bull, les bans avaient été publiés le matin même, j'ai donc laissé les choses... se faire.

— Est-ce que tu savais... euh... ce que ça impliquait ?

Elle ne répondit pas tout de suite. Archie était son ami, elle avait une totale confiance en lui, mais c'était tout de même gênant.

— Oui.

— Excuse-moi de poser la question, mais j'ai l'impression que les jeunes filles, particulièrement celles qui ont perdu leur mère, ne sont pas toujours bien informées dans ce domaine.

— J'ai beaucoup observé la nature.

Elle ne plaisantait pas, pourtant il pouffa de rire.

— Mais tu n'as pas tort, concéda-t-elle. À entendre Olive, par exemple, on croirait qu'elle a de l'expérience, mais je pense qu'en réalité elle ignore... les détails de la chose.

— Son flegme devant les sculptures végétales de sir Lionel m'a aussi conduit à cette conclusion. D'autant plus qu'elle croit, m'as-tu dit, que notre hôte est obsédé par les champignons.

Ce fut au tour de Clémentine de pouffer de rire.

— Olive n'a pas observé la nature aussi attentivement que moi.

— Certes.

Voilà, j'ai exposé le nœud de l'intrigue, songea-t-elle. Olive lui conseillerait de s'en tenir là, de ne pas s'appesantir sur ses motivations, lui dirait que ce n'était pas nécessaire. Mais plus elle parlait ou, plutôt, plus Archie la laissait parler sans émettre de jugement, plus elle se sentait à l'aise.

— Pour être tout à fait honnête, j'avais envie d'essayer. Après tout, c'est sur cet acte que reposent la création, la beauté du monde, la vie elle-même.

— C'est une vision très idéaliste de la chose, rétorqua-t-il avec ironie.

— Je m'en suis aperçue.

Archie ravala soudain un grognement.

— Clem, je m'efforce de ne pas oublier qu'il s'agit de ton histoire et non de la mienne. Mais si cet individu t'a fait du mal, j'irai le débusquer au fin fond de l'Amérique et…

— Non, non ! L'acte en lui-même a été… décevant, pour être franche. Théo, en revanche, a paru l'apprécier énormément et…

Archie laissa échapper une sorte de hoquet, et elle se hâta de poursuivre son récit avant qu'il ait une attaque.

— Donc c'était bien. Enfin… pas bien, mais pas grave, juste décevant. Une douleur passagère, puis ce qui m'a paru être une succession de mouvements mécaniques. C'est la suite qui… qui m'a donné à réfléchir. Il s'était à peine… euh… dégagé qu'il m'a annoncé que nous irions en Écosse après le mariage, puis sur le continent pour y résider de façon permanente. J'ai protesté. Nous n'en avions pas discuté et, contrairement à ma sœur, je ne souhaite pas faire le tour des grandes villes du monde.

— Olive le souhaite ?

Flûte ! Olive lui avait confié ses rêves les plus chers, elle attendait un minimum de discrétion de la part de sa sœur. Pour détourner l'attention d'Archie, Clémentine s'empressa de reprendre le fil de son histoire :

— M. Bull m'a également informée que nous n'aurions pas d'enfants, ce dont nous n'avions pas non plus discuté. Il s'était… euh… retiré avant de répandre sa semence, en disant qu'il ne voulait pas me mettre enceinte.

Sur le moment, elle avait pensé qu'il lui témoignait de la considération, et qu'il ne voulait pas la mettre enceinte avant le mariage pour préserver sa réputation.

— Quand je l'ai questionné à ce sujet, après que nous nous étions rhabillés, j'ai découvert qu'il avait des idées très arrêtées sur la surpopulation et que je ne les partageais pas. Nous avons eu une discussion au sujet des enfants qui s'est envenimée. Que j'exprime mon opinion l'a rendu furieux.

Elle s'interrompit et s'obligea à desserrer ses poings : ils gardaient le souvenir de ce qui s'était passé ensuite.

— C'était comme s'il se dépouillait de son déguisement. J'ai vu son vrai visage. Il m'a déclaré que tout ce que je possédais lui appartiendrait, mon corps y compris. Nous irions où il voudrait, et il déciderait, lui et lui seul, de procréer ou non. Comme je refusais de m'incliner, il est entré dans une rage folle. Il m'a frappée.

Elle sentit qu'Archie se crispait à côté d'elle.

— Je vais le...

— Ne t'inquiète pas, j'ai riposté.

— Bravo !

— Mon coup de poing ne l'a pas assommé, mais il l'a tellement surpris que j'ai pu m'enfuir. J'ai couru m'enfermer dans la bibliothèque et j'ai attendu. Quand mon père et ma sœur sont arrivés une heure plus tard, M. Bull avait disparu.

— Et tu as donc rompu vos fiançailles.

— Oui, ou du moins j'ai essayé. Je lui ai envoyé une lettre, et il a répondu qu'il acceptait ma décision. J'ai cru que c'était terminé, mais...

Elle avait envie de se tourner vers Archie, de le regarder, mais elle avait peur de constater que son récit changeait quelque chose entre eux.

— ... mon père ne l'entendait pas de cette oreille. Il a écrit à M. Bull que j'avais eu une crise de nerfs, tout simplement, et que je changerais d'avis.

— Sir Albert voulait toujours que tu épouses Bull, alors que votre mariage serait stérile ? Tu lui en avais parlé ?

Clémentine sentit son cœur se serrer.

— Oui, mais mon point de vue ne l'a pas convaincu. Beaucoup de couples sans enfant ont une vie heureuse. Je le sais. Affirmer que je désire être mère tout en répétant depuis des années que je ne souhaite pas me marier est paradoxal, j'en ai conscience. Simplement, si je devais me marier, et surtout si j'acceptais une union sans amour, je voudrais des enfants. Ce serait une sorte de… compensation. Je semble froidement calculatrice, n'est-ce pas ? Chercher à tirer avantage d'une situation déplorable en mettant un enfant innocent au milieu ?

— Non, je comprends. Je crois qu'une famille peut représenter une compensation… un roc face à l'adversité.

Archie se racla la gorge.

— C'est du moins mon sentiment.

La tristesse qui perçait dans sa voix était éloquente : il le savait d'expérience.

— Tu as dit à ton père que Bull t'avait frappée ?

— Oui, et il est resté campé sur ses positions : il fallait renouer les fiançailles. J'avoue que j'en ai été blessée.

— Évidemment.

— Le reste – le rapport intime que nous avons eu –, je l'ai passé sous silence. Outre que cet aveu aurait été humiliant, j'ai pensé que ça ne servirait qu'à renforcer sa détermination à me marier coûte que coûte à M. Bull.

— Tu as eu raison de te taire. D'ailleurs, ça ne regarde pas sir Albert.

Il n'existait pas d'ami plus dévoué qu'Archie. Quel autre homme en ce monde prendrait aussi résolument son parti ?

Elle eut de nouveau une envie folle de se tourner vers lui, mais elle se retint. La vérité jaillissait d'elle : la nuit, les étoiles et Archie le lui permettaient.

— Je ne regrette rien.

Elle tenait à ce qu'il le sache.

Ce fut lui qui roula sur le flanc pour lui faire face. Il allait probablement exprimer son désaccord, dire qu'elle allait vraiment trop loin.

Elle ne le supporterait pas. Alors, à son tour, elle se tourna afin qu'ils soient face à face sur les ardoises glacées du toit. Il faisait trop sombre pour qu'elle distingue les traits de son visage, mais elle en voyait les contours et sentait la chaleur de son corps.

— Si je n'avais pas découvert sa vraie nature, je n'aurais jamais rompu. À l'heure qu'il est, je serais mariée.

Un frisson la parcourut.

— Ne vaut-il pas mieux que j'aie ouvert les yeux avant de l'épouser, même si je me suis déshonorée ?

— Tu n'es pas déshonorée, Clem, objecta-t-il d'une voix sourde.

— Bien sûr que si.

— Non, tu ne l'es pas.

— Parce que personne ne le sait. Ça me rappelle cette petite question philosophique : si un arbre tombe dans la forêt et qu'il n'y a personne pour l'entendre, fait-il du bruit ?

— Non, je te l'affirme : tu n'es pas déshonorée. L'idée que l'acte sexuel cause la perte des femmes célibataires, et non celle des hommes, est aberrante. Qu'en serait-il si tu avais épousé M. Bull ? Ton honneur serait intact ? Et lui ? Pourquoi n'est-il pas déshonoré ?

Oh, Archie...

— Tu fais preuve d'une extraordinaire ouverture d'esprit. Je suis d'accord avec toi, mais je ne m'attendais vraiment pas à ce que quelqu'un partage ce point de vue. J'ai observé l'accouplement de toutes sortes d'animaux. Des oiseaux, des belettes, et même des cerfs et des biches. Je ne suis pas prude et, sincèrement, je ne pense pas que les lois de la nature soient si différentes chez les humains.

— Elles ne le sont pas. Les hommes ont simplement imposé leurs propres lois, leur morale et leur vision de l'acte sexuel.

— C'est exactement mon avis. J'ai vu comment ça se passe avec les sauterelles. Il n'est pas question de morale ou de sentiment. C'est rapide, efficace et fonctionnel. Pourquoi ce serait différent pour les humains ?

— Ah, tu me comprends mal. C'est très différent, au contraire.

Clémentine sourcilla. Jusqu'ici, ils étaient pourtant parfaitement d'accord.

— Comment cela peut-il être différent, compte tenu du rôle biologique de l'acte ? Il est nécessaire pour que l'espèce humaine se perpétue.

— C'est en effet la condition *sine qua non* de sa survie, mais songe au mal que se donnent souvent les humains pour éviter de se reproduire.

— Ils se donnent du mal ?

Cela paraissait assez logique. En effet, pourquoi certains couples n'avaient-ils qu'un seul enfant et d'autres une ribambelle de rejetons ? Elle avait toujours supposé que c'était dû au hasard, mais qu'il y ait une part de stratégie là-dedans ne semblait pas absurde..

— Oh oui, crois-moi.

— Ah... le retrait ?

Théo s'était retiré de façon très théâtrale, avec force grognements, comme si le diable en personne le torturait. Ça avait été presque cocasse.

— C'est donc la méthode de prévention ?

— C'en est une parmi d'autres.

— Hmm..., marmonna-t-elle, les autres étant difficiles à imaginer.

— Je veux dire que chez les humains, l'acte ne se borne pas à la reproduction de l'espèce.

— Qu'y a-t-il d'autre, dans ce cas ?

— Le plaisir, Clem.

Ah... C'était plus clair.

— Oui, pour l'homme.

— Et aussi pour la femme.

— Ça m'a tout l'air d'un mensonge que se racontent les hommes, dit-elle en ricanant.

— Je vois, rétorqua-t-il, moqueur, comme si elle était une enfant trop entêtée pour qu'il continue à discuter avec elle.

Son sarcasme la hérissa.

— Et je présume que tu as beaucoup à dire sur le sujet, répliqua-t-elle sèchement.

Elle essayait de déclencher une querelle. Peut-être était-elle effectivement puérile mais après la totale compréhension que lui avait témoignée Archie, elle ne supportait pas qu'il la trouve sotte ou naïve, ou les deux.

Il ne mordit cependant pas à l'hameçon et se contenta de dire avec un brin de mélancolie :

— J'espère seulement qu'un jour on te prouvera que tu as tort.

Archie ne savait pas comment se sortir de là, de cette discussion, de ce décor... de tout. La veille et l'avant-veille, il aurait pu passer la nuit sur les ardoises glacées du toit, à bavarder avec Clem jusqu'à l'aurore. Mais ce soir, brusquement, il était fatigué de parler. Il avait le sentiment que dire un mot de plus, rester là une minute supplémentaire, équivaudrait à plonger ses lèvres dans un torrent trop impétueux pour lui permettre de boire ne serait-ce qu'une gorgée d'eau. Il avait dû assimiler trop d'informations, indigestes pour la plupart, et en était tout étourdi. Il avait essayé de se mettre à la place de Clem, d'élargir les limites de sa compréhension, de museler son indignation et de garder son calme. Pour être digne des secrets qu'elle lui confiait, à lui qui ne méritait pas de telles confidences.

Mais en réalité, il bouillait de colère contre l'ignoble Bull, cela allait sans dire, et aussi contre... le monde. Ou plus exactement, le monde humain. Les sauterelles de Clem n'avaient rien fait de mal. Ses belettes et ses oiseaux licencieux étaient irréprochables. C'étaient les hommes qui gâchaient tout, et il ne pensait même pas, ou pas seulement, au chantage et à la gifle que Bull avait infligés à Clem. Qu'une femme adorable, intelligente et pleine de vie comme Clémentine Morgan puisse seulement espérer une union décevante mais non violente, et probablement dénuée de plaisir charnel, était une injustice criante.

Archie n'avait jamais réfléchi à la notion de déshonneur, cependant il pensait sincèrement ce qu'il avait dit à ce sujet. Sa conception des choses n'était pas conforme à celle de la société, il en avait conscience, mais pourquoi ce qui s'était passé devrait causer la perte de Clem et pas celle de Théodore Bull ?

Plus il y pensait, plus une fureur muette s'emparait de lui.

Mais elle n'y est pour rien, se dit-il, comme Clem se redressait sur son séant. Il la regarda rallumer la lanterne et saisir la longue-vue.

— Tu as l'air d'une pirate, dit-il pour faire dévier la conversation, ce qui était préférable pour eux deux.

Elle pouffa de rire.

— C'est vrai ?

— Avec tes longs cheveux dénoués et cette longue-vue, on dirait que tu essaies d'échapper à une bande de corsaires.

— Et pourquoi ce ne serait pas moi, le corsaire ?

— Tu es trop indomptable pour être un corsaire. Non, non... tu es indiscutablement une pirate.

C'était le moment de prendre congé, pour se séparer sur une note positive.

— Olive et toi, vous dînerez avec nous demain ?

Il piétinait allègrement son orgueil.

— Je ne crois pas.

— Mais pourquoi ?

Oh, nom d'un chien ! Il devenait casse-pieds.

— J'aime beaucoup dîner sans cérémonie avec Olive. Et, franchement, je suis contente de ne pas manger de viande et de ne pas voir les autres en manger.

— Et si nous nous abstenions de viande pour un soir ?

Tu t'entends parler, mon vieux ? Oui. Et tu comprends pourquoi tu dis ça ? Non.

— Voyons, Arch, vous n'avez aucune raison de le faire !

— Mais…

Mais quoi ? Il voulait juste… qu'elle soit là. Ici, sur le toit, et aussi à l'intérieur du château, dans le salon. En fait, réalisa-t-il soudain, il voulait qu'Effie et Simon connaissent Clémentine, et qu'elle les connaisse. Il voulait savoir ce qu'elle pensait de la théorie fantaisiste des garçons sur la famille, par exemple.

— La moitié des vacances est passée, dit-il.

Ce n'était pas un argument, mais les jours s'égrenaient implacablement dans sa tête. Sept jours, plus que sept jours. Or, depuis leur arrivée au château, il n'avait vu Clémentine que sur le toit.

— Olive et moi pourrions vous rejoindre demain après le dîner ? suggéra-t-elle. Je prendrais mon ouvrage et je broderais comme une dame convenable.

Il ravala un grognement. Il préférait la pirate à la dame convenable, mais cela ferait l'affaire.

— D'accord, à demain soir.

Il songea brusquement que, même s'il avait manœuvré en ce sens, voir Clémentine en plein jour, entourée d'autres personnes, serait une étrange expérience. Ici, sur ce toit, Clem et lui n'avaient pas seulement renoué leur ancienne amitié, ils l'avaient approfondie. Trois nuits d'affilée, ils s'étaient confié leurs inquiétudes, leurs regrets et leurs espoirs déçus. Ils avaient parlé de sexe.

Autant de préoccupations d'adultes qui avaient fait éclore cette intimité toute neuve.

— À demain soir, dit-elle.

Il s'apprêtait à enjamber la fenêtre de sa prétendue chambre lorsque Clem l'appela.

— Oui ? marmonna-t-il, tournant la tête pour scruter l'obscurité.

Elle tenait la lanterne au-dessus de son épaule, des ombres mystérieuses glissaient sur son visage, si bien qu'Archie se demanda un instant si elle n'était pas réellement une créature surnaturelle.

— Merci, murmura-t-elle.

— Ce n'est qu'une longue-vue, répliqua-t-il d'un ton léger. Et probablement pas de première qualité.

— Je ne parle pas de ça, et tu le sais très bien.

En effet… En revanche, il ne savait pas comme lui dire qu'elle n'avait pas à le remercier. Oh, il n'était pas un saint, trop pur pour attendre de la gratitude. Mais être assis à ses côtés, parler avec elle, être son confident, le rendait heureux. Incapable d'exprimer cette pensée, il se borna à répondre :

— De rien, Clem. De rien, vraiment.

10

La soie est flatteuse pour les gentlemen

Elle ne venait pas. Il ne restait que six jours de vacances et elle ne venait pas.

C'était aussi bien. En fait, c'était même mieux car, à 21 heures, Archie, Simon et Effie, dans des robes de chambre en soie, discutaient de fraises, de sel et de parents qui n'aimaient pas leurs enfants.

Lors de son excursion à Doveborough avec les sœurs Morgan, le premier jour des vacances, Effie avait fait halte chez une modiste. Ce jour-là, il y était retourné pour récupérer les peignoirs qu'il avait commandés pour eux trois.

— Essayez-les donc ! avait-il insisté quand il était devenu évident que les sœurs Morgan ne les rejoindraient pas.

Il avait déjà enfilé le sien et leur agitait les deux autres sous le nez d'un air implorant.

— Ils m'ont coûté les yeux de la tête, vu qu'ils ont été confectionnés dans l'urgence. Je vous promets que porter ce peignoir vous procurera des sensations délicieuses. Ça te remontera le moral, Archie.

Celui-ci ouvrit la bouche pour rétorquer que son moral était au beau fixe mais Simon l'interrompit, grommelant qu'il n'en pouvait plus des radotages d'Effie. Et, saisissant le vêtement, il alla se changer.

Maintenant que ses deux amis étaient parés de soie, Simon en bleu roi et Effie, étonnamment, en lilas, Archie se sentait acculé, tel un renard tenu en joue par des chasseurs.

— Regarde comme ta couleur est flatteuse, Archie, glousssa Simon, montrant le peignoir vert sapin que brandissait Effie.

C'était bon d'entendre Simon rire.

— J'ai demandé des couleurs masculines, sachant que ce serait important pour vous, déclara Effie avec malice. Le tien, Archie, est vert parce que tu aimes les arbres, poursuivit-il, de nouveau sérieux. Celui de Simon est bleu parce qu'il contemple toujours le ciel en imaginant un monde meilleur.

Archie sentit sa gorge se nouer. Effie braquait sur lui son regard de poète, et cela le perturbait.

— Et le tien est lilas parce que… ? répliqua Simon.

— Parce que la modiste n'avait plus de soie noire, hélas, répondit gaiement Effie. Dans l'idéal, mon peignoir devrait être aussi noir que mon âme.

— Ton âme n'est pas noire, objecta Archie.

Effie haussa les sourcils.

— Tu vois de la beauté dans la face sombre de la vie, lorsque nous tous détournons les yeux. Je ne sais pas trop si cette façon de voir les choses est une bénédiction ou une malédiction. Mais quoi qu'il en soit, ton âme est pure.

Effie battit des paupières, à court de mots pour une fois.

— Bon, donne-moi ça, bougonna Archie, embarrassé par sa tirade.

Et, d'un pas raide, il alla se changer. Quand il revint, Simon gigotait sur son siège, roulant les hanches et battant des bras, les coudes près du corps, si bien que, dans son peignoir bleu, il évoquait un énorme paon qui essaierait vainement de s'envoler.

— Ce tissu provoque effectivement une sensation bizarre mais agréable.

— « Une sensation bizarre mais agréable », répéta Archie.

— Ah, tu es d'accord ! s'exclama Effie, triomphant.

— Non. Enfin... oui, bredouilla Archie.

Il était d'accord, en effet, mais il avait répété les mots de Simon car ils avaient résonné en lui. Les entendre avait suscité en lui une étrange mais agréable sensation tout en lui donnant le sentiment de chercher à saisir quelque chose qui lui échappait. Comme quand on se réveillait d'un rêve dont ne persistaient que des filaments évanescents.

Indubitablement, porter un peignoir de soie à même la peau était agréable. Il se tortilla et battit des bras comme Simon. Si son ami, en bleu, était un paon, Archie était un colvert.

Il était assis seul sur un sofa tendu de damas qui, à l'instar de tout le mobilier du château, avait connu des jours meilleurs : il perdait son rembourrage. Néanmoins, l'étoffe, quoique constellée de taches, était encore douce. À tel point qu'en imitant Simon Archie se retrouva par terre, la soie de son peignoir glissant sur le damas du sofa.

Hurlant de rire avec les garçons, il se releva, se rassit et renouvela son exploit, cette fois en contrôlant sa glissade.

— Vous vous rappelez la fois, en pension, où la pluie était tombée sur une couche de neige durcie et où les pelouses s'étaient transformées en patinoires ?

— On avait chipé des plateaux en bois dans les cuisines pour en faire des luges et dévaler la butte à côté du terrain de cricket, enchaîna Simon.

Il s'approcha d'Archie et le poussa du coude.

— Laisse-moi essayer.

Voir Simon, toujours sérieux comme un pape, attifé de la sorte et glissant sur le sofa était un spectacle ahurissant et prodigieusement comique.

— À moi ! À moi ! s'écria Effie.

Lui se jeta sur le sofa avec une telle énergie qu'il rebondit par-dessus l'accoudoir en bois sculpté et atterrit sur le sol en se tordant de rire.

Quand ils se furent calmés, Effie déclara brusquement :

— J'ai menti, tout à l'heure. Si j'ai choisi un peignoir lilas, c'est que ces derniers temps, je me sens plus… coloré.

Qu'est-ce que cela pouvait bien signifier ? se demanda Archie.

— Renouveler toute une garde-robe n'est pas faisable, bien sûr, mais j'ai décidé d'expérimenter à l'avenir des teintes plus gaies.

— Ce subit intérêt pour les couleurs plus claires reflète-t-il un changement d'humeur ? De perspective ?

— Je le crois. Ces derniers temps, j'ai été sujet…

Effie jeta un coup d'œil circulaire dans la pièce, comme pour vérifier que personne ne les épiait.

— … sujet à des bouffées de joie.

Archie se mordit les lèvres pour ne pas rire, et Effie, se rendant compte qu'il avait l'air idiot, grimaça.

— Mais ne vous inquiétez pas, je garde ma faculté de « voir la beauté dans la face sombre de la vie ».

— Et quelle est la cause de ces moments de joie ? demanda Simon.

— Un échange de lettres m'a amené à reconsidérer certaines choses.

Simon s'apprêtait visiblement à le soumettre à un interrogatoire en règle, Archie brûlait de curiosité, mais Effie le poussa.

— Bouge de là, je veux m'offrir une autre glissade.

Il y eut une empoignade dans un concert de braiments d'ânes, chacun voulant s'approprier le sofa et s'efforçant d'en déloger les autres. Cela rappela à Archie le jeu qu'organisait sa mère dans le jardin lors des longues journées d'été. On plaçait des chaises en cercle, en nombre inférieur à celui des joueurs. Tous tournaient autour des chaises, jusqu'à ce que le meneur de jeu crie : « Assis ! » S'ensuivait une féroce mêlée. Celui qui restait debout était éliminé, on retirait une autre chaise et on recommençait jusqu'à ce que les deux finalistes se disputent la dernière chaise.

Archie l'avait complètement oublié. Il considérait à l'époque que c'était un jeu pour les enfants, mais sa mère en raffolait et les cajolait, son père et lui, pour qu'ils acceptent d'y participer quand ils recevaient des amis. Les Morgan y avaient joué plus d'une fois.

En ce temps-là, sa mère savait s'amuser. Son père ronchonnait contre ce jeu idiot, mais à la fin il s'esclaffait avec tout le monde.

Ce soir-là, l'enjeu n'était pas une chaise mais un sofa juste assez grand pour accueillir les trois lords. Et personne ne voulant capituler, ils se retrouvèrent serrés les uns contre les autres, gloussant, se tortillant et glissant à qui mieux mieux.

Quand Simon, d'un air sévère, déclara : « Et on s'étonne que nos pères nous aient méprisés. Honte à nous ! », tous trois explosèrent de rire.

Ce fut à cet instant que Clémentine et Olive apparurent.

Un silence de plomb s'abattit sur la pièce. Être surpris dans cette posture aurait dû être humiliant.

Cela l'était.

Mais que Clémentine, après s'être fait attendre si longtemps, choisisse ce moment improbable pour débarquer était à la fois providentiel et désopilant.

Archie se redressa tant bien que mal.

— Euh... bonsoir ! Je pensais que vous ne viendriez pas.

Clémentine reconnaissait volontiers qu'elle ne serait jamais le parangon des bonnes manières et du décorum. Elle ne remarquait pas les taches d'herbe sur sa robe. Ses cheveux ne restaient jamais comme sa femme de chambre les arrangeait, la cause étant d'autant plus perdue qu'ici, à Quintrell Castle, elle confiait leur soin aux mains d'Olive dont le talent pour la coiffure n'égalait même pas celui de Clémentine pour la broderie.

Elle était néanmoins suffisamment éduquée pour se comporter convenablement. Qu'elle soit profondément mal adaptée à la vie en société ne signifiait pas qu'elle ne savait pas se tenir.

En théorie.

Car aucune leçon de savoir-vivre n'expliquait comment réagir quand on tombait sur deux comtes et un vicomte en peignoirs de soie qui se trémoussaient sur un sofa et hurlaient de rire comme des fous.

— Bonté divine ! souffla Olive.

Ce murmure suffit à attirer l'attention de ces messieurs. Le silence se fit et trois paires d'yeux ronds comme des soucoupes se tournèrent vers les deux sœurs. Ces messieurs se figèrent, tels des danseurs saisis d'une paralysie foudroyante au beau milieu d'un cotillon.

La fameuse éducation que Clémentine avait reçue, si elle ne couvrait pas cette situation particulière, aurait cependant dû lui suggérer que se moquer de pairs du royaume était de très mauvais goût. Surtout quand il s'agissait de ce trio qui les avait accueillies, sa sœur et elle, avec tant de gentillesse. Plus exactement, deux d'entre eux s'étaient montrés accueillants. Archie, pour sa part, soufflait le chaud et le froid. Il ne voulait pas l'avoir dans les pattes. Puis il voulait qu'elle dîne avec eux. « Faudrait savoir ! » avait-elle parfois envie de lui crier.

Mais comment rester impassible devant ce tableau saugrenu ? À deux doigts du fou rire, elle se mordait l'intérieur des joues, crispait les poings : tout ce qu'elle pouvait pour repousser la tempête d'hilarité qui grondait en elle.

Les trois hommes étaient pétrifiés, pareils à de malheureux insectes antédiluviens dans leur gangue d'ambre.

Archie finit tout de même par se lever.

— Euh... bonsoir ! Je pensais que vous ne viendriez pas.

Après un moment de silence, Clémentine répondit :

— Je vois ça.

Et la tempête éclata. Ce fut Olive qui attaqua avec un rire clair de petite fille, qui ne ressemblait en rien à ses rires habituels.

C'était un rire étrange, aigu, musical et plein d'une joie contagieuse.

Un bourdonnement de baryton monta la gamme, Marsden et Featherfinch se joignant à Olive. Le rire du premier était profond et sonore, celui du vicomte ponctué de gloussements : l'instrument à percussion qui manquait à la symphonie.

Restaient Clémentine et Archie, seuls maintenant dans leur prison d'ambre, et qui se regardaient tandis que les autres insectes vrombissaient sans retenue.

Archie fut le premier à succomber. Le retroussis au coin de sa bouche fut le brandon qui fit exploser Clémentine. Ce fut ce qu'elle pensa du moins, mais ce fut peut-être elle qui déclencha l'éruption car Archie parut surpris de la voir rire.

Toujours est-il qu'elle sentit au tréfonds d'elle-même un craquement, comme s'il y avait eu là une chose gelée et prisonnière, dont elle ignorait l'existence et qui, prenant soudain vie, fissurait la résine pour laisser entrer l'air et la lumière. Et surgir un rire énorme.

Archie gardait les yeux rivés sur elle tandis que le chorus enflait et emplissait l'espace. Les autres se turent avant Archie et elle, peut-être parce qu'ils avaient pris de l'avance, ou peut-être parce qu'Archie et elle avaient davantage besoin de laisser la lumière pénétrer en eux.

Les deux autres gentlemen invitèrent Olive à s'asseoir. Peu à peu, Archie et Clémentine se calmèrent. Mais il continuait à la regarder, à lui sourire. Et elle lui rendait son regard, son sourire, étonnée d'avoir éprouvé de la nervosité à la perspective de passer la soirée avec lui et ses amis. Jusque-là, leurs rencontres s'étaient déroulées dans l'obscurité. Sur le toit et sous les étoiles, où il était facile d'exprimer ses pensées et ses sentiments.

Elle lui avait ouvert son cœur, dévoilé ses faiblesses et ses peurs. Elle avait éteint sa lanterne, là-haut sur le toit et sous la constellation des sept sœurs, et s'était mise à nu.

Soudain, lord Featherfinch se campa à son côté.

— Vous ne voulez pas vous asseoir, mademoiselle Morgan ?

Elle eut l'impression de se réveiller d'une transe et en éprouva un vague sentiment de perte. Sa nervosité s'était envolée pour céder la place à une sorte de tristesse résignée. Il fallait à présent se conduire correctement, ne pas oublier de vouvoyer Archie, être parfaitement convenable devant ses amis.

Elle posa la main sur le bras que lord Featherfinch lui offrait et songea qu'après tout elle n'avait pas à s'inquiéter outre mesure. Si quelqu'un ici contrevenait aux règles de la bienséance, ce n'était pas elle mais ces messieurs vêtus de peignoirs et n'ayant, à en juger par les jambes nues qui en dépassaient, rien d'autre sur le corps.

Clémentine n'avait encore jamais vu de pieds masculins dénudés. Lorsqu'ils avaient couché ensemble, Théo avait baissé sa culotte à pont, mais n'avait pas retiré ses bas.

Elle observa discrètement les jambes d'Archie. Il avait des chevilles... adorables. Ses longs pieds étaient élégants et ses malléoles saillaient d'une façon qui lui fit battre le cœur. Elle autorisa son regard à escalader le mollet. *Oh*... il était incroyablement velu. Elle ne s'attendait pas à ce que tous ces poils soient si... plaisants à regarder. Plaisants et, en même temps, troublants ; uniquement, sans doute, parce qu'ils offraient un spectacle incongru dans un salon.

Déconcertée, elle se laissa guider par lord Featherfinch, dont elle se retint de justesse de lorgner les jambes, jusqu'au sofa. Elle s'y installa à côté d'Olive, tandis que les messieurs s'asseyaient çà et là. Enfin... deux d'entre eux s'assirent. Archie restait debout, comme cloué au sol. Peut-être était-il dans le même état qu'elle quelques minutes auparavant. Ils avaient tous deux été frappés de folie passagère.

— Ohé ! Harcourt ! appela lord Featherfinch en agitant une main devant la figure de son ami.

Les paupières d'Archie clignotèrent.

— Oui, je... je m'assois, bredouilla-t-il. Non... je vais me changer.

— Ne vous changez pas pour nous, Archie, déclara Olive dont les yeux pétillaient. Oh, pardon... lord Harcourt.

Archie sourit, balayant la pièce du regard, comme s'il la voyait pour la première fois.

— Vous pouvez m'appeler comme bon vous semble. Personne ici ne s'en offusquera.

— Il n'est sans doute pas nécessaire de faire des cérémonies dans un tel... cadre, acquiesça Olive.

— Je regrette de ne pas avoir de peignoir pour vous, mademoiselle Olive, et pour votre sœur aussi, déclara lord Featherfinch avec le plus grand sérieux.

— Pardonnez-moi cette question, messieurs, mais... que faites-vous au juste ? s'enquit Olive.

— Eh bien, figurez-vous que..., commença lord Featherfinch.

Archie l'interrompit en disant qu'il allait se changer. Lord Marsden le suivit, laissant Clémentine et Olive seules avec lord Featherfinch qui se lança dans le récit compliqué de sa rencontre malencontreuse avec un buisson d'orties et du soulagement que lui avait procuré le négligé de sa sœur. Une histoire drolatique, surtout parce que le conteur était absolument charmant. Clémentine s'inquiétait pourtant en voyant Olive s'animer, titillée par les attentions dont l'entourait lord Featherfinch.

Elle était consternée, sans trop savoir pourquoi. L'attitude de sa sœur indiquait peut-être simplement qu'Olive redevenait elle-même. Frétiller devant un homme aussi séduisant et agréable que lord Featherfinch lui ressemblait bien.

Il n'y a pas de quoi s'affoler, se répétait-elle. *Ce n'est pas grave.* En supposant – même si les chances en étaient minces – que lord Featherfinch se laisse séduire, il serait un très beau parti. Il répondrait dans une large mesure aux exigences d'Olive. Il ne verrait sans doute pas d'inconvénient, par exemple, à ce que toutes les pièces de sa demeure soient tapissées d'un papier peint à fleurs. Le vicomte était de surcroît l'ami intime d'Archie depuis des années, ce qui signifiait qu'outre ses autres qualités il avait bon cœur.

Et même s'il ne s'éprenait pas d'Olive, ce qui était plus que probable, pourquoi celle-ci s'interdirait-elle de flirter un peu si cela l'aidait à reprendre confiance après une période pénible ?

Cependant, le léger malaise qu'éprouvait Clémentine persistait. Elle avait l'impression de voir Olive remettre un déguisement qu'elle-même n'avait reconnu comme tel que récemment. L'impression de voir se cacher de nouveau la fille qu'elle avait entrevue un moment derrière le masque : sa véritable sœur, celle qui avait ce rire étrange. Elle voulait pouvoir la regarder tout son soûl.

Le retour d'Archie et lord Marsden la détourna heureusement de ces préoccupations.

— Ah, ces messieurs sont... habillés, dit-elle, une bulle de rire frémissant encore dans sa poitrine. J'allais dire : « ont revêtu une tenue de soirée correcte », mais « habillés » suffira.

— C'est très bien de leur part, mais personne ne me fera remettre « une tenue de soirée correcte » en me faisant honte, déclara lord Featherfinch.

Avec un soupir d'aise, théâtral en diable, il se renversa langoureusement contre le dossier de son fauteuil.

— Une fois débarrassé des oripeaux de la journée et douillettement enveloppé dans de la soie, devoir rendosser ces oripeaux, aussi seyants soient-ils, est tout bonnement insupportable.

— Même chose pour une femme qui retire son corset, renchérit Olive.

Clémentine faillit lui faire les gros yeux. On ne mentionnait pas le corset des dames en société. Mais ce soir-là, on n'était plus à ça près.

— Une fois qu'on s'est libérée de ce carcan, il n'est pas question de le remettre, ajouta Olive.

— Oui, je m'en doute, acquiesça lord Featherfinch.

Il se redressa brusquement dans son fauteuil.

— Mais si je choque quelqu'un, j'irai volontiers me changer. Je veux que vous vous sentiez à l'aise, mesdemoiselles. Je suis ravi de passer la soirée en votre compagnie.

Olive et Clémentine le rassurèrent : qu'il reste en peignoir ne les gênait pas. Clémentine s'autorisa même à jeter un coup d'œil aux jambes de lord Featherfinch. Elles étaient poilues, comme celles d'Archie. Toutefois, ses chevilles la laissaient de marbre.

Elle réprima un rire. Voilà qu'à présent elle reluquait les chevilles des hommes ! C'était donc cela, sa vie ?

Dans l'immédiat, oui, et elle s'en félicitait. Bientôt, elle retournerait à Londres et devrait livrer bataille contre son père.

Les deux invitées acceptèrent un petit verre de scotch, seul breuvage disponible dans le salon. Pour avoir autre chose, il faudrait sonner Mme MacPuddle et on n'y tenait pas. Clémentine n'avait jamais bu de scotch. Elle était sûre qu'Olive n'y avait jamais goûté non plus. Puis elle se remémora la liste et songea que, concernant sa sœur, elle n'aurait plus jamais de certitude.

Elle avala une petite gorgée et se mit à tousser à rendre l'âme.

Archie se précipita. Elle agita une main pour lui dire de ne pas s'inquiéter, mais il s'assit à côté d'elle et lui tapota le dos. Quand sa toux se calma, elle pensa qu'il allait retirer sa main.

Il n'en fit rien.

— Je suis navré que vous nous ayez trouvés dans cette tenue, mademoiselle Morgan, mademoiselle Olive, déclara gravement lord Marsden. C'est la tenue qu'arbore toujours lord Featherfinch. Si nous avions deviné que vous vous joindriez à nous, nous nous serions habillés correctement.

— C'est moi qui m'excuse, répliqua Clémentine qui essayait de se concentrer sur la conversation et non sur la pression de la main d'Archie entre ses omoplates. J'avais dit à lord Harcourt que nous viendrions après le dîner. Nous étions en retard car ce soir, contrairement à l'organisation habituelle, on nous a servi notre repas après le vôtre. Nous avons juste fini de manger.

Une onde de chaleur se répandait dans son dos, irradiant de la main d'Archie.

— La cuisinière a relevé le défi que représentent les préférences alimentaires de ma sœur, expliqua Olive. Aujourd'hui, elle nous a concocté une tourte aux champignons qui nécessite six heures de préparation car il faut faire mariner les champignons. Mme MacPuddle nous avait demandé si cela ne nous dérangeait pas de dîner plus tard qu'à l'accoutumée.

— Nous ne pouvions pas dire non, vous pensez bien, enchaîna Clémentine.

— Évidemment, rétorqua lord Featherfinch. On ne dit pas non à une tourte aux champignons de six heures.

Plaisantait-il ou parlait-il sérieusement ? Avec lui, on ne savait jamais trop sur quel pied danser.

— La cuisinière ne manque pas d'ambition, poursuivit Clémentine.

Cette ambition avait produit des résultats inégaux – la tourte aux champignons avait été pour sa part assez savoureuse –, mais elle préféra s'abstenir de ce commentaire.

— Nous avons apporté nos ouvrages, annonça Olive. J'initie ma sœur à la broderie.

Olive redressa les épaules. Elle avait l'air… fière. Enseigner à Clémentine à tirer l'aiguille pouvait donc rendre fière une personne aussi sophistiquée qu'Olive ?

— J'avoue qu'elle m'a convertie, dit Clémentine. Broder est étonnamment apaisant et, quand l'ouvrage est terminé, on a un bel objet. Du moins, en théorie.

Pouffant de rire, elle retourna son tambour à broder pour montrer ses « feuilles » à ces messieurs.

Ce mouvement délogea la main d'Archie. Clémentine regretta d'avoir bougé.

— Mais ne jugez pas les compétences d'enseignante de ma sœur à l'aune de mon chef-d'œuvre, ironisa-t-elle.

Ces messieurs cherchant manifestement quelque chose de gentil à dire, elle leur épargna cette peine.

— Montre-leur plutôt ton ouvrage, Olive.

Celle-ci obéit, et tous s'exclamèrent d'admiration. Olive en rougit de plaisir.

— Ce n'est pas grand-chose, dit-elle, modeste. Juste un passe-temps.

— J'aimerais alors voir ce que vous êtes capable de réaliser quand vous vous donnez du mal ! déclara lord Featherfinch.

Archie et lord Marsden approuvèrent.

— J'ai toujours eu envie de me mettre à la broderie, reprit lord Featherfinch. Ma sœur ne s'y intéresse pas, mais j'ai eu l'occasion d'admirer les créations d'autres brodeuses. Aucune n'était aussi belle que la vôtre, mademoiselle Olive.

Celle-ci s'épanouissait comme une fleur sous les éloges du vicomte.

— Je serais ravie de vous apprendre à broder, si vous le souhaitez.

Elle se mordit les lèvres.

— Quoique, ce ne serait peut-être pas convenable…

— Effectivement, Olive, ironisa Archie. Pour un individu pareil, dit-il en montrant la tenue de lord Featherfinch, une leçon de broderie dépasserait les bornes.

Lord Featherfinch lui décocha un regard faussement menaçant, puis se tourna vers Olive avec une exubérance teintée de déférence :

— Vous le feriez, mademoiselle Olive ? Je serais enchanté d'être votre élève. Pourquoi pas demain après le dîner ?

— Olive, intervint Clémentine, ces messieurs ont eu la gentillesse de nous inviter ce soir, mais nous ne pouvons pas en prendre l'habitude. Ils sont en vacances.

— Absurde ! se récria lord Featherfinch.

— Tout à fait, renchérit lord Marsden. Nous serions heureux de passer nos soirées avec vous jusqu'à la fin de notre séjour ici.

Il paraissait sincère, et tous les yeux se braquèrent sur Archie, qui esquissa un sourire goguenard.

— Je suis d'accord, et ce pour une bonne raison : si vous vous joignez à nous le soir, je risquerai moins de me retrouver en peignoir de soie verte.

— Merci de votre invitation, nous l'acceptons avec joie, déclara Clémentine.

Elle aurait sans doute dû objecter, mais elle n'en avait aucune envie. L'endroit où Archie avait posé sa main, entre ses omoplates, était encore… frémissant, comme si le soleil le caressait et éveillait des graines cachées sous la terre endormie par le froid hivernal. Elle n'eut même pas le réflexe de protester pour la forme, de lâcher quelque chose comme : « Vous êtes sûrs que nous ne vous dérangerons pas ? »

— De quoi parliez-vous avant notre arrivée ? demanda-t-elle en saisissant son ouvrage.

Soit, en d'autres termes : « Qu'est-ce que vous fabriquiez ? »

— Nous avions une discussion assez sérieuse sur les liens familiaux, répondit lord Marsden. Ou plus exactement, nous reprenions cette discussion.

Ah… Elle ne s'attendait pas à ça, venant de gentlemen en peignoirs de soie.

— Marsden est trop précautionneux, rétorqua Archie. Nous disions que j'ai toujours été une déception pour mon père.

— C'est une façon trop simpliste de voir les choses, à mon avis, rétorqua lord Featherfinch.

— Non, ça ne l'est pas. Clémentine sait ce que je veux dire. Il s'efforçait toujours de m'intéresser à la gestion du domaine, il me mettait dans les mains des livres sur l'agriculture et l'élevage que je ne parvenais jamais à lire.

— Hmm..., marmonna évasivement Clémentine.

Elle se souvenait que le défunt comte avait en effet toujours trouvé son fils décevant, mais que cela n'avait jamais paru traumatiser Archie. Leurs affrontements, pensait-elle à l'époque, en supposant que son ami était du même avis, étaient dus au caractère autoritaire du comte plus qu'aux insuffisances d'Archie.

— Vous n'étiez pas résigné à faire ce qu'il vous demandait, même si ces ouvrages étaient indigestes ? questionna Olive.

— Je me fais mal comprendre. Quand je dis que je ne parvenais pas à les lire, ça ne signifie pas que je n'en trouvais pas le courage. Je veux dire que je ne le *pouvais* pas. La lecture ne m'a jamais passionné, c'est vrai. Mais je me serais forcé pour faire plaisir à mon père. De plus, le domaine me tenait à cœur. C'est toujours le cas, d'ailleurs. Mais la vérité, c'est que je ne suis pas doué pour la lecture. Au bout d'un moment, qui arrive très vite, les lettres se mettent à danser sur la page, les mots n'ont plus de sens et je les oublie au fur et à mesure. Plus je m'applique, plus ça s'embrouille. J'ai l'impression de déchiffrer des hiéroglyphes.

Il jeta un coup d'œil à Clémentine qui repensa, le cœur serré, aux lettres qu'elle lui écrivait autrefois et auxquelles il ne répondait pas.

— Je ne suis pas intelligent, j'en ai pris mon parti, poursuivit-il. J'ai un intendant auquel je confierais ma vie sans hésiter. M. Hughes mérite largement son salaire. Mais mon père n'a jamais pu accepter d'avoir un héritier aux facultés intellectuelles très limitées. Je me débrouille bien avec un fusil, c'est la seule qualité qu'il me reconnaissait.

Clémentine ne perçut aucune tension ni aucune gêne dans le silence qui suivit. Ces hommes étaient encore plus proches les uns des autres qu'elle ne le pensait. Ils évoquaient tranquillement des sujets qui, en toute logique, auraient dû les mettre mal à l'aise. Et ils ne se hasardaient pas à contredire Archie, soucieux de respecter son point de vue. Après tout, il était le meilleur expert de sa propre vie.

Mais, pour sa part, elle ne tolérait pas qu'il se dénigre de cette façon.

— Lord Harcourt a une intelligence singulière, déclara-t-elle d'un ton anodin, comme si elle parlait de la pluie et du beau temps, tout en piquant l'aiguille dans son ouvrage pour réaliser un point de tige.

— Oui, n'est-ce pas ? approuva lord Marsden.

— Je suis d'accord, renchérit lord Featherfinch.

— Hou hou, je suis là ! fit Archie, agitant les bras comme s'il faisait signe depuis la rive à un bateau qui passait. Vous pouvez développer, s'il vous plaît ?

— La lecture n'est pas votre fort, admettons, répondit Clémentine. Mais vous savez jauger un homme en un instant. Analyser une situation délicate. Vous nous avez sauvées, ma sœur et moi, d'un désastre en mettant à exécution et avec succès un plan élaboré en quelques minutes, qui aurait demandé à d'autres une longue préparation.

— Bah, j'ai réagi comme un boxeur, rétorqua-t-il avec un haussement d'épaules négligent.

— Pardon ?

— Quand on boxe, il faut avoir des réflexes rapides. On doit anticiper les mouvements de l'adversaire et tenir jusqu'au bout du combat, mais ça ne va pas plus loin. On n'a pas besoin de se creuser la cervelle, c'est facile.

— Ce n'est pas vrai pour tout le monde, objecta lord Featherfinch. Ça te paraît facile parce que tu es doué pour ça. Moi, en revanche, je pourrais fréquenter quotidiennement l'académie de Gentleman Jackson[1] et m'entraîner comme un forcené, je resterais un boxeur lamentable.

— Ce n'est pas un défaut, tu n'es simplement pas fait pour la boxe.

— C'est précisément ce que nous disons, intervint lord Marsden. Tu n'es peut-être pas fait pour les études, et ce n'est pas non plus un défaut. Il se trouve malheureusement que, dans notre milieu social, on valorise les études. Mais c'est sans importance.

Archie paraissait désorienté, mais il reprit vite contenance.

— Pourquoi ai-je l'impression d'entendre mes parents discuter avec le directeur de l'école ? plaisanta-t-il. Changeons de sujet.

Il se tourna cependant vers Olive.

— Qu'en dites-vous, mademoiselle Olive ?

— Je pense que ma sœur et vos amis ont raison, répliqua-t-elle avec assurance. Il existe en ce monde de nombreux types d'intelligence.

Clémentine apprécia qu'Olive mêle sa voix à celle du chœur unanime, mais Archie étant manifestement pressé de parler d'autre chose, elle lança :

— Oh, j'ai une nouvelle à vous apprendre, lord Harcourt ! Je me suis inscrite à la course de tortues de Doveborough.

Une course de tortues ?

Archie était un peu perdu, mais au moins on ne parlait plus de lui.

— Je... Plaît-il ?

1. « Gentleman » John Jackson (1769-1845) : célèbre boxeur anglais qui combattait à mains nues.

— Enfin, je ne me suis pas inscrite, rectifia Clémentine. Ce serait ridicule.

— On pourrait le penser, rétorqua-t-il, pince-sans-rire.

— En fait, j'ai inscrit Hermès à la course de tortues.

— Oserais-je demander qui est Hermès ?

— Une tortue, évidemment.

— Vous avez donc une tortue dénommée Hermès. Comme le dieu. Vous savez, le messager aux sandales ailées ?

— Un nom ambitieux, je le reconnais.

— Doveborough organise chaque année une fête de l'automne, expliqua Olive, apitoyée par la mine ahurie d'Archie. L'attraction majeure est une course de tortues.

— Et donc Mlle Morgan s'y est inscrite.

Évidemment. En apprenant l'existence d'une compétition de ce genre, Clémentine Morgan ne pouvait que se jeter sur la ligne de départ.

— Vous m'avez conseillé de me distraire, lui rappela-t-elle avec un brin d'agressivité.

— Je vous ai également conseillé, me semble-t-il, de ne pas vous rendre seule à Doveborough.

Cette remarque, qui suintait le paternalisme, sonna désagréablement à la propre oreille d'Archie, mais il ne permettrait pas que les sœurs Morgan rencontrent le moindre problème tant qu'elles seraient sous sa responsabilité.

— Je n'étais pas seule. Olive, lord Featherfinch et lord Marsden m'ont accompagnée à Doveborough, au tout début de notre séjour. C'est à ce moment-là qu'on m'a parlé de la course de tortues. Et aujourd'hui, quand je suis allée m'inscrire, Olive et lord Featherfinch sont venus avec moi.

Archie darda sur Effie un regard sévère, sans trop savoir pourquoi. Si Clem et Olive désiraient aller au village, il était reconnaissant à Effie de les escorter.

— Il fallait que je récupère les peignoirs que j'avais commandés, se justifia Effie.

— Tu n'as pas mentionné la course de tortues.

— Je ne pensais pas que ça t'intéresserait.

Ponctuant sa réponse d'un grognement, Effie se tourna vers Clémentine.

— Vous avez toutes vos chances, mademoiselle Morgan. Hermès est incroyablement véloce. Je crois qu'il est à la hauteur de son nom.

— Tu connais Hermès ? grommela Archie.

— Je me demande si c'est dû à sa taille, intervint Simon. Il est plus petit que les autres, et pourrait donc être plus agile. C'est possible ?

Une minute !

— Toi aussi, tu connais Hermès ?

— Oui, répondit tranquillement Simon. Mlle Morgan l'entraîne tôt le matin, et je dois admettre qu'il est étonnamment rapide. Si je faisais des paris, je miserais mon argent sur Hermès.

— Moi, j'ai misé le mien sur lui, déclara lord Featherfinch en s'adressant à Clémentine. Chez la modiste, aujourd'hui, j'ai appris qu'un bookmaker, au village, prenait les paris sur cette course. Je suis allé le voir pendant que votre sœur et vous étiez à la librairie.

— Vraiment ? Comme c'est gentil ! s'exclama Clémentine avec un sourire radieux.

— Il faut soutenir ses amis.

— Devrais-je parier sur Hermès, moi aussi ? demanda Clémentine, songeuse. Je me suis focalisée sur la somme attribuée au vainqueur, mais imaginez... Si je gagnais en ayant parié sur moi-même, je serais pleine aux as.

Archie tressaillit, ouvrit la bouche, la referma. Il avait trop de questions à poser. Où Clémentine avait-elle déniché Hermès ? Où se trouvait Hermès en ce moment ? Quand la course aurait-elle lieu ? Était-il invité ?

Pourquoi une tortue dont il ignorait l'existence quelques minutes auparavant envahissait-elle son esprit ?

Et enfin… Clémentine serait-elle sur le toit cette nuit ?

Il eut la réponse à cette dernière question lorsque le groupe se sépara un peu plus tard. Clémentine lui glissa discrètement un mot dans la main, et un frisson d'excitation le parcourut.

J'ai proposé à Olive d'observer les étoiles avec moi. Si tu avais l'intention de me rejoindre sur le toit, j'espère que tu ne verras pas d'inconvénient à modifier tes plans. Ce billet est en quelque sorte une non-invitation bien maladroite. Mais nous sommes amis, et je sais que tu comprendras.

Eh bien… tant pis. Il extirpa sa montre de sa poche. 23 heures. Même si les sœurs Morgan venaient les rejoindre immédiatement après le dîner du lendemain, il avait au minimum vingt heures à tuer avant de retrouver Clémentine.

11

Une proposition (pas de ce genre)

Les deux journées suivantes se déroulèrent de la même façon. Le soir après le dîner, Clémentine et Olive rejoignaient Archie, Effie et Simon. Ils s'amusaient énormément. Ils avaient des conversations à bâtons rompus, souvent hilarantes, parfois sérieuses. Pour Archie, c'était un peu comme être seulement avec Simon et Effie. Dit de cette façon, cela paraissait idiot, mais Archie trouvait simplement que la présence des sœurs Morgan ne changeait pas la substance de leurs soirées, même si elle en modifiait le contenu. Par exemple, Effie apprenait à broder. Il s'asseyait à côté d'Olive sur le sofa, leurs têtes penchées l'une vers l'autre. Ils étaient dans leur bulle, tout en participant à la discussion.

Archie voyait ses deux paires d'amis se fondre dans un ensemble, et il en était heureux.

Pourtant, simultanément, il était mécontent. Clémentine n'était pas retournée sur le toit. Le soir où elle lui avait glissé le billet dans la main, il avait suivi ses instructions et était allé se coucher. Mais le lendemain, lorsqu'il avait passé la tête par la fenêtre de la chambre voisine de celle de Clémentine, il n'y avait personne sur le toit.

Comme il ne la voyait qu'avec les autres, il ne pouvait pas lui poser les questions qui lui brûlaient les lèvres. Comment se passait l'observation des étoiles, par exemple ?

Il en arrivait à se demander si leurs trois rencontres sur le toit s'étaient réellement produites.

— Qu'avez-vous mangé ce soir, mesdemoiselles ? interrogea Effie, quand ils furent tous réunis dans le salon.

— Un aspic de tomate et des choux de Bruxelles, répondit Clémentine avec raideur.

Elle poussa sa chaise de quelques centimètres, car il y avait une fuite d'eau juste au-dessus d'elle.

— Un aspic de tomate ! répéta Effie.

Incapable comme toujours de masquer ses émotions, il eut une grimace de dégoût tout en s'empressant de placer un seau près de Clémentine : l'orage de l'après-midi avait provoqué le retour des seaux dans la pièce.

— Et vous, qu'avez-vous mangé ? questionna Olive.

— Pintade rôtie, lardons et champignons en persillade.

Olive laissa échapper un soupir plaintif.

— J'ai l'impression, mademoiselle Olive, que votre fidélité au régime alimentaire de votre sœur faiblit.

— Non, pas du tout ! protesta-t-elle avec une véhémence suspecte.

— Tu n'es pas obligée de dîner avec moi, tu le sais, déclara Clémentine.

— Oh, mais j'en ai envie.

— Nous pourrions peut-être échanger nos places pour un soir, mademoiselle Olive, suggéra Simon. J'avoue que, si mon estomac renâcle à l'idée de me passer définitivement de viande, surtout si on la remplace par des aspics de tomate, le végétarisme m'intéresse.

Il se tourna vers Clémentine.

— Arrêtez-moi si vous préférez que je ne parle pas de lui, mais j'ai lu le pamphlet de M. Bull, et j'ai retenu certains de ses arguments et propositions susceptibles d'améliorer la vie quotidienne des pauvres. Il est assurément moins onéreux de nourrir les gens de céréales plutôt que de viande. Entre nous, il ne m'était jamais venu à l'esprit qu'on puisse vivre uniquement de céréales.

— Mais il n'y a pas que les céréales, objecta Clémentine.

Sur quoi, Simon et elle se lancèrent avec enthousiasme dans une discussion sur les progrès de l'agriculture et les systèmes potentiels de distribution alimentaire. Olive et Effie avaient renoncé à faire semblant de participer à la conversation et se concentraient sur leur broderie.

— Notez que M. Bull n'est pas le seul à avoir écrit sur le sujet, déclara Clémentine. Shelley, le poète, a publié un *Éloge du végétarisme*. Il était influencé par un certain John Frank Newton qui préconisait un régime alimentaire uniquement composé de légumes et d'eau distillée, ce que personnellement je trouve excessif. Et Newton lui-même marchait sur les traces d'un autre homme.

Les yeux de Clémentine pétillaient.

— Je me console en me disant que ces idées font partie de l'histoire intellectuelle et que je n'ai donc pas à les jeter au feu avec mon ex-fiancé.

Simon gloussa.

— D'une certaine manière, les zélateurs du végétarisme et ceux de l'abstinence avancent des arguments assez semblables.

— En tant qu'ancien étudiant en théologie, vous êtes effectivement bien placé pour savoir que ces idées recoupent des questions spirituelles et religieuses.

Là-dessus, la discussion bifurqua sur un problème philosophique : la détresse des pauvres était-elle plus importante que la souffrance qu'endurait un animal destiné à nourrir un humain affamé ?

Archie écoutait, content que d'un côté de la pièce Effie et Olive tirent l'aiguille, tandis que de l'autre côté Clémentine et Simon débattent de morale.

— Mais tout de même, dit-il à ces derniers quand il put mettre son grain de sel, il faut faire une distinction entre les animaux qui meurent dans les abattoirs et ceux qui sont victimes d'amoureux de la chasse comme moi. La chasse n'a aucun rapport avec la détresse des pauvres gens.

— Je crois que tu ne comprends pas, rétorqua Simon après un silence.

— Comment ça ?

— Tu veux dire, me semble-t-il, que toi, tu n'as pas besoin de chasser pour vivre ? interrogea Clémentine.

— Exactement. C'est un passe-temps.

— Alors pourquoi chasser ? rétorqua-t-elle d'un ton sec, presque irrité, qu'il n'avait jamais entendu venant d'elle et qui lui déplut.

Il repensa à leur conversation de l'autre nuit, quand ils observaient Orion, et faillit biaiser. Mais c'était Clémentine, il ne pouvait pas lui mentir.

— Je chasse parce que j'aime ça.

C'était peu de le dire.

La consternation contracta les traits de la jeune femme, sur lesquels elle plaqua aussitôt un masque dédaigneux qu'il ne lui avait jamais vu.

— Tuer des bêtes alors que tu n'en as pas besoin pour subsister est si divertissant ?

Voilà qu'elle parlait comme l'un de ses professeurs, au collège, lisant à voix haute et d'un ton sarcastique l'une de ses rédactions. En l'écoutant, Archie était accablé par sa propre nullité.

Cependant il n'était plus le gamin d'autrefois, il n'avait pas à supporter qu'on le traite de cette façon.

Mais… Clémentine n'était pas son professeur. Elle était son amie, et il était en désaccord avec elle.

C'était nouveau et bouleversant. Clem et lui avaient toujours été d'accord, sur tout. Leur amitié, au temps de leur jeunesse, était tissée de joie et d'harmonie.

Tu ne l'as pas vue depuis cinq ans. Peut-être avait-il romancé leurs rencontres sur le toit. L'obscurité qui leur avait permis d'échanger des confidences l'avait peut-être induit en erreur et fait oublier qu'ils n'étaient plus les enfants d'autrefois.

— De toute façon, Archie a l'interdiction de chasser pendant nos vacances, intervint Effie.

Il n'avait pas complètement déserté la discussion et, béni soit-il, il cherchait à détendre l'atmosphère en les guidant vers des sables moins mouvants : asticoter Archie à cause de son fusil clandestin.

Archie accueillit cette diversion avec soulagement.

— Je crois bien vous avoir entendu dire que vous vous étiez fixé des règles, rétorqua Clémentine.

— Moi, je ne suis pas autorisé à composer des poèmes, Simon n'a pas le droit d'évoquer le Parlement, et Archie a l'interdiction de chasser.

— Mais pourquoi ? s'étonna Olive. N'est-il pas absurde de se priver de ses activités favorites pendant les vacances ?

— Hmm… excellente question, commenta Effie.

— Reconnaissons que la chasse n'a rien à voir avec la poésie et la politique, déclara Simon avec un petit sourire goguenard. Harcourt, raconte à ces demoiselles pourquoi la chasse, en particulier, est interdite.

Crotte de bique !

— Il y a trois ans de ça, marmonna-t-il, un incident malheureux s'est produit.

— C'est-à-dire ? rétorqua Clémentine.

— Il a failli tuer Effie, répondit Simon d'un air suffisant.

— Racontez !

— Je pensais être seul dans les bois, s'empressa de dire Archie.

S'il fallait relater cette histoire, il s'en chargerait. Simon ne se priverait pas de l'enjoliver à ses dépens.

— Une tache blanche a soudain attiré mon attention. J'ai cru que c'était un cerf et...

Il grimaça. Ils avaient frôlé la catastrophe ce jour-là.

— ... et c'était la cravate de Featherfinch.

— Donc, intervint Clémentine, vous prétendez que moi, je vous ai tiré dessus par accident, alors que j'étais en état de légitime défense : je ne pouvais pas savoir, admettez-le, que c'était vous qui entriez dans cette pièce et non M. Bull. Tandis que vous, vous auriez tiré sur lord Featherfinch par pure négligence.

— Ce n'est pas du tout ce que je dis ! protesta-t-il.

Clem le taquinait, du moins il l'espérait.

— Il faisait gris et, dans ses habits noirs, Featherfinch se confondait avec les troncs d'arbre.

— En réalité, j'étais fautif, déclara Effie d'un ton apaisant. Archie ne s'attendait pas à me voir apparaître dans les bois. Simon chasse quelquefois avec lui, moi jamais. Et je ne me lève jamais aussi tôt le matin. Mais ce jour-là, j'avais fait un rêve extraordinaire et je voulais le raconter à Archie. Je suis parti à sa recherche...

Il s'interrompit un instant.

— ... et quand je l'ai trouvé, il a failli me tuer. C'était tellement excitant !

Archie n'aurait pas qualifié l'incident d'« excitant ». Il en avait été malade, même si Effie aurait dû se montrer plus prudent. L'année suivante, Archie avait accepté de bon gré l'interdiction de chasser. Il adorait la chasse mais, s'il devait choisir, il préférerait être le genre de personne qu'Effie recherchait pour lui confier ses rêves plutôt qu'un chasseur.

Néanmoins, depuis l'année précédente, l'incident s'était estompé dans sa mémoire, et il avait introduit clandestinement cette fois un fusil dans leur villégiature.

Olive, qui les observait en silence mais avec beaucoup d'intérêt, déclara :

— J'aimerais avoir des amis tels que vous, messieurs.

— Vous les avez, rétorqua Effie. Nous sommes vos amis, n'est-ce pas ?

Un grand sourire éclaira le visage d'Olive, mais il se teinta aussitôt de mélancolie.

— Ce n'est pas tout à fait ce que je voulais dire.

— Que vouliez-vous dire, dans ce cas ? demanda Archie.

Olive secoua la tête et reprit son ouvrage.

— Oh, je ne sais pas. Je parle à tort et à travers.

Archie crut deviner à quoi elle pensait. Encore cette affaire de fraise et de sel. Olive avait une famille aimante, dont l'affection était cependant parfois mise à l'épreuve. Mais elle parlait du soutien inconditionnel, certes émaillé de joviales insultes, que pouvaient offrir de vieux amis en qui l'on avait confiance et sur qui l'on pouvait se reposer. Une « famille de cœur », pour reprendre l'expression de Simon.

La conversation se poursuivit, mais quelque chose s'était perdu en route. Archie pensa au premier soir où Olive et Clémentine les avaient rejoints après le dîner. Ils avaient tous ri à gorge déployée à cause des peignoirs en soie. Mais, après le fou rire, il y avait eu une sorte de compréhension intime dans les regards que Clémentine et Archie s'étaient échangés. Une reconnaissance mutuelle. Comme s'ils s'étaient trouvés en tête à tête. Depuis, il y avait eu quelques éclairs de cette entente muette. Une boutade qui les amusait de la même manière et les poussait à se regarder. Un souvenir qu'ils partageaient.

Cette impression, ce sentiment d'être regardé et vu, avait disparu. De temps à autre, il sentait que Clémentine concentrait son attention sur lui, qu'elle l'observait. Il lui rendait toujours son regard. Mais la sensation d'être elle et lui seuls au milieu de la foule, d'être des alliés, avait disparu. Il avait presque l'impression de l'avoir déçue.

Pourquoi ? À cause de la chasse ? Ou de quelque chose de plus… fondamental ?

Il devenait ridicule. Il ne l'avait pas déçue. Et même si c'était le cas, pourquoi s'en souciait-il ?

Il s'en souciait.

Pour une satanée raison qu'il n'avait pas élucidée, il ne supportait pas l'idée que Clem puisse penser du mal de lui.

C'était forcément la chasse.

Parce que si ce n'était pas la chasse, c'était lui.

Et si c'était effectivement la chasse, elle se méprenait. La chasse n'était pas un crime. Elle faisait partie de l'ordre naturel. Il ne chassait pas pour étancher sa soif de sang. Seul Théodore Bull lui avait récemment donné des envies de meurtre. La chasse n'avait rien à voir avec cela, elle le mettait dans un état méditatif et apaisait son esprit comme rien d'autre ne le faisait. Hormis peut-être, dans une certaine mesure, la boxe. L'équitation. Son komboloï.

Tourmenté, il se retourna dans son lit et bourra de coups de poing le bloc qui, à Quintrell Castle, passait pour un oreiller.

Chasser affûtait son attention souvent éparpillée, la resserrait en un tunnel parfait reliant le chasseur à la proie. On atteignait ce tunnel en étant attentif à la forêt environnante, aux arbres, à l'air, et en percevant les moindres ondes qui les parcouraient. Clémentine percevait aussi ces ondes, il le savait. Il l'avait vue dresser l'oreille.

Il reconnaissait cependant que, si elle était apaisante et purifiante, la chasse était aussi sanglante. Comme la vie.

Repoussant ses couvertures, il se leva et se dirigea à pas feutrés vers la fenêtre pour scruter la nuit brumeuse. Il savait pourtant qu'il ne verrait pas Clémentine. Il ne l'avait pas aperçue la veille et en avait conclu que l'observation des étoiles était terminée et qu'elle ne remettrait pas les pieds sur le toit. De toute façon, il faisait trop humide.

Elle ne dormait pas, une faible lumière brillait dans sa chambre.

Il devait se recoucher.

Il devait s'excuser.

C'était contradictoire et, comme il ne savait même pas de quoi il devait s'excuser, il n'avait plus qu'à se remettre au lit.

Il n'aurait pu expliquer pourquoi il se rhabilla, parcourut à toute allure des couloirs silencieux, pénétra dans la chambre jouxtant celle de Clémentine, enjamba le rebord de la fenêtre et, marchant sur les ardoises glissantes du toit, s'approcha de son chien-assis et toqua au carreau.

Il retenait son souffle, tel Roméo cerné par une bande de Capulet acariâtres.

Elle apparut au bout d'un moment, un bougeoir à la main. Ses cheveux étaient détachés, et il eut envie d'y glisser ses doigts.

— Archie ? s'étonna-t-elle en entrebâillant la fenêtre.

— Je voulais te parler.

Ça ne rimait à rien, il le comprenait soudain. Elle se demandait sans doute pourquoi il n'attendait pas le lendemain, comme un homme normal et raisonnable.

— C'est urgent, ajouta-t-il.

C'était en tout cas son ressenti. Il n'avait pas pu trouver le sommeil à force de s'inquiéter, de craindre qu'il n'y ait un malentendu entre eux.

— Pourquoi n'as-tu pas simplement frappé à ma porte ?

Ah... Bonne question. Il n'avait pas de bonne réponse.

— Ça m'a paru un peu... inconvenant ?

Il repensa aux soirées extrêmement décontractées qu'ils avaient passées tous ensemble. Après la première, même si Effie avait renoncé à s'affubler de son peignoir, on n'avait pas fait de cérémonies. Lorsqu'ils s'étaient dispersés quelques heures auparavant ce soir-là, Effie avait emmené Olive observer les corbeaux du corps de garde, et personne n'y avait trouvé à redire. Archie s'était borné à leur recommander d'être prudents en montant au belvédère dans l'obscurité. Clémentine, pour sa part, avait rappelé à sa sœur qu'elle ne devait pas se réveiller trop tard pour le petit déjeuner, car la cuisinière prévoyait de leur servir un porridge expérimental, agrémenté d'aliments que Clémentine avait glanés autour du château.

— « Un peu inconvenant », répéta-t-elle d'un ton incrédule qu'il préféra ignorer.

— J'ai une proposition à te faire.

— Très bien. Faut-il que je sorte ? rétorqua-t-elle en ouvrant grand la fenêtre.

— Non, non... Le toit est glissant. Je ne m'étais pas rendu compte qu'il pleuvait. Je vais entrer.

Elle leva le bougeoir, et il vit qu'elle fronçait le nez : c'était sa mimique sceptique.

— Par la fenêtre ?

— Recule, Clem, que je puisse passer.

Il fit une entrée fort peu élégante, atterrissant lourdement sur le tapis et projetant des gouttes de pluie alentour, comme un chien qui s'ébroue. Il observa le décor pendant que Clémentine allumait deux autres chandelles. Il était déjà entré dans cette chambre, le premier soir, mais alors elle n'y avait pas encore mis son empreinte. Maintenant, avec le lit défait et un livre ouvert sur la table de chevet, la pièce était habitée. Il eut la sensation de pénétrer dans l'intimité de la jeune femme, de regarder quelque chose qu'il n'aurait pas dû regarder.

Il se détourna de ce tableau et se retrouva face à Clémentine. Elle portait une longue chemise de coton blanc et un châle drapé sur ses épaules. Bien qu'elle soit couverte du cou aux orteils, la voir dans cette tenue accrut son impression de transgresser son intimité.

Elle lui désigna l'unique fauteuil, grimpa sur le lit et s'appuya contre le dossier en bois richement sculpté.

La sauvageonne de sa jeunesse confortablement pelotonnée sur un lit. L'image était... saisissante. Ayant posé le bougeoir sur la table de chevet, elle était dans la pénombre, mais il voyait ses cheveux sombres et sa peau blanche.

Cheveux sombres et peau blanche... Effie serait consterné par une aussi piètre description. Chevelure acajou et teint d'albâtre ? Ce n'était guère mieux.

— Alors ? articula-t-elle avec impatience, l'arrachant à son admiration pathétiquement poétique.

Bon, très bien.

— Toi et moi, nous devrions conclure un accord, comme tu l'as fait avec Olive.

— C'est-à-dire ?

— Nous nous sommes querellés à propos de la chasse, de la viande... Je propose donc de vivre selon tes principes le temps d'une journée, et réciproquement.

— Sois plus précis, s'il te plaît.

— Je m'abstiens de manger de la viande pendant toute une journée, et toi...

— Je vais dans les bois tuer des animaux ? Non merci.

— Non, tu m'accompagnes dans les bois et c'est moi qui tue des animaux.

— Dieu que c'est tentant !

— Je le ferai de toute façon, par conséquent ta présence ou ton absence ne changera rien au nombre de morts.

— Tu es macabre.

— Vois ça comme une journée au grand air, ce que tu adores, mais avec un objectif.

Il pensait sincèrement que si elle l'accompagnait à la chasse, elle comprendrait mieux. C'était elle, nom d'un chien, qui dissertait sur l'ordre naturel quand il s'agissait de l'accouplement des sauterelles ! Il était sûrement possible de lui montrer que la naissance et la mort faisaient partie de l'ordre naturel. Et peut-être pourrait-il lui montrer ce que la chasse représentait pour lui, ce qu'il n'était pas parvenu à faire jusqu'ici.

Elle resta un moment silencieuse. Il s'apprêtait à dire que c'était une mauvaise idée et à repartir par la fenêtre quand elle déclara :

— D'accord.

— Vraiment ?

— Mais on commence par ta journée. Je veux avoir le temps de préparer la cuisinière.

— À propos, qui est cette cuisinière ? Elle joue un rôle important dans la mythologie de ces vacances. Je sais d'expérience qu'elle est très douée, du moins du côté masculin de la table, mais il semblerait qu'elle soit aussi capable de commettre des atrocités comme l'aspic de tomate.

— Elle s'appelle Susannah, et elle est merveilleuse. Sa mère est la cuisinière de Winslow House, à Doveborough. Elle est dotée d'une belle imagination culinaire mais, comme le sait sans doute lord Featherfinch, les premiers essais d'une entreprise artistique ne sont pas toujours à la hauteur des espérances qu'ils suscitent.

— Un point pour toi.

— Je désire me concerter avec elle pour m'assurer que ne figurera pas au menu un plat comparable au fameux aspic qui, je l'admets, était assez déplorable. Tes amis se joindront-ils à toi ?

— Je ne crois pas, mais je suggère d'en discuter demain au petit déjeuner. Nous pourrions envisager pour Olive l'échange que Simon a suggéré en plaisantant.

— Ce serait une bonne idée, acquiesça Clémentine d'un ton radouci. J'apprécie la constance d'Olive, mais je sais qu'elle sacrifierait volontiers sa robe préférée pour une tranche de jambon.

— Eh bien, marché conclu. Nous prendrons nos dispositions demain matin, après quoi nous partirons explorer les bois.

Il était inexplicablement excité. L'une de ses personnes préférées dans son environnement préféré. Il attendait cela depuis si longtemps.

— Et après-demain, je partagerai tous tes repas.

Bizarrement, cette perspective l'excitait aussi.

Il avait encore une chose à demander, mais il avait peur, s'il le faisait, de renforcer la position de Clem dans leur controverse au sujet de la chasse.

Il ne put évidemment pas se retenir.

— Clem, puis-je formuler un souhait ?

— Bien sûr.

— Serait-il possible, après-demain, de déguster les mêmes poires rôties que nous avons goûtées au début de notre séjour ?

Il n'arrêtait pas de penser à ce dessert.

— Quoi ? Tu réclames un plat ne comportant pas de chair morte ? J'ai dû mal entendre, rétorqua-t-elle, rieuse et triomphante.

Pourquoi décida-t-il d'en rajouter une couche et de lui accorder une victoire complète ? Mystère.

— Tu as bien entendu. Ces poires étaient divines.

— Eh bien, tu en auras, promit-elle.

Il perçut dans sa voix de l'affection et en fut immensément soulagé : leur désaccord était oublié.

Il bâilla à s'en décrocher la mâchoire. Maintenant, il allait pouvoir dormir.

Clémentine se redressa d'un bond et s'approcha de la fenêtre.

— La pluie redouble, constata-t-elle. Je ne voudrais pas rater ma partie de chasse inaugurale parce que tu t'es rompu le cou en tombant du toit. Je me permets de t'inviter à sortir par la porte. Tu occupes la chambre voisine, personne ne te verra. Et si quelqu'un te voit, quelle importance ? Olive et tes camarades savent que notre relation est strictement amicale.

— Bien sûr.

Il n'y avait effectivement que de l'amitié entre eux, sauf à tenir compte de ce besoin tenace, battant dans ses veines comme un tambour, qu'elle le comprenne et ne le juge pas sévèrement.

Il n'éprouvait pas ce besoin avec Effie et Simon.

Tout en réfléchissant à la définition de l'amitié, il se dirigea vers la porte. Il l'ouvrit et s'apprêtait à souhaiter une bonne nuit à Clémentine quand la porte d'en face s'ouvrit aussi. Instinctivement, il tira la porte sans la refermer complètement. À cet instant, il entendit la voix d'Effie.

Qu'est-ce que son ami fabriquait dans la chambre d'Olive en pleine nuit ? Ce fut sa première pensée. La seconde fut que rien de répréhensible ne pouvait se passer entre Effie et Olive. C'était impossible, il n'avait jamais entendu Effie exprimer une émotion charnelle ou romantique. D'une certaine manière, il n'aurait pas été surpris d'apprendre qu'Effie réservait ses élans à la poésie. Quoi qu'il en soit, il était trop honnête pour profiter d'Olive.

D'ailleurs, on pouvait se poser la même question concernant Archie : que diable fabriquait-il dans la chambre de Clémentine en pleine nuit ?

Il était venu lui demander de l'accompagner à la chasse, voilà tout, et il y avait vraisemblablement une explication aussi bizarre mais aussi innocente à ce qui se passait dans la chambre d'en face.

— Merci de m'avoir montré votre travail, mademoiselle Olive.

Ah... Maintenant que sa confiance en Effie était justifiée, Archie brûlait de curiosité : en quoi consistait ce « travail » et pourquoi Olive le montrait-elle à Effie à une heure aussi tardive ?

— Merci de l'avoir apprécié, rétorqua Olive.

— Seul un imbécile ne l'apprécierait pas. C'est vraiment remarquable.

Archie lança un regard interrogateur à Clémentine qui esquissa une grimace signifiant qu'elle n'en savait pas plus que lui. Hésitant, il recula encore d'un pas. Clémentine eut le réflexe inverse et s'avança, si bien qu'elle le heurta. Il laissa échapper une exclamation, traversé par une sensation comparable à celle qu'il avait éprouvée quelques nuits plus tôt sur le toit quand elle avait touché sa main. Mais c'était cette fois plus intense, comme s'il était subitement et violemment réveillé après des années de sommeil.

Elle le poussa, posa son bougeoir et colla son oreille à la porte. Elle voulait les épier ? Dans ce cas...

Il se campa derrière elle, il la dépassait d'une tête. Ils se frôlaient de nouveau, ce qui n'était pas fait pour dissiper le trouble d'Archie. La chemise de Clémentine était fine, il sentait ses omoplates pointues et ses fesses rondes. Du tranchant et de la douceur, voilà qui résumait à merveille Clémentine Morgan.

Elle bougea contre lui, et il réalisa qu'il commençait à bander. Dieu que c'était humiliant ! Espérant qu'elle n'avait pas remarqué son état, happée par la conversation qui se déroulait dans le couloir, il s'écarta et s'intima de se concentrer lui aussi et de tendre l'oreille.

Il entendit un claquement de talons – Effie portant des escarpins passés de mode depuis un siècle, sa dernière lubie –, puis Olive qui chuchotait d'un ton pressant :

— Attendez, s'il vous plaît, lord Featherfinch.

Il y eut un silence, et :

— J'ai quelque chose à vous dire, mais je ne sais pas comment le dire. Ou plutôt, je ne sais pas s'il faut que je le dise.

— Dans ces cas-là, il vaut mieux parler franchement. C'est souvent un soulagement et si vous...

— Je suis tombée amoureuse de vous.

Olive avait parlé si vite qu'Archie ne comprit pas tout de suite. Il sentit Clémentine, toujours plus intelligente que lui, se raidir avant de saisir pleinement le sens de cette déclaration. Il posa la main sur l'épaule de la jeune femme, mais elle le repoussa rudement, comme si elle craignait qu'il ne se rue dans le couloir. Il voulait seulement la réconforter, être le roc sur lequel elle pouvait s'appuyer.

Lui ordonnant d'un geste de ne pas bouger, elle colla de nouveau son oreille à la porte, et de nouveau il l'imita. Cette fois, cependant, il s'arrangea pour que les régions inférieures de leurs corps respectifs ne se frôlent pas. Clémentine posa un doigt sur ses lèvres : « Chut ! » Il hocha la tête.

Dans le couloir, le silence se prolongeait. Archie imaginait sans peine les sentiments successifs d'Effie : confusion, compréhension, stupéfaction, consternation. Il devait chercher ses mots pour décevoir gentiment l'attente d'Olive. Il s'en tirerait très bien. Si un homme devait briser le cœur d'une femme, il valait mieux que ce soit Effie.

— Dites quelque chose ! supplia Olive.

— Je suis flatté, mademoiselle Olive. Honoré, vraiment.

— Je sens venir un « mais ».

— Oui. Je suis navré.

Archie admirait Effie. Les gens avaient tendance à le juger frivole, vu son indifférence aux conventions sociales, et Effie pouvait l'être. Parfois, il s'ingéniait même à encourager cette interprétation de son caractère, pour des raisons qui échappaient à Archie. Mais il était profondément sensible, bienveillant et généreux. Il ne mentirait jamais pour se sortir d'une situation comme celle-ci. Il dirait la vérité et le ferait avec une exquise délicatesse et probablement une bonne dose d'autodérision.

— Mais pourquoi ai-je pensé qu'il pourrait en être autrement ? soupira Olive, résignée. Je suis d'un rang inférieur au vôtre.

— Non, ce n'est pas ça du tout.

— Je suis lucide. Je suis la fille d'un baronnet, certes, mais vous êtes un vicomte, l'héritier d'un comte.

— Ce n'est pas ça, répéta Effie. Croyez-moi, mademoiselle Olive, il faudrait qu'un homme soit aveugle et n'ait aucun goût pour ne pas être follement heureux de vous inspirer de l'affection. Je pense que vous me pardonnerez de parler aussi franchement, puisque vous-même avez eu le courage de le faire.

— Bien sûr. Vous me flattez, lord Featherfinch.

Il y eut de nouveau un moment de flottement.

— Vous prétendez peut-être n'avoir aucun goût ? Ou être aveugle ?

— Je vois clair et, honnêtement, qui m'accuserait de manquer de goût ? Doux Jésus, il suffit de me regarder !

Olive émit un petit rire, Effie avait réussi son coup. Archie sourit, imaginant Effie, qui avait revêtu pour le dîner une redingote de velours noir sur un gilet de soie rose brodé de fleurs noires, savamment noué à son cou une cravate d'un blanc neigeux et chaussé des escarpins à talons, prendre la pose d'un air hautain.

— Non, poursuivit-il d'une voix plus sourde, c'est pour une tout autre raison que je ne partage pas vos sentiments. J'ai donné mon cœur à une autre. Elle en est l'unique propriétaire, depuis toujours et pour toujours.

Quoi ?

« Elle » ?

Les inclinations d'Effie étaient un mystère, et Archie se demandait parfois s'il était réellement attiré par les femmes. Ils n'en avaient jamais discuté, c'était simplement… une impression. Et comme cela n'avait aucune importance pour Archie, il n'avait jamais abordé le sujet : Effie était Effie, c'était tout ce qui comptait.

Cela mis à part, il savait tout ce qu'il y avait à savoir sur la vie d'Effie. Ses obligations mondaines, ses démêlés avec sa famille, ses secrètes ambitions poétiques. Un instant plus tôt, il avait deviné comment son ami se tirerait de cette situation avec Olive.

Il connaissait Effie.

Or, voilà qu'il découvrait non seulement qu'Effie était amoureux, mais qu'il l'était depuis des lustres. Il était abasourdi.

Soudain, ils entendirent Olive éclater en sanglots.

Clémentine ravala une exclamation et voulut ouvrir la porte. Archie l'en empêcha en lui bloquant le poignet et en la plaquant contre lui. Tant pis s'ils se touchaient. Il pencha la tête pour lui chuchoter à l'oreille :

— Accorde-leur un moment. Dans l'immédiat, ce dont elle a besoin, c'est d'Effie.

Comment le savait-il ? Il le savait, c'est tout.

— Crois-moi, ajouta-t-il.

Il s'attendait à ce qu'elle proteste et le repousse de nouveau. Il la lâcherait si elle bronchait. Or, à sa surprise, elle se laissa aller contre lui. Il sentit tous ses nerfs se tendre, mais Dieu merci, sa verge resta tranquille. Il voulait que son corps soit un bouclier protégeant Clémentine contre toute menace.

— Oh, mademoiselle Olive, dit Effie. Je suis vraiment navré.

— Je ne pleure pas à cause de vous, répondit-elle entre deux sanglots. C'est que… moi aussi j'ai donné mon cœur à un autre, depuis toujours et pour toujours.

Clémentine laissa échapper un couinement qui fit frémir Archie. Ils allaient se faire surprendre en train d'espionner derrière la porte. Clémentine dut avoir la même pensée, car elle pivota et cacha sa figure contre l'épaule d'Archie pour étouffer d'autres gémissements. Il resserra ses bras autour d'elle. Il se savait capable de soutenir Clémentine quand le monde se dérobait sous ses pieds. Pour ça, il était doué.

— Est-ce son nom que votre broderie illustre ? interrogea Effie.

— Oui, souffla Olive.

— Quelqu'un d'autre a connaissance de votre amour perdu ?

Sans doute Olive fit-elle non de la tête, car Effie déclara :

— Pareil pour moi.

Après une pause, il reprit :

— Peut-être que vous n'êtes pas amoureuse de moi. Vous percevez peut-être en moi quelque chose de semblable à vous. Moi aussi, je me suis pris d'affection pour vous ces derniers jours, et je crois à présent que nous sommes destinés à devenir les confidents l'un de l'autre.

— Je n'ai jamais eu personne à qui me confier.

Clémentine se raidit. Ces paroles d'Olive l'avaient blessée.

— Que diriez-vous d'une promenade, demain ? proposa Effie. Vous me parlerez de votre amour, si vous le désirez, et je vous parlerai du mien.

— Oui, ça me plairait. Et pensez-vous que je pourrai...

Elle s'interrompit.

— Quoi donc ? l'encouragea Effie avec douceur.

— Pourrai-je vous écrire, plus tard, quand nous serons tous rentrés chez nous ? J'ai toujours rêvé d'avoir des échanges réguliers avec quelqu'un. Et comme je n'ai jamais eu de confident ni de correspondant, ce serait merveilleux si vous pouviez être l'un et l'autre.

— J'adorerais recevoir des lettres de vous et vous écrire.

Archie se remémora les propos d'Effie lors de l'une de leurs soirées. Il avait déclaré être depuis quelque temps « sujet à des bouffées de joie », et avait fait allusion à un « échange de lettres ». *Hmm.*

Là-dessus, Olive et Effie se séparèrent. On entendit claquer les talons d'Effie tandis qu'il s'éloignait, puis le silence revint.

Archie n'avait plus à soutenir Clémentine, et il ne savait quoi faire. C'était le moment de réfléchir et d'analyser la situation, ce qui n'était pas son fort. Il continua donc à la tenir dans ses bras.

Elle le surprit en chuchotant contre son épaule :

— Qui est l'amour perdu de lord Featherfinch ?

— Je n'en sais fichtrement rien, répondit-il.

Sa bouche frôlait les cheveux de Clémentine, et, tel un hirondeau en quête d'un refuge, il avait une envie folle de glisser les doigts dans ce nid acajou. Au lieu de quoi, il appuya la joue sur la tête de sa compagne. Ses cheveux avaient une odeur d'embruns, ce qui était improbable car la mer était loin.

— Je suis stupéfait, ajouta-t-il.

— C'est le jour des surprises, rétorqua-t-elle.

Elle s'écarta et il la lâcha, à contrecœur.

— La semaine des surprises, rectifia-t-elle. Non, le mois des surprises. C'est éreintant.

Il pensait qu'elle voudrait décortiquer les révélations d'Olive. Il ne se sentait pas vraiment à la hauteur de la tâche, mais qu'elle n'aborde pas du tout le sujet le contrariait bizarrement. Cela signifiait en effet qu'il était temps pour lui de regagner sa chambre.

Mais que dire pour retarder ce moment ?

— Effie sera gentil avec elle, déclara-t-il, à défaut de mieux.

— Oui.

— Si tu es épuisée, tu devrais dormir.

— Oui.

Clémentine n'avait jamais été aussi accommodante, et il n'appréciait pas particulièrement cette attitude. Il la guida jusqu'au lit défait et elle se glissa docilement entre les draps qu'il borda soigneusement.

Il n'avait plus qu'à sortir.

— Arch ? appela-t-elle à l'instant où il posait la main sur la poignée de la porte.

Répondre à ce diminutif, qu'il croyait en principe détester, lui offrait un sursis. Il pivota et la vit bouger dans la pénombre.

— Oui ?

Il aurait juré qu'elle avait tendu les bras, comme une enfant qui réclame un câlin. Mais non... Son imagination lui jouait des tours.

Elle le regarda un long moment, et là, il aurait juré qu'elle voulait dire quelque chose et y renonçait.

— Bonne nuit, murmura-t-elle.

— Bonne nuit.

Pour se consoler, il songea qu'il la verrait dans la matinée. Ils allaient passer la journée ensemble, au grand air. Que rêver de mieux ?

12

Une proposition (de ce genre)

— Mlle Morgan vous fait dire qu'elle vous attend, annonça Mme MacPuddle quand Archie descendit prendre son petit déjeuner. Et qu'elle s'est arrangée avec la cuisinière pour vos repas de demain.

Simon leva le nez de son livre.

— Effie et moi avons décidé de nous joindre à toi dans tes aventures culinaires.

Archie aurait voulu qu'ils s'abstiennent. Il aurait nettement préféré laisser Olive se repaître de viande et avoir Clem pour lui tout seul. *N'en demande pas trop*, se tança-t-il.

— Et voilà les victuailles que vous avez commandées, reprit Mme MacPuddle. Pain, fromage, fruits et noix. Pas de viande.

Elle lui tendit un panier. Simon toussota, cherchant à attirer l'attention de son ami.

— Merci, madame MacPuddle.

Archie saisit le panier et, sans regarder Simon, s'approcha de la crédence. Il s'octroya une tranche de bacon qu'il s'empressa d'enfourner. On ne parlait pas la bouche pleine, ce qui lui permettrait de ne pas répondre aux questions que Simon s'apprêtait à lui poser.

Il se borna donc à émettre un vague grognement et ouvrit la porte-fenêtre donnant sur la terrasse.

Elle n'était pas là. Tant mieux, car il n'avait pas fini de mastiquer, ce qui le faisait ressembler à une espèce de mulot remplissant ses bajoues de bacon.

Il balaya des yeux les alentours. Ah, elle était là-bas, à la lisière des jardins laissés à l'abandon, face à la forêt. Clémentine dans la nature.

Cette vision lui coupa le souffle.

Ce qui, comme il avait la bouche pleine, déclencha une quinte de toux.

Le bruit traversa les jardins et parvint aux oreilles de Clémentine.

Elle se retourna, le vit et sourit. Il avait l'impression, quand elle souriait, que le temps ralentissait. Mais c'était peut-être son cerveau qui n'arrivait pas à traiter cette vision d'un seul coup.

Ou peut-être le bacon. Peut-être était-il sur le point de mourir d'étouffement.

Ah non, ses jambes bougeaient et le conduisaient vers elle. Tandis qu'il descendait les marches de la terrasse, qui menaçaient de s'effondrer, il comprit soudain ce qui le tourmentait depuis plusieurs jours et le rendait nerveux.

Il existait deux Clémentine, voilà. Il avait d'abord pensé que la femme d'aujourd'hui ne ressemblait plus à la fille d'autrefois, et que cela le déconcertait. Mais il voyait maintenant une autre différence, plus fondamentale, entre la Clémentine d'Intérieur et la Clémentine d'Extérieur. Jusqu'ici, il n'avait eu affaire qu'à la première. Mais il y avait sans doute aussi la Clémentine du Toit. Ce toit était en quelque sorte un cadre intermédiaire, où ils s'étaient trouvés en suspens, à tous les sens du terme, entre la bonne société, avec ses contraintes, et la nature, où Clémentine était vraiment à sa place.

La femme qu'il avait devant lui n'était pas différente de la fille libre et joyeuse de sa jeunesse. Il comprenait à présent que pour Clémentine, le bonheur et la liberté étaient indissociables. Pour être heureuse, elle devait être libre, cela n'avait pas changé.

Dieu qu'elle lui avait manqué !

Être ici avec elle sans voir la vraie Clémentine avait été terriblement frustrant.

— Arch ! appela-t-elle en venant à sa rencontre.

Il pensa subitement qu'il devrait cracher le bacon. Paniqué, il jeta un regard circulaire et repéra un grand pot de pierre décrépit d'où jaillissaient des mauvaises herbes et où il pourrait en passant se débarrasser de ce maudit bacon.

Mais… pourquoi ? Il s'obligea à déglutir. Il se sentait coupable.

Mais, une fois de plus… pourquoi ? *Je n'ai aucune raison de me sentir coupable. La journée sans viande, c'est demain.*

N'empêche que le bacon, trop sec, lui restait dans le gosier.

Clémentine était tête nue. Elle avait les joues roses et un sourire radieux aux lèvres. Le soleil faisait ressortir les taches de rousseur qui saupoudraient son nez. Elle avait natté ses cheveux à la va-vite, comme elle le faisait souvent. Des mèches folles voletaient autour de son visage, semblables à des serpents claquant au vent. Était-ce Méduse s'avançant vers lui pour le changer en pierre ?

Non, c'était plutôt le contraire. Il avait la sensation que quelque chose en lui s'était lentement fossilisé, sans qu'il le veuille et sans même qu'il en ait conscience, et que la vue de Clémentine dans son milieu naturel l'adoucissait, assouplissait ce qui s'était endurci en lui, le débridait.

Ils s'avançaient l'un vers l'autre, souriants, et il se sentait vivant, délivré, tel un insecte brusquement libéré de la toile d'araignée où il était englué, ouvrant ses ailes qu'il croyait définitivement paralysées.

Il n'aurait su dire ce qui lui passa par la tête. À vrai dire, il ne pensait à rien, sans quoi son cerveau n'aurait pas laissé ses bras se saisir de Clem, la soulever de terre et la faire tournoyer.

Mais ce n'était pas grave, elle éclata de rire.

Lui aussi, grisé par le suave parfum herbacé qui émanait d'elle.

Elle glissa le long de son corps quand il la lâcha, et sa verge le trahit de nouveau. Il dut s'écarter en toute hâte.

Une idée subite, impossible, fulgura dans son esprit, comme un éclair dans un ciel ensoleillé : *C'est moi qu'elle devrait épouser.*

Il aurait en fait pu le suggérer impulsivement à plusieurs occasions, si elle ne s'était pas montrée si hostile à l'institution du mariage.

On ne le pressait pas de se marier mais, honnêtement, épouser Clémentine l'arrangerait bien. Elle était son amie, l'une de ses personnes préférées au monde. Et il la trouvait manifestement attirante, il ne pouvait plus le nier.

Il s'ébroua. Il était ridicule. Même si Clémentine avait souhaité se marier, il aurait été absurde d'envisager que cela puisse être avec lui. Mais il savait d'où lui venait cette idée farfelue : après avoir retrouvé Clémentine et Olive, il ne voulait plus les perdre.

— Tu t'es levée tôt, dit-il, remarquant l'ourlet crotté de sa robe.

— Oui, Hermès a eu sa séance d'entraînement. Sachant que tes amis ont parié sur lui, je me sens obligée de donner le meilleur de moi-même.

— Où gardes-tu Hermès ?

— Dans un petit enclos que je lui ai fabriqué et que j'ai plongé dans la mare, là-bas, au fond du jardin. De cette façon, il peut à sa guise être dans l'eau ou sur la terre ferme. Mais j'ai des remords. Quand j'ai su qu'on organisait cette course au village, je me suis emballée et je me suis inscrite sans penser que je devrais enfermer mon champion jusqu'à la compétition. En fait, j'avais l'intention de le laisser libre de déclarer forfait. Je n'imaginais pas que tout le monde se prendrait au jeu, y compris financièrement.

— Tu n'auras qu'à lui rendre sa liberté après-demain.

Il ne restait plus beaucoup de temps avant la course, après laquelle chacun devrait rentrer chez soi. D'ici là, heureusement, Clem et lui allaient vagabonder dans les bois, comme autrefois.

Il s'éclaircit la gorge.

— Tu pourrais peut-être utiliser la somme allouée au vainqueur pour offrir à Hermès des réserves de… de ce dont raffolent les tortues.

— Oh, je donnerai cet argent à… J'ai des projets, en supposant que j'aie la chance de gagner, rétorqua-t-elle avec raideur.

Elle n'avait manifestement pas envie d'en dire plus. Ils mirent le cap sur la forêt dans un silence agréable. Une belle journée s'annonçait, un jour de fête.

Quand elle randonnait, Clémentine avait toujours l'œil aux aguets. Il faisait preuve de la même vigilance, une qualité indispensable à un chasseur. Il fallait rester sur le qui-vive, scruter le chemin devant soi et les arbres, sans perdre de vue son entourage immédiat. L'attention se dédoublait, en quelque sorte : on observait tout en s'observant. C'était parfois presque mystique, comparable à ce qu'on était censé ressentir dans une église. Lui n'y avait jamais rien ressenti, le culte exigeant le genre de concentration, pleine et entière, dont il était incapable – ce qui avait fait de ses années d'études un cauchemar permanent.

Marcher dans la nature offrait un répit à son esprit irrégulier et fragmenté.

Lorsque Clémentine ralentit le pas, il sut aussitôt ce qui avait attiré son attention, car lui aussi l'avait aperçu : une couleuvre à collier qui ondulait au bord du chemin. Clémentine s'approcha, et il la suivit. En réalité, il y avait trois couleuvres, une grande et deux petites.

— Une mère et ses petits ? chuchota-t-elle.

— Sans doute.

Ils les contemplèrent longuement. Ce qu'il aimait chez Clémentine, entre autres, c'est qu'elle ne se lassait pas d'occupations comme l'observation des serpents. Il pouvait compter sur Effie et Simon pour l'accompagner en randonnée, mais au bout d'un moment ils commençaient à s'ennuyer, ou à grelotter de froid, ou encore à jacasser si fort qu'ils effarouchaient toutes les créatures vivantes de la région.

— Ma mère me manque, murmura soudain Clémentine, les yeux rivés sur les couleuvres. Je crois que j'étais pour elle une énigme, mais elle m'aimait, et son amour me manque.

Archie eut la sensation que son cœur se rétractait sous l'assaut d'une puissante, et presque douloureuse, vague de tendresse. Clémentine Morgan était la seule femme au monde – non, le seul être au monde – à qui des serpents pouvaient inspirer ce genre d'émotion.

— Ma mère me manque aussi, dit-il par solidarité, mais également parce que c'était vrai et que Clémentine Morgan était l'unique personne à qui il pouvait l'avouer.

À sa stupéfaction, elle lui saisit la main et l'étreignit pour lui témoigner sa compréhension. Il pensait qu'elle allait la lâcher aussitôt, mais elle la garda dans la sienne.

Elle se détourna des serpents.

— Que dirais-tu à ta mère, si c'était possible ? demanda-t-elle comme si c'était une question banale et que la poser en lui tenant la main était normal.

En fait, cela paraissait normal.

Et c'était une bonne question. La plupart des gens qui lui parlaient de sa mère, même Effie et Simon qui pourtant s'en souciaient sincèrement, demandaient comment elle se portait et comment il s'en sortait avec elle. Ils ne posaient jamais de questions précises qui l'obligeraient à répondre sans ambiguïté.

— Vois-tu, si j'avais deviné que notre dernière conversation serait réellement la dernière, je m'y serais pris autrement. Je lui aurais dit certaines choses.

— Lesquelles ?

La réponse qui lui monta aux lèvres lui sembla d'abord surprenante. Pourtant elle lui était aussi évidente qu'un poème d'Effie dont il se dirait, en écoutant son ami le réciter, que c'était tout à fait juste.

— Mon amour pour elle. Je ne lui dirais qu'une seule chose, en fait : mon amour.

— La seule chose qui compte.

— Oui, tu as raison.

— Elle savait que tu l'aimais, tu ne dois pas en douter.

— Les gens devinent-ils ce qu'on ne leur dit pas ?

— Hmm..., marmonna-t-elle en scrutant l'horizon.

Avait-elle oublié qu'elle lui tenait la main ?

— Et toi, que dirais-tu à ta mère ? interrogea-t-il, car c'était à cela qu'elle pensait, il le sentait.

— Je la dissuaderais d'arracher à mon père, avant de nous quitter, la promesse de me marier !

Lui lâchant brusquement la main, elle exécuta une petite danse de la colère qui le fit sourire. Clem au grand air, libre et dansant dans les bois.

— C'est étrange que ta mère t'ait vouée à ce triste sort.

Il se souvenait de Mme Morgan comme d'une femme pleine de bonté, qui entourait Clémentine d'affection, même si sa fille et elle étaient très différentes.

— Je pense qu'elle a agi de cette façon parce qu'elle voulait mon bonheur et ne concevait pas qu'une femme puisse être heureuse sans un mari et des enfants.

Elle s'interrompit, plissant le front.

— Olive m'a récemment révélé quelque chose qui m'a amenée à réviser ce que je croyais savoir sur le mariage de mes parents. Ce n'était apparemment pas le mariage d'amour que j'imaginais. Mais il me semble que ma mère était satisfaite de sa vie. Du moins, je l'espère.

— D'après ce que j'ai pu voir, et pour ce que ça vaut, son mari la rendait heureuse.

— Ce qui n'était pas le cas pour ta mère.

Il tressaillit. Elle ne lui apprenait rien et il était d'accord ; cependant, qu'elle exprime aussi simplement cette vérité le désarçonnait.

— J'en suis venu à penser qu'elle aimait mon père, figure-toi. Au début, en tout cas. Si j'en juge par les discussions qu'elle a avec Mlle Brown, quand elle se prend pour sa propre mère, elle l'a épousé contre la volonté de mes grands-parents. Pourtant, j'ai toujours vu mes parents se battre à froid, et j'ignore pourquoi. Elle n'était peut-être pas faite pour la maternité. Je me suis toujours demandé pourquoi elle n'avait pas eu d'autres enfants après moi : elle avait un héritier, certes, mais pas de roue de rechange. C'est sans doute la question que je lui poserais si j'en avais la possibilité.

— Oh, Arch, ta mère t'adorait ! Ça sautait aux yeux. Tous les deux, vous aviez un lien spécial.

Cette affirmation redonna le sourire à Archie. Il s'était souvent demandé, ces dernières années, s'il n'avait pas surestimé la considération que lui témoignait sa mère, ou même s'il ne s'était pas illusionné.

— Oui, nous étions très proches, n'est-ce pas ?

— Absolument. Je ne voulais pas te faire de la peine, Arch, juste souligner que chaque personne est unique.

— Je sais, tout va bien. C'est tout de même curieux que tes parents, qui n'avaient apparemment pas fait un mariage d'amour, aient fini par s'aimer, et que pour les miens, ce soit le contraire. L'amour des débuts s'est fané.

— Mais était-ce vraiment de l'amour, au début ? Ou autre chose qui se faisait passer pour de l'amour ?

— C'est-à-dire ?

— Un engouement passager, peut-être, comme…

Elle eut une hésitation.

— J'allais dire : comme j'ai pu en voir chez Olive, mais c'est peut-être faux. Hier encore, j'aurais affirmé qu'Olive était volage, qu'elle s'éprenait et se déprenait aussi vite, et que ses sentiments étaient superficiels. Tandis qu'aujourd'hui…

Elle haussa les épaules.

— Aujourd'hui, je ne suis pas sûre de connaître vraiment ma sœur.

Archie en était au même point concernant Effie.

— Je comprends… Il est possible que mes parents aient pris une toquade, une passion ou tout autre sentiment passager pour de l'amour. Une fois ce sentiment évanoui, il n'y avait plus rien entre eux.

— Nous ne le saurons sans doute jamais, mais moi, je sais que ta mère t'aimait. C'était écrit sur son visage.

— Tu te rappelles le jeu des chaises musicales ?

— Oui ! C'est l'illustration parfaite de l'amour de ta mère. Elle organisait toujours des jeux de ce genre dans le jardin. Ça l'amusait, mais elle était surtout ravie de te regarder t'amuser. Elle t'embrassait et te chatouillait, que tu aies gagné ou perdu.

C'était le souvenir qu'il en avait, mais les derniers mois avaient ébranlé ses certitudes. Entendre Clémentine les confirmer était un profond soulagement.

— Moi aussi, j'étais aimée. Même si ma mère ne me comprenait pas, elle m'aimait. Je n'ai aucun doute là-dessus. Voilà pourquoi je pense que, si elle était encore là, elle verrait que je suis affreusement malheureuse à Londres, que la saison mondaine et le marché du mariage m'affligent, et elle me donnerait la permission de me retirer à la campagne.

— Mais... tu souhaites avoir des enfants, non ?

— Ce n'est pas vraiment un souhait. Ce serait... agréable. Une sorte de compensation, comme je l'ai déjà dit, qui m'aiderait à amortir le choc d'un mariage non désiré. Toutefois, ce serait injuste pour les enfants. Je serais une mère épouvantable.

Archie n'était pas d'accord du tout. Clem était attentive, chaleureuse et pas moralisatrice pour deux sous : une combinaison de qualités rarissime qui ferait le bonheur de n'importe quel enfant.

— Je n'en suis pas si sûr. Je t'ai souvent vue soigner et dorloter un oisillon abandonné. Et tu oublies la fois où tu as secouru des têtards perdus dans une flaque d'eau. Tu les as élevés dans une soupière, au fond du jardin.

— Tu parles si je m'en souviens ! Ce fut l'un des pires mois de ma vie.

— Ah bon ? J'avais cru que tu étais dans ton élément, occupée que tu étais à sauver des animaux sans défense, si on peut considérer des têtards comme des animaux.

— Je te signale que j'ai dû couper des vers de terre en petits morceaux pour nourrir ces têtards.

— Oh oui, ça me revient !

Elle avait chipé un couteau dans la cuisine de Hill House, qu'il avait dû affûter à de multiples reprises, car il s'était avéré que le tronçonnage des vers de terre émoussait la lame à une vitesse ahurissante.

— C'était atroce. J'avais l'impression de planter le couteau dans ma propre chair. Chaque fois que je nourrissais les têtards, je fondais en larmes. J'attendais quand même que tu aies tourné le dos, je ne voulais pas que tu me voies pleurnicher.

— Pourquoi le faisais-tu si c'était à ce point pénible ? s'étonna-t-il.

— Un têtard se nourrit exclusivement de vers de terre. Il ne digère rien d'autre. Je ne suis pas totalement insensible, figure-toi, à tes arguments concernant l'ordre naturel. Simplement, j'estime que nous n'avons pas besoin de manger des animaux. Nous pouvons très bien vivre sans en remplir nos assiettes. Je suppose que tu ne vois pas la nuance ?

— Si, je la vois. Mais serait-il possible que ni toi ni moi n'ayons tout à fait tort, ni tout à fait raison ?

Elle le dévisagea et, soudain, ses yeux pétillèrent de malice. Elle retrouvait sa bonne humeur, tant mieux.

— Ah non, moi j'ai toujours raison !

Il éclata d'un rire sonore dont l'écho résonna dans toute la forêt.

Clémentine avait oublié qu'ils étaient censés chasser. Cela lui était sorti de la tête.

Elle s'était réjouie de cette balade tout en la redoutant. Les bois, l'air pur et… Archie. Il était terriblement intéressant. Il l'avait toujours été, mais il semblait l'être encore plus maintenant qu'ils étaient adultes. Avec sa haute taille, sa démarche souple, sa douceur, il dégageait une impression de sérénité. De liberté.

Seulement voilà : il y avait la chasse.

Pourquoi avait-elle accepté ?

D'un autre côté, même si Archie portait son fusil en bandoulière, rien n'indiquait qu'il comptait s'en servir. D'ailleurs, comme il portait aussi un panier de pique-nique, il ne serait peut-être pas en mesure de tirer.

Cela faisait une heure qu'ils marchaient tranquillement en bavardant sur des sujets graves, comme les mères et le mariage, mais aussi sur des broutilles : le champignon puant avait-il un goût plus raffiné que son odeur le laissait penser, et les sens du goût et de l'odorat dépendaient-ils l'un de l'autre ?

Parfois ils ne parlaient pas du tout, ce qui était l'une des grandes qualités d'Archie. Avec lui, on n'était pas obligé de converser sans arrêt. On se taisait et on écoutait les piverts tambouriner contre les troncs d'arbres, au loin, sans avoir à faire de commentaire. Il ne la bousculait pas et se montrait, d'une manière générale, extrêmement arrangeant. Elle pouvait laisser son esprit musarder, comme lorsqu'elle se trouvait seule. Mais quand elle avait fini de rêvasser, Archie était là, fidèle sentinelle, content de lui donner la réplique.

Oh, Archie ! Il était tellement… Archie. Égal à lui-même, et c'était bien.

Ils s'arrêtèrent pour manger et, tout en dévorant son pique-nique, Archie lui raconta des anecdotes de ses années d'études avec lord Marsden et lord Featherfinch. Elle appréciait beaucoup ses amis, et les aventures du trio l'amusèrent énormément.

— Bon ! soupira-t-il alors que, le festin terminé, il était allongé dans l'herbe et contemplait le ciel. Il vaut mieux que je me lève, sinon je vais m'endormir alors que je suis censé chasser.

Il se redressa sur son séant et épousseta les miettes de pain sur sa redingote.

— Oui, tu ne t'y es pas encore mis. Pourquoi ?

— Sans doute parce que nous avons trop bavardé.

Elle faillit s'excuser : de toute évidence, on ne risquait pas de surprendre des animaux sans défense en faisant du raffut.

Son second réflexe fut de se dire qu'elle allait continuer à parler, sans s'arrêter et d'une voix de stentor.

Cependant, cela violerait l'esprit de leur accord. En outre, Archie rangeait déjà leurs affaires.

— Mais aussi, ajouta-t-il, parce que nous ne sommes pas au bon endroit. Nous allons laisser le panier ici et nous reviendrons le chercher avant de rentrer au château.

Il plia la nappe sur laquelle ils avaient mangé, et se leva. Elle l'imita à contrecœur.

— La première règle de la chasse est la sécurité. Je veux que tu restes derrière moi dès que nous serons sortis des bois. Fais attention à la position de mon fusil et à la direction dans laquelle je le pointe.

— « Quand nous serons sortis des bois » ? Où allons-nous ?

— On revient sur nos pas, jusqu'à l'ancien pâturage que nous avons traversé tout à l'heure.

Ils avaient effectivement traversé un terrain broussailleux, relativement étendu et jalonné de bouquets d'arbres étranges, beaucoup plus espacés et plus jeunes que dans la forêt proprement dite. C'était donc une ancienne prairie laissée en jachère.

— Pour quelle raison ?

— Parce que nous chassons à la plume. Le faisan, peut-être la grouse. On trouve ce gibier dans les broussailles, pas dans les forêts matures comme celle-ci.

— Dans ce cas, pourquoi sommes-nous venus ici ?

— Parce que tu adores ça et que je…

Il s'interrompit, comme s'il était brusquement à court de mots.

— ... je me souviens du plaisir que nous avions à nous balader dans les bois autour de Mollybrook, acheva-t-il sans conviction.

C'était vrai, mais elle eut le sentiment que ce n'était pas ce qu'il avait voulu dire.

— Je suis privé de chasse pendant les vacances, vois-tu, par conséquent je n'ai emporté que ce fusil pour le petit gibier. C'est dommage, hier j'ai aperçu un cerf dans la forêt. Un gibier de choix.

Il agita une main négligente.

— De toute façon, nous n'aurions pas pu le trimballer jusqu'au château. En principe, il faut demander la permission au propriétaire des terres. Je suis sûr que sir Lionel ne verrait pas d'inconvénient à ce que je tire quelques oiseaux, mais chasser le gros gibier sans son autorisation serait abusif.

Écœurée, Clémentine marchait en traînant les pieds. Tuer un cerf, ce majestueux animal à la ramure altière, aux grands yeux liquides, aux pattes fines et vibrantes de puissance contenue… Si elle se félicitait qu'Archie ne prévoie pas d'en débusquer un, qu'il y renonce uniquement parce qu'il n'avait pas demandé l'autorisation du propriétaire des lieux la consternait.

Un cerf face à un chasseur. Dans un combat loyal, le cerf encornerait l'homme. Mais le fusil changeait tout. Même si le chasseur tirait de loin, la balle transpercerait le corps de la bête et lui ôterait la vie.

Le déjeuner pesait sur son estomac aussi lourdement qu'un tas de chevrotines.

— Pourquoi n'y avait-il pas de viande dans le panier de pique-nique ? interrogea-t-elle à brûle-pourpoint.

— Parce tu refuses d'en manger, répondit-il, comme s'il énonçait une lapalissade.

— Mais notre journée sans viande, c'est demain. Aujourd'hui, il n'est pas de mon ressort de décider ce que tu peux ou ne peux pas manger.

— Il me semble qu'en plus de refuser de manger de la viande, tu n'as pas particulièrement envie de voir quelqu'un d'autre en manger.

C'était le cas, dans un monde idéal, ce à quoi le vrai monde était bien loin de ressembler. Elle ne s'attendait pas à ce qu'Archie se montre aussi accommodant, surtout pendant « sa » journée. Il était vraiment très attentionné, et aussi…

— Choisir son arme en fonction de sa cible est primordial dans l'art de la chasse, enchaîna-t-il sur un ton de conférencier.

… vraiment exaspérant.

— Nous avons là un fusil pour le petit gibier, ce qui implique que nous chassions à la plume. Et justement, dans un environnement comme celui-ci, nous dénicherons probablement des oiseaux. Comme je le disais, il faut s'appuyer sur notre connaissance de la topographie du terrain et de la faune locale pour choisir l'arme adéquate.

— L'arme adéquate étant un fusil.

— Oui, mais pas exclusivement. Dans notre cas, par exemple, un chien d'arrêt ferait l'affaire.

— Le chien court et lève le gibier ?

— Exactement, et il le retrouve quand nous l'avons tué.

— Quand *tu* l'as tué, tu veux dire.

La nuance le laissa de marbre.

— Sans chien, il est souvent difficile de repérer les oiseaux tombés, poursuivit-il avec enthousiasme – à l'évidence, le sujet le passionnait. Tu te souviens de Baron ? C'était un formidable chien d'arrêt.

Elle se rappelait très bien Baron, mais un détail lui avait fait dresser l'oreille.

— Donc tu peux tuer un oiseau et être incapable de le récupérer ?

— Oui, malheureusement.

Massacrer des animaux pour le plaisir semblait bien pire que les tuer pour se nourrir ; cependant, elle tint sa langue. Elle avait certes escarmouché avec Archie à propos de la chasse, mais son excitation presque enfantine, la façon dont il s'illuminait en en parlant la dissuadaient de se montrer trop critique.

Ils poursuivirent leur chemin en silence. Les arbres se clairsemaient au fur et à mesure qu'ils approchaient du pâturage.

Archie s'arrêta brusquement, pointant du doigt un oiseau trapu, au plumage brun et gris, qui se dandinait sur le sol. Une grouse, inconsciente du danger qui la guettait.

Clémentine ferma les yeux et serra les dents, s'intimant de ne pas crier.

Il ne se passa rien. Quand elle eut le courage de rouvrir les yeux, Archie s'était éloigné. Elle le rattrapa au pas de course et, respectant sa consigne, resta derrière lui.

— Pourquoi tu n'as pas tiré sur cet oiseau ?

— Je préfère tirer au vol. Les faisans et les grouses ne volent pas beaucoup, mais les tirer quand ils sont au sol ne me paraît pas juste.

— Tandis que les abattre en plein vol l'est ?

Cessant de scruter le ciel, Archie se tourna vers elle, déconcerté.

— Pardon ?

— Comment parler de justice quand il s'agit d'un homme muni d'un fusil face à un oiseau ?

— Le gibier nous échappe très souvent, rétorqua-t-il, comme si c'était un argument recevable.

— Tu parles de l'ordre naturel, mais un fusil en fait-il partie ? Certains animaux en tuent d'autres et les dévorent. D'accord. Mais le font-ils avec des engins de mort, de la poudre et du plomb ?

— Tu ne comprends pas. Et s'il y a des oiseaux dans les parages, tu vas les effaroucher.

Elle cilla, consciente que sa voix grimpait dans l'aigu. Elle avait accepté cette sortie, la saboter n'était pas loyal.

— Pouvons-nous continuer ?

Il y avait dans la voix d'Archie une note de reproche à peine perceptible ; pourtant, Clémentine eut l'impression de recevoir un camouflet.

Elle pinça les lèvres et hocha la tête.

Archie s'arrêta de nouveau, et resta plusieurs minutes absolument immobile. Clémentine l'imita. Elle referma les yeux, cela l'aiderait à supporter l'épreuve qui s'annonçait. D'après son expérience, se priver de la vue aiguisait les autres sens. Une douce brise soufflait et, si elle se concentrait, elle entendrait le bruissement des herbes. Le vent, l'herbe. Quoi d'autre ? L'air était plus chaud ici que dans les bois, et le soleil chauffait sa joue. Elle pencha la tête, le rayon de soleil glissa sur sa mâchoire.

Archie bougea, imperceptiblement, mais elle le sentit et rouvrit les yeux. Il avait légèrement levé son fusil. Elle songea qu'il ressemblait un peu à une statue, fait de marbre plutôt que de chair. La scène prenait ainsi une tournure irréelle, avec en son centre un Archie pétrifié. Peut-être qu'elle aussi était une statue. Elle avait l'impression d'en être une, ou du moins de n'être plus humaine. Froide, absente.

Mais à cet instant, elle fut brutalement ramenée à la réalité, confrontée aux merveilles et aux horreurs du monde. Ce fut d'abord un bruissement feutré évoquant des roseaux agités par le vent. Le son prit de l'ampleur : l'atterrissage en catastrophe d'un ange qui battait frénétiquement des ailes. Puis un appel, deux notes brèves et sèches : un coq dont le cri matinal s'étranglait.

Elle ravala une exclamation lorsque l'animal apparut. Les faisans, surtout les mâles, arboraient un plumage magnifique, mais ils paraissaient si lourds, presque claudicants et bien mal bâtis pour le vol. Celui-ci s'élevait pourtant droit vers le ciel, sa tête bleue et ses caroncules rouges se découpant superbement sur le ciel bleu. Un petit miracle d'envol, la nature triomphant de la pesanteur. Elle eut la sensation que son cœur, attaché à cet oiseau, quittait le carcan de son corps et volait dans le ciel, de plus en plus haut, et...

Bang !

Le coup de feu partit. Toutes les fibres de son corps voulaient hurler, commençaient à hurler. Ses poumons s'apprêtaient à expulser sa douleur, comme on recrache du poison, mais elle se contint et l'air remplit de nouveau sa poitrine. Crier n'aiderait personne, ni cet oiseau ni elle-même.

— Bon sang !

Archie avait raté son tir.

Il l'avait raté !

Clémentine ne savait pas grand-chose de la chasse, mais il lui semblait qu'en principe les chasseurs étaient escortés par des domestiques qui tenaient à leur disposition un fusil chargé quand leur maître manquait sa cible.

Archie devrait recharger le sien.

Elle en profiterait pour s'enfuir. Elle tournerait simplement les talons et partirait en courant. Cela ne changerait rien, elle en était consciente. C'était un réflexe d'enfant qui se cache les yeux et s'imagine qu'ainsi personne ne peut le voir.

Bang !

Elle regarda le ciel, vit l'oiseau s'écrouler, sa majesté et sa beauté sauvage anéanties en une fraction de seconde. Cette chute vertigineuse était une profanation, l'ultime ignominie infligée à une créature de Dieu, et même à toute la forêt, par une entité plus puissante et pourtant infiniment plus faible qu'elle.

Alors, comme Olive la veille, Clémentine fondit en larmes, ce dont elle fut la première surprise, car elle pensait que c'était un cri, et non un sanglot, qui lui montait à la gorge.

Archie ne fut pas seulement surpris, il paniqua. Il pivota, lâcha son fusil et se mit à la bombarder de questions. Que se passait-il ? Était-elle blessée ? Souffrait-elle ? Où cela ? Comme elle ne pouvait que secouer la tête et pleurer, il se mit à l'examiner, à la palper, à frictionner ses bras pour la réchauffer. Puis il la prit par les épaules et l'écarta pour scruter son visage. N'y lisant apparemment pas de réponse, il explora de ses longs doigts son cou et sa nuque.

Elle continuait à secouer la tête. Il ne trouverait pas ce qu'il cherchait, une blessure visible, du sang ou un hématome sur sa peau. La plaie béait au tréfonds de son être.

Ses larmes finirent par se tarir.

— Je vais bien, balbutia-t-elle.

Archie posa de nouveau les mains sur ses épaules, plongea son regard dans le sien.

— Excuse-moi, mais tu n'en as pas l'air.

— Je crois que... que c'est une crise de nerfs.

Elle vacillait, craignait de s'évanouir. Quelle humiliation ! La semaine précédente, elle avait déclaré à Archie qu'elle n'était pas du genre à s'évanouir. Manifestement, elle avait tort.

— Je... je ne m'attendais pas à cette deuxième détonation. (C'était la vérité, mais seulement en partie.) Je croyais que tu allais devoir recharger ton fusil.

Archie jeta un coup d'œil à son arme qui gisait sur le sol, derrière lui, puis dévisagea Clémentine d'un air mi-inquiet, mi-perplexe.

— C'est un fusil à double canon, avec deux queues de détente. Tu peux tirer deux fois sans avoir à recharger. C'est... pratique pour la chasse.

Il pencha la tête vers elle, comme s'il examinait à la loupe un spécimen inconnu. Il était si près qu'elle sentait son souffle chaud sur sa peau.

— Mais tu trouves tout ça horrible, n'est-ce pas ?

Archie s'efforçait d'écouter ce que disait Clémentine. Après tout, il lui avait posé une question. En principe, quand on pose une question, on écoute la réponse. Le problème, c'est qu'elle disait des choses comme : « Je sais que tu me crois raisonnable, stoïque même, une cérébrale... »

Il essayait d'écouter, il voulait écouter, mais la voix qui grondait dans sa tête l'assourdissait. *Tu n'as donc rien dans la cervelle ? Emmener Clémentine Morgan à la chasse ! Clémentine Morgan ! À la chasse !*

Il voulait tellement lui faire voir et comprendre ce que la chasse représentait pour lui qu'il n'avait tenu aucun compte de sa possible réaction. Il lui avait proposé un échange : une journée de chasse contre une journée de végétarisme, comme si ces deux choses étaient équivalentes. Pour lui, elles l'étaient. Pas pour elle, et il aurait dû le savoir. Il n'était qu'un imbécile.

Mais il aurait tout le temps, plus tard, de s'accabler de reproches. Pour l'instant, il devait écouter Clémentine.

— Je suis désolée, Archie. J'ai gâché ta journée. Je préviendrai la cuisinière que...

— Non !

Il l'avait interrompue d'un ton plus dur qu'il ne l'aurait voulu, mais la violence de sa réplique était proportionnelle à l'angoisse qui le taraudait. Il ne voulait pas de cela : Clem qui l'appelait Archie et non Arch, qui s'empressait de mettre l'incident sous le tapis et réfléchissait déjà à une solution pour le délier de leur accord.

Il désirait qu'elle lui parle, comme elle l'avait fait sur le toit. Il ne voulait pas l'entendre dire que ses vacances étaient gâchées. Il voulait qu'elle dise ce qu'elle avait sur le cœur.

— Viens avec moi, ajouta-t-il.

Il pivota vers la forêt. Il avait remarqué un arbre, pas très loin, qui ferait l'affaire. Il s'éloigna mais, au bout de quelques mètres, s'aperçut qu'elle ne le suivait pas. Il revint sur ses pas et la prit par la main.

— Suis-moi, ordonna-t-il.

Quand ils atteignirent l'arbre, un chêne tordu, dont une énorme et longue branche, à deux mètres du sol, s'incurvait vers le haut, Archie la lâcha et plaça ses mains, doigts entrecroisés et paumes tournées vers le ciel, devant elle, à hauteur de ses genoux.

— Monte.

Il s'attendait à ce qu'elle proteste et se préparait à balayer ses objections. Mais elle haussa les sourcils, le dévisagea un long moment qui lui parut une éternité, car il avait l'impression d'être jaugé par le

Tout-Puissant, puis hocha la tête. Elle posa le pied dans ses mains.

— J'aimerais dire que je n'ai pas besoin d'aide, mais hélas, j'en ai probablement besoin.

— Probablement pas, mais accepte-la quand même.

Elle était un tout petit peu moins agile qu'autrefois, quoique toujours robuste. Elle se hissa sur la branche à la force des bras.

Il l'imita, pensant qu'ils allaient s'asseoir côte à côte sur leur perchoir accueillant, et discuter en balançant les jambes. Mais elle continua à grimper, et il dut se tordre le cou pour la suivre des yeux. Quand elle s'arrêta, sans doute parce qu'elle avait trouvé un siège qui lui plaisait mieux, elle s'installa et rajusta sa jupe. Puis elle se pencha et lui décocha un sourire.

Ce sourire produisit sur lui l'effet du scotch, âpre mais réconfortant, qu'il sirotait le soir. Il semblait dire que tout allait bien, ou du moins que tout pouvait s'arranger. Que son erreur de jugement n'était pas irrémédiable. Qu'il n'avait pas perdu son amie, sa... Clem.

Une pensée surgit dans son esprit, qui lui était venue à plusieurs reprises ces derniers temps pour une raison qui lui échappait : contrairement à ce qu'elle prétendait, Clem serait une mère merveilleuse. Il la voyait arpenter la campagne avec ses enfants. Leur père les soulevait de terre pour leur faire franchir les échaliers tandis qu'elle marchait à grands pas devant eux, s'émerveillait d'un ruisseau ou courait secourir un animal blessé. Laissant ses enfants se coucher scandaleusement tard pendant les vacances d'été, elle leur raconterait la nuit la légende des étoiles et se moquerait d'Orion, le chasseur maladroit qui depuis des siècles poursuivait l'ourse sans jamais la capturer. Puis ils rentreraient à Hill House, le père portant les petits endormis, et toute la famille irait se coucher, embaumant la résine de pin et la terre humide.

Il en voulut tout à coup à sir Albert de ne pas voir la même chose que lui. D'avoir poussé Clem dans les bras de Théodore Bull, qui ne se serait pas joint à la famille pour contempler les étoiles et se serait uniquement intéressé à Hill House pour la gouverner. Pire, il avait eu pour but de gouverner Clem, une femme sauvage pour qui la domestication serait plus cruelle que la mort.

Il se hissa sur la branche de Clem avec un grognement, loin d'être aussi gracieux qu'elle, et elle recommença à battre sa coulpe.

Mentalement, il beugla : *Non !*

— Arrête, Clem, s'il te plaît. Si quelqu'un doit s'excuser, c'est moi. Mais pouvons-nous en discuter franchement, sans peur d'être jugés ? Peux-tu m'expliquer ce qui s'est passé, m'aider à comprendre ?

Pourtant il comprenait, n'est-ce pas ? Et cela n'était-il pas la source de sa colère envers sir Albert qui, lui, ne comprenait rien ?

— Je ne le sais pas trop moi-même.

Elle soupira, observant le feuillage au-dessus de leurs têtes. Archie réprima un sourire. Sir Albert ne la comprenait pas, mais elle ne se comprenait pas elle-même. Qu'Archie prétende comprendre était bien présomptueux ; cependant, il avait le sentiment de saisir parfaitement la situation, trop tard malheureusement pour épargner du chagrin à Clem.

— Je sais seulement que la souffrance inutile d'un animal me peine profondément. Ce n'est pas une posture que j'adopte pour te contrarier.

— Je te crois.

— Peut-être que je réserve mon affection véritable, ma dévotion, aux animaux. Ce que tu aimes dans la chasse, c'est la quête, le bonheur d'être dans la nature, de respirer l'air pur, au grand soleil. Pourquoi serait-il impossible pour toi de profiter de tout cela sans avoir à tuer ?

— Tuer, c'est le but.

— Non mais, tu t'entends ?

— Je me suis mal exprimé, soupira-t-il. Tuer n'est pas l'essentiel. Ce qui compte surtout, c'est l'excitation de la traque, le frisson, l'attention qui s'aiguise jusqu'à ce que plus rien n'existe, hormis le chasseur, la proie et la vibration de l'air autour d'eux.

Il repensa à une discussion d'après-dîner quand, sur l'insistance des garçons, il avait expliqué pourquoi la chasse avait été bannie de l'Escapade. Il avait accepté de bon cœur cette interdiction, préférant être, plutôt qu'un chasseur, le genre d'homme qu'Effie recherchait pour lui raconter ses rêves.

En cet instant, il éprouvait la même chose, avec encore plus d'intensité. Il renoncerait définitivement à la chasse pour ne pas faire souffrir Clem.

— Je comprends, murmura-t-elle. Ou plutôt… je le conçois. Quoi qu'il en soit, je crains d'être incapable de remplir ma part du marché.

— Oh, ça va sans dire.

— Vraiment ?

— Évidemment !

Pouvait-elle penser qu'il avait l'intention de la faire descendre de leur perchoir pour lui mettre un fusil dans les mains et l'obliger à tirer ?

Elle dut sentir qu'il était offensé, car elle déclara d'une voix sourde :

— Je ne suis pas habituée à ce que les hommes m'écoutent quand j'exprime un désir, et encore moins à ce qu'ils me permettent de l'exaucer.

Ah… Songer qu'il avait appartenu, même brièvement, à cette catégorie d'hommes l'emplissait de honte.

— Je ne t'ai pas écoutée, Clem, et j'en suis navré.

— Mais si, tu m'as écoutée. Tu m'écoutes.

— Maintenant, peut-être. Il m'a fallu du temps, ironisa-t-il. J'étais un élève lamentable, et ça continue. Voilà ce qu'on obtient quand on a un ami complètement idiot.

— Quand on a un simple mortel pour ami, corrigea-t-elle. On peut bien s'entendre avec les gens et, curieusement, ne pas les entendre, ne pas les voir. C'est étonnant, non ?

— Hmm…

— Je ne parle pas de toi, s'empressa-t-elle de préciser. En fait, dans ce domaine, tu es beaucoup plus doué que les autres personnes de ma connaissance.

— Tu parles d'Olive ?

— Effectivement.

— Tu lui as dit que nous avions surpris sa conversation avec Effie ?

— Non, elle était encore au lit quand je suis sortie ce matin. Mais, entre nous, je me cherche des excuses. La perspective d'aborder le sujet me rend nerveuse. Comment amorcer une discussion de ce genre ?

— Ce n'est pas facile.

— Ce n'était pas une question rhétorique. Comment s'y prend-on ? Toi, tu es incroyablement doué pour les discussions… délicates.

Il sourit, flatté. Malheureusement, il n'avait pas de réponse.

— J'imagine que tu ne peux pas la faire grimper dans un arbre pour lui demander qui est son amour perdu.

— Comment ma sœur a-t-elle pu avoir un amoureux et le perdre sans que j'en sache rien ?

S'agissant certainement d'une question rhétorique, il ne répondit pas.

— Je ne sais pas si je suis doué pour les « discussions délicates ». J'essaie simplement de ne pas trop tourner autour du pot.

— C'est vrai.

— On se sent beaucoup mieux après, tu ne trouves pas ? Même si on se reproche d'avoir été grossier, et même si le résultat n'est pas celui qu'on aurait souhaité. Il y a au moins un résultat.

— Tu n'as pas tort, marmonna-t-elle, scrutant de nouveau le feuillage du chêne.

— Le fait de détenir des informations que tu n'étais pas censée connaître complique cependant les choses.

— Tu comptes questionner lord Featherfinch sur son amour perdu ?

— Non, je crois que s'il avait voulu m'en parler, il l'aurait fait.

— Hmm… Tout ça mérite réflexion.

— On retourne au château ?

— Et le faisan ? Il ne faudrait pas le récupérer ?

Aïe… Un autre sujet épineux.

— Je le ferai plus tard.

— Tu le mangeras ce soir ?

— Oui, je le remettrai à Mme MacPuddle qui le donnera à la cuisinière.

Cela ne parut pas la bouleverser. En tout cas, elle ne se remit pas à pleurer.

— Ce soir, comme d'habitude, nous dînerons séparément, enchaîna-t-il. Je présume que tu t'es mise d'accord avec la cuisinière pour demain ? Effie et Simon ont apparemment prévu de se joindre à nous pour le dîner, je crains donc que la pauvre Olive ne doive encore faire une croix sur le jambon.

— Ah non, rétorqua-t-elle en agitant une main dédaigneuse. Il y a tout de même une issue heureuse, pour toi, à ma petite crise d'aujourd'hui : tu es libéré de ton engagement.

— Je ne tiens pas à l'être.

— Allons, Arch ! Je me suis mal comportée, notre marché est annulé.

Il redevenait Arch et remontait dans son estime, ce dont il fut inexplicablement content.

— Je déjeunerai et dînerai avec toi demain, décréta-t-il. Je me demande seulement combien de couverts supplémentaires il faudra prévoir. Je voudrais vérifier s'il n'y a pas moyen qu'Olive ait son jambon, et peut-être suggérer à Effie de le partager avec elle.

Ainsi qu'à Simon. Archie désirait passer plus de temps avec Clem en tête à tête. C'était beaucoup demander. De plus, il était conscient que fausser compagnie aux garçons pendant une Escapade ne lui faisait pas honneur.

Mais il leur restait si peu de temps. Quand reverrait-il Clem ? Même s'il tenait sa promesse de resserrer ses liens avec la famille Morgan, quand pourrait-il passer du temps seul avec elle ?

— Oh, Arch…

Elle le regardait comme s'il était… l'un de ces serpents qu'elle avait admirés tout à l'heure.

— … tu es trop gentil avec moi.

— Ne dis pas n'importe quoi. Il y avait un malentendu entre nous, il est dissipé, voilà tout.

— J'aimerais que tout le monde soit comme toi. Tu écoutes toujours, et tu essaies d'arranger les choses. C'est rare.

Coupant court aux éloges, immérités au vu du fiasco de leur excursion, il se laissa descendre sur la branche, plus grosse, au-dessous d'eux. Il se mit debout, sa tête frôlant la branche qu'il avait quittée, les yeux à hauteur des jambes pendantes de Clem. Il distingua nettement un bout de peau nue sur sa jambe droite : son bas avait glissé le long de son mollet et plissait autour de sa cheville. Nom d'un chien, sa verge l'avait remarqué. Il tenta de lui signaler que ce n'était vraiment pas le moment mais, bien sûr, cet indiscret appendice n'écoutait rien et étudiait le fin duvet sur la jambe.

Il détourna le regard à contrecœur.

— On y va ? proposa-t-il. Je te raccompagne, ensuite je reviendrai chercher nos affaires.

Et le faisan. Oui, c'est ça : pense aux oiseaux morts.

— Arch ?

— Hmm ?

Obligé de renverser la tête en arrière pour la regarder, il se retint d'une main au tronc du chêne. Clem se penchait vers lui, un petit sourire malicieux aux lèvres.

— J'aimerais te poser une question.

— Je suis tout ouïe.

— C'est une question... délicate.

— Tu sais que tu peux tout me dire, Clem.

— En fait, c'est un service que je te demande.

Elle rougissait ? Il devait avoir la berlue. Clémentine Morgan n'était pas du genre à s'empourprer. D'ailleurs, elle affichait une expression sévère.

— À condition de ne pas me faire trouer la peau, je te rendrai ce service avec joie.

Il essayait d'être drôle, mais cela ne la dérida pas.

— Tu te rappelles la discussion que nous avons eue au sujet des rapports prénuptiaux ?

Comme s'il pouvait l'oublier !

— Oui.

Dans l'immédiat, il aurait préféré ne pas s'en rappeler, vu qu'il s'évertuait à calmer son membre viril.

— Tu as laissé entendre que la femme pouvait y trouver du plaisir.

Bonté divine ! Archie n'était pas du genre à rougir, lui non plus, mais il se sentit devenir écarlate.

— Euh... en effet.

— J'aimerais l'expérimenter. Tu voudrais bien m'aider ? Je te propose le rapport prénuptial mais sans le mariage qui s'ensuit en principe.

Archie dégringola de l'arbre.

13

Clem met dans le mille (au sens figuré, cette fois)

Clémentine ne s'attendait pas à ce qu'Archie accepte sa proposition qui, il fallait en convenir, était passablement extravagante. Il refuserait certainement, mais cela ne changerait pas l'opinion qu'il avait d'elle, elle en était sûre. Il refuserait sans se récrier, s'offusquer ou la tourner en ridicule : ce genre de réaction ne lui ressemblait pas. Quand elle lui avait tiré dessus, par exemple, il s'était gentiment moqué d'elle. Elle ne pourrait tout de même pas le lui faire oublier, et d'ailleurs elle n'en avait pas envie. Maintenant que la triste affaire Bull était réglée, elle aimait bien qu'Archie la taquine. Pour taquiner un ami, il fallait bien le connaître, savoir ce qui l'amusait et où était la limite à ne pas franchir.

Archie était peut-être la seule personne au monde qui avait le droit de la taquiner.

Aussi navrante qu'ait été cette partie de chasse, Clémentine avait le sentiment qu'au sortir de la tourmente, ils se comprenaient encore mieux qu'avant. Leur amitié en était renforcée, à la façon dont les intempéries transmutent le bois en pierre.

Quand Archie disparut de sa vue, elle crut donc qu'il avait perdu l'équilibre et qu'il était tombé, mais il atterrit plus ou moins sur ses pieds et bredouilla gentiment : « Oui, d'accord », comme si elle lui avait demandé de poster une lettre pour elle.

C'est elle qui fut stupéfaite.

— Tu viens ? dit-il.

Il lui tendit une main, comme il l'aurait fait pour l'aider à descendre d'une voiture. Un geste purement symbolique, car elle était trop haut.

— Il faut rentrer. Effie et Simon m'attendent et, avant le repas, je dois encore revenir chercher le faisan. En plus, qui sait quel aspic la cuisinière a inventé pour ton dîner ?

Essayant de dissimuler son trouble, Clémentine se laissa glisser sur la branche au-dessous d'elle et s'immobilisa. Archie lui tendait toujours la main, et maintenant elle pouvait la saisir. Elle se sentait bizarre soudain, comme si ledit aspic avait remplacé les muscles de ses jambes.

Ne sois pas ridicule ! Ils étaient convenus de coucher ensemble, et elle n'arrivait même pas à toucher ses doigts ? Elle essuya ses paumes moites sur sa jupe, inspira et saisit la main d'Archie.

Comme il l'avait dit un peu plus tôt, elle n'avait pas besoin d'aide pour grimper aux arbres ou en descendre. En fait, accepter l'aide d'Archie la privait de l'usage de son bras droit. Ce n'était pas pratique, mais il compensa cette gêne en la rattrapant adroitement quand elle sauta.

— Oups…, marmonna-t-elle en tombant rudement dans ses bras.

Elle crut qu'il allait la reposer sur le sol, mais non, il la garda contre lui. Ses pieds battaient dans le vide, elle avait l'air d'un oiseau-mouche faisant du surplace. Le visage d'Archie n'était qu'à quelques centimètres du sien, elle n'avait pas l'habitude de le voir d'aussi près, au grand jour de surcroît. Il l'observait avec une expression qu'elle ne put définir, un mélange de dureté et de douceur.

Il avait un regard si intense que sa sensation d'avoir les jambes en gelée s'accentua. Ses jambes n'étaient pas les seules à trembler, son estomac s'y mettait. Ses poumons aussi. Elle pensa d'abord qu'Archie la serrait trop fort : elle avait du mal à respirer. Mais non... S'il la tenait bien contre lui, son bras entourait sa taille et non sa poitrine.

Il continuait à la regarder fixement. Elle commençait à s'inquiéter lorsqu'il déclara :

— Tes yeux ont la couleur d'une pièce de trois pence. Pas une pièce flambant neuve, non : une pièce patinée par le temps.

La comparaison lui plut. Non seulement parce qu'elle était pertinente - elle avait effectivement les yeux gris argent -, mais aussi parce que, pour une raison mystérieuse, elle fit palpiter son cœur.

— Tes yeux à toi sont...

Elle s'approcha encore pour étudier les iris d'Archie. Ils étaient parsemés de paillettes vertes, brunes et mordorées. Cela, elle le savait déjà, mais elle n'avait jamais tenté de poser des mots dessus. Elle réfléchit en prenant tout son temps, et il ne la bouscula pas.

— Tes yeux ont à la fois la couleur de la mousse qui pousse sur le grand hêtre sur lequel nous nous perchions autrefois, la couleur de la route qui mène à Hill House juste après la pluie, et celle des meules de foin dans les prés de Mollybrook.

Oui, c'était tout à fait ça.

— Tes yeux ont la couleur de notre chez-nous, conclut-elle.

Lesdits yeux s'éclairèrent. Archie semblait apprécier sa description gauchement poétique. Puis, aussitôt, elle lut dans son regard... de la timidité ? C'était bizarre.

Baissant la tête, il la reposa sur le sol. L'oiseau-mouche s'aperçut qu'il n'avait pas particulièrement envie qu'on le libère.

— Allons-y.

Il pivota et se dirigea vers le château. Clémentine le suivit, convaincue qu'il ne tarderait plus à soulever des objections, ou du moins à poser des questions et à aborder certains sujets. Elle-même, bien qu'ayant pris l'initiative de cette affaire, avait d'ailleurs des questions à poser et des sujets à aborder.

Question : où allaient-ils le faire ?

Sujet à aborder : ils devraient convenir de ne le dire à personne, pas même à leurs confidents les plus intimes.

Question : se retirerait-il comme Théo pour répandre sa semence sur sa cuisse ?

Elle devrait lui demander de se retirer ou, sinon, de l'éclairer sur ces méthodes auxquelles il avait fait allusion pour éviter une grossesse.

Mais Archie se taisait, comme toujours quand ils marchaient.

Le château se profilait devant eux. Il n'y avait plus une minute à perdre.

— Il faut que tu me promettes quelque chose, dit-elle tout à trac.

Il lui lança un regard perplexe.

— Il faut me promettre que si nous réalisons le… le projet que je t'ai proposé tout à l'heure…

Il n'avait quand même pas oublié ?

— Oui ?

Elle prit une grande inspiration.

— Ne t'imagine surtout pas que tu doives m'épouser. Tu laisseras ton sens de l'honneur hypertrophié à la porte de la chambre.

— « Hypertrophié » !

Il s'était arrêté net. Elle se tourna vers lui.

— Absolument.

— Ai-je besoin de te rappeler, rétorqua-t-il d'un ton irrité, que c'est grâce à mon sens de l'honneur « hypertrophié » que ni toi ni ta sœur n'êtes à l'heure qu'il est Mme Théodore Bull ?

— Et moi, ai-je besoin de te rappeler la fois où tu as cassé un vase à Hill House et où, au lieu de cacher les morceaux comme l'aurait fait n'importe quel gamin sensé, tu as couru tout avouer à ma mère ? Ou la fois où tu as donné le jambon persillé de M. Smith à manger au chien d'Olive sous la table ?

Il grimaça, et elle ricana. Il s'était cru discret, ce jour-là.

— Et enfin, s'écria-t-elle, emportée par son élan, la fois où tu t'es démené pour nous arracher, Olive et moi, des griffes d'une crapule, prêt à épouser l'une de nous deux s'il le fallait... Tu ne t'es même pas mis en colère quand je t'ai tiré dessus !

Elle pensait qu'ils allaient se disputer copieusement, mais il renversa la tête en arrière et éclata de rire. Quand il fut calmé, il la regarda droit dans les yeux.

— D'accord, Clem. Je ne t'épouserai pas, promis. Tu as clairement exprimé ton aversion pour le mariage.

Elle faillit rétorquer que si une femme avait des aversions, ou des préférences, un homme n'était pas obligé d'en tenir compte. En fait, la plupart des hommes estimaient que les aversions et les préférences des femmes n'avaient aucune importance.

Mais il valait mieux, naturellement, conserver l'avantage.

— Parfait.

— Parfait, répéta-t-il.

Elle était sur le point de se résigner : on n'aborderait aucune de ses questions ni aucun de ses sujets de discussion, en tout cas pas dans l'immédiat. Il allait se retourner et mettre le cap sur le château, comme s'il ne se passait rien d'inhabituel. Cela la contrariait terriblement et elle ne savait pas pourquoi.

Il pivota, en effet, mais elle fut stupéfaite de constater qu'il lui offrait son bras.

Il n'avait jamais fait cela. Enfin si... un soir, il y avait des années de cela : les Morgan s'étaient rendus à Mollybrook pour dîner, et les parents avaient exigé d'eux qu'ils respectent les règles de bienséance.

Mais en tête à tête, il n'avait jamais fait étalage de galanterie.

Or, voilà qu'il lui offrait son bras gauche, plié à quarante-cinq degrés, le coude pareil à une pointe qui transperça le cœur de Clémentine.

Elle posa délicatement sa main sur le bras de son vieil ami, et tous deux regagnèrent le château.

Archie comptait lui suggérer de le retrouver sur le toit durant la nuit. Il la convaincrait de renoncer à son absurde projet. Cependant, il avait besoin de temps pour répéter son petit discours. Même au mieux de ses capacités, il maniait mal les mots, or la proposition de Clem lui avait complètement embrouillé l'esprit. Il était dans le désarroi où le plongeait la lecture d'un texte important, quand les lettres se mettaient à danser et que son cerveau menaçait d'exploser.

Tout à l'heure, le monde entier s'était mis à bouger dans tous les sens, si brutalement qu'il en était tombé d'un arbre. Ses pensées étaient incohérentes, ses paroles le seraient aussi. Il s'était relevé tant bien que mal, épousseté et autorisé à faire semblant, juste un moment, d'être d'accord avec Clémentine. De croire qu'il pouvait la posséder tout entière.

Ils régleraient cette affaire plus tard, dans l'obscurité, où il était plus facile de parler.

Malheureusement, il n'eut pas la possibilité de lui donner rendez-vous sur le toit, car ils tombèrent sur

Effie, Simon et Olive qui tournaillaient dans les jardins comme des fous furieux.

— Clemmie ! s'écria Olive en voyant sa sœur. J'ai perdu Hermès !

— Quoi !?

Clem retira sa main, et Archie, quoique conscient que les lois de la nature ne fonctionnaient pas du tout de cette façon, eut l'impression qu'elle lui claquait la porte au nez. Elle lâchait son bras, et il avait l'impression d'être prisonnier.

Olive se lança dans un récit compliqué, expliquant comment elle avait décidé de dessiner une jolie scène pour immortaliser leur séjour à Quintrell Castle.

— J'ai demandé à ces messieurs de poser pour moi, et j'ai eu l'idée d'inclure Hermès dans le tableau.

Elle renifla bruyamment, bouleversée : égarer la tortue de sa sœur lui paraissait manifestement plus grave que de chiper son fiancé, songea Archie.

— Alors je l'ai fait sortir de son enclos, enchaîna-t-elle, et je l'ai perdu !

— Mademoiselle Olive, intervint Effie, je vous interdis d'endosser seule la responsabilité de ce regrettable incident. C'est moi, mademoiselle Morgan, qui ai suggéré de faire poser Hermès avec nous. Je suis sincèrement désolé.

— Ne sois pas si mélodramatique ! gronda Simon, à quatre pattes sous un banc de pierre lézardé et mangé par les herbes folles. Hermès n'a pas pu aller très loin. Si vous arrêtiez de glapir et de trépigner pour m'aider à le chercher, on avancerait.

Il s'interrompit et, tournant la tête :

— Salut, Harcourt. Bonjour, mademoiselle Morgan.

Et ainsi, au lieu de fixer un rendez-vous secret à Clémentine, Archie se mit à fouiller les buissons à la recherche de la tortue fugueuse.

— Tout va bien, je vous assure, répétait Clémentine. Nous ne participerons pas à la course, c'est dommage, mais Hermès est capable de survivre dans la nature. En réalité, il y sera bien mieux. Je me sentais de plus en plus coupable de l'enfermer. Une prison, même confortable, n'en reste pas moins une prison.

Personne ne l'écoutait. Excepté Archie, qui avait l'impression, certes saugrenue, qu'elle lui murmurait à l'oreille, et que ce murmure lui allait jusqu'au fond de l'âme : « Une prison, même confortable, n'en reste pas moins une prison. »

Cela lui rappelait la demande de Clémentine : leur liaison, bien qu'en vérité il n'y aurait rien entre eux qu'on puisse appeler ainsi, ne devait pas lui servir de prétexte pour penser à l'épouser. En fait, elle considérait le mariage comme une prison. Pas étonnant qu'elle refuse mordicus de se marier. L'indomptable Clémentine ne pourrait jamais s'épanouir dans une cage.

— Je l'ai trouvé ! hurla Olive quelques minutes plus tard.

On aurait dit une banshee annonçant la mort de sa voix terrifiante[1] plutôt qu'une jeune femme chantant victoire. Elle escalada la berge pentue de l'étang, brandissant le pauvre Hermès au-dessus de sa tête, tel un trophée. L'ourlet de sa jupe était mouillé et maculé de boue ; dans cet équipage, elle ressemblait à sa sœur.

— Oh, Olive, tu as abîmé ta robe ! s'exclama Clémentine.

Pour ce qu'Archie en savait, elle-même se fichait éperdument de salir et d'abîmer ses vêtements.

— Eh oui ! confirma Olive. Je me demande comment tu supportes ça, Clemmie. Avoir les pieds

1. Dans les mythologies irlandaise et écossaise, la banshee est un personnage surnaturel féminin qui annonce par un cri déchirant la mort imminente d'un membre de la famille de celui qui l'entend.

mouillés, je ne connais rien de pire. Viens, allons nous changer avant le dîner. Par chance, j'avais emporté trop d'affaires pour ma fugue amoureuse complètement ratée, par conséquent j'ai un tas de robes de rechange.

Archie songea soudain qu'il avait remarqué, à plusieurs reprises, la robe bleue de Clémentine. Quand la lumière s'y prêtait, on distinguait la forme de ses jambes sous la jupe. Elle l'avait portée quasiment tous les jours, et ne l'avait troquée que deux fois contre une robe rose ornée de rubans, que lui avait sans doute prêtée Olive. En revanche, il aurait été incapable de décrire les tenues d'Olive depuis leur arrivée au château.

Bras dessus bras dessous, les deux sœurs s'éloignèrent. En montant l'escalier de la terrasse, Clem lança un regard à Archie, par-dessus son épaule. Il ne put déchiffrer son expression.

Seul dans le salon où il attendait Simon et Effie, Archie se remémorait cette journée. Une belle journée, en fin de compte. L'épisode du bacon en avait été le pire moment, ce qui était absurde : que dire alors de la crise de larmes de Clem ? Certes, il regrettait de l'avoir peinée, mais cela s'était conclu par une discussion franche dont il se félicitait. À la suite de quoi elle lui avait fait cette proposition grotesque. Il étoufferait évidemment cette affaire dans l'œuf, mais rien ne l'avait jamais, au grand jamais, autant flatté.

Une belle journée, vraiment.

N'empêche que ce maudit bacon lui restait sur l'estomac, pour ainsi dire.

Un souvenir surgit soudain dans son esprit. Quand il était petit, sa mère avait instauré un rituel du coucher. Elle l'avait baptisé *La rose, l'épine et l'œuf*. Elle s'allongeait près de lui, et tous deux classaient les événements de la journée : la rose représentait le meilleur moment, et l'épine le plus désagréable. L'œuf symbolisait un espoir pour le lendemain.

Donc, le bacon était l'épine. La rose... difficile de choisir. L'instant où, après avoir avalé le bacon, il avait aperçu Clem ? Non... Quand il l'avait regardée observer avec passion la famille de couleuvres ? Non plus...

En fait, c'était le moment où il était tombé de l'arbre. Quand Clem s'était offerte à lui. Il ne s'agissait pas de sexe, non. Ce moment précis était sa rose de la journée, non pas à cause de ce que Clem lui avait offert, mais simplement parce qu'elle le lui avait offert à lui. Elle avait confiance, elle le considérait comme un homme à qui elle pouvait se confier et qui l'aiderait s'il le pouvait.

Elle le connaissait.

Bon Dieu, elle s'était aperçue, autrefois, qu'il n'avait pas mangé ce jambon persillé ? Mieux encore, elle avait su pourquoi.

Puis elle avait étudié ses iris et les avait si bien décrits qu'il avait eu l'impression qu'elle ne décrivait pas seulement ses yeux. Jamais quelqu'un ne l'avait regardé et vu aussi bien.

Sauf peut-être sa mère. Autrefois.

Mais c'était différent. Quand sa mère le regardait ainsi, cela l'apaisait. Avec Clémentine, cela le réconfortait et l'inquiétait à la fois.

Il laissa son esprit s'aventurer vers le lendemain, à la recherche d'un œuf susceptible d'éclore. Archie n'était pas un saint, bien sûr. La confiance de Clem l'honorait, et sa proposition le flattait démesurément. Et il était attiré par elle, il devait se l'avouer. Un membre viril ne ment pas : or, ces derniers jours, chaque fois qu'il se trouvait tout près de Clem, le sien... ne mentait pas.

Cette attirance était normale. Clémentine Morgan était une ravissante jeune femme, intelligente et gentille de surcroît.

N'empêche que cette attirance était déplacée.

Il fallait chasser de son esprit la sidérante proposition de Clémentine. L'arrivée des garçons l'y aida grandement. Clamant qu'ils étaient affamés, ils se servirent un verre et lui demandèrent ce qu'il avait tué aujourd'hui.

— Un faisan, répondit-il avec un détachement étudié. Je l'ai offert à Mme MacPuddle pour son dîner.

Après avoir récupéré le volatile, que Clémentine avait arrosé de ses larmes, l'idée de le manger lui avait été insupportable.

— On passe à table ? poursuivit-il pour couper court aux questions de ses amis. Pendant que vous vous changiez, Mme MacPuddle m'a annoncé que le repas était prêt. Personnellement, je meurs de faim et je renoncerais volontiers à l'apéritif.

Ses tiraillements d'estomac, lorsqu'ils entrèrent dans la salle à manger, se muèrent en pincements au cœur. La cuisinière s'était surpassée. Au milieu de la table trônait un cochon de lait rôti à la perfection et dont la peau brune était visiblement croustillante à souhait. Une grosse pomme était coincée dans sa bouche grande ouverte, et ses orbites vides paraissaient presque... méphistophéliques.

Il repensa à l'incident d'autrefois avec Smith le fermier. Dommage que le chien d'Olive ne soit pas sous la table.

S'asseyant du côté de l'arrière-train du malheureux cochon, pour éviter de voir sa figure aveugle et inquiétante, Archie inspecta d'un coup d'œil les mets disposés sur la table. Effie, Simon et lui avaient apprécié leur premier dîner en toute décontraction et avaient demandé que, pendant leur séjour, les plats leur soient servis tous en même temps. Ils aimaient bien y piocher à leur guise en discutant sans être dérangés par les domestiques, qui, de toute façon, étaient trop peu nombreux au château pour assurer le service dans les règles de l'art.

Ce soir-là, ce rituel était une aubaine pour Archie, car ses amis ne remarqueraient pas qu'il ne goûtait pas au cochon de lait. Il remplit son assiette de pommes de terre, de compote de pommes et d'un légume vert passablement flétri qui ne lui disait rien qui vaille mais qu'il enfourna bravement. Pour conclure, il s'octroya une énorme part d'un entremets au caramel quelque peu gluant. Après-demain, après sa journée végétarienne avec Clémentine, il réclamerait une viande qui ne lui rappelle ni M. Smith houspillant son épouse, ni Clémentine pleurant la mort d'un faisan. Du mouton, peut-être.

Lorsqu'ils eurent fini de manger et qu'Effie alla prendre la carafe de cognac sur la crédence, Archie tourna sa chaise pour faire face à Simon, assis à côté de lui : cela lui permettait surtout de ne plus voir le cochon massacré par ses amis.

— J'ai réfléchi, déclara-t-il. Je devrais peut-être prendre mes responsabilités à la Chambre des lords plus au sérieux. Ne pas me contenter d'être présent pour les votes essentiels.

— Ah bon ? s'étonna Simon.

— Pourquoi diable ferais-tu ça ? s'exclama Effie.

Il aurait dû se taire, cette idée était encore en germe dans son esprit. Il n'en était même pas au stade de l'ébauche. C'était une idée absurde qui lui était venue brusquement pour jaillir tout aussi brusquement de ses lèvres.

— En réfléchissant, je me suis dit qu'en réalité… je ne faisais rien de ma vie.

— Mais si ! protesta Effie en s'interposant entre Archie et Simon pour remplir leurs verres. Tu es le chasseur le plus accompli que je connaisse, même si nous te sermonnons à ce sujet. Tu maîtrises de nombreuses disciplines : la boxe, le tir à l'arc, le cheval, entre autres. Archie, tu as au plus haut point l'esprit corinthien[1].

— Oui, mais tout ça ne sert à rien ni à personne.

— Tu veux vraiment devenir un parlementaire ? demanda Simon, dévisageant Archie comme s'il avait un inconnu devant lui.

— Pitié, ne fais pas ça ! gémit Effie en se rasseyant. Je ne peux pas vous avoir tous les deux sur le dos, à me brailler aux oreilles des discours sur la suppression de tel ou tel impôt, sur les mérites ou les torts de Howick[2] et Dieu sait quoi encore.

— Si on retournait au salon au lieu de traîner ici ? suggéra Archie.

Effie avait repris sa place à l'autre bout de la table, et Archie préférait ne pas avoir les vestiges de leur repas dans son champ de vision. Simon et Effie échangèrent un regard qu'Archie ne put déchiffrer ; néanmoins, ils opinèrent.

Une fois rassis dans le salon, Simon, qui observait toujours Archie comme s'il avait un étrange spécimen sous les yeux, demanda :

— D'où te vient cette idée, Archie ?

— M. Hughes dirige le domaine tout seul, ou presque. Je ne me montre quasi jamais à la Chambre des lords. Je suis désespérément ordinaire. Je ne fais rien de valable.

— Ridicule ! clama Effie. C'est moi qui ne fais rien de valable.

— Ce n'est pas vrai, rétorqua Archie. Tu es poète.

— Les poèmes sont strictement inutiles. Dieu le sait, et mon père aussi.

— Eh bien, ils ont tort. Tu offres aux gens de la beauté et une autre vision des choses. Et toi, Simon,

---

1. Le plus haut standard de sportivité.

2. Charles Grey, vicomte Howick, puis deuxième comte Grey, fut Premier ministre de 1830 à 1834.

tu travailles pour améliorer la société. Tandis que moi, je ne fais rien d'utile.

— C'est complètement faux, affirma Simon d'un ton doux mais catégorique.

— Oh, s'il vous plaît ! rétorqua Archie qui commençait à s'énerver – il ne voulait pas qu'on le ménage. Même si vous ne partagez pas les objections morales de Mlle Morgan, reconnaissez que la chasse, aussi plaisante qu'elle soit, n'est pas importante. Elle n'est pas vitale, pour ceux qui n'ont pas besoin de chasser pour vivre.

— Il ne parle pas de ça, intervint Effie en haussant les épaules. Tu aimes les gens, voilà ce que tu fais.

— Je... Pardon ? bredouilla Archie, ahuri.

— Tu aimes les gens, ouvertement et sans réserve. C'est extrêmement rare.

Archie regarda Simon qui désigna Effie, comme s'il lui cédait la parole.

— Prenons l'exemple de ta mère, continua Effie. Quel fils en Angleterre serait aussi dévoué à sa mère ? Aucun. Tu ne te montres jamais à la Chambre des lords parce que tu t'occupes de ta mère.

— Mlle Brown est là et, honnêtement, je pourrais engager une armée de bonnes. Je ne suis pas dans l'obligation de m'occuper de ma mère.

— Oui, mais tu le fais. Tu t'es chargé de cette tâche sans rechigner et avec une telle gentillesse... Eh bien, voilà le genre de choses que tu fais. Et il n'y a pas que la comtesse. Et nous, hein ?

— Que veux-tu dire ? demanda Archie, déconcerté.

— Tu vas à la rencontre des gens et tu les aimes, déclara Effie.

Il était lancé et brassait l'air des deux mains.

— Prenons mon exemple : il n'y aurait personne pour m'aimer si tu ne m'avais pas adopté. Tu imagines dans quelle solitude je serais sans toi ? Si, chaque année à l'automne, tu ne me traînais pas d'un bout à l'autre de l'Angleterre pendant deux semaines ?

— Si tu ne faisais pas de ces voyages une priorité, ils n'auraient pas lieu, renchérit Simon. Si j'étais resté chez moi, j'aurais passé ces quinze derniers jours à lire les journaux, et à quoi cela aurait-il servi ? Le Parlement n'est pas en session, je me serais contenté de lire et de ruminer. Ici, au moins, je peux mettre les problèmes du monde à distance.

— Absolument ! applaudit Effie. Ce sont mes deux semaines préférées de l'année.

— Pareil pour moi, décréta Simon.

Archie ne savait pas quoi dire. Entre ces déclarations et la confiance de Clémentine, il craignait de prendre la grosse tête. Mais ce n'était pas désagréable.

14

Le bonheur des dames

Clémentine attendit Archie jusqu'après minuit. Elle avait ouvert sa fenêtre, espérant, supposant qu'il lui rendrait visite. Assise près de la porte, elle tendait l'oreille, guettant le moindre bruit dans la chambre voisine. Elle ne l'entendait jamais marcher, les murs devaient être très épais.

Lorsqu'une heure sonna à la pendule, elle décida de prendre le taureau par les cornes. Après tout, elle avait déjà fait le plus dur : en l'occurrence, son audacieuse proposition.

Quoique… le plus dur restait peut-être à venir. Quand elle repensait à ses premiers baisers avec Théo, elle avait des papillons dans le ventre. Ou plus exactement, les papillons se mettaient à voleter lorsque, dans ce souvenir, elle remplaçait Théo par Archie. Même si Archie lui avait affirmé que l'acte procurait du plaisir, et même si elle avait en lui une confiance absolue, elle était terriblement nerveuse.

Sans réfléchir davantage, elle prit une chandelle, sortit dans le couloir et toqua doucement à la porte d'Archie.

Pas de réponse. Cela ne signifiait pas nécessairement qu'il n'était pas dans sa chambre. Peut-être dormait-il.

Mais comment pouvait-il dormir, avec ce qui était prévu ? Elle-même avait failli craquer pendant le dîner, toute frémissante d'anticipation, et elle avait passé trois heures – trois heures ! – à arpenter sa chambre de long en large.

Elle toqua de nouveau et ouvrit la porte.

La pièce était totalement vide.

Il n'y avait que des toiles d'araignée pendant du plafond, si épaisses qu'elles étaient visibles même à la faible lueur de la bougie.

— Mais où est-il ? marmonna-t-elle.

Déconcertée, elle oublia d'être discrète en ressortant dans le couloir et... tomba nez à nez avec lord Featherfinch qui, lui, sortait de la chambre d'Olive.

À en juger par sa mine horrifiée, il était plus surpris qu'elle. Il ne représentait pas un danger pour Olive, elle le savait, mais lui ignorait qu'elle le savait. Aussi décida-t-elle, pour le tranquilliser, de demander simplement :

— Lord Featherfinch, auriez-vous la gentillesse de m'indiquer où se trouve la chambre de lord Harcourt ? J'ai une affaire urgente à discuter avec lui.

Elle lui adressa un sourire éclatant, comme s'ils se rencontraient par hasard dans Hyde Park.

Il ouvrit et referma la bouche à plusieurs reprises. Il avait l'air d'un poisson hors de l'eau. Un beau poisson exotique. Elle pouffa de rire, ce qui contredisait sans doute la thèse de l'affaire urgente nécessitant l'attention d'Archie. L'expression de lord Featherfinch changea et lui aussi pouffa de rire.

— Mademoiselle Morgan, vous trouverez la chambre que vous cherchez en tournant à droite au bout du couloir. La deuxième porte après le virage.

Vous ne pouvez pas la manquer, il y a une grosse entaille au milieu.

— Une entaille ? répéta-t-elle, submergée par une vague d'affection pour cet homme bizarre qui était un ami sincère pour Archie et, semblait-il, pour Olive.

Les MacCallum auraient-ils essayé de fracasser cette porte quand ils avaient envahi le château ? Ou, mieux, pouvait-il s'agir d'une marque laissée par le fantôme de Magnus MacCallum ?

— Ah, mademoiselle Morgan ! s'exclama lord Featherfinch, aux anges. Vous vous en sortirez très bien.

Que signifiait cette remarque ? Mystère. Mais elle ne demanda pas d'explications, son rendez-vous secret l'attendait. Elle se fendit d'une rapide courbette, comme si lord Featherfinch et elle se séparaient effectivement après une rencontre dans Hyde Park, et non devant la chambre d'Olive à 1 heure du matin.

Arrivée devant la porte d'Archie, elle tâta du bout des doigts l'entaille qui fendait le battant et qui, fantôme ou pas, datait sans doute de temps immémoriaux. Les bords étaient lisses, sans la moindre esquille. Ce château avait tenu bon pendant des siècles, une pensée qui la revigora. D'habitude, c'était la nature qui produisait sur elle cet effet-là. Une rivière, par exemple, coulerait perpétuellement, quoi que les hommes disent ou fassent sur ses berges. S'ils y répandaient du sang, le courant l'emportait avec indifférence. Pour Clémentine, le monde naturel et le monde humain étaient diamétralement opposés. Les humains n'étaient pas fiables, ils ne se comprenaient pas et se faisaient souffrir. Ils mouraient.

Tandis que ce château avait sans faillir abrité sir Lionel depuis sa naissance et ses ancêtres avant lui. Cette porte-là, devant elle, avait résisté à l'épreuve du temps. Certaines choses, faites de main d'homme, étaient peut-être durables.

Elle s'appuya de tout son poids contre cette solide barrière. Il faudrait plus de force qu'elle n'en avait, et que n'en auraient de fantasmatiques maraudeurs, pour parvenir à l'enfoncer.

Clémentine s'était habilement débrouillée pour chasser de son esprit les détails de ce qui l'attendait. À présent qu'elle était là, devant la porte d'Archie, qu'elle la touchait et s'y appuyait, elle était bien obligée d'y penser. Elle devrait entrer et...

— Oh ! s'écria-t-elle, car la porte s'était ouverte brusquement.

Elle basculait en avant. Elle tombait. Elle allait...

— Clem ?

La poitrine d'Archie arrêta sa chute. Cette poitrine n'était pas aussi solide que la porte, mais elle l'était suffisamment pour l'empêcher de tomber. Pour la soutenir. Cela, c'était une autre part d'elle-même qui le savait, une part à la fois plus grande et plus petite que son intellect, la part d'elle qui, en principe, s'animait seulement quand elle était dans la nature.

Les bras d'Archie se refermèrent autour d'elle à l'instant où elle retrouvait l'équilibre et où il aurait pu s'écarter.

— Clem ? répéta-t-il d'une voix sourde.

Elle sentait la joue d'Archie contre le haut de sa tête. Les cheveux dénoués, elle n'avait sur elle que sa chemise et un châle, n'ayant pas emporté dans ses bagages de négligé ou de peignoir convenable. Elle avait oublié qu'elle était en petite tenue. Quelle image avait-elle offerte à lord Featherfinch !

Mais il n'en parlerait à personne, elle pouvait compter sur lui.

Archie ébaucha un geste pour la repousser. Elle ne voulait pas que... qu'il le fasse.

— Je...

Elle sentit les doigts d'Archie sur ses tempes, dans ses cheveux.

— Oh, souffla-t-elle.

Qui aurait cru qu'une caresse sur la tête puisse être divine ?

Il recula et elle suivit le mouvement, tel un chat qui frotte sa tête contre la main de son humain préféré. Archie la fit entrer dans la pièce de cette façon, pas à pas. Ce fut seulement quand ils s'immobilisèrent qu'elle réalisa qu'elle avait les yeux mi-clos, abandonnée aux délicieux frissons qui parcouraient son crâne et irradiaient dans son cou et le long de ses bras. Elle rouvrit les paupières et vit qu'Archie l'étudiait avec cette expression indéchiffrable qu'elle lui avait vue quand ils s'amusaient à décrire leurs yeux respectifs.

— Je venais te retrouver, dit-il, sans retirer ses doigts des cheveux de Clémentine.

— C'était à moi de venir.

— Et tu es venue.

— J'allais te proposer de nous organiser pour commencer notre...

Il faudrait tout de même qu'elle soit capable de prononcer les mots si elle devait passer à l'acte.

— J'allais te proposer de coucher ensemble demain.

— Demain ? Pourquoi demain ?

— Parce qu'il est tard, et je... j'imaginais que ça se passerait dehors.

— Ah oui ? dit-il en inclinant la tête.

— Oui, dehors, on s'est toujours bien amusés dehors...

— Tu as sans doute raison.

— Au fait, pourquoi venais-tu me retrouver ?

— Tu as toujours cette odeur ?

La question, posée sans transition, la déconcerta.

— Je... Pardon ?

— C'est ton parfum ? C'est suave et végétal, ça m'évoque une plante médicinale.

— De la camomille.

— Oui, c'est ça !

— Je fabrique moi-même mon parfum.

Il la dévisagea avec une affection déconcertante.

— Pourquoi venais-tu me retrouver ? répéta-t-elle.

— Pour te dire qu'en toute conscience je ne pouvais pas accepter ta proposition.

— Mais pourquoi ? protesta-t-elle d'une voix qui grimpa dans l'aigu et la fit grimacer.

— Pour des raisons évidentes. Ta réputation, en premier lieu.

— Nous en avons discuté. Je suis déjà perdue de réputation.

— Nous en avons bel et bien discuté et tu ne l'es pas, rétorqua-t-il d'un ton sec.

Il gardait cependant les doigts dans les cheveux de Clémentine. Elle voulait que ces doigts restent là.

— Si, je le suis. Alors, si je suis condamnée pour avoir offert ma vertu à un homme, que je l'offre à un autre ne fera aucune différence, n'est-ce pas ?

Comme il ne réagissait pas, elle essaya une autre tactique :

— Et si je te disais que je trouverai un autre homme pour m'aider si tu refuses ?

— Tu ne le feras pas.

— Bien sûr que si, mentit-elle. Par conséquent, autant que ce soit toi.

Il éclata de rire. Pas méchamment, mais comme si ce qu'elle disait ne méritait que cela. Elle pointa le menton, pas trop cependant, car elle ne voulait pas qu'il retire ses mains.

— À qui d'autre t'adresserais-tu ? demanda-t-il d'un ton indulgent.

À qui, en effet ? Là, il marquait un point. Archie était le seul homme au monde qu'elle pouvait charger d'une pareille mission.

— Ah, tu vois ? ironisa-t-il comme elle se taisait. Tu lances des menaces en l'air, Clem.

Elle sentait les doigts d'Archie descendre vers ses tempes. Elle perdait le contrôle de la situation. Elle chercha d'autres arguments, puis songea que ce n'était peut-être plus le moment de discuter.

Et donc, elle l'embrassa. Enfin... elle se haussa sur la pointe des pieds et baisa ce qui était à sa portée, en l'occurrence son cou. Elle pressa sa bouche sur la peau d'Archie, qu'une barbe naissante rendait râpeuse. Il se figea. Encouragée, elle s'appliqua et promena ses lèvres sur sa pomme d'Adam. Ça alors ! Maintenant, la poitrine d'Archie se soulevait et s'abaissait lourdement. Elle faillit laisser échapper un rire triomphant, mais s'aperçut, à sa consternation, qu'elle n'avait pas assez de souffle pour rire. Qu'un homme qui ne bougeait pas un cil lui fasse autant d'effet était vraiment bizarre.

Lui demeurait muet, pétrifié. Elle adorait ça, cet étrange pouvoir qu'elle découvrait et répugnait à abandonner.

— Tu vois, Arch ? murmura-t-elle contre son cou.

Le grand air lui avait gercé les lèvres, et le chaume qui hérissait la peau d'Archie les irritait. C'était à la fois légèrement douloureux et agréable.

— Quitte à être perdue de réputation...

Ces mots le ranimèrent brusquement. Il resserra ses bras autour d'elle qui n'aimait pas se sentir prisonnière mais qui trouva cette prison de muscles plutôt excitante. Il l'attira contre lui et, d'une voix rauque qu'elle ne reconnut pas, chuchota à son oreille :

— Fais-le parce que tu en as envie, pas parce que tu es déjà déshonorée. Tu ne l'es pas, et tu ne le seras pas davantage si nous décidons d'aller plus loin.

Elle dut se concentrer sur ses paroles pour ne pas se noyer dans le flot de sensations étranges qui semblait jaillir du tréfonds de son corps.

— Parce que tu ne le diras à personne ? bredouilla-t-elle.

Il soupira et, posant les mains sur ses épaules, recula d'un pas pour plonger son regard dans le sien.

— Évidemment que je ne le dirai à personne, mais il ne s'agit pas de ça. Tu ne seras pas déshonorée, un point c'est tout. Je refuse ce postulat.

L'onde brûlante continuait à se répandre en elle.

— Tu refuses ce postulat, répéta-t-elle en secouant la tête. J'adore que tu le dises et que tu y croies mais, mon cher Arch, tu es... toi. Tu n'es pas tout le monde.

Elle aurait tant aimé que tout le monde pense comme lui ou, à défaut, que son monde à elle rétrécisse jusqu'à ce qu'elle y soit seule avec Archie.

— Bon, d'accord, reprit-elle. Je ne suis pas déshonorée, je ne le serai pas, et je veux coucher avec toi.

Alors il l'embrassa, et elle comprit qu'elle s'était fourvoyée. Elle serait bel et bien perdue, mais uniquement pour les autres hommes – quoiqu'elle n'ait aucune envie d'avoir un autre homme dans sa vie.

Archie, son cher Archie, l'embrassait comme si la fin du monde approchait. Ses lèvres étaient à la fois fermes et douces. Et tandis qu'il fouillait sa bouche de sa langue veloutée et glissait de nouveau les doigts dans ses cheveux, elle sentit naître entre ses cuisses une coulée de feu qui l'aurait inquiétée si elle s'était trouvée dans les bras d'un autre. Avec Archie, elle pouvait se laisser aller, suivre ce sillon menant à des régions inconnues sans risquer de s'égarer.

Elle poussa un soupir auquel il répondit par un grognement. Elle avait cru qu'il se contrôlait parfaitement, mais là aussi elle se fourvoyait car la bouche d'Archie, ses doigts devenaient plus insistants, plus ardents, presque frénétiques.

Soudain, cette fois avec un grognement de frustration, il la lâcha, écartant ses doigts, ses lèvres et tout son corps dans un grand pas en arrière. Il semblait sidéré, avait les yeux écarquillés, la respiration précipitée. Il était grand et imposant et, bien qu'il ait l'air égaré, elle fut soudain frappée par sa virilité.

Elle s'éclaircit la gorge.

— Donc nous sommes d'accord ? Tu coucheras avec moi ?

Au diable les scrupules !

Il soupira, quittant sa posture de farouche Highlander pour reprendre l'allure du cher vieil Archie.

— Pas exactement, mais tu ne seras pas déçue.

— Ce qui signifie ?

— Ce qui signifie, répondit-il avec un lent sourire, que je te ferai découvrir le plaisir dont nous avons parlé.

— Celui que Théo ne m'a pas fait découvrir.

Le sourire d'Archie s'effaça.

— Exact.

— Parce qu'il ne voulait pas, à ton avis, ou parce qu'il ne savait pas comment s'y prendre ?

— Dans l'immédiat, je préférerais ne pas parler de M. Bull.

— Je suis d'accord. Parlons plutôt de généralités. Un homme normal sait révéler à une femme ce fameux plaisir ?

— Il me semble que oui. Ce n'est pas magique, et tous les hommes de ma connaissance sont équipés des outils nécessaires.

— C'est-à-dire ? demanda-t-elle, surprise par le terme « outils ».

Il leva une main et remua les doigts. Elle ne voyait pas du tout ce que des doigts venaient faire là. Dans son expérience personnelle, certes limitée, ils n'avaient joué aucun rôle.

Mais quelque chose en elle, cette part de son être qui ne relevait pas de l'intellect, s'enflamma. Elle portait en elle une créature mue par l'instinct plutôt que par la raison.

Elle regarda autour d'elle. Le lit d'Archie était en désordre, comme s'il s'y était tourné et retourné. Elle alla s'y asseoir.

— Je ne veux pas attendre jusqu'à demain.

— Très bien.

Cet accord spontané était inattendu et bienvenu. Mais au lieu de s'approcher d'elle, il se dirigea vers une table, près de la porte, jonchée d'objets personnels.

Il craqua une allumette qu'il plongea dans une petite lampe.

— Que fais-tu ?

Il alluma ensuite un chandelier posé sur un secrétaire.

— J'éclaire la chambre.

— Pourquoi ?

— Parce que je veux te voir. Et je veux, ajouta-t-il après un silence, que tu me voies.

Oui...

Tandis qu'une lumière tamisée baignait peu à peu la pièce, Clémentine dénoua la cordelière qui fermait l'encolure de sa chemise. Archie, campé près du lit, la regardait avec cette attention qu'il lui accordait toujours. D'une certaine façon, ce regard était familier, pourtant il déclencha la petite flamme entre ses cuisses qui, elle, lui était inconnue.

Au lieu de l'embarrasser, cette flamme enhardit Clémentine, comme le soleil printanier fait éclater les bourgeons. Elle souleva les fesses pour dégager sa chemise qu'elle fit passer par-dessus sa tête. Ou plutôt qu'elle essaya de retirer, car elle s'y entortilla. La situation lui parut tellement ridicule qu'elle éclata de rire.

Riant lui aussi, Archie la délivra.

Mais Archie ne cessait-il pas de la délivrer ? D'une union malencontreuse, d'une mission de sauvetage mal ficelée et, surtout, des broussailles de son esprit.

La chemise tomba mollement sur le lit et l'atmosphère changea.

— Ta peau est radieuse, murmura-t-il.

Elle avait effectivement l'impression que la lumière et la chaleur des lampes et des bougies imprégnaient sa chair.

Archie, lui, était habillé : pantalon, chemise et gilet.

— Tu te déshabilles aussi ? Je veux te voir.

Muet, il ôta son gilet de soie bleue qu'il jeta sur le sol. Sans être un dandy, Archie était toujours élégant. Le voir traiter ce superbe gilet avec si peu de soin était bizarrement excitant.

Sans la quitter des yeux, il s'assit sur la chaise à côté du lit pour retirer ses bottes. Ce fut ensuite au tour du pantalon.

— Je crains que le spectacle d'un homme en train de se déshabiller ne soit pas très affriolant.

Au contraire... Elle ne le dit pas à voix haute, ne sachant pas si elle était ou non censée trouver Archie affriolant. Cela ne se faisait peut-être pas dans une situation de ce genre, hors mariage.

Il s'avança vers elle, vêtu de sa seule chemise. Il avait des jambes superbes, aux muscles bien dessinés sous la peau. S'en dégageait une impression de puissance contenue, comme frémit dans le corps d'un cheval au repos la force qui lui permettra de s'élancer au galop.

Il ôta sa chemise, révélant un poitrail plus velu qu'elle ne l'aurait cru. Mais ce n'était que le deuxième poitrail masculin qu'elle voyait. La chemise rejoignit ses autres vêtements sur le tapis maintenant parsemé d'îlots de tissu et de cuir.

Voilà, il était là tout entier devant ses yeux. Tout à l'heure, elle souhaitait que le monde rapetisse jusqu'à ne plus abriter qu'Archie et elle. Elle n'était pas habituée à obtenir ce qu'elle souhaitait. C'était exaltant.

Pas aussi exaltant, cependant, que le... tressaillement de son membre viril.

Il s'approcha encore, si près qu'elle pouvait le toucher. Ce qu'elle fit. D'une main tremblante, elle effleura sa poitrine... sans pouvoir lever les yeux.

Elle promena la main sur la poitrine d'Archie, sur son épaule. Il inspira bruyamment. Son membre grossissait à vue d'œil.

— C'est moi qui ai fait ça ? demanda-t-elle avec un petit rire ravi.

Il soupesa sa verge, une vision terriblement excitante qui lui coupa le souffle.

— C'est toi.

— Comment appelles-tu ton... membre ?

Elle avait la bouche tellement sèche que sa voix était bizarre.

— Oh, il y a une quantité de noms possibles, peu recommandables quand on est en société.

— Heureusement, nous ne sommes pas en société.

Il éclata de rire.

— Dis-moi, insista-t-elle.

— Queue. Braquemart. Le poireau. La flûte silencieuse, ce qui est moins commun.

Il esquissa un sourire ironique

— Pour certains, c'est la troisième jambe. Pour d'autres, le bonheur des dames.

— Le bonheur des dames, répéta-t-elle en souriant aussi. C'est... charmant.

— Oui, mais assez bavardé. Tu es d'accord ?

Il monta sur le lit, très lentement, tel le loup s'apprêtant à fondre sur un faon. Ce genre de chasse, songea-t-elle, serait sans doute acceptable. Elle s'allongea sur le dos, s'exhortant à rester lucide. Elle voulait graver les moindres détails de ce moment dans sa mémoire.

— Oui, assez bavardé, dit-elle juste avant qu'il s'empare de sa bouche.

Mais cette fois, il la toucha tout en l'embrassant. Il laissa ses mains, rugueuses et douces à la fois, glisser le long de son cou, de ses clavicules. Elle ne savait plus où concentrer son attention, tant elle était assaillie par des sensations grisantes. Mais soudain, un index frôla son mamelon.

— Oh ! souffla-t-elle en sursautant.

Il se recula pour scruter son visage. Elle lui prit la main.

— Reviens...

Il recommença à titiller son mamelon, et Clémentine eut une réaction violente. C'était... trop. Divin, mais... trop.

Elle pensait ne pas pouvoir en supporter davantage quand Archie prit son sein en coupe dans ses mains et le pétrit fermement.

— Clem, je veux l'embrasser. Tu es d'accord ?

— Mon Dieu, oui !

Elle n'aurait pas cru en avoir envie, en fait, elle n'y avait jamais pensé. Mais à cette suggestion, le mamelon en question se durcit, presque douloureusement, et étrangement elle sut que la bouche d'Archie l'apaiserait.

Tous deux gémirent quand Archie happa le mamelon entre ses lèvres. En fait, cela n'avait rien d'apaisant, au contraire c'était extrêmement perturbant, mais au moins cela lui donnait un point sur lequel concentrer son attention. Comme si, longeant une route aux multiples embranchements, elle parvenait à l'endroit où tous se rejoignaient pour ne plus former qu'un seul chemin qui la conduirait à destination.

Dire que c'était « bon » était une piètre façon de décrire ce qui se passait. Mais se creuser la cervelle à la recherche des mots justes pour décrire cette expérience était sans doute la meilleure manière de se priver du plaisir que celle-ci lui procurait. Elle devait réagir comme elle le faisait quand elle se promenait dans la nature. Elle devait simplement exister.

Elle commença alors à percevoir une sorte de battement de cœur, mais qui ne venait pas de son cœur. C'était une pulsation pareille au ressac de la mer, à ceci près que les vagues déferlaient au plus profond de son corps.

Elle s'autorisa à chevaucher ces vagues et, au bout de quelques minutes, Archie leva la tête. Il était ébouriffé, le visage luisant. Il était beau.

— Clem, murmura-t-il d'une voix rauque. Je veux te toucher... là.

Ses doigts voletaient, semblant chercher un point précis et, quand ils le frôlèrent, Clémentine ravala un petit cri.

— Voilà la source du plaisir. Je peux ?

— Oui...

Un instinct impérieux la poussait à soulever les hanches pour aller à la rencontre des doigts d'Archie.

— C'est bien, l'encouragea-t-il.

Alors elle continua et, bientôt, ils devinrent les vagues et le ressac, elle et Archie. Sa main à lui et ses hanches à elle ondulaient à l'unisson. Les vagues, en elle, enflaient et grondaient, et Archie les entendait, elle le savait.

— Oh..., souffla-t-elle quand, au sommet d'une vague, quelque chose en elle se contracta, se déchira et lui fit perdre le rythme.

— Oui, c'est bien.

Donc, pensa-t-elle vaguement, perdre était nécessaire pour...

— Oh... oh !

Seigneur...

Archie irait droit en enfer. C'était inévitable.

Mais la chute serait agréable, n'est-ce pas ?

Allongés côte à côte, pantelants, ils contemplaient le plafond. Sa verge était dure comme la pierre, mais cela ne l'ennuyait pas. Cela finirait bien par se calmer. Ou bien Clémentine regagnerait bientôt sa chambre, et il prendrait les choses en main. Mais il était prêt à souffrir, si c'était le prix à payer pour la garder près de lui.

— J'étais loin de me douter, déclara Clem quand elle eut repris sa respiration. Pourquoi personne ne m'en a parlé ?

Il pouffa de rire.

— Tu peux aussi le faire toute seule, tu sais.

— Quoi ?

Il saisit sa main et la guida entre ses cuisses.

— Tu es trop épuisée pour l'instant, mais tu peux te donner du plaisir comme je viens de le faire.

Il posa les doigts sur le majeur de Clémentine qu'il introduisit doucement entre les lèvres de sa vulve.

— Il te faudra peut-être un peu de temps pour découvrir ce qui marche le mieux et le plus vite pour toi, mais il me semble que tu aimes une pression assez ferme.

Il joignit le geste à la parole, et elle poussa un gémissement qui le fit jubiler, non pas de fierté mais simplement de satisfaction : il avait fait quelque chose d'utile, de concret, et dans ce domaine il avait un certain talent. Dommage qu'il ne puisse pas en parler aux garçons.

Clem s'essaya à masser son clitoris.

— Je suis vraiment sidérée. Et je réitère ma question : pourquoi personne ne m'a parlé de ça ?

— Ma foi, je l'ignore. Je suppose qu'une jeune fille est généralement informée de la chose par sa mère, peut-être avant sa nuit de noces ?

— Une fille orpheline de mère est donc fichue.

— J'ai l'impression que les femmes abordent le sujet entre elles, en toute discrétion.

Certaines femmes de la haute société semblaient posséder une solide expérience, quoique parfois teintée de désenchantement, et Archie avait entendu dire que des livres, des manuels en quelque sorte, circulaient parmi les jeunes filles.

— Hmm...

Clem roula sur le flanc pour le dévisager. Dans la lumière douce et dorée, la chambre paraissait douillette et tranquille, mais Clem avait cet air de sauvageonne qu'il connaissait si bien. Elle était encore plus ébouriffée que d'habitude, à cause de lui. Il avait enfin pu assouvir son désir d'enfoncer ses doigts dans ses cheveux. Son besoin de la toucher n'était cependant pas comblé et ne le serait sans doute jamais.

— C'est peut-être vrai à Londres, reprit-elle. Ou même à la campagne, mais pour en parler avec mes congénères, il faudrait que j'assiste à toutes sortes de réceptions. Il n'y a pas de discussions discrètes dans les bois.

— Tu affirmais pourtant qu'observer la nature t'avait initiée, la taquina-t-il.

— Manifestement, je me trompais. Je n'étais pas du tout préparée à ça.

— Ton observation t'a appris la mécanique de la chose, mais paradoxalement courir les bois à longueur de temps t'a privée d'un éventail de nuances qu'auraient pu te révéler tes congénères, en toute discrétion, si tu avais fréquenté les salons mondains.

— Tu as peut-être raison, admit-elle avec un sourire malicieux.

Il lui rendit son sourire, luttant contre une envie folle de glisser les doigts dans ses cheveux, ou de les poser sur sa joue, car ça aurait été abuser. Elle lui avait confié une mission qu'il avait accomplie. Mais, en cet instant, il éprouvait pour elle une infinie tendresse. Maintenant et pour toujours.

— J'ai une foule de questions, dit-elle.

— Je t'écoute.

— D'abord la plus importante : quand le referons-nous ?

15

Trois vrais repas

— Pas de hareng fumé ? demanda Archie à Clémentine le lendemain au petit déjeuner, premier repas de leur journée végétarienne. Mais pourquoi ?

— Pourquoi y aurait-il du hareng fumé alors qu'aujourd'hui nous ne mangeons pas d'animaux ? rétorqua-t-elle.

Elle était attablée avec Olive et Simon. Effie ne prenait jamais de petit déjeuner, il se levait trop tard pour cela.

Archie, planté devant le buffet, remplissait son assiette de viennoiseries et de pâtisseries. Que de sucre !

— Un poisson n'est pas un animal, objecta-t-il.

— Ah oui ? Et qu'est-ce que c'est, alors ?

— Ce n'est pas un véritable animal, répondit-il en se dirigeant vers la table. On ne le chasse pas.

— Non, on l'arrache simplement de l'eau où il nage tranquillement, et on le tue lentement par suffocation.

Simon ricana.

— Ça suffit, vous deux ! intervint Olive en baissant la revue qu'elle était en train de lire.

Le Monde Joli, en l'occurrence, constata Archie, amusé. La revue qui publiait parfois les poèmes d'Effie. Était-ce une coïncidence, ou Effie avait-il révélé tous ses secrets à Olive ?

— Je pense que ses questions sont sérieuses, déclara cette dernière à Clémentine, par conséquent, une réponse moins mordante serait appréciable.

Elle se tourna vers Archie.

— Quant à vous, puisque vous adoptez les usages de Clémentine pour la journée, je me permets de vous suggérer d'écouter, de regarder et de ne pas trop parler. Vous êtes censé observer et apprendre, n'est-ce pas ? Plutôt qu'exprimer vos opinions ?

Simon ricana derechef, et Archie lui décocha un regard noir, mais intérieurement, il souriait. Il repensait à leur première journée au château, quand Clem et lui s'étaient mis d'accord sur l'organisation de leur séjour. Elle avait dit qu'il était comme un frère pour les demoiselles Morgan et que tout le monde le savait. C'était certainement vrai en ce qui concernait Olive, qui l'asticotait comme le ferait une petite sœur.

Clémentine, en revanche...

Son regard s'attarda sur les lèvres de Clem.

Évidemment, il ne la considérait plus du tout comme une sœur. D'ailleurs, il n'était pas sûr de l'avoir jamais considérée comme telle.

Il sentit le feu lui monter aux joues. Non... C'était tout son corps qui brûlait au souvenir de Clem ondulant ardemment sous sa main, cambrant les...

— Ohé !

Olive le regardait fixement, les sourcils haussés.

— Je... euh... j'ai compris. On écoute et on parle beaucoup moins, dit-il, et il fit semblant de se coudre les lèvres.

Simon ricana.

La journée allait être très longue.

Clémentine avait été sensible à la réprimande d'Olive, et elle craignait qu'Archie l'ait également été.

— Tu sais, malgré ce que dit ma sœur, tu es autorisé à parler, lui déclara-t-elle alors qu'ils étaient en train de goûter et venaient de passer dix minutes dans un silence complet.

Ils étaient seuls pour la première fois de la journée et ils avaient des sujets importants à aborder. Elle voulait donc qu'il se secoue et s'arrache à cette tranquillité mollassonne qui lui ressemblait si peu.

— Tu as mangé onze sandwichs, je l'ai noté.

— Pardon ?

— J'ai suivi les directives d'Olive, j'ai écouté et regardé, et j'ai noté que tu manges beaucoup.

Devait-elle se vexer ? Si un autre homme lui avait fait cette remarque, elle aurait cru qu'il l'accusait de gloutonnerie.

— Moi qui pensais depuis toujours que tu avais un appétit d'oiseau, ajouta-t-il.

Un pli perplexe lui barrait le front. Cher Archie, qui essayait de comprendre…

— Non, j'ai toujours fait semblant de ne pas avoir faim pour ne pas être obligée d'ingurgiter ce qu'on me servait. Maintenant que je choisis seule ce que je mange, je ne risque pas de me retrouver nez à nez avec un animal mort dans mon assiette. En fait, j'ai un appétit d'ogre.

Elle gonfla son biceps.

— Tu vois, je ne suis plus ta petite camarade maigrichonne.

— Oui, opina-t-il. J'ai récemment eu l'occasion de le noter également.

Ils échangèrent un sourire, comme s'ils partageaient un secret. C'était d'ailleurs le cas.

— Mais tu n'as pas engraissé pendant ton séjour ici. J'en conclus que tu as de quoi te nourrir chez ton père ?

— Oui, je suis devenue la maîtresse de maison après la mort de ma mère, ce qui signifie que je supervise les menus. J'ai offert à la cuisinière un livre intitulé *Une nouvelle méthode pour cuisiner les légumes*, que m'avait recommandé Théo – il aura au moins servi à ça. Je lui commande simplement beaucoup de mets que je peux manger et, à table, personne ne fait attention à ce que j'avale ou pas.

— C'est bien.

— De toute façon, mon père ne fait jamais attention à moi. Pas vraiment, et depuis toujours.

— C'est... moins bien.

Assez parlé de nourriture !

— Archie, je désirais passer toute la journée seule avec toi, mais ça s'est révélé plus difficile que je ne l'imaginais.

Olive avait effectivement passé la majeure partie de la journée avec Clémentine, jusqu'à ce que lord Featherfinch l'invite à une promenade.

— Oui, ce sentiment m'est familier.

Elle recommençait à éprouver cette sensation bizarre, qu'elle avait décidé d'appeler « l'aspic ». Toute une partie de son corps tremblait, et elle était prise d'une sorte de... timidité. Enfin, pas exactement. Ce n'était pas non plus de l'appréhension. C'était plutôt... Ah, que c'était agaçant !

Mais à quoi bon s'acharner à donner un nom à cette émotion étrange ? Quelle importance ? Elle savait ce qu'elle voulait et, pour une fois, elle avait affaire à un homme qui l'écoutait.

Elle se jeta à l'eau.

— Puis-je venir te retrouver ce soir, Archie ?

Pourvu que la question ne provoque pas de controverse ! La veille, ils n'étaient pas entrés dans les détails d'un éventuel deuxième rendez-vous.

— Tu peux, répondit-il avec circonspection. Je toquerai à ta porte en regagnant ma chambre. Tu attendras dix minutes avant de me rejoindre. Sois prudente, vérifie qu'il n'y ait personne dans le couloir.

Clémentine se mordit les lèvres pour ne pas lui avouer que, la veille, elle était tombée sur lord Featherfinch.

— Et, pour l'amour du ciel, ne te promène pas en chemise de nuit. Si tu es habillée et que tu croises quelqu'un, tu inventeras plus facilement une excuse crédible.

Il s'interrompit, et elle attendit la suite. L'aspic s'intensifiait.

— La soirée risque de me paraître longue, dit-elle. Je vais avoir du mal à me comporter normalement.

— Il le faut, pourtant. Nous sommes entre amis, mais si ta sœur et mes chers camarades avaient vent de nos... activités, je serais incapable, je le crains, de juguler mon sens de l'honneur « hypertrophié ».

Il s'interrompit un instant.

— Or, je sais que tu souhaites ardemment éviter le mariage.

Oui, elle le clamait haut et fort, et comme elle l'avait déjà constaté, Archie prêtait attention à ce qu'elle racontait.

— En effet. Nous devons par conséquent nous comporter comme d'habitude.

— Absolument.

— Eh bien, je propose de nous entraîner.

— Comment ça ?

— Ne sois pas si complaisant concernant les repas d'aujourd'hui. Cesse de t'inquiéter et de demander sans arrêt si j'ai assez mangé. Redis-moi que les poissons ne sont pas des animaux.

— Et les œufs ?

— Hmm ? dit-elle dans un sourire.

— Tu en manges ?

— Eh bien, non.

— Tu dis ne pas vouloir te retrouver nez à nez avec un animal dans ton assiette. Les œufs n'ont pas de nez, ajouta-t-il avec un sourire malicieux, donc les œufs ne sont pas des animaux !

Il se carra dans son fauteuil et leva les mains, paumes vers le ciel, d'un air triomphant.

Le dîner fut l'expérience la plus marquante qu'Archie ait jamais vécue, et cela n'avait aucun rapport avec la nourriture. Le repas avait été succulent, il devait le reconnaître. La désormais célèbre tourte aux champignons de la cuisinière en avait été la pièce maîtresse : une pâte feuilletée sublime, une farce exquise... Il lui avait même trouvé un léger goût de viande. Elle était accompagnée de plusieurs légumes et d'un gâteau au fromage aussi bizarre que délicieux.

À présent, il savourait les poires rôties dont tous raffolaient. Les garçons bombardaient Clémentine de questions sur la recette et, surtout, l'ingrédient mystère.

— Du vinaigre ! lâcha-t-elle, de guerre lasse.

— Du vinaigre ? s'étonna Effie. Jamais je n'aurais pensé à mettre du vinaigre sur des poires.

— Moi non plus. La cuisinière m'a suggéré d'ajouter quelques gouttes d'un vinaigre de figue que les habitants du coin apprécient particulièrement. Ça fait peut-être la différence.

— On n'attrape pas les mouches avec du vinaigre, mais l'adage ne se vérifie pas dans cette région, commenta Olive en riant. Je crois que ces poires, si on les laissait dehors, attireraient des nuées de mouches.

— C'est qu'il y a aussi du miel, rétorqua Clémentine.

— Je le savais ! claironna Effie.

— Je propose de mettre la théorie en pratique, intervint Simon, sérieux comme un pape. On prépare deux portions de poires, l'une avec seulement du vinaigre et l'autre avec uniquement du miel. On les laisse dehors, et on observe le nombre d'insectes que chacune attire.

— J'ai bien envie de les peindre, ces poires, déclara soudain Effie. Je m'essaie à la peinture, expliqua-t-il aux sœurs Morgan. Je ne suis pas très doué, mais je persévère.

Archie ne participait pas à la conversation. Confortablement installé dans un fauteuil, détendu, il écoutait. Tout son petit monde était là : Effie, Simon, Clémentine et Olive. Réunis, et chacun unique en son genre.

Il songea à leur premier dîner, quand il avait envoyé la pauvre Mme MacPuddle à la chasse au dahu, c'est-à-dire aux sœurs Morgan, la chargeant d'appâter ces demoiselles pour qu'elles dînent avec eux. À ce moment-là, il désirait que les Morgan connaissent ses amis, et réciproquement.

Maintenant, ils se connaissaient. C'était bien et, curieusement, c'était différent des autres soirées passées tous ensemble au salon après le dîner. Partager un repas créait sans doute une atmosphère plus chaleureuse que dîner séparément avant de se retrouver. Ou peut-être que passer du temps sous le même toit, loin de chez eux, tissait entre eux une sorte d'intimité toute simple. Il ne voyait pas d'autre explication, puisque rien d'autre n'avait changé.

Quoique... ce n'était pas tout à fait exact, rectifia-t-il en lançant un coup d'œil à Clémentine. Elle dut sentir son regard, car elle tourna la tête et lui sourit. Il lui rendit son sourire discrètement, en baissant la tête, et s'abandonna à ce bien-être qui l'envahissait, pareil à un cocon douillet, bercé par les voix de ses chers amis. Il n'y avait qu'une ombre au tableau : les aiguilles de la pendule avançaient inexorablement. La fin des vacances approchait. Le douzième jour s'achevait.

— Qu'en penses-tu, Archie ? demanda Simon.

Archie sursauta. De quoi s'agissait-il ?

— Pardon... Je rêvassais.

— Nous parlions du couronnement de George IV.

— Surtout de l'exclusion de la reine, ironisa Olive. Des gardes armés l'ont empêchée d'assister à la cérémonie.

— Ça paraît excessif, rétorqua Archie, qui ignorait cette histoire.

— Elle n'a jamais été en danger, affirma Simon.

— N'empêche.

— Archie est pacifique… sauf quand il s'agit de tuer des animaux, persifla Clémentine.

Tous éclatèrent de rire, y compris Archie, dont le rire sonna cependant faux. Il n'aimait pas que Clémentine le considère comme un tueur.

— Ou quand il défend les gens qu'il aime, ajouta Effie. Je ne compte plus les fois où, à l'école, il a administré une raclée à l'abominable Nigel Nettlefell qui s'était montré cruel envers moi.

— Ah oui, il le lui a fait payer, renchérit Simon. Quand on s'en prend à ceux qui lui sont chers, Archie voit rouge.

— Arrêtez, grommela ce dernier.

Il voulait les écouter encore bavarder de tout et de rien au lieu de lui tresser des lauriers.

Il eut gain de cause, mais pas pour longtemps. Vingt minutes plus tard, Clémentine annonça brusquement qu'elle avait décidé de se coucher tôt.

— Demain, c'est la course de tortues. J'ai besoin d'une bonne nuit de sommeil.

— Je te rappelle, Clemmie, que tu dois seulement placer Hermès sur la ligne de départ et croiser les doigts, objecta Olive.

— Oui, mais je suis fatiguée.

Sur quoi, Clémentine émit un bâillement qu'Archie jugea piètrement réussi. Il espéra que les autres étaient moins attentifs que lui.

Elle salua l'assemblée, elle qui ne s'embarrassait normalement pas de ces formalités, et s'éclipsa. Il s'estima chanceux qu'elle ne lui ait pas décoché un regard entendu avant de sortir.

16

Le bonheur des dames (suite)

Lorsque Clémentine toqua à la porte d'Archie vers 22 heures et que celui-ci – qui s'était attardé avant de prendre congé, puisqu'il fallait bien que quelqu'un sauve les apparences – lui ouvrit, elle déclara en franchissant le seuil :

— Je n'ai peut-être pas une grande expérience mais, nous en avons déjà parlé, j'ai toujours été une observatrice avertie de la nature.

— Bonsoir à toi aussi, ironisa-t-il.

Elle avait dénoué ses cheveux et drapé sur ses épaules le châle jaune de la veille. Elle paraissait extrêmement... décontractée. Mais elle n'était pas en chemise de nuit, tant mieux.

— Je sais que ce que nous faisons est censé nous impliquer tous les deux.

— Mais de quoi s'agit-il ?

— Je devrais peut-être parler sans détour ?

— S'il te plaît.

— Je veux que tu couches avec moi.

— Je l'ai fait.

— Non, tu ne l'as pas fait.

— Faut-il que tu prennes tout au pied de la lettre ? dit-il en soupirant.

— Faut-il que tu sois aussi obtus ?

— Ça ne t'a pas plu ? Tu as eu du plaisir, non ?

— Si, mais je veux que tu en aies aussi.

— J'en ai eu, rétorqua-t-il.

C'était un euphémisme.

— Tu comprends ce que je veux dire, reprit-elle en levant les yeux, comme pour implorer le ciel de lui donner une patience d'ange. Tu n'es pas vierge, n'est-ce pas ?

Il éclata de rire mais reprit aussitôt son sérieux pour qu'elle ne pense pas qu'il se moquait d'elle.

— Non... hélas.

— Pourquoi « hélas » ?

Pourquoi, en effet ? Pourquoi avait-il dit ça ?

— Nous pourrions peut-être nous asseoir au lieu de discuter sur le pas de la porte.

Tout en la guidant vers le coin salon à l'autre bout de la pièce, il réfléchit à la question. Sa bouche, sans l'accord de son cerveau, avait articulé ce « hélas », parce qu'une part de lui, absurde et vulnérable, aurait voulu que Clémentine soit la première. La seule.

Il chassa vivement cette pensée. Elle ne servirait qu'à mettre la pagaille dans sa tête. Or voir Clem avec son châle jaune et ses cheveux dénoués, comme si elle se trouvait dans sa propre maison, ou plus exactement dans la leur, puisqu'ils étaient ensemble dans ce rêve fugace, suffisait amplement à le troubler.

— Eh bien, je suis contente que tu ne le sois pas.

Il s'aperçut alors qu'elle ne l'avait pas suivi. Elle se tenait près du lit.

— De cette façon, nous ne sommes pas deux incapables.

Il gloussa, ce qui était certainement le but de Clémentine.

— D'accord, Clem, mais nous ne ferons pas l'amour au sens où tu l'entends. Je risquerais de te mettre enceinte.

— Et la méthode à laquelle tu as fait allusion ? Elle permet d'éviter ça, n'est-ce pas ?

— Il faut pour l'utiliser avoir une solide connaissance de tes... hmm... cycles menstruels. Elle convient mieux à des gens qui vivent ensemble depuis un certain temps. Et elle n'est pas infaillible.

Il y avait bien sûr la capote anglaise, malheureusement il n'en avait pas. Mais, bon Dieu, l'idée de se fondre dans sa chair, de se noyer en elle...

Il s'éclaircit la gorge.

— Je crois cependant que nous pouvons trouver un compromis.

— Comment ça ?

Cette discussion aurait dû être gênante, pourtant elle ne l'était pas avec Clem.

— Nous pouvons nous donner mutuellement du plaisir. Tu jouiras, comme hier soir, et moi aussi.

— Oui, je veux que tu jouisses.

Bonté divine ! Sa façon d'exprimer simplement ses désirs, avec un certain détachement, menaçait de lui faire perdre tout contrôle.

— Mais, dis-moi, comment ça marche ?

— Je crois qu'il vaut mieux te le montrer plutôt qu'en parler de manière abstraite.

— D'accord.

Elle se débarrassa de son châle jaune et, même si elle n'était pas en chemise de nuit, elle n'était pas pour autant correctement habillée, loin de là. Le dos de sa robe bleue était déboutonné, si bien que, quand son châle tomba sur le sol, son corsage tomba lui aussi jusqu'à sa taille.

— Seigneur Dieu..., souffla-t-il.

Elle avait des seins parfaits. Deux petites pommes à croquer, aux adorables mamelons roses. Trois taches de rousseur piquetaient son sein gauche. Il pourrait les contempler jusqu'à la fin des temps.

Il ne se rendit compte qu'il restait planté là comme un benêt que quand elle fit glisser sa jupe le long de ses jambes en disant :

— Tu pourrais peut-être te déshabiller ?

— Oui.

Pourquoi, en effet, se contenter de loucher sur les seins de Clem alors qu'il était autorisé à les toucher ? Il se dévêtit fébrilement et s'aperçut avec satisfaction que Clem le regardait fixement, la bouche légèrement entrouverte.

Il s'avança vers elle, le sourire aux lèvres, la verge raidie, et comme ils étaient déjà convenus de ce qui allait se passer, il laissa son membre frôler le ventre de Clem. Elle tressaillit et inspira bruyamment.

— Que dois-je faire ? demanda-t-elle, une note d'émerveillement dans la voix.

Il pencha la tête pour l'embrasser.

— Chaque chose en son temps, murmura-t-il contre sa bouche.

Il recula vers le lit, l'entraînant avec lui. Elle noua les bras autour de son cou et se plaqua contre lui quand il la coucha sur la courtepointe. Bon sang, sentir sa peau contre la sienne était divin !

Impatiente, elle se dégagea, se redressa sur son séant et, Dieu ait pitié de lui, referma la main sur sa verge.

— Chaque chose maintenant, décréta-t-elle. Montre-moi.

Alors il obéit, lui montra comment l'empoigner, le caresser, titiller son gland. Il s'entendit gémir, ferma les yeux et s'abandonna à la main de Clémentine Morgan.

Pour une minute seulement. Histoire que cela ne finisse pas avant d'avoir commencé. Il l'écarta, la fit doucement rouler sur le dos, étouffant ses protestations d'un baiser avide, plongeant sa langue dans sa bouche. Son membre palpitait, c'était comme un battement de tambour qui l'exhortait à l'envahir tout entière.

Elle gémissait à présent. Il ne se lasserait jamais de l'entendre gémir.

Il se força à chasser cette pensée qui n'avait pas lieu d'être, puisque, les vacances achevées, il n'entendrait plus jamais les gémissements de Clémentine.

Jusqu'à cet instant, il avait fait scrupuleusement attention à ne pas laisser son bas-ventre entrer dans la danse. Il ne prendrait pas le risque de la mettre enceinte, il ne voulait surtout pas la piéger. Elle répétait qu'elle refusait de se marier. Ce n'était pas lui qui l'y obligerait.

Mais il souhaitait aussi lui faire découvrir le plaisir, la tendresse, tout ce dont, lui semblait-il, Clémentine Morgan avait été privée récemment, ou qu'elle n'avait peut-être jamais connu.

À présent qu'il avait le droit de laisser parler tout son corps et pas seulement sa tête, il se coucha sur elle sans cesser de l'embrasser. Il se pressa contre elle et… Seigneur, c'était fabuleux. Il craignait d'exploser. Il voulait exploser et, en même temps, désirait que cette torture dure éternellement.

Lorsqu'elle noua soudain ses jambes autour de ses hanches, il ravala un juron. Un bref, glorieux et étourdissant instant, il laissa son gland s'insinuer entre les lèvres de sa vulve. Juste un instant dans cette divine tiédeur.

Pestant entre ses dents, et au prix d'un effort surhumain, il se retira, saisit son membre et le frotta sur le bouton de chair jusqu'à ce que, le souffle court, elle soupire :

— Archie… Archie…

— Oui, je suis là.

— C'est encore plus fort qu'avant. Je ne sais pas si…

Des tremblements convulsifs la secouaient et faisaient tressauter les testicules d'Archie. Il voulait attendre qu'elle s'apaise, mais il n'en aurait pas la force. Il désirait jouir dans sa main fine. Il aurait volontiers sacrifié son titre et son domaine pour ça. Il allait être égoïste, juste une fois.

— Tu peux me toucher encore ? haleta-t-il, luttant comme un damné pour ne pas éjaculer.

— Oui, oui…

Elle l'empoigna et le masturba comme il le lui avait montré.

— Plus fort, grogna-t-il. Plus vite.

Elle s'exécuta et, une fraction de seconde, lorsqu'une lumière aveuglante fulgura devant ses yeux, il crut mourir.

Mais non, les éclairs s'estompèrent, cédant la place au visage de Clémentine, auréolé de boucles folles. Elle avait les joues roses, ses yeux pétillaient.

— C'était extraordinairement satisfaisant, commenta-t-elle avec un sourire radieux.

Sa mère lui avait toujours dit qu'il fallait vivre l'instant présent. Il n'était pas sage, ajoutait-elle, d'espérer et d'attendre une chose qui, quand elle arrivait, s'avérait souvent décevante. Inversement, il n'était pas raisonnable d'appréhender un futur qui n'arriverait peut-être jamais, cela ne servait qu'à gâcher un moment de joie.

C'était un excellent conseil.

Se le remémorer lui mettait aussi du baume au cœur : si sa mère et elle étaient très différentes, cela ne signifiait pas que sa mère ne lui avait rien appris de personnel ni qu'elle ne l'avait pas aimée.

Parfois, sa mère lui manquait terriblement.

Néanmoins, alors qu'elle était à moitié couchée sur Archie, leurs jambes emmêlées, elle ne put s'empêcher de dire :

— Si je trouvais un moyen de rester à Hill House, nous pourrions continuer.

— Sans doute.

— Quel enthousiasme !

— Ne te vexe pas, Clem. Je n'ai plus la force de bouger, ce qui te prouve que j'ai adoré notre soirée… et notre début de matinée.

Elle esquissa un petit sourire suffisant. Ils avaient effectivement passé de longues heures à se donner du plaisir.

— Mais, enchaîna-t-il, continuer de cette manière indéfiniment ne serait pas très orthodoxe.

— Ah oui ? Depuis quand les hommes n'ont plus de maîtresses ?

— Les autres hommes en ont peut-être, mais pas moi. Je n'infligerai pas ça à mon épouse.

Évidemment, et c'était un nouvel exemple de son sens élevé de l'honneur.

— Ah… tu envisages donc de te marier.

Il resta un instant silencieux.

— C'est l'usage pour un homme de ma condition.

Cette réponse la stupéfia. Une réaction stupide car, même si Archie ne paraissait pas pressé de se marier, le comte de Harcourt devait penser à sa succession. Or, pour engendrer un héritier, il aurait besoin d'une épouse.

Une crampe lui tordit l'estomac.

Qui Archie pourrait-il épouser ?

Vraisemblablement, une femme qu'il ne connaissait pas encore, sinon il serait déjà marié. Elle essaya de se représenter cette épouse, ce fantôme qui deviendrait la comtesse de Harcourt.

— Eh bien, reprit-elle, nous pourrions continuer jusqu'à ton mariage.

— Non, Clem, c'est impossible. Nous n'aurions pas dû faire ça, dit-il en soupirant et en lui caressant distraitement le bras.

— Tu regrettes ?

Elle avait réussi, malgré le choc, à poser la question sur un ton anodin.

— Pas exactement. Je regrette…

Elle ne put retenir un tressaillement. Il tourna vivement la tête, la dévisagea.

— Non, Clem, je n'ai aucun regret.

— Il nous reste une journée.

— Oui.

Il semblait triste, ce qui n'aurait pas dû l'étonner. Après tout, elle-même sentait poindre la mélancolie.

Elle connaissait le remède au chagrin.

— Je sais bien que je suis censée me lever et regagner ma chambre sur la pointe des pieds. Mais si je te proposais de nous lever tous les deux et de sortir ensemble ?

Qui avait besoin de sommeil ? Elle aurait le reste de sa vie pour se reposer.

— Nous pourrions faire une promenade avant de nous rendre à Doveborough. Juste une petite balade ?

Un sourire s'épanouit sur le visage qu'elle aimait tant.

— Oui, dit-il, et son sourire se fit malicieux – à quoi pouvait-il penser ? Allons nous balader.

Ce qu'Archie regrettait, et qu'il n'avait pas dit à Clem, était simple : désormais, il saurait ce qui lui manquait. Mettre fin à leurs rendez-vous secrets serait terrible, mais le faire alors qu'elle lui proposait une liaison à long terme était inhumain. Il était fermement résolu à ne pas donner carte blanche à Clem. Même s'il acceptait, même s'il parvenait à dépasser la répulsion morale que lui inspirait l'idée d'une liaison clandestine, ils ne tarderaient pas à se faire prendre. Ou bien Clem tomberait enceinte par accident et serait contrainte de l'épouser.

Or, jamais il n'obligerait Clémentine Morgan à faire ce qu'elle refusait : chasser et se marier.

Tandis qu'ils traversaient le jardin, alors que le soleil se levait à peine, il renonça à tenter de justifier son point de vue. Il s'exprimerait mal et ils finiraient par se quereller. Mieux valait ne pas trop y penser. Ils avaient la journée devant eux. Et la nuit.

Dès qu'ils pénétrèrent dans la forêt, il la prit par la main et la fit tournoyer comme s'ils dansaient un quadrille écossais. Elle éclata de rire. Sans cesser de la faire tourner, il la poussa vers un grand chêne et la plaqua contre le tronc.

— Nous n'avons pas le temps ! protesta-t-elle, rieuse, comme il tirait sur son décolleté pour baiser sa gorge pigeonnante.

— Bien sûr que si !

— Mais ça nous a pris des heures cette nuit et ce matin. Chaque fois.

— C'était intentionnel. On peut aller plus vite.

Il pensait bien la connaître à présent et savoir comment l'amener rapidement à la jouissance.

— Explique.

Il s'agenouilla devant elle.

— Qu'est-ce que tu fabriques ?

— J'explique, répondit-il en retroussant sa jupe. Tiens ça.

Il écarta la chemise et pressa la bouche sur la toison de Clem.

— Archie !

— Chut...

Ils n'avaient effectivement pas beaucoup de temps. Aussi, se dispensant à regret de fioritures, il écarta les lèvres tendres avec les doigts et titilla de sa langue le bouton de chair rose.

— Archie, gronda-t-elle d'une voix rauque.

Il s'interrompit et chercha son regard.

— Tu me fais confiance ?

— Oui, bien sûr !

La réponse avait fusé, catégorique. Heureux, il lécha le bouton de chair. Clem frissonna, et il continua. Seigneur Dieu... elle était si douce et vulnérable, et pourtant violente comme un vent d'orage qui le secouait et fouettait tout son corps, tout son être.

Elle se mit à gémir et, maintenant qu'il reconnaissait ses gémissements annonciateurs de l'orgasme, il accentua la pression de sa langue.

Voilà, elle ondulait et palpitait. Alors, comme un gamin écervelé, il libéra son membre, se masturba frénétiquement et jouit en même temps qu'elle.

Revenant à la réalité, il se redressa, baissa la jupe de Clem et rajusta son corsage.

— Et voilà, ni vu ni connu.

Il se rajustait à son tour quand elle posa doucement la main sur sa verge.

— Je voulais le faire, dit-elle d'un ton de reproche.

— Toutes mes excuses, rétorqua-t-il en riant. Mais le temps pressait.

Elle fit la moue, ressemblant soudain comme deux gouttes d'eau à sa sœur.

— Ce que je voulais surtout, c'était faire l'amour avec toi. Le faire vraiment. Ici, contre cet arbre. Est-ce tellement scandaleux ?

Oh, il rêvait de la coucher sur un tapis d'aiguilles de pin, et de se perdre en elle. Ou de la posséder debout contre cet arbre. Se comporter un moment comme un jeune campagnard, sans ployer sous le fardeau du titre, de la société, du mariage et de tout le tralala. Ne pas avoir la charge d'une mère qui ne le reconnaissait plus. Clem serait une fille de la campagne, à jamais libre de vagabonder par les bois et les champs, et qui peut-être l'autoriserait parfois à l'accompagner.

— Non, ce n'est pas scandaleux. Mais ce n'est pas raisonnable. Je ne prendrai pas le risque de te mettre enceinte, répéta-t-il.

Parce que tu serais forcée de m'épouser, faillit-il ajouter, juste pour voir sa réaction.

Mais il se tut, parce qu'il savait comment elle réagirait. Elle lui avait dit et répété que, pour elle, le mariage était une prison. Elle lui avait également dit que les hommes ne l'écoutaient jamais.

Il serait le seul qui l'écouterait.

— Mais ne crois pas que je n'aie pas aimé ce qui vient de se passer, poursuivit-elle. Ça, à mon avis, c'était scandaleux.

— Chacun son avis, je suppose.

— Montre-moi ton épaule, ordonna-t-elle tout à coup en tirant sur le col déboutonné de sa chemise.

Il n'avait pas pris la peine de revêtir un gilet et une redingote pour leur promenade. L'écorchure, due au coup de pistolet tiré par Clem près de quinze jours auparavant, ce qui semblait une éternité, était sans doute plus visible à la lumière du jour qu'à la lueur des bougies dans la chambre.

— Non, répondit-il en s'écartant.

— Montre.

— Non.

Pourquoi s'obstinait-il ? Sans doute en partie parce que, même s'il l'avait accusée en plaisantant de l'avoir blessé, il ne voulait pas qu'elle se sente coupable. Il allait bien.

— La balle m'a à peine égratigné. C'est quasi guéri, je n'aurai même pas de cicatrice.

D'une façon absurde, il aurait préféré avoir une cicatrice, un souvenir de l'Escapade 1821, qui serait manifestement à marquer d'une pierre blanche.

S'il avait la chance de garder une cicatrice, il l'effleurerait du doigt durant les mois et les années à venir, et penserait à Clémentine Morgan.

Chassant de son esprit cette image déprimante, il s'éloigna de Clémentine et reboutonna son col. La course de tortues les attendait.

17

Dieu lui vienne en aide !

Même si Clémentine préférait la rase campagne à la civilisation, il lui fallait admettre qu'il était extrêmement plaisant de marcher au soleil avec un groupe d'amis très chers, en s'imprégnant des images, des bruits et des odeurs d'une fête villageoise. Sa détestation de Londres était peut-être due, en partie du moins, à l'absence de vrais amis avec qui partager les plaisirs de la capitale.

Or, elle avait le sentiment que ces gens qui l'escortaient étaient de vrais amis. N'était-ce pas extraordinaire ? Elle ne connaissait lord Featherfinch et lord Marsden que depuis deux semaines, pourtant elle les considérait comme des frères. Dans le même laps de temps, Olive était passée du statut de simple cadette à celui de sœur tendrement aimée.

Et Archie…

Oh, Archie ! Il était le seul de la bande dont Clémentine pouvait dire qu'il était son ami de toujours, même si leurs chemins ne s'étaient pas croisés au cours des dernières années.

— Mademoiselle Morgan, déclara lord Marsden, alors qu'ils s'étaient assis à une table, dehors, pour prendre une collation. J'espère que vous ne me jugerez pas si je dis que ce pâté est divin.

— Je ne vous jugerai pas, promis.

— Mais vous m'avez donné à réfléchir et…

— Pitié ! l'interrompit lord Featherfinch d'une voix théâtrale. S'il vous plaît, ne revenons pas sur ce sujet.

Il se tourna vers Clémentine.

— Nous sommes là pour vous soutenir. Il faut qu'Hermès l'emporte.

— Je ne sais pas trop ce que je peux faire, hormis l'orienter dans la bonne direction.

Clémentine avait essayé d'entraîner Hermès, mais elle devait reconnaître qu'Olive avait raison : une dresseuse de tortues ne pouvait que croiser les doigts.

— Ai-je besoin de vous rappeler que j'ai misé une coquette somme sur le jeune Hermès ? lança lord Featherfinch avec un clin d'œil.

— Si vous considériez cette somme comme un bon investissement, vous m'inquiéteriez, rétorqua Clémentine. J'avais l'impression que ce pari hasardeux était, de votre part, un geste d'amitié.

— C'était bien ça.

Il leva sa tasse de thé, et les autres l'imitèrent.

— À votre santé, mademoiselle Morgan, que vous remportiez ou non la victoire !

Clémentine sentit son cœur se serrer. Jamais encore on n'avait porté de toast en son honneur.

— À titre personnel, déclara lord Marsden, je ne confonds jamais investissement et geste d'amitié. Comme j'ai misé trois livres sur Hermès, je vous conseille de prendre cette course au sérieux.

Flûte ! Interloquée, Clémentine ne savait comment réagir. Ce fut seulement quand Olive pouffa et que lord Marsden esquissa un sourire goguenard qu'elle comprit qu'il plaisantait.

— Vous êtes abominables, tous tant que vous êtes !

Quelle merveille d'avoir des amis comme eux, qui la taquinaient et qui… pariaient sur sa tortue.

Archie extirpa sa montre de son gousset.

— Oublions les investissements et les gestes d'amitié, voulez-vous ? Il sera bientôt 14 heures, il faut y aller.

— J'ai une déclaration à faire, dit Olive en se levant. Je n'ai pas très envie que la course commence, parce que ça signifie que notre séjour se termine. Je ne veux pas rentrer à la maison ! J'aimerais que nous restions pour toujours dans notre château délabré au fin fond du comté de Cumbrie.

Sur la ligne de départ, Clémentine échangea de menus propos avec les autres dresseurs de tortues. À première vue, sa rivale la plus redoutable serait Mlle Franklin, une fille d'une douzaine d'années. Le vainqueur de l'année précédente, M. Hurt, péchait à son avis par excès de confiance.

Le maître de cérémonie, un homme corpulent à la figure rubiconde, propriétaire du pub qui organisait la compétition, gratifia le public, nombreux, d'un discours énergique en veillant à mentionner son établissement à la moindre occasion.

Puis il se tourna vers les concurrents humains.

— À vos marques, prêts…

Un coup de feu, tiré au pistolet, retentit. Clémentine, qui ne s'y attendait pas, sursauta violemment. Avec quelques précieuses secondes de retard, elle plaça Hermès sur la pelouse de la place du village, soigneusement tondue pour l'événement.

Eh bien, tant pis ! Ses amis perdraient leur mise, ils étaient assez riches pour se le permettre. Malheureusement, elle ne pourrait pas donner à Olive, comme prévu, la somme attribuée au vainqueur. Elle n'en revenait toujours pas qu'Olive soutire de l'argent à leur père, non pour le dilapider en fanfreluches mais pour l'économiser et financer ses extraordinaires projets d'avenir. Olive devrait peut-être demander un prêt à lord Featherfinch, son nouvel ami.

À ce propos, Clémentine n'avait pas encore parlé à sa sœur de la scène, dans le couloir, dont Archie et elle s'étaient retrouvés les témoins involontaires. Elle ne savait pas comment aborder le sujet, ni même si elle devait le faire. Elle n'avait peut-être pas à s'en mêler.

— Hermès !

Le cri d'Olive tira brusquement Clémentine de ses pensées. Pendant qu'elle rêvassait, les autres dresseurs avaient suivi leur champion et parcouru quelques mètres. Elle se hâta de les rejoindre et découvrit qu'Hermès avait rattrapé son retard. Il était maintenant au milieu du peloton.

— Regarde-le ! lui lança Olive depuis la ligne d'arrivée, où les trois lords et elle s'étaient positionnés. Accélère, Hermès !

Les concurrents approchaient d'une barrière, une rangée de barils de vin censée les inciter à opérer un virage à quatre-vingt-dix degrés. La moitié d'entre eux seulement relevèrent le défi, et Hermès était du nombre.

— Hourra !

— Allez, Hermès !

— Je crois qu'Hermès va doubler celui qui mène le train !

Clémentine concentrait son attention sur son champion, mais elle entendait, par-dessus le brouhaha, les vociférations de ses amis et de sa sœur. C'était indubitablement elle qui recevait le plus d'encouragements – ou, du moins, les plus bruyants.

Ne t'emballe pas, s'ordonna-t-elle. Hermès était encore à une longueur de carapace derrière le coureur de tête, une petite tortue baptisée Tempérance, appartenant à Mlle Franklin.

Clémentine sentit alors se produire en elle un étrange phénomène, qui n'avait aucun rapport avec les tortues, même si celles-ci en étaient le catalyseur. Elle eut l'impression, ridicule, de porter Hermès à l'intérieur d'elle-même. À l'instar du dieu dont il portait le nom, il avait des ailes invisibles à ses petites pattes, qui s'agitaient frénétiquement. Il cheminait vers la ligne d'arrivée, vers la victoire.

— Hermès ! s'écria-t-elle. Tu peux le faire !

À sa grande surprise, et à sa légère honte, Hermès percuta délibérément Tempérance une fois parvenu à sa hauteur et, tandis que sa victime chancelait, prit le large.

Clémentine se précipita vers la ligne d'arrivée, vaguement consciente des hourras de lord Marsden et de lord Featherfinch, et des cris de joie de sa sœur. Elle n'avait d'yeux que pour Archie.

— Clem !

En deux pas de géant, il la rejoignit, la souleva et la fit tournoyer. Cela devenait habituel, comme si c'était simplement une manière de la saluer. Mais naturellement, ce n'était pas si simple. Les gens allaient jaser.

Comme elle aurait aimé qu'Archie et elle aient, eux aussi, des ailes aux pieds pour pouvoir s'envoler loin d'ici !

Il la reposa aussitôt à terre et toussota, confus.

Les autres les rejoignirent à leur tour, et il y eut un bref moment de gêne, comme si Archie et Clémentine, de nouveau enfants, avaient été pris en flagrant délit, en train de faire une bêtise. Mais le joyeux tohu-bohu de la remise des prix fit heureusement diversion. Le propriétaire du pub invita Clémentine à monter sur une scène de fortune et, tel un bateleur, lui remit la rosette du vainqueur et un souverain d'or.

Quand elle fut dûment récompensée, ses amis l'entourèrent.

— Il faut fêter ça ! décréta Archie avec un grand sourire.

— Entre nos gains, que nous allons empocher séance tenante, et votre prix, nous aurons de quoi acheter tout le village, claironna lord Featherfinch. Ou du moins nous offrir un festin.

— J'ai prévu d'utiliser mon prix pour autre chose, dit Clémentine.

— Quoi donc, Clemmie ? demanda Olive.

Clémentine hésita, elle devrait peut-être se taire. Mais l'excitation fut la plus forte.

— Je te le réserve, Olive, répondit-elle en montrant le souverain d'or.

Olive en resta bouche bée, ce qui était à la fois inédit et cocasse.

— Ma sœur économise pour un projet important, expliqua Clémentine à leurs amis.

— Je ne peux pas accepter ton argent, Clemmie ! protesta Olive. Tu l'as gagné.

— C'est Hermès qui l'a gagné, et j'en fais ce qui me chante. De toute façon, je n'en ai pas besoin.

C'était vrai. Olive et elle étaient chanceuses, elles n'avaient jamais manqué de rien, du moins de rien de matériel. Elles n'avaient évidemment pas tout ce qu'elles souhaitaient. Clémentine, par exemple, rêvait d'une vie paisible à Hill House ; cependant, cela ne s'obtenait pas avec de l'argent mais plutôt avec de la persuasion. Les projets d'Olive, en revanche, seraient onéreux.

— Dans ce cas, mademoiselle Olive, je vous donnerai mes gains, déclara lord Featherfinch. Je n'ai plus qu'à courir les récupérer.

— Je vous donne aussi les miens, annonça lord Marsden, coupant court aux protestations d'Olive.

Laquelle, bien sûr, fondit en larmes.

— Vous voulez bien prendre Hermès ? demanda Clémentine à Archie en lui tendant la boîte où son champion s'était réfugié. Je vais faire un tour avec Olive.

Elle jeta un regard circulaire.

— Nous vous retrouverons à l'endroit où nous avons pris notre collation.

Avant qu'Archie objecte qu'elles ne pouvaient pas se balader sans chaperon, elle ajouta :

— Ici, personne ne nous connaît, et nous n'en avons pas pour longtemps.

Archie hocha la tête. Il tournait les talons quand elle se ravisa :

— Vous n'avez qu'à libérer Hermès, il l'a bien mérité.

Elle comptait le faire elle-même, mais à quoi bon garder Hermès prisonnier plus longtemps que nécessaire ?

Elle prit Olive par le bras et l'entraîna avec elle. Quand elles se furent suffisamment éloignées, elle essaya de mettre le souverain dans la main de sa sœur, mais Olive eut un mouvement de recul.

— Tu ne sais même pas ce que je compte en faire.

— Mais si, tu m'as montré ta liste.

Olive soupira.

— Ce n'était pas sérieux ?

Après tout ce qu'elles avaient traversé, elle supporterait mal que cette liste soit pure invention. La découvrir lui avait permis de voir sa sœur sous un nouveau jour, et elle refusait de renoncer à cette Olive-là, celle qui avait des secrets et des ambitions.

— Si, c'était sérieux, répondit Olive avec circonspection. Mais ce n'est pas pour ces projets que j'économise.

— Comment ça ? Et tes voyages ?

— Quand pourrai-je voyager, Clemmie ? En étant réaliste ?

— Quand tu seras mariée avec un homme riche, plus vieux que toi, que tu estimeras mais qui te fichera la paix, et réciproquement. Et qui financera les voyages que tu feras avec un compagnon intéressant quoique respectable.

— Oh, j'adorerais ça, rétorqua Olive avec un sourire affectueux. Mais dans ces conditions, je n'aurais pas besoin d'avoir mon propre argent, n'est-ce pas ?

— Sans doute pas, pouffa Clémentine.

— J'ai quelque chose à te dire, Clemmie.

— Je t'écoute.

Saurait-elle enfin qui était l'amour perdu de sa sœur ?

— Je n'ai pas mis de l'argent de côté pour me payer des fantaisies ni même pour les projets de ma liste. Je l'ai donné à Mme Scully de Chiddington.

Clémentine ne comprit pas tout de suite de quoi il retournait.

— La veuve du chirurgien ?

Il lui fallut quelques secondes supplémentaires pour comprendre vraiment.

— Oh... Mme Scully, la mère de Ralph.

— Oui.

— Mais... pourquoi ?

— Parce que son mari et son fils sont morts, et qu'elle n'a plus rien.

— C'est très généreux de ta part.

— Ce n'est pas de la générosité, rétorqua Olive d'une voix sourde. C'est...

Elle poussa un lourd soupir.

— C'est un impératif.

— Ralph et toi étiez très bons amis, fit remarquer Clémentine d'un ton anodin.

Elle ne voulait surtout pas effaroucher Olive, alors que celle-ci était, semblait-il, sur le point de tout révéler.

— En effet.

— J'ignorais qu'il était mort, je suis navrée.

— Tu l'ignorais parce que je ne t'en ai jamais parlé.

Comment encourager Olive à se confier ? Ah, elle avait peut-être une idée.

— Quand nous rentrerons à Londres, je persuaderai Père de nous laisser passer du temps à Hill House. Un long et agréable séjour.

Même si habiter si près d'Archie sans pouvoir être dans ses bras serait un calvaire.

— Je refuse d'aller là-bas, rétorqua sèchement Olive.

— Mais tu aimerais que nous puissions rester ensemble plus longtemps. Tu l'as dit.

— Ici, oui. Pas à Hill House.

— Qu'est-ce que tu reproches à Hill House ?

Elle se montrait sans doute trop insistante, mais elle avait cette impression tenace d'être à deux doigts d'une révélation qui expliquerait tout.

— Rien !

— Dans ce cas, pourquoi refuses-tu d'y aller ?

— Parce que je m'ennuie à la campagne ! Parce que je veux rentrer à Londres, où je suis à ma place !

Un mois auparavant, Clémentine aurait jugé cet accès de colère puéril, et n'en aurait pas tenu compte. Elle aurait jugé Olive superficielle parce qu'elle raffolait des mondanités.

Elle n'aurait pas compris que, parfois, la colère était simplement une réaction de défense.

Elle posa une main sur l'épaule de sa sœur, une dernière tentative avant de la laisser tranquille.

— Olive chérie, tu ne veux pas me dire ce qui t'arrive ?

Olive ne la regarda pas. Elle baissa la tête et ferma les yeux.

— Je n'aime pas Hill House parce que Ralph est mort.

— Vous étiez très bons amis, répéta Clémentine, espérant que, cette fois, sa sœur saisirait la perche qu'elle lui tendait.

— Non... oui..., balbutia Olive. Nous étions...

— Plus que des amis, n'est-ce pas ? Tu l'aimais et, maintenant qu'il est mort, tu ne peux pas le pleurer car personne ne sait ce qu'il représentait pour toi.

Olive leva vers elle des yeux noyés de larmes.

— Oh, sœurette... Je suis désolée, ma chérie.

Clémentine ouvrit les bras et Olive vint s'y blottir. Elles restèrent longtemps enlacées. Olive sanglotait, et Clémentine n'essaya pas de la calmer. Les mots sonneraient creux.

Puis, toujours blottie dans ses bras, Olive déclara d'une voix sourde :

— Je devais l'épouser dès qu'il reviendrait du Canada. Il m'avait déjà fait sa demande, et j'avais dit non. J'avais peur.

— De quoi ? rétorqua Clémentine avec douceur.

— Je ne sais pas !

Olive se dégagea brutalement.

— J'avais sans doute peur de notre père. De la bonne société. Personne ne voyait d'inconvénient à ce que Ralph et moi soyons amis quand nous étions gamins et que nous étions à la campagne, où les règles de bienséance sont moins strictes. Mais si j'avais annoncé que j'épouserais le fils du chirurgien... tu imagines ?

— Oui, j'imagine.

Aurait-il été possible de faire changer leur père d'avis ? se demanda Clémentine. De son vivant, M. Scully n'était pas jugé fréquentable par la bonne société, puisqu'il n'était pas un médecin issu de l'université, même s'il était très respecté à Chiddington, où il n'y avait justement pas de médecin. Le jour où sir Albert était tombé de cheval, M. Scully était venu le soigner. Elle se souvenait qu'il avait été ensuite invité à dîner avec la famille au lieu d'être envoyé manger avec les domestiques.

Elle garda cependant ses réflexions pour elle. Inutile de remuer le couteau dans la plaie, Olive s'était sans doute suffisamment flagellée.

— Si tu l'avais épousé avant qu'il s'enrôle dans l'armée, ça n'aurait rien changé, dit-elle gentiment. Il serait mort dans tous les cas.

— Tu te trompes. Ça aurait tout changé, rétorqua vivement Olive en essuyant ses larmes. J'aurais eu le droit de pleurer mon époux. Il aurait su, de là-haut, que je le pleurais.

Clémentine ne l'avait jamais entendue parler avec autant de passion.

— Au lieu de quoi, poursuivit Olive d'une voix qui grimpait dans l'aigu, Ralph est allé au-devant de la mort en croyant qu'il n'était pas assez bien pour moi. Alors qu'en réalité c'est l'inverse !

— Oh, ma chérie, non ! Ralph t'aimait.

— Il a été d'un tel réconfort pour moi, au décès de notre mère. Maintenant qu'il n'est plus là, je veux être un soutien pour sa mère. Je voudrais que nous nous consolions mutuellement. Mais c'est impossible.

— Je comprends.

Que dire, qui ne soit pas blessant ? Elle se tut et se contenta de scruter le visage de sa sœur, ses grands yeux bleus brillants de larmes, et de prendre la mesure de son chagrin et de ses regrets. De voir la femme qu'elle était. Archie lui avait enseigné que, parfois, le fait que quelqu'un voie notre douleur, même s'il ne pouvait pas l'apaiser, mettait du baume au cœur.

— Je veux te montrer quelque chose quand nous rentrerons au château, dit Olive.

— D'accord, ma chérie.

— Dépêche-toi de relâcher ce maudit bestiau, mon vieux !

— Simon a raison, lança Effie tandis qu'il avançait péniblement dans les broussailles bordant la petite rivière qui traversait Doveborough. Les demoiselles Morgan ne tarderont pas, si elles ne sont pas déjà en train de nous attendre. Elles vont s'inquiéter.

— Oui, d'accord, répondit Archie en se tournant vers eux.

Ses deux amis avaient patienté longtemps sur le pont qui enjambait la rivière, et maintenant ils marchaient droit sur lui, tels des parents venus récupérer un enfant fugueur.

— Je cherchais le lieu idéal pour libérer Hermès, expliqua-t-il, penaud. Vous pensez qu'Hermès se plaira ici ?

Il avait choisi cet endroit, où la rivière clapotait gentiment contre la berge, avec l'idée qu'Hermès pourrait décider s'il préférait l'eau ou la terre ferme.

— Je pense surtout qu'Hermès est une tortue.

— Oui, mais il a gagné la course. Il mérite une belle et heureuse retraite.

— Tu devrais le ramener en douce au château et demander à la cuisinière d'en faire une soupe, suggéra Simon. Lors d'un banquet après une parade, on a servi de la soupe de tortue. Eh bien, figure-toi que c'est succulent.

— Quelle horreur ! s'exclama Archie, serrant contre sa poitrine le malheureux Hermès dans sa boîte.

Simon arqua un sourcil goguenard, Effie s'esclaffa. Ils se moquaient de lui, mais franchement il ne trouvait pas cela drôle.

Il voulait qu'Hermès soit... quoi donc ? Libre ?

Oui, mais il n'avait pas envie de lui dire adieu.

Il le devait pourtant, n'est-ce pas ?

Une prison, même confortable, n'en reste pas moins une prison.

Il s'ébroua. Bon sang, ce n'était qu'une tortue ! Remarquablement véloce, certes, mais tout de même ! De plus, Effie avait raison : il ne fallait pas faire attendre les sœurs Morgan. Faire une courte promenade sans chaperon était une chose, faire le pied de grue sur la place du village en était une autre.

Il s'accroupit au bord de l'eau et, avec d'infinies précautions, retourna la boîte. La petite tortue en sortit et s'immobilisa. Archie, toujours assis sur ses talons, et Hermès se regardèrent.

— Allez, du balai ! Tu es libre, stupide reptile. Va-t'en !

Pourquoi ne bougeait-il pas ?

Simon toussota. Archie se redressa et déclara à ses amis qui se tenaient derrière lui, sans quitter Hermès des yeux :

— Mlle Morgan voudra un compte rendu détaillé de la libération d'Hermès, mais je ne peux pas lui dire qu'il est resté planté là.

— Peut-être que si tu t'éloignais le premier ? hasarda Effie.

Ça pourrait marcher. Mais... il n'en avait pas envie.

Une tortue, se répéta-t-il. *Hermès est une tortue.*

Il pivota et, traînant les pieds, grimpa le talus. Il fit signe à ses amis de le suivre sur le pont. Là, il s'accouda sur le parapet. Effie et Simon l'imitèrent.

— Je veux juste m'assurer qu'il s'en aille.

Ils passèrent plusieurs minutes à observer en silence Hermès qui les regardait également.

— Ce soir, c'est notre dernière soirée, annonça Simon. Demain, retour à Londres.

— Ces deux semaines ont passé si vite, soupira Effie. Comme chaque année.

— J'ai quelque chose à te dire, Archie, déclara posément Simon. Quand nous retrouverons la civilisation, tu ne pourras pas te comporter avec Mlle Morgan comme tu le fais ici.

Ces paroles arrachèrent Archie à son observation animalière. Il se redressa.

— Je le sais, crétin.

— Vraiment ?

Archie se hérissa. Il n'était peut-être pas intelligent et il détestait peut-être Londres, mais il savait se conduire correctement quand il le fallait.

— Tu crois que je vais me pavaner en peignoir de soie verte, en la tutoyant et en l'appelant par son prénom ?

— Non, mais je crois que tu n'es pas conscient des petites familiarités que vous vous permettez, tous les deux.

— Que veux-tu dire ?

Simon était toujours excessivement prudent. Archie se tourna vers Effie.

— Que veut-il dire ?

— Il fait allusion, notamment, à la façon dont tu l'as prise dans tes bras après la course de tortues, répondit Effie.

— Je ne le ferai évidemment pas en société, ne me croyez pas plus bête que je ne le suis.

— Ce n'est pas seulement cette étreinte qui est problématique, poursuivit Simon. Il y a surtout la façon dont vous vous êtes aussitôt tournés l'un vers l'autre. Comme si vous étiez un instant transportés dans un monde où nous autres n'étions pas les bienvenus.

— C'est...

Vrai. Oui, c'était possiblement vrai. Nom d'un chien !

— Très bien, articula-t-il. La vie simple que nous menons à Quintrell Castle, les péripéties que nous avons traversées pour voler au secours des demoiselles, et l'amitié qui me lie à Mlle Morgan depuis l'enfance... tout cela a contribué à créer une familiarité qui peut prêter à confusion. Par conséquent, je vous remercie de m'avoir averti.

Il les regarda tour à tour, droit dans les yeux, et hocha la tête.

— Car si vous avez mal interprété la situation, Dieu sait ce que pourraient en penser les gens qui nous connaissent moins bien.

— Nous avons « mal interprété la situation » ? demanda gentiment Simon.

— Oui. Absolument.

Il pivota brusquement pour voir où en était Hermès. Il était parti en vadrouille pendant qu'Archie regardait ailleurs. Il fallait du moins l'espérer. Seigneur, et si un rapace sournois l'avait attaqué et emporté dans les airs ?

Qu'allait-il raconter à Clémentine ?

En fait, il n'eut pas à lui raconter quoi que ce soit. Quand Clémentine et Olive revinrent, il vit que quelque chose n'allait pas. Elle ne demanda pas de nouvelles d'Hermès. Son sourire et sa gaieté s'étaient évanouis.

Elle tenait la main de sa sœur dans la sienne. Ils rejoignirent les chevaux, se mirent en selle. Clémentine et Olive chevauchèrent côte à côte, à quelques mètres devant les trois lords, jusqu'au château.

— Nous devrions dîner tous ensemble, proposa Archie quand ils entrèrent dans le hall. Puisque c'est notre dernière soirée, nous partagerons votre repas, mesdemoiselles.

Les garçons acquiescèrent.

— Oh, ce n'est pas possible, rétorqua Olive. Mme MacPuddle m'a dit ce matin que la cuisinière était déjà aux fourneaux pour vous concocter un dernier festin, messieurs. Vous ne pouvez pas gâcher toute cette nourriture et mépriser son travail.

— Effectivement.

Ils « ne pouvaient pas » ? Ils auraient pu, non ?

— Nous serons cependant ravies de nous joindre à vous après le dîner, ajouta Olive. N'est-ce pas, Clemmie ?

Clémentine acquiesça, mais quelque chose clochait, Archie le sentait. Il s'abstint néanmoins de poser des questions, surtout après l'avertissement que venaient de lui donner ses amis.

Les deux sœurs prirent congé et s'éloignèrent. Elles se tenaient toujours par la main.

Quel que soit le problème, Archie voulait par-dessus tout aider à le résoudre. La semaine prochaine, à cette heure-ci, il n'en aurait plus la possibilité.

Il extirpa son komboloï de sa poche et se mit à l'égrener. Il se demandait où Hermès pouvait bien se trouver.

— Tu connais mon almanach ? demanda Olive.

— Bien sûr.

Olive ouvrit le tiroir de sa table de chevet et en sortit le livre que Clémentine avait souvent vu, notamment la semaine précédente quand sa sœur y avait pris sa liste.

Olive s'assit au bord du lit.

— C'est Ralph qui me l'a offert.

Tout s'explique…, songea Clémentine en s'asseyant à son tour sur le lit.

— Il me l'a donné la veille de son départ. Pour que je compte les jours jusqu'à son retour, murmura Olive en caressant du bout des doigts la couverture usée. Je lui ai dit de ne pas m'écrire, j'avais peur que Père découvre notre relation.

D'un geste brusque, elle laissa tomber l'almanach sur la courtepointe.

— Je lui ai dit de ne pas m'écrire, Clemmie ! Si je ne l'en avais pas empêché, j'aurais au moins des lettres de lui ! Mais je n'ai pas imaginé un instant qu'il pouvait mourir ! Il partait pour le Haut-Canada, au fort McHenry. Ce n'était tout de même pas Waterloo !

— Comment est-il mort ? interrogea Clémentine avec douceur.

— Je l'ignore, je sais seulement qu'il est mort parce que j'ai entendu quelqu'un en parler dans une boutique de Chiddington. Et moi, je lui ai dit de ne pas m'écrire ! répéta-t-elle.

Clémentine posa la main sur le livre, pour montrer à sa sœur qu'elle comprenait.

— Tu étais si jeune, ma chérie. Tu étais dépassée par la situation.

— Je lui ai dit que, pendant son absence, je me débrouillerais pour que nous puissions nous marier. Mais qu'est-ce que j'aurais fait, hein ? lança Olive d'une voix où vibrait un terrible mépris de soi. J'aurais brusquement trouvé le courage de tout avouer à notre père, alors que je me suis tue pendant des années ? Ralph partait servir notre pays, et moi je n'étais même pas capable de dire une simple vérité.

— Mais il n'y avait rien de simple là-dedans, rétorqua Clémentine, scrutant le visage de sa sœur qui regardait fixement son almanach. Pour les femmes, ce n'est jamais simple. En parler n'était pas une question de vie ou de mort, je te le concède, et je n'irais pas comparer ça à une campagne militaire. Mais ce n'était pas simple. Tu dois t'en persuader.

— Je veux te montrer autre chose.

Clémentine craignait que son cœur n'en supporte pas davantage. Malgré tout, elle opina.

Olive ouvrit le tiroir du bas de sa table de chevet et s'y empara du tambour à broder qu'elle avait soigneusement caché jusqu'ici. La toile représentait une imposante tombe grise, sur fond de forêt automnale. Sur la pierre, on lisait :

Ralph Albert Scully
1801-1819
Fils, soldat, bien-aimé

C'était donc cet ouvrage qu'elle avait montré à lord Featherfinch cette nuit-là.

— Il… Ralph est enterré à Chiddington ?

— Je ne sais pas.

— Tu pourrais poser la question à sa mère.

Et aussi l'interroger sur les circonstances de la mort de son fils.

— Mais comment m'y prendre ?

— Eh bien… que lui dis-tu quand tu lui donnes de l'argent ?

— Rien. Je le fais de façon anonyme.

Clémentine ravala une exclamation, comme si elle avait reçu un coup à l'estomac. Elle avait si mal compris sa sœur, et depuis si longtemps. Des années. Quel gâchis ! Mais ce n'était pas le moment de se perdre en lamentations, Olive n'avait pas besoin de cela. Elles avaient la vie devant elles pour rattraper le temps perdu.

— Tu pourrais chercher sa tombe quand tu seras à Chiddington.

Il n'y avait que deux cimetières dans le village.

Clémentine regretta aussitôt sa suggestion. Olive s'effondra. Elle avait dit qu'elle ne supportait pas d'être à Chiddington, et sa sœur lui proposait d'explorer les cimetières à la recherche de la tombe de son bien-aimé.

— Pardonne-moi, je suis stupide.

Voir sa sœur aussi désespérée, savoir qu'elle avait si longtemps caché un tel chagrin, et un aussi grand amour, lui brisait le cœur.

— Et ta liste, ma chérie ?

— Tu penses toujours qu'elle n'est pas sincère ?

— Non ! J'espérais seulement qu'elle t'apporte un peu de réconfort, ou du moins une distraction. Mais je t'avoue que j'ai un peu de mal à concilier tout ce que tu m'as raconté, et la douleur que te cause la perte cruelle de Ralph, avec cette liste.

Olive haussa les épaules, un geste qui rétablit en partie la façade qu'elle opposait au monde.

— Puisque je ne peux pas vivre avec Ralph, n'importe quel mari fera l'affaire.

— Je ne te suis pas... Tu serais prête à épouser n'importe qui, alors même que cette liste semble te tenir à cœur.

— Bah... la vie est courte, n'est-ce pas ? Et longue.

— Je crois comprendre... Tu comptes prendre ton temps.

— Oui, je finirai par me décider mais j'essaierai en attendant d'en profiter au maximum. En tout cas, c'est ce que je me dis. À Londres, je peux me distraire. Les toilettes, les réceptions... tout ça.

Olive haussa de nouveau les épaules.

— S'il faut souffrir, autant être entourée de belles choses et savourer des mets exquis. Si on a l'âme en peine, pourquoi ne pas dorloter le corps ?

C'était étonnant, et logique en un sens. Clémentine s'en voulait d'avoir si longtemps jugé sa sœur superficielle, alors qu'elle cherchait juste un peu de beauté pour apaiser sa douleur.

Olive esquissa un petit sourire ironique.

— Avec ces révélations, je ne vais certainement pas remonter dans ton estime. Pas vrai, sœurette ? Car ce n'est pas que de la comédie : j'aime vraiment les réceptions, les fanfreluches, et j'adore qu'un gentleman se prosterne à mes pieds en me jurant un amour éternel. Malheureusement, ça ne marche qu'à Londres.

Clémentine aurait donné n'importe quoi pour consoler sa sœur.

— Tu pourrais peut-être considérer Chiddington comme le lieu des bons moments que tu as vécus avec Ralph, plutôt que comme la source de ton chagrin.

— Non. Un jour, peut-être, mais pas maintenant. Je sais que mes chiens préfèrent la campagne, et je me sens coupable de les garder en ville, mais je ne supporte pas d'aller là-bas. À Pâques, j'ai été affreusement malheureuse.

Clémentine s'en souvenait très bien. Elle avait pensé qu'Olive méprisait les gens de la campagne, qu'elle était capricieuse et égocentrique. Quelle aveugle !

Olive se leva soudain et, avec des gestes brusques, rangea son ouvrage et son almanach dans les tiroirs de la table de chevet.

— Toi, par contre, tu rentreras à Hill House. Je t'aiderai à convaincre Père de t'y autoriser. Je suis très douée pour le mener par le bout du nez.

— Et toi, tu resteras à Londres ? demanda Clémentine, même si elle connaissait déjà la réponse.

— Oui.

— La perspective de ne pas habiter sous le même toit que toi ne m'enchante pas.

Surtout maintenant que, pour la première fois depuis des années, elle avait le sentiment de connaître Olive, et réciproquement.

— Moi non plus.

Clémentine sentit son cœur se serrer douloureusement. Avoir enfin trouvé une sœur, et la perdre aussitôt...

À cet instant, Olive lui saisit la main.

— Mais nous avons encore toute une soirée.

— Oui ! s'exclama Clémentine, s'accrochant à cette idée consolante comme une intrigante harponne un beau parti.

— Clemmie... Tu veux bien dormir avec moi cette nuit ? demanda Olive en lui étreignant la main.

Cette requête surprit Clémentine et la flatta.

— Après la soirée avec nos amis, nous pourrions revenir ici et papoter jusqu'à une heure indue.

Clémentine posa un baiser sur les doigts de sa sœur.

— Oui, je dormirai avec toi.

Elle resterait avec Olive, tiendrait sa main dans les siennes et bavarderait avec elle jusqu'à l'aube, même si elle devrait pour cela renoncer à une dernière nuit avec Archie.

Les hommes étaient des oiseaux de passage. Les sœurs étaient unies pour la vie.

À présent qu'elle avait retrouvé Olive, Dieu vienne en aide à l'homme qui s'aviserait de la séparer de sa sœur.

Même si cet homme-là devait être Archie.

La cuisinière avait préparé de l'agneau pour leur dernier repas, mais Archie n'y touchait pas, par respect pour le vaillant Hermès.

Cependant, quand il tenta de verbaliser dans sa tête, à défaut de se sentir en mesure de le faire à voix haute, le rapport entre Hermès et la viande d'agneau sur la table, cela lui donna le tournis.

Une tortue libérée... Un agneau mort... Sans oublier le bacon de l'autre jour – pourquoi ne l'avait-il pas recraché au lieu de se forcer à l'avaler ?

Clem dans un arbre.

Clem convulsant de plaisir sous sa bouche.

Il secoua la tête. Son cerveau s'embrouillait.

Il passa les premières minutes du repas à faire ce qu'il avait fait la veille : essayer de cacher qu'il ne mangeait pas de viande en remplissant son assiette, et son estomac, de légumes. Il se donnait beaucoup de mal pour que les garçons ne remarquent rien.

Quelle idiotie ! pensa-t-il.

— Quelle idiotie ! lança-t-il.

Pourquoi le cacher à Simon et Effie ? Quand on aimait quelqu'un, on lui disait la vérité – du moins, sa version de la vérité.

— Ça va ? demanda Simon avec une douceur horripilante.

— Non, ça ne va pas ! Je ne peux pas manger cet agneau !

Effie s'esclaffa.

— Qu'est-ce qui te fait rire ? s'indigna Archie.

Il disait la vérité aux gens qu'il aimait, et ils se moquaient de lui ? Le monde était injuste, il ne se berçait pas d'illusions, mais que ces gens-là le prennent au sérieux, n'était-ce pas le but des familles de cœur, des fraises, du sel et de toutes ces absurdités ?

— Toi, répondit gaiement Effie. Je ris qu'il soit possible pour quelqu'un de si mal se connaître. Ne parlions-nous pas, il y a quelques jours à peine, de ton extrême sensibilité aux flux émotionnels ?

Ce trait d'ironie provenait bien de l'individu qui avait drapé de tentures funèbres la porte de sa demeure et composé un sonnet en hommage à son perroquet défunt, au point d'en oublier l'Escapade 1821.

Archie souffla.

— Les arguments de Mlle Morgan t'ont peut-être convaincu, déclara Simon d'un ton apaisant.

Il avait la bouche en cul-de-poule et semblait se retenir de rire.

— Ou ceux de M. Bull, ajouta-t-il. Mais, pour préserver ta réputation, disons que c'est Mlle Morgan qui t'a convaincu.

Archie opina. *Oui, disons cela.*

— Tu ne peux donc pas goûter à cet agneau, poursuivit Simon. D'un côté, c'est dommage, car cet agneau…

Il en prit une bouchée.

— … est vraiment délicieux. D'un autre côté, ce n'est pas la fin du monde, n'est-ce pas ? À l'instar de Mlle Morgan, tu as simplement renoncé à la viande.

— Et la chasse, dans tout ça ? grommela Archie.

Penchant la tête de côté, Effie scruta intensément son visage. À tout prendre, Archie préférait qu'on se moque de lui.

— Je ne crois pas que tu puisses chasser si tu renonces à manger de la viande.

— Tu le pourrais, renchérit Simon, mais ce ne serait pas très cohérent.

— Effectivement, je ne peux pas, rétorqua Archie en hochant résolument la tête.

Étonnamment, cela ne le dérangeait pas.

Il songea à l'Escapade 1818, l'année de l'accident de chasse. On avait frôlé le drame, et l'interdiction qui en avait résulté lui avait paru équitable. Plutôt qu'un chasseur, il préférait être celui qu'un ami rechercherait pour lui raconter ses rêves.

Dans son esprit, Effie céda la place à Clémentine. Ses larmes quand il avait tué le faisan. La façon dont elle lui avait ensuite ouvert son cœur et expliqué à quel point la mort de cet oiseau l'affectait. Renoncer à chasser serait juste. Ce serait... essentiel.

— Néanmoins, hasarda-t-il, songeant aux semaines à venir, peut-être que ces résolutions s'envoleront une fois que Mlle Morgan sera de retour à Londres et moi à Mollybrook.

Une perspective passablement déprimante.

Quand Clémentine arriva avec Olive après le dîner, Archie fut assailli par une vague de désir et de tristesse mêlés. La regarder parler, sourire, et savoir que le lendemain tout changerait... Penser que l'influence qu'elle avait sur lui s'estomperait bel et bien... Tout cela le rendait mélancolique.

Pour se consoler, il se répétait qu'ils avaient une autre nuit devant eux.

Il y avait de la nostalgie dans l'air, et Archie n'était pas le seul à la ressentir. Ils bavardaient et riaient pourtant comme d'habitude. Chacun racontait à sa façon l'instant où, pendant la course, Hermès avait pris la tête du peloton. Ce fut finalement Olive qui exprima ce que tous pensaient :

— Je ne veux pas que ces vacances s'achèvent !

Les garçons approuvèrent avec vigueur, puis, bien qu'il ne soit pas loin de minuit, Effie proposa une partie de whist. Tout le monde se leva pour déplacer les chaises. Archie se chargea de prendre les commandes et de servir les boissons. Clémentine vint se camper à côté de lui devant la crédence. Quand son bras frôla le sien, il tressaillit et renversa quelques gouttes du ratafia qu'Olive avait demandé.

— Cette nuit, je reste avec Olive, murmura-t-elle. Je ne pourrai pas te rejoindre.

— Quoi ? Pourquoi ?

— Chut...

Elle jeta un coup d'œil circulaire pour s'assurer que personne ne leur prêtait attention.

— Elle a besoin de moi.

Elle s'éloigna d'un pas léger, un verre à la main, alors qu'elle venait d'anéantir Archie.

Quelle fin épouvantable à ces deux semaines extraordinaires !

18

Les filles veulent juste s'amuser

— Ça n'a pas été aussi horrible que je le craignais, chuchota Olive à Clémentine.

Elles se trouvaient dans le petit salon de leur demeure londonienne tandis que leur père raccompagnait Archie sur le perron. Leur retour s'était déroulé dans la banalité, du moins jusqu'ici. Cela ne durerait sans doute pas. Archie avait pris congé de façon tout aussi banale. Il s'était borné à s'incliner devant Clémentine et Olive, comme si elles lui avaient paru interchangeables, et il s'en était allé comme par un jour ordinaire. Comme s'ils étaient des amis ordinaires.

Ce que, probablement, ils étaient.

Tout au long du trajet depuis la Cumbrie, Archie avait pris soin de dissimuler ses pensées. Bien sûr, il ne pouvait pas faire autrement. Ils étaient littéralement les uns sur les autres dans la berline et dans les auberges où ils s'étaient arrêtés durant le voyage. Mais l'indifférence d'Archie était des plus convaincantes et avait plongé Clémentine dans une pénible perplexité. Ce qui s'était passé entre eux n'avait-il été qu'un rêve fiévreux ?

— Somme toute, insista Olive, ça aurait pu être bien pire.

— Oh, mais ça va empirer, je te le garantis.

— Tu crois ?

— Oui, dès que nous serons seuls.

Clémentine se pencha en avant pour jeter un coup d'œil dans le hall où leur père et Archie discutaient encore à voix basse.

— Hmm... Il est possible que Père se soit contenu en présence d'Archie, vu tout ce qu'il a fait pour nous, tu as peut-être raison.

— J'ai raison, marmonna Clémentine qui, renonçant à épier la conversation des deux hommes, s'avachit sur le divan. Hélas.

Elle en eut la preuve lorsque leur père revint. La courtoisie et la gratitude qu'il avait témoignées à Archie s'étaient visiblement évanouies. Il s'assit en face de ses filles. Clémentine se retint de saisir la main d'Olive. Les jours précédents, elles n'avaient cessé de se tenir la main. Lors de leur dernière nuit à Quintrell Castel, quand Clémentine avait abandonné Archie pour dormir avec Olive, elle avait pris sa main dans les siennes et l'avait écoutée parler de Ralph. Qu'adviendrait-il de tout ce qui s'était dit cette nuit-là ? Cela modifierait-il définitivement la relation des deux sœurs, ou retrouveraient-elles leurs vieilles habitudes, comme si les confidences d'Olive n'avaient jamais existé ?

Sir Albert se taisait. Il les observait sans mauvaise humeur apparente, et Clémentine se dit qu'elle s'était peut-être trompée. Ses fiançailles ratées et la fugue amoureuse d'Olive, tout aussi ratée, avaient peut-être dessillé les yeux à leur père. Il les avait embrassées toutes les deux, à leur arrivée, une démonstration d'affection qui ne lui ressemblait pas. Ce n'était peut-être pas insignifiant. Les choses allaient peut-être changer.

Elle avait beaucoup réfléchi à la manière de mettre son plan à exécution, mais elle décida soudain d'aborder carrément le sujet. Autant battre le fer tant qu'il était chaud et être directe.

— Père, j'aimerais passer quelque temps à Hill House.

Comme il gardait le silence et, par souci de franchise, elle ajouta :

— Le plus longtemps possible. En fait, j'aimerais vivre à Hill House.

Il la dévisagea un instant, impassible.

— Non, je te l'interdis.

Il affichait un calme perturbant. Clémentine s'attendait à ce qu'il se mette en colère, mais non, il était juste... catégorique.

— Vous resterez toutes les deux sous ma surveillance, poursuivit-il tranquillement. Ici, dans la maison, en permanence. Vous ne sortirez pas sans moi. Vous ne pourrez plus sortir ni avec une domestique ni avec un chaperon. Je ne vous quitterai pas des yeux jusqu'au jour où je vous conduirai à l'autel et vous confierai à vos futurs époux. Toi, Clémentine, tu pourras retourner à Chiddington pour ton mariage, pas avant.

Abasourdie, Clémentine voulut protester, contester les décisions de leur père qui les plaçait en résidence surveillée et, surtout, lui imposait un avenir de femme mariée. Elle essaya de retrouver la confiance en elle qui l'avait animée à Quintrell Castle et, avant cela, quand elle s'était lancée à la poursuite d'Olive et de Théo. Elle était alors si déterminée, habitée par la certitude inébranlable qu'après une discussion franche avec son père au sujet du mariage, elle aurait enfin gain de cause.

Elle était exténuée. Le voyage avait été long. Tout son corps était endolori.

Son cœur l'était aussi.

Sir Albert se leva et, sur le même ton catégorique, déclara :

— Allez faire un brin de toilette. Vous consulterez Mme Henning pour le menu de ce soir. Lord Harcourt et ses amis dîneront avec nous.

— Vraiment ? s'exclama Olive, ravie.

Il n'y avait pas lieu de se réjouir, songea Clémentine qui, elle, avait envie de pleurer. Ce dîner ne ressemblerait pas du tout aux repas qu'ils avaient partagés durant les vacances. Ce ne serait qu'une représentation théâtrale : leur père remercierait Archie, puis refermerait sur Clémentine la porte de sa cage. Sa seule consolation était de savoir à présent pourquoi sa sœur économisait son argent de poche. Si elle n'avait aucune autre raison de vivre, elle pourrait au moins aider Olive dans son entreprise.

— Oui, avant que chacun d'eux retourne vaquer à ses affaires, je dois les remercier…

Un rictus crispa la bouche de sir Albert.

— … d'avoir épargné ta réputation, Olive.

Il pivota vers Clémentine.

— Ainsi que la tienne.

Archie n'avait aucune envie de dîner avec les Morgan, mais il n'avait pas trouvé le moyen de décliner l'invitation de sir Albert.

Pour être exact, il aurait aimé dîner avec une Morgan, ou bien, à la rigueur, avec les deux, car il avait de l'affection pour Olive.

Ou peut-être, après tout, les trois réunis, car… s'il n'appréciait pas particulièrement sir Albert, il avait pour lui du respect.

N'est-ce pas ?

Sir Albert était le plus vieil ami de son père.

Il repensa au jeu des chaises musicales que sa mère organisait autrefois. Si sa mémoire ne le trompait pas, sir Albert y participait avec enthousiasme.

Il réfléchissait trop. Il s'agissait simplement d'un dîner qui promettait d'être chaleureux avec les Morgan, Effie et Simon.

Ce ne fut pas du tout chaleureux.

L'atmosphère était tendue avant le dîner, et le resta pendant le repas. Archie observait Clémentine. Il n'y avait pas grand-chose à manger pour elle. Était-ce parce qu'elle ne décidait pas du menu, comme elle le lui avait dit ? Elle picora quelques morceaux de pomme de terre, et Archie vit Olive piquer en tapinois sa fourchette dans une fine tranche de rôti de bœuf qui languissait dans l'assiette de sa sœur.

Tout cela était franchement pénible et interminable.

Il fut cependant médusé lorsque Simon déclara :

— Je pense faire un tour à Vauxhall Gardens[1] demain soir. Quelqu'un veut se joindre à moi ?

Simon à Vauxhall Gardens ? Décidément, le monde tournait à l'envers !

— Non, je pars pour Highworth demain à la première heure, répondit Effie, confirmant du même coup que le monde était bel et bien sens dessus dessous.

Les goûts raffinés d'Effie et son amour des arts faisaient de lui, depuis toujours, un incurable citadin. Bien qu'il ait passé cette année beaucoup de temps dans son domaine familial des Cornouailles, songea Archie. Quoi qu'il en soit, Effie n'avait jamais boudé les fantastiques attractions de Vauxhall Gardens.

— Je dois recevoir à Highworth une lettre extrêmement importante, ajouta Effie, sur la défensive, d'un air presque hautain.

Cela n'échappa pas à Simon, qui lança un coup d'œil interrogateur à Archie. Les récents et surprenants déplacements d'Effie avaient peut-être un rapport avec son amour perdu. Archie brûlait de l'interroger à ce sujet, mais il décida de s'en abstenir. Il n'était pas censé avoir eu vent de cette histoire, et il espérait seulement qu'Effie se confierait un jour à lui.

---

1. Sorte de parc d'attractions organisé autour d'un pavillon de concert et d'un bal en plein air.

En attendant, il se contenterait d'être son ami, son frère de cœur, en priant pour que le temps et la loyauté produisent leurs fruits.

Cela faisait déjà trop longtemps qu'il rêvassait, aussi déclara-t-il :

— Je comptais retourner demain à Mollybrook avec ma mère, mais une soirée à Vauxhall Gardens ne me déplairait pas, et je pourrais peut-être retarder notre départ d'une journée.

— Tu viendras avec Mlle Brown ? enchaîna Simon.

— Éventuellement, répondit Archie, de nouveau surpris. Si ma mère le souhaite, et si elle est en état de venir.

Il se tourna vers les Morgan.

— Vous joindrez-vous à nous ? Je peux passer vous chercher.

— Oh oui ! s'écria Olive. Père, s'il vous plaît !

— Je n'ai aucune envie de traîner mes vieux os douloureux d'un bout à l'autre de Vauxhall Gardens, grommela sir Albert.

— Mme Abernathy peut nous chaperonner, suggéra Olive. Mme Abernathy, expliqua-t-elle à Archie, habite dans notre rue, elle était très proche de notre mère. Elle nous accompagne souvent quand Père est souffrant.

C'était amusant, tristement amusant, même, de constater qu'après tout ce qui s'était passé durant la précédente quinzaine, les sœurs Morgan aient besoin d'un chaperon pour se montrer en public avec Archie et ses amis. Tel était le monde qui faisait enrager Clémentine, et il la comprenait.

— Il n'est évidemment pas question que tu y ailles, Olive, déclara sir Albert d'un ton détaché.

— Mais… Père !

Clémentine posa la main sur le bras d'Olive pour la calmer.

— Il n'y aura plus de sorties jusqu'à nouvel ordre, ajouta sir Albert.

— Plaît-il ? articula Archie.

— Après les regrettables incidents des dernières semaines, mes filles ne quitteront plus la maison sans moi. Je les escorterai si j'estime que ce n'est pas une perte de temps.

Archie avait dû mal entendre.

— Même pas une promenade dans Hyde Park ? interrogea-t-il.

Ce n'était pas une forêt, mais ce serait mieux que rien.

— Ce serait une perte de temps.

Sir Albert, qui portait un morceau de rôti à sa bouche, interrompit son geste.

— À moins, bien sûr, qu'un gentleman n'invite l'une d'elles à une promenade dans le parc, et à condition que ce soit un beau parti.

Avec un sourire satisfait, sir Albert enfourna le morceau de bœuf, qu'il mastiqua férocement. Archie vit Clémentine tressaillir.

— Sir Albert…

Archie marqua une pause, rassemblant ses idées. Il avait intérêt à manœuvrer en finesse.

— … avec tout le respect que je vous dois, je me permets d'émettre une objection. Ce n'est pas une vie pour…

Pour Clémentine.

— … pour personne. Ce que vous décrivez ressemble fort à un emprisonnement.

— Cela ne ressemble pas à un emprisonnement, rétorqua aimablement sir Albert. C'en est un.

Archie s'éclaircit la voix pour gagner du temps et réfléchir à la meilleure manière de procéder.

— Nous pouvons sûrement mettre les événements récents sur le compte d'une erreur de jeunesse.

M. Bull a quitté l'Angleterre, et aucune réputation n'est flétrie.

— Où voulez-vous en venir au juste, mon garçon ?

— Je...

— Ne croyez surtout pas que je sois un ingrat. Vous et vos amis vous êtes démenés pour aider ma famille. Mais c'est ma famille, et je dois prendre les mesures qui s'imposent. Je suis devenu trop laxiste et...

— Non !

Archie s'était levé d'un bond, ce dont il fut le premier surpris. Sir Albert, interloqué, se tut.

— Je ne suis sans doute pas en situation d'intervenir, mais j'estime avoir le droit moral de le faire. Mlle Morgan est mon amie. Vous ne pouvez pas l'enfermer comme une criminelle et tout lui interdire.

Conscient d'être véhément, il s'interrompit et se racla la gorge.

— Même chose pour Mlle Olive, enchaîna-t-il, navré d'avoir omis de la mentionner.

Il ne savait plus quoi dire. Si polémiquer était moins éprouvant pour lui que lire, ce n'était pas non plus dans son tempérament. Il était probablement allé trop loin, mais tant pis.

— Clémentine a besoin de...

Il avait failli dire : « Clémentine a besoin de liberté. » Mieux valait mettre un bémol à ses propos, d'autant qu'il avait commis une bourde en l'appelant par son prénom.

— Mlle Morgan a besoin de sortir, de prendre l'air. Et Mlle Olive aussi. Comme toutes les jeunes femmes. Prendre l'air est excellent pour la santé.

Son élocution était aussi piteuse que son argument. Il n'était pas facile de s'expliquer sans révéler qu'il connaissait trop bien Clémentine.

Ce que sir Albert ne comprenait pas, que personne ne comprenait, c'était que le mariage inspirait à Clémentine une aversion radicale. Il ne s'agissait pas d'un simple désintérêt qui passerait avec du temps et de l'insistance. C'était...

— Mes filles me remercieront plus tard, déclara sir Albert qui commençait à perdre patience. Quand elles auront des enfants, qu'elles seront mères, elles comprendront.

« Quand elles seront mères. »

Clem ne le serait jamais. Archie semblait le seul être au monde à le concevoir. L'image qu'il s'était faite d'une Clémentine partant en balade avec ses enfants était une chimère. Dans son esprit, il l'avait vue sauter l'échalier, pivoter pour aider un enfant, un enfant heureux et chanceux de l'avoir pour mère, à la suivre. Il aurait du mal à chasser cette vision, sans trop savoir pourquoi puisqu'il connaissait la position de Clem sur la question et qu'il la respectait. Il était...

Il étouffa une exclamation, frappé d'une illumination subite.

— Oh, bon Dieu !

Pourquoi ne l'avait-il pas vu avant ? Il n'était pas intelligent, certes, mais pas complètement idiot non plus – du moins, se plaisait-il à le croire.

— Ça ne va pas, lord Harcourt ?

C'était Olive qui l'observait d'un air inquiet. Tous, maintenant, l'observaient avec inquiétude.

Dans son tableau chimérique figurait un homme, une vague silhouette de mari, de père. L'homme soulevait l'enfant de Clémentine pour lui faire franchir l'échalier, et le tendait à sa mère. L'homme écoutait Clémentine raconter l'histoire du chasseur stellaire qui ne parvenait jamais à rattraper l'ourse. L'homme portait les enfants ensommeillés et couverts de boue dans l'escalier menant à la nursery et souriait quand ils posaient leurs doigts poisseux sur son visage.

Cet homme, dans cette vision, c'était lui.

Enfin... ce pourrait être lui. Ces enfants pourraient être les siens.

Pourrait-il… avoir tout cela ?

Il se laissa tomber lourdement sur sa chaise.

— Archie, dit Clémentine d'une voix pressante. Qu'y a-t-il ?

Il y a que je suis amoureux de toi.

Muet, il regardait Clem, son adorable Clem dont il était amoureux, mais sa vue se brouillait. Si elle n'était pas du genre à s'évanouir, comme elle le disait, ce n'était apparemment pas son cas.

Voilà donc pourquoi il avait tellement tenu à l'emmener à la chasse, à lui faire comprendre ce que cela représentait pour lui. Il avait voulu qu'elle aime ce qu'il aimait… parce qu'il l'aimait.

Et voilà pourquoi il lui avait été si facile de renoncer à chasser et à manger de la viande : car il y avait renoncé, il le comprenait à présent.

Il l'aimait.

Il émit un petit rire.

Comment avait-il pu ne pas s'en apercevoir ? Il n'avait pas permis à cette idée de s'insinuer dans son esprit en raison de l'aversion de Clémentine pour le mariage, qu'elle clamait haut et fort. C'était la seule explication.

— Ça va ? insista Clem.

— Oui, bredouilla-t-il, secouant la tête pour dissiper le brouillard. Je vais très bien, je…

Non, il n'allait pas bien du tout. La vision de ce que sa vie pourrait être, cette belle image, lui brisait le cœur. Car Clémentine ne serait jamais sienne, telle était la réalité.

Il avait besoin de parler aux garçons. Il se releva péniblement, conscient de son comportement bizarre.

— Je viens de me souvenir…

Il braqua sur Simon un regard étincelant, un appel au secours.

— … que nous avions prévu d'assister ce soir à ce… cette réunion parlementaire.

— Une « réunion parlementaire » ? répéta Simon, ahuri.

— Oui, bien sûr ! intervint Effie. Ce comité à propos duquel vous nous avez cassé les oreilles toute la matinée.

— C'est ça, opina Archie.

Il se tourna vers leur hôte, évitant soigneusement de regarder Clem. C'était au-dessus de ses forces, il devait d'abord mettre de l'ordre dans ses idées.

— Sir Albert... J'étais tellement content de dîner avec vous ce soir que j'en ai oublié mes responsabilités.

Simon s'empressa d'embellir ce mensonge bien maladroit, et ils réussirent à se sortir de l'ornière. Fort peu élégamment, mais cela n'importait guère. Sir Albert leur était redevable, il l'avait dit et répété. Clémentine et Olive flaireraient la supercherie derrière cette « réunion parlementaire » mais, pour l'instant, Archie ne s'en souciait pas.

— Je ne sais pas quand nous nous reverrons, mon garçon, déclara sir Albert. Vous retournez à Mollybrook, et nous resterons à Londres jusqu'à une date indéterminée.

Archie faillit dire qu'il pouvait retarder, si nécessaire, son retour à Mollybrook. Il détestait Londres, mais c'était à Londres que Clémentine, la femme qu'il aimait, était retenue prisonnière. Il se sentait obligé de partager cette épreuve avec elle. Seulement... comment faire ? D'ailleurs, serait-elle d'accord ? Et que deviendrait sa mère, s'il restait ici ?

Il avait vraiment besoin de parler aux garçons. Avant toute chose. Ensuite, ils l'aideraient à s'organiser.

Dès qu'ils furent tous les trois dans la voiture, il lâcha le morceau :

— Je crois que je suis amoureux de Clémentine.

— Tu parles d'une nouvelle ! rétorqua Effie.

Simon se contenta de glousser.

— Merci beaucoup ! bougonna Archie.

— Nous sommes trop désinvoltes, excuse-nous, dit Effie.

Il essayait de se rattraper et échoua en pouffant de rire à son tour.

— Qu'est-ce que je vais faire ? gémit Archie.

— Tu te rappelles notre récente discussion, quand tu envisageais d'assumer tes responsabilités à la Chambre des lords ? interrogea Effie, reprenant brusquement son sérieux.

— Ce n'était pas une discussion, plutôt un monologue, ricana Simon.

— Je m'en souviens, répondit Archie avec circonspection.

— Que nous as-tu également dit ?

— Que j'étais « désespérément ordinaire », me semble-t-il.

— Tu es comte, mon vieux ! objecta Simon.

— Oui, mais je n'ai rien fait pour mériter ce titre et les avantages qui en découlent.

— Personnellement, je pense que tu es tout sauf ordinaire, avec ou sans titre de noblesse, déclara Effie. Et comme je te l'ai déjà dit, tu es l'une de mes personnes préférées au monde.

— C'est donc ta fréquentation qui m'empêche d'être ordinaire ?

S'ils voulaient se moquer de lui, il leur renverrait la balle.

— Non, rétorqua Effie. Comme nous te l'avons également déjà dit, c'est ta faculté d'aimer et ton indéfectible loyauté qui font de toi un homme extraordinaire.

Archie se sentit rougir.

— Tu te reprochais, lors de cette discussion, de ne rien faire de valable et d'utile, poursuivit Effie. Nous t'avons corrigé et déclaré que tu tendais la main aux autres et que tu leur donnais de l'amour. Eh bien, s'il y a des gens sur cette terre qui ont actuellement besoin de cet amour, ce sont les sœurs Morgan.

— Archie voudrait dire, me semble-t-il, que ses sentiments pour Clémentine Morgan sont différents de ceux qu'il éprouve pour Olive Morgan, fit remarquer Simon, goguenard.

— Je le sais, pauvre idiot, riposta Effie.

Il se tourna de nouveau vers Archie, de plus en plus abasourdi.

— J'essaie simplement de t'expliquer que, contrairement à ce que tu crois, ce n'est pas une catastrophe. En réalité, nous sommes devant une situation qui réclame que tu déploies tes dons naturels.

— Je... Que dois-je faire ? demanda Archie, cette fois sans gémir.

Effie haussa les sourcils.

— Ma foi, je suppose que tu vas devoir lui parler.

— Tu ne voudrais pas lui écrire une lettre pour moi ?

— Oh, bonté divine ! s'exclama Effie, levant les bras au ciel.

— Je plaisante, dit Archie qui essayait de détendre l'atmosphère et de respirer un instant entre deux questions sans réponse. Même quelqu'un comme moi sait qu'une déclaration de ce genre doit être personnelle.

— De quel genre de déclaration parlons-nous ? intervint Simon.

— À ton avis, Simon ? grommela Effie, agacé, en lui assénant une claque sur l'épaule. Sois un peu attentif !

— Je le suis. Je veux juste entendre Archie le dire, pour être sûr que lui est attentif.

— Il s'agit d'une déclaration d'amour, répondit Archie. Pas l'amour fraternel dont nous avons beaucoup parlé pendant les vacances. Le grand amour.

Alors que la voiture ralentissait et s'arrêtait finalement devant sa demeure, Archie sentit une fragile mais profonde certitude l'envahir peu à peu. Il était à la fois sûr de lui et terrifié.

— Et si elle ne partage pas mes sentiments ?

Il y eut un silence.

— L'amour ne se commande pas, n'est-ce pas ? enchaîna-t-il, répondant lui-même à sa question. Je peux seulement lui ouvrir mon cœur et tâcher de ne pas trop bredouiller. La suite ne dépend pas de moi. Sa réponse sera ce qu'elle sera, mais pour l'obtenir, je dois d'abord lui parler.

— C'est ça, rétorquèrent de concert Simon et Effie.

— Mais comment m'y prendre ? interrogea Archie dont la certitude commençait déjà à s'effriter. Dans le meilleur des cas, je suis susceptible de ruiner l'affaire. Or, les circonstances ne sont pas idéales. Il me semble qu'une déclaration d'amour requiert du panache. Ah, je regrette que sir Albert interdise à ses filles de se rendre à Hill House ! Là-bas, j'aurais peut-être une chance de parler à Clémentine en pleine nature, où nous serions tous les deux plus détendus.

Songer qu'il devrait le faire entre les quatre murs d'un salon l'empêchait de respirer.

— Comment m'y prendre ? répéta-t-il, sa certitude cédant la place à la panique. Il me faudra débarquer dans le salon de sir Albert et bégayer mon petit discours devant Clémentine et lui. En toute logique, je devrai lui demander d'abord de m'accorder quelques minutes en tête à tête avec Clem, mais je ne pourrai pas, parce qu'il me l'accordera à coup sûr.

— Et ce serait embêtant parce que… ? demanda Simon, perplexe.

— Parce que si Clémentine ne veut pas de moi, je lui aurai alors, de fait, forcé la main. Ce ne serait pas mieux qu'un enlèvement !

— Il est hautement improbable que Mlle Morgan ne veuille pas de toi, objecta Effie.

— Elle refuse de se marier. Elle l'a dit à plusieurs reprises, elle est catégorique.

Elle avait même suggéré une liaison clandestine, ce qu'il avait d'emblée rejeté. À présent, s'il ne pouvait pas obtenir mieux, il serait prêt à s'en contenter. Mais comment entamer une liaison s'il n'avait même pas l'occasion de lui parler seul à seule ?

Il laissa échapper un gémissement fort peu viril et se tapa la tête contre le dossier de la banquette.

— Pauvre Archie, compatit Effie. Quelle soirée éprouvante pour toi ! J'ai presque envie d'écrire un poème sur ton amour désespéré.

— Il n'est pas désespéré, rétorqua fermement Simon.

— Tu as raison. Disons... un amour frisant le drame, rectifia Effie avec un grand geste. Un amour flirtant avec la tragédie.

— Tu n'es pas obligé de résoudre immédiatement le problème, déclara Simon. Ramène ta mère à Mollybrook. Confie-la à Mlle Brown et reviens à Londres. Nous n'aurons qu'à inviter sir Albert et ses filles à une soirée quelconque, à laquelle il ne puisse décemment pas refuser d'assister. Nous nous débrouillerons pour le distraire et te permettre de parler à Mlle Morgan.

Il se tourna vers Effie.

— Cette lettre si importante que tu dois recevoir à Highworth ne peut pas attendre un peu ? Je crains qu'Archie ne rende l'âme avant ton retour.

Effie hocha la tête.

— Un drame se profile, je ne voudrais surtout pas manquer ça.

Archie soupira. Quel choix avait-il ?

— D'accord. Je partirai demain, j'installerai ma mère à Mollybrook, et je reviendrai à Londres vers la fin de la semaine prochaine.

— Parfait, répliqua Simon. À bientôt, messieurs. Les vacances sont terminées, je dois reprendre le collier.

— Et moi, je vais m'atteler à un poème épique qui sera lu le jour de ton mariage avec Mlle Morgan, annonça Effie.

— Elle ne veut pas se...

— Tu te prétends « ordinaire », l'interrompit Effie, mais je ne vois rien de plus extraordinaire que d'épouser une végétarienne.

Cette nuit-là, Clémentine lisait dans son lit, ou plutôt, elle ruminait avec un livre dans les mains, quand Olive apparut. D'un pas léger, elle s'approcha du lit, repoussa les couvertures et se coucha près de sa sœur, comme si c'était entre elles une habitude.

Mais ce n'était certes pas la première fois. Elles avaient dormi ensemble, par nécessité, dans les relais de poste où ils s'étaient arrêtés en rentrant de Quintrell Castle et lors de leur dernière nuit là-bas. Lorsque Clémentine avait abandonné Archie pour rester avec Olive.

— Tu ne trouves pas bizarre qu'Archie ait eu soudain, ce soir, une réunion parlementaire tellement urgente qu'il ait dû partir avant la fin du dîner ? demanda-t-elle à sa sœur.

— Oh, c'était sûrement un mensonge, répondit négligemment Olive.

— Tu crois ?

— Oui, il était trop pressé.

— C'est...

Atroce.

— Il était affreusement crispé, non ? poursuivit Olive en chipant l'un des oreillers de Clémentine qu'elle bourra de coups de poing pour lui donner la forme souhaitée. En principe, il est plus décontracté.

En effet. Il était mal à l'aise et même, à certains moments, carrément agité.

— Il ne m'a même pas adressé un regard en partant.

— Oui, j'ai remarqué. Il t'a évitée toute la soirée et, quand il a finalement pris congé, il m'a saluée avec un baisemain et un joli sourire. Avec toi, par contre, il était glacial et regardait ses pieds.

Clémentine était démoralisée. Elle n'aurait pas cru que leur histoire s'achèverait de cette façon. Vu leurs torrides rencontres des derniers jours en Cumbrie, elle pensait qu'ils auraient du mal à se quitter. Comment aurait-elle imaginé que son vieil ami ne puisse même plus supporter de croiser son regard ?

— Je suis venue comploter avec toi, annonça Olive.

Elle tenta lui voler un autre oreiller. Clémentine s'y cramponna.

— Comploter ?

Une petite bataille de polochons s'engagea, chacune essayant d'arracher l'oreiller à l'autre.

— Absolument, répondit Olive. J'ai reconsidéré mon animosité pour Hill House. Il faut persuader Père de nous y emmener. Toi et moi, nous avons besoin d'y passer un long moment.

Clémentine fut tellement surprise qu'elle lâcha l'oreiller.

— Quoi ? Mais pourquoi ? Je n'y comprends plus rien !

— Eh oui, rétorqua Olive, un sourire suffisant aux lèvres, tout en boxant son deuxième oreiller. Je reconnais que la perspective de me retirer à la campagne est assez terrifiante. Mais ce ne sera pas avant la semaine prochaine. Ou le mois prochain. Maintenant que je t'ai révélé mes tristes secrets, ils me paraissent moins lourds à porter. J'aimerais chercher la tombe de Ralph. Enfin, « aimer » n'est pas le mot juste. Je pense que je dois le faire.

Elle finit d'arranger ses oreillers et tourna vers Clémentine un regard mouillé.

— Tu m'aideras ?

— Oh, ma chérie... Bien sûr !

— Et nous avons une autre raison d'aller à Hill House.

— Ah bon ? Laquelle ? s'étonna Clémentine, tendant la main pour récupérer son oreiller.

Olive lui tapa sur les doigts.

— Archie, petite idiote ! Tu dois dire à Archie que tu es amoureuse de lui.

— Peu importe que je sois amoureuse de lui, puisque nous ne nous marierons jamais, rétorqua machinalement Clémentine.

— Je remarque que tu ne contestes pas l'évidence.

— Je...

Oh... oh, Seigneur !

Elle éclata en sanglots.

C'était vraiment mortifiant. En principe, c'était Olive qui recourait à la stratégie des larmes.

— Clemmie chérie, murmura Olive en lui prenant la main, tout ira bien.

— Je ne suis pas amoureuse d'Archie, balbutia Clémentine. Je suis juste un peu perdue.

— Il faut que vous vous retrouviez quelque part, de préférence à Mollybrook ou Hill House. Plus précisément, à l'extérieur de Mollybrook ou de Hill House.

— Ces dernières semaines ont été éprouvantes, je n'ai pas les idées claires.

— J'ai un plan. Je prétexterai m'intéresser à un gentleman de Chiddington. Si Père me croit, il nous autorisera à retourner à Hill House. Mais qui ? Telle est la question.

— À Quintrell Castle, nous ne respections pas les convenances, hasarda Clémentine qui suivait son idée. Je t'ai sans doute donné l'impression que...

— Qui ? répéta Olive. Qui serait susceptible de m'intéresser ? À ton avis ?

— Tu m'écoutes, Olive ?

— Non, je ne t'écoute pas, tu dis des bêtises.

— Je ne suis pas amoureuse d'Archie ?

— C'est une question ?
— Non.
— Dans ce cas, sois affirmative.
— Je ne suis pas amoureuse d'Archie ?
Zut, elle n'y arrivait pas !
— Tu veux aller à Hill House, Clemmie, oui ou non ?
— Oui, je le veux.
C'était vrai, indépendamment de ses prétendus sentiments pour Archie.
— Alors, aide-moi à dénicher ce fameux gentleman qui pourrait me plaire.

Il était distrayant d'observer la façon dont Olive manipulait leur père. Une accalmie dans la tempête qui secouait l'esprit de Clémentine.

Amoureuse ? D'Archie ?

Elle ne savait toujours pas comment c'était arrivé.

Mais c'était sans doute un dénouement naturel, quand on passait du temps avec un être aussi séduisant et gentil. Qui l'écoutait et la respectait. Qui la voyait telle qu'elle était.

En fait, elle ne savait pas quand c'était arrivé. Dans les romans, l'amour frappait les héroïnes comme la foudre, il s'emparait d'elles subitement et parfois violemment. Ce n'était jamais quelque chose qui se contentait de... d'être là. Silencieux mais si fort qu'on se demandait si cela avait toujours été là.

Dans les romans, les héroïnes savaient à quel moment elles étaient tombées amoureuses. Elles n'avaient pas besoin qu'une sœur cadette leur mette la vérité sous le nez.

— Vous voyez, Père, dit Olive en versant le thé dans les tasses. Clémentine n'est pas la seule qui désire retourner à Hill House.

Elle lui tendit sa tasse et, baissant la voix :

— J'ai conscience qu'elle est plus âgée que moi et que sa situation, soyons francs, est plus grave que la mienne.

Elle se tourna vers Clémentine.

— Allons, Clemmie, ne fais pas cette tête. Et ne proteste pas, tu sais bien que c'est vrai.

Elle haussait les sourcils : un message silencieux, la sommant de « faire cette tête », de protester et ainsi de suite.

— Franchement, hasarda Clémentine, jouant le rôle qu'on lui assignait, comme un pantin entre les mains d'une marionnettiste de premier ordre, tu es blessante, Olive.

— Je sais, Clemmie, mais il faut regarder la réalité en face, n'est-ce pas ? La rupture de tes fiançailles, même si les gens acceptent de croire que c'est toi qui en as pris l'initiative, a laissé une trace qui mettra du temps à se dissiper.

Olive se tourna de nouveau vers sir Albert.

— Si j'étais la première à me marier, cela servirait la cause de Clémentine, vous ne pensez pas ?

— Hmm…, marmonna sir Albert en buvant une gorgée de thé. Rappelle-moi le nom de ce garçon ?

— M. Ozymandias Macduff, répondit Olive avec une aisance et un aplomb dont Clémentine aurait été incapable.

Car cet Ozymandias Macduff sortait tout droit de leur imagination. La veille, elles avaient passé en revue les célibataires de Chiddington ayant l'âge et la situation requis, mais comme leur père les connaissait aussi, elles avaient craint que leur ruse ne se solde par des fiançailles bien réelles.

Ainsi était né le soupirant d'Olive. Ozymandias, par référence au poème de Shelley que lord Featherfinch avait fait découvrir à Olive. Macduff, en hommage à l'assassin de Macbeth – « L'un des rares protagonistes encore debout à la fin de la pièce, celui qui brandit la tête tranchée de Macbeth, avait commenté Olive. Avec un mari de cette trempe, on ne doit pas s'ennuyer. »

Clémentine ravala un gloussement.

— Il semblerait que M. Macduff ait hérité de ce vieux manoir gigantesque près de Croftly Lane.

— Je pensais qu'il appartenait à un duc. Le duc de... Devonshire ? Non, ce n'est pas ça...

Sir Albert tourna les yeux vers la fenêtre, comme s'il attendait que le duc disparu surgisse pour lui souffler la bonne réponse.

— Je crois que c'est une légende, rétorqua Olive.

Dans les environs de Chiddington se dressait effectivement un manoir abandonné qui, d'après la rumeur, aurait appartenu à un duc : qui jetterait un tel édifice aux oubliettes, sinon un duc ? Il était entouré d'une clôture en fer forgé hérissée de pointes de lances qui seraient parfaites pour piquer les têtes tranchées des ennemis du propriétaire, l'Ozymandias Macduff de leur histoire.

— Lord Harcourt nous a dit que M. Macduff était issu d'une famille de propriétaires terriens originaire de la région de Glasgow, déclara Olive qui remuait délicatement le sucre dans sa tasse de thé.

— Personne n'a revendiqué cette demeure depuis des générations. Pour quelle raison ? s'interrogea sir Albert.

— Je l'ignore, répondit Olive. Mais j'aimerais bien le découvrir.

Elles avaient inventé tout un passé à Ozymandias Macduff, mais décidé de ne le relater qu'en cas d'absolue nécessité. Mieux valait que leur personnage reste flou. Ainsi, quand il disparaîtrait, cela ne semblerait pas trop louche.

— De plus, enchaîna Olive d'un ton de conspiratrice, on raconte que M. Macduff est un descendant de Robert Bruce[1].

---

1. Robert Ier, ou Robert Bruce, roi d'Écosse entre 1306 et 1329.

D'un air triomphant, elle tourna une dernière fois sa petite cuillère dans sa tasse, qu'elle porta à ses lèvres.

Clémentine toussa pour étouffer un rire. Cette ultime fioriture, dont elles n'avaient pas discuté, parachevait la fable.

— L'automne à Hill House est agréable, concéda sir Albert, et je pense que la campagne nous ferait du bien à tous.

Avec un cri de joie, Olive se leva d'un bond et se jeta au cou de son père qui, radouci, lui tapota le dos.

— Je présume qu'il n'y a personne pour ta sœur, à Chiddington ?

Olive fit un clin d'œil à Clémentine par-dessus l'épaule de leur père.

— Oh non, minauda-t-elle. Clémentine est une cause perdue, disons-le, du moins jusqu'à la prochaine saison mondaine. Quand nous serons à Hill House, vous devriez la laisser vagabonder dans les bois à sa guise. La nature a toujours un effet revigorant sur elle. De cette façon, la saison prochaine, elle sera en pleine forme pour repartir à l'attaque. Et comme je serai une femme mariée, je pourrai la parrainer.

Sir Albert grommela ce qui semblait être un assentiment. Le cœur de Clémentine se dilata de joie. Non par rapport à Archie, mais parce qu'elle rentrait à la maison. Enfin... peut-être aussi un peu par rapport à Archie.

Peut-être beaucoup ?

Elle y réfléchirait plus tard, quand elle vagabonderait dans les bois.

— Maintenant, Père, reprit Olive en se rasseyant près de Clémentine, j'ai presque tout ce dont j'ai besoin pour aller à la conquête de M. Macduff. Mais dans toutes ces désagréables... péripéties, j'ai sérieusement abîmé mon plus joli chapeau.

— Ne t'ai-je pas donné de l'argent pour la chapelière, le mois dernier ?

— Si, mais ce chapeau était orné d'un oiseau absolument splendide. Je ne sais pas ce qu'il est devenu, il a tout simplement disparu.

Olive donna sous la table un coup de pied à Clémentine qui, cette fois, ne put retenir un rire que leur père n'entendit pas, car Olive pépiait :

— C'était mon chapeau préféré, qui me valait d'innombrables compliments. Je dois le compter parmi les victimes du naufrage qu'a été cette regrettable histoire avec M. Bull.

Olive s'interrompit soudain, joignant les mains.

— Oh, j'ai une merveilleuse idée ! Et si je commandais le même chapeau, mais orné d'un oiseau écossais de souche ? Cela me fournirait un sujet de conversation avec M. Macduff, n'est-ce pas ?

— Ma foi, ce n'est pas bête.

Sir Albert se leva et alla fourrager dans les tiroirs de son bureau. Il revint avec une poignée de pièces qu'il remit à Olive, laquelle lui sauta de nouveau au cou en chevrotant des remerciements.

— Allons, allons, du calme, marmonna sir Albert en se dégageant.

— Il faut que Clémentine m'accompagne chez la chapelière, décréta Olive quand elle fut « remise de ses émotions ». Elle sait un tas de choses sur les oiseaux, elle me sera utile.

— D'accord, rétorqua sir Albert. Je vous laisse préparer notre départ.

Sir Albert avait tendance à battre en retraite quand Olive était au comble de l'émotion. Mais là, comme ils se trouvaient dans son bureau, il les invitait clairement à débarrasser le plancher.

Après une ultime effusion de gratitude, Olive poussa sa sœur hors de la pièce. Dans le couloir, elle renifla, tapota sa coiffure et, regardant Clémentine en haussant les sourcils, mit théâtralement dans sa poche l'argent extorqué à leur père.

Les sourcils froncés, Clémentine applaudit silencieusement.

Elles attendirent d'être au bout du couloir pour éclater de rire.

— Tu as été impressionnante ! commenta Clémentine.

Olive baissa les yeux, faussement modeste.

— En route pour Hill House ! Tu vas pouvoir parler à Archie.

— Ça, je ne sais pas. Je crois qu'il n'y a rien à dire.

— Il y a beaucoup à dire, Clemmie. Et tu devras faire le premier pas, car lui ne le fera pas. Il est trop honnête pour ça.

— Que veux-tu dire ?

— Il t'a entendue rabâcher que tu refusais de te marier, que le mariage reviendrait à signer ton arrêt de mort, et autres inepties. Par conséquent, ce sera à toi d'entamer la conversation. Tu dois lui avouer tes sentiments.

— À supposer que j'aie des sentiments, répondit Clémentine, car elle n'était pas encore prête à les admettre, même devant Olive. À quoi bon l'embêter s'il ne les partage pas ?

— Tu te souviens de nos conversations, le soir, à Quintrell Castle ?

— Évidemment, rétorqua Clémentine, de plus en plus perplexe.

— Un soir, nous parlions d'Archie, et tu as dit qu'il était pacifique.

— Oui… eh bien, quoi ?

Elles étaient devant la chambre d'Olive. Celle-ci ouvrit la porte.

— Lord Marsden et lord Featherfinch t'ont fait remarquer que, quand il défend les gens qu'il aime, Archie est un guerrier.

— D'accord, mais... je ne vois toujours pas où tu veux en venir.

Olive poussa un soupir à fendre l'âme.

— Clémentine ! Pense au dîner d'hier. Avant qu'Archie prenne la poudre d'escampette, non sans nous avoir servi un mensonge cousu de fil blanc, que faisait-il ?

— Je... je ne sais pas.

— Il te défendait.

— Mais je... Non ! bégaya Clémentine.

— Si ! Il te défendait, avec véhémence, et il s'est rappelé in extremis de me mentionner.

Clémentine avait la sensation que sa peau tiraillait et picotait, comme si elle avait attrapé un coup de soleil. Elle secoua la tête, se forçant à écouter Olive qui n'en avait pas terminé.

— Maintenant, Clemmie, je vais travailler un moment à ma broderie. Je dormirai avec toi cette nuit, parce que, quand nous serons à Hill House, je présume que je ne t'aurai plus comme compagne de lit.

Sur quoi, remuant les sourcils d'un air suggestif, elle ferma la porte au nez de sa sœur.

Clémentine resta plantée dans le couloir, bouche bée, comme la pauvre cruche qu'elle était.

« Les gens qu'il aime. »

Serait-elle à ce point chanceuse ?

Aurait-elle ce courage ?

19

Fin

Quatre jours plus tard, Clémentine se présenta à Mollybrook. Elle était venue seule et espérait que nul ne s'en offusquerait. Elle aurait pu emmener une domestique, mais elle était en mission et comptait sur l'amitié qui liait les deux familles pour faire oublier cette entorse aux convenances.

Mlle Brown surgit dans le salon où l'on avait introduit Clémentine. Un sourire chaleureux aux lèvres, elle plongea dans une courbette.

— Bonjour, mademoiselle Morgan ! Quel plaisir de vous voir ! Votre famille est à Hill House pour un moment ?

— Oui, je l'espère. Je viens pour...

... *déclarer mon amour à Archie.*

Elle ne pouvait évidemment pas dire cela. Quel motif invoquer pour justifier sa visite ? Elle avait passé ces derniers jours à organiser son départ, à faire ses bagages et à voyager, pensant uniquement à réduire la distance qui la séparait d'Archie.

— Je... je souhaitais voir la comtesse douairière.

Ce n'était pas faux. Lady Harcourt ne lui avait laissé que de bons souvenirs, et elle était honteuse de l'avoir si longtemps négligée.

— C'est très gentil de votre part. Je serais ravie de vous conduire auprès d'elle, cependant je dois vous prévenir qu'elle n'est plus tout à fait elle-même.

— Je… je l'ai entendu dire, rétorqua prudemment Clémentine. Je risque peut-être de la déranger ?

Pourvu que sa présence ne perturbe pas trop la vieille dame ! Égoïstement, elle n'avait pas envisagé cette éventualité.

— Non, pas du tout. Elle aime les visites, la plupart du temps. Je tenais simplement à vous préparer, car elle ne vous reconnaîtra pas. Elle ne reconnaît plus personne, pas même son fils.

Clémentine ne pouvait naturellement pas dire à Mlle Brown qu'elle le savait, et avait beaucoup de peine pour Archie.

— Je comprends.

Mlle Brown l'entraîna vers les jardins, où lady Harcourt était assise à une petite table en fer forgé, à l'ombre d'un hêtre majestueux. Clémentine se souvenait bien de cet arbre. Autrefois, Archie et elle préféraient la campagne autour de Mollybrook aux jardins minutieusement entretenus, mais elle avait passé plus d'un après-midi perchée sur les branches de ce hêtre. Et c'était sous cet arbre que lady Harcourt organisait des jeux pour ses invités.

— Madame la comtesse, vous avez de la visite ! annonça Mlle Brown de loin.

La vieille dame pivota sur sa chaise, et Clémentine vit alors son fils, assis à la table.

Étouffant une exclamation, il se leva d'un bond.

Oh, Archie… Elle aurait voulu lui dire de se rasseoir. *Ce n'est que moi, je suis là, je suis de retour.*

Elle l'aimait tant ! Dire que, quelques jours auparavant, elle affirmait le contraire à sa sœur.

De nouveau, ils étaient deux insectes dans leur gangue d'ambre, qui se regardaient de part et d'autre de la pelouse. Elle vit la stupéfaction sur le visage d'Archie céder la place à une joie sombre. Il sourit, mais il y avait autre chose dans ce sourire, il y avait…

— Clémentine Morgan ! Ça alors ! s'exclama soudain lady Harcourt.

Archie sursauta. Comme Mlle Brown et, avec un temps de retard, Clémentine.

— Oui, je… C'est moi, bredouilla-t-elle en dévisageant la vieille dame qui ressemblait trait pour trait à Archie : ils avaient les mêmes yeux semés de paillettes vertes, brunes et mordorées. Bonjour, madame la comtesse, ajouta-t-elle en s'inclinant profondément.

— Oh, pas de ça avec moi, ma chère petite ! Vous croyez pouvoir, avec mon fils, rafler toutes les tartes dans ma cuisine, me faire des courbettes le lendemain et être pardonnée ?

Clémentine ne savait pas quoi répondre. Elle se rappelait effectivement cette anecdote. Elle avait onze ans à l'époque, Archie et elle avaient trouvé la cuisine déserte et une dizaine de tartes au citron qui refroidissaient sur la table…

Pourquoi ne pas dire la vérité ?

— Je garde un souvenir admiratif de votre cuisinière. Je devrais me repentir mais, sincèrement, je ne regrette pas d'avoir dévoré ces tartes.

À sa grande surprise, lady Harcourt éclata de rire et l'invita d'un geste à s'asseoir sur la chaise que son fils venait de libérer. Clémentine lança un coup d'œil à Archie. Il hocha vivement la tête et recula de quelques pas pour s'adosser au tronc du hêtre. Clémentine en déduisit qu'il souhaitait qu'elle continue à bavarder avec la comtesse, dans l'espoir de prolonger ce rare moment de lucidité.

— Comment va votre mère, ma chère enfant ? Il y a longtemps que je ne l'ai pas vue.

Clémentine hésita, essayant de rassembler ses pensées. Mentir la dérangeait, aussi elle opta encore une fois pour la vérité. Elle s'assit et étreignit les mains de lady Harcourt. Des mains fragiles, à la peau presque translucide.

— Ma mère est morte, hélas.

— Oh ! murmura la comtesse dont les yeux se mouillèrent. Je suis navrée. Que lui est-il arrivé ?

— Elle a eu une pneumonie dont elle ne s'est jamais tout à fait remise. Elle s'est étiolée pendant quelques années, puis, un jour, son état s'est brutalement aggravé. Elle est morte deux semaines après.

Clémentine ne mentionna pas que lady Harcourt avait rendu visite à la mourante.

La comtesse saisit ce qui ressemblait à une petite courtepointe en lambeaux, posée sur une chaise à côté d'elle.

— Je perds parfois la notion du temps, murmura-t-elle.

— Ce n'est pas grave. Shakespeare ne dit-il pas que nous sommes tous les jouets du temps ?

Clémentine crut un instant avoir perdu lady Harcourt, car son regard était soudain devenu distant, comme tourné vers l'intérieur, vers un monde invisible. Mais la vieille dame la surprit de nouveau.

— Vous vous rappelez notre excursion à Lydd, au bord de la mer ?

Déroutée, Clémentine réfléchit un instant.

— Oui, je m'en souviens !

Ce souvenir lui revenait en effet. Les deux familles étaient parties en villégiature à Lydd. Ils n'avaient pas l'habitude de voyager ensemble et, si Clémentine ne se trompait pas, ils ne l'avaient plus jamais fait.

— Nous n'y sommes allés qu'une fois, confirma la comtesse, comme si elle lisait dans ses pensées. Mon mari n'aime pas trop voyager avec votre famille.

— Ah…

Clémentine se mordit les lèvres pour ne pas rire et regarda Archie. Il partageait manifestement son amusement et, d'un geste, lui fit signe de poursuivre.

— Je me rappelle qu'Archie, Olive et moi, nous nous sommes fait tirer les oreilles. Nous avions échappé à votre surveillance, et ma mère pensait que nous nous étions noyés.

Lady Harcourt renversa la tête en arrière, scrutant le feuillage du hêtre.

— Oui... Ça remonte à quand ?

— Eh bien... j'avais cinq ou six ans, donc ça remonte à dix-sept ou dix-huit ans.

— Mon Dieu, tu es plus âgée que je ne le pensais ! Les jouets du temps ! Tu as épousé Archibald ?

— Euh...

Clémentine faillit regarder Archie, mais elle craignait que le fil qui se tissait entre la comtesse et elle ne se brise si elle détournait un instant les yeux.

— Non.

— Tu es mariée ?

Clémentine fut de nouveau tiraillée entre l'envie de rire et celle de regarder Archie. Elle résista vaillamment.

— Non, je suis toujours célibataire.

— Oh... Alors tu peux épouser Archibald.

Clémentine avait les joues en feu. Lady Harcourt, absente d'elle-même depuis si longtemps, choisissait ce moment pour se montrer d'une troublante perspicacité. Pour lire dans le cœur de Clémentine.

— Je...

— Explique-moi pourquoi tu ne devrais pas l'épouser, coupa lady Harcourt. Donne-moi une seule bonne raison.

La vieille dame parlait d'un ton irrité et roulait les épaules. Elle devenait nerveuse.

— Il vaudrait peut-être mieux que vous en discutiez avec Archibald, hasarda Clémentine.

— Je le ferais s'il était là.

— Mais il est là.

— Vraiment ? Où ? rétorqua la comtesse, jetant un regard circulaire.

Clémentine regarda Archie et l'encouragea d'un hochement de tête. Cela valait la peine d'essayer.

Après un instant d'hésitation, il s'avança et s'accroupit à côté de sa mère.

— Je suis là, Mère, dit-il d'une voix sourde.

Clémentine retenait son souffle, telle une oiselle qui pousse son petit hors du nid.

— Archibald, j'attends depuis des années que tu épouses Clémentine Morgan.

— Vraiment ? répliqua-t-il, étranglé d'émotion.

— Et toi, qu'est-ce que tu attends ?

Archie s'éclaircit la gorge.

— Il faudrait d'abord que je lui fasse ma demande.

— Eh bien, fais-le !

Archie approcha une main qui tremblait comme feuille au vent, et la laissa en suspens juste au-dessus du bras de sa mère. Il avait peur de la toucher. Clémentine comprenait. Lui non plus ne voulait pas rompre le fil ténu qui les liait, tous les trois, en cet instant et en ce lieu.

— Si tu crains la réaction de ton père, ne t'inquiète pas. Je me charge de lui, soupira lady Harcourt.

— Tenter d'obtenir l'approbation de mon père est un combat perdu d'avance, j'ai fini par m'en rendre compte, déclara Archie avec circonspection.

Il posa doucement la main sur le bras de la comtesse.

— C'est votre approbation qui m'importe. Je vous aime infiniment, Mère.

— Je t'aime aussi, mon petit. Tu es ma plus grande joie, depuis toujours.

Bouleversé, Archie posa la tête sur les genoux de sa mère. Lady Harcourt écarquilla des yeux stupéfaits, puis désemparés. Elle était de nouveau perdue. Clémentine devait la ramener à l'instant présent.

— Je crois que ta mère a raison, Archie. Elle a toujours raison. Nous devrions nous marier.

Archie releva vivement la tête.

— Je me demande pourquoi nous avons attendu si longtemps, avec tout ce qui...

Clémentine essayait de retrouver le ton léger, presque désinvolte, qui semblait avoir amusé lady Harcourt, ou du moins qui avait réussi à s'insinuer dans son cerveau confus. Mais elle avait la gorge nouée et acheva sa phrase dans un murmure :

— ... tout ce qui s'est passé entre nous.

Il fixait sur elle ce regard intense qu'il avait dans sa chambre, à Quintrell Castle.

— Jeune homme, dit soudain lady Harcourt, si sèchement qu'ils sursautèrent. Je crois que cette jeune femme va vous demander en mariage. Voilà qui n'est pas banal !

Elle fronça les sourcils.

— Quel est votre nom, jeune homme ?

Clémentine sentit son cœur se serrer.

— Archie.

— Et votre nom de famille ?

— Je suis Archibald Fielding-Burton, comte de Harcourt.

Il attendit une réaction qui ne vint pas.

— Eh bien, Archibald Fielding-Burton, comte de Harcourt, de mon temps...

La vieille dame s'interrompit, jeta un coup d'œil autour d'elle, de nouveau nerveuse.

— ... de mon temps...

Elle saisit sa tasse de thé, l'étudia d'un air anxieux et la reposa brutalement sur sa soucoupe.

— J'ai besoin de me reposer...

Une larme roula sur ses joues.

— Maman est là ?

Mlle Brown, que Clémentine avait complètement oubliée, surgit et offrit son bras à lady Harcourt en lui murmurant des paroles d'apaisement. Archie se releva d'un bond pour les escorter jusqu'à la demeure, mais Mlle Brown l'en dissuada d'un geste, gentiment mais fermement.

— Vous avez eu un après-midi mouvementé, lady Harcourt, vous souhaitez peut-être vous allonger ?

Ce n'était pas une question mais une suggestion que lady Harcourt parut accepter, puisqu'elle se laissa emmener sans protester. Elles étaient au milieu de la pelouse quand Mlle Brown lança par-dessus son épaule :

— Je suis moi-même un peu fatiguée, monsieur le comte. Si vous voulez bien m'excuser, je vais me reposer et rester auprès de votre mère pendant qu'elle fait un somme.

Ce fut ainsi que Clémentine obtint enfin ce qu'elle désirait depuis si longtemps : un tête-à-tête avec Archie.

Malheureusement, elle ne savait pas du tout quoi lui dire.

Archie ne croyait pas au destin. Après tout, il n'avait rien fait pour mériter la chance de naître avec une cuillère d'argent dans la bouche, héritier d'un comte. Il n'avait rien fait non plus pour mériter la malchance d'avoir un père qui ne le respectait pas et ne l'aimait sans doute pas non plus. Tout cela n'était dû qu'au hasard. Un coup de dés. Archie, lui, ne croyait qu'au travail, à la loyauté et à l'amitié.

Mais ce n'était pas le hasard qui avait amené Clémentine Morgan dans ce jardin, où ils étaient enfin seuls. Où elle avait, durant un bref et fabuleux moment, réussi à arracher lady Harcourt à son brouillard cérébral.

Il éclata de rire.

Ce qui n'était pas la chose à faire, à en juger par l'expression mi-déconcertée, mi-blessée, qui se peignit sur le visage de Clémentine.

Il la prit par la main et l'entraîna hors du jardin.

— Je ris parce que tu es là.

Non, il ne s'agissait pas non plus de cela.

— Je ris parce que si tu connaissais le plan idiot que j'avais mitonné pour pouvoir te parler seul à seule à Londres, tu rirais aussi. Tu te moquerais de moi et me reprocherais de tout compliquer. Alors qu'il a suffi que tu apparaisses dans ce jardin.

Clémentine laissa échapper un rire clair, adorable, qui s'envola vers le ciel bleu.

— Ce n'était pas si simple. J'ai dû, de mon côté, me livrer à de multiples manigances.

Ils suivaient maintenant une allée gravillonnée à laquelle succéderait bientôt le chemin de terre qui s'enfonçait dans la forêt.

— Je dois donc te remercier. Pour les manigances et pour m'avoir rendu ma mère.

— Je crois qu'elle est revenue toute seule.

— Quelle que soit la cause de cet intermède, c'était un merveilleux cadeau.

Ils étaient maintenant sous le couvert des arbres, un endroit qu'il jugea aussi propice qu'un autre.

Il fit pivoter Clémentine, pour qu'elle soit face à lui, et prit ses deux mains dans les siennes. Son cœur cognait à se rompre. Il n'avait pas répété, trop occupé à élaborer ledit plan idiot : il avait prévu de donner un dîner dans sa demeure londonienne, car sir Albert ne pourrait pas décliner l'invitation. Pour faire diversion, Simon et Effie casseraient une précieuse soupière, renversant du même coup le potage sur sir Albert. Archie profiterait de l'incident pour s'éclipser avec Clémentine.

Mais elle était là, devant lui.

Qui était muet comme une carpe.

Il ne lui restait plus qu'à se jeter à l'eau.

— Je pense que nous devrions nous marier.

Tiens, il y a de l'écho sous ces arbres, s'étonna-t-il. Il ne l'avait jamais remarqué.

Oh, Seigneur... Ce n'était pas l'écho, mais Clémentine qui avait dit en même temps que lui :

— Je pense que nous devrions nous marier.

Ce serait donc si facile ?

— D'accord, acquiesça-t-il, et son cœur s'envola.

— Attends...

Ah, ce ne serait pas si facile.

Clémentine fronçait les sourcils.

— Qu'y a-t-il, ma douce ?

— Je ne me laisserai pas domestiquer. J'ai essayé une fois, je ne referai pas cette erreur.

— Je n'ai pas l'intention de te domestiquer. Je veux juste t'aimer.

Clémentine fondit en larmes.

— Je t'aime, ajouta-t-il pour être plus clair. C'est un fait immuable. Mais je désire t'aimer publiquement. Et aussi en privé, sourit-il. Sans cesse.

Elle se mit à sangloter.

— Je n'ai aucune envie de te domestiquer, au contraire. Je veux être sauvage et libre avec toi.

Un torrent de larmes inondait le visage de Clémentine. Puisqu'il était lancé, autant aller jusqu'au bout.

— Je veux avoir des enfants avec toi. Je veux qu'ils soient baptisés dans l'étang de Mollybrook et qu'ils grandissent dans la forêt. Nous les nourrirons de noix et de baies, nous pataugerons avec eux dans les flaques de boue. Jour après jour, ils sauront qu'ils sont tendrement aimés.

Il s'interrompit pour reprendre sa respiration.

— Ils auront une tante et un grand-père aimants, deux oncles honoraires. Ils emmèneront leur grand-mère pique-niquer au bord de l'étang, et peut-être qu'elle sentira leur affection. Même si elle ne les reconnaît pas, peut-être saura-t-elle, d'une façon ou d'une autre, que ce sont ses petits-enfants. Le soir, nous observerons ensemble les étoiles et nous inventerons à leur sujet nos propres légendes. Les enfants s'endormiront dans l'herbe. Je les porterai dans leur chambre, je les borderai et déposerai un baiser sur leur front. Et voilà, je... je n'ai rien d'autre à t'offrir.

Il s'interrompit un instant.

— Il y a aussi le comté, bien sûr. Tu seras comtesse. Mais j'ai peur que ça ne plaide pas en ma faveur.

Elle pouffa de rire.

C'était sans doute bon signe ? En tout cas, c'était mieux que les larmes.

— Qu'en dis-tu, Clem ?

— Je dis oui, murmura-t-elle.

— Vraiment ? Tu n'es plus hostile au mariage ?

— Il semblerait que je ne le sois plus, répondit-elle d'un air surpris. Je crois que je ne pouvais m'imaginer heureuse en ménage parce que je n'avais jamais envisagé de t'épouser. Je ne comprends d'ailleurs pas pourquoi. Il est pourtant évident que nous allons bien ensemble.

— Nous avons tous les deux été stupides.

— Effectivement.

— Être stupide est naturel pour moi, mais franchement, j'attendais mieux de toi, Clem.

Elle tenta en vain de le foudroyer du regard. Elle riait, de son rire clair et mélodieux qui enveloppait Archie comme un plaid moelleux.

— Nous allons nous marier ! s'exclama-t-il.

— Nous allons nous marier, répéta-t-elle.

Il la souleva de terre et la fit tournoyer.

— Tu te souviens que tu grimpais dans les arbres pour lire des romans ? dit-il quand il la reposa sur le sol.

— Oh oui ! Ces derniers temps, j'ai beaucoup pensé à ces romans.

— Vraiment ?

— Je trouvais que la vraie vie ne ressemblait pas du tout à un roman, mais à présent il me faudra peut-être réviser cette opinion.

— Comment ça ?

— Eh bien, je ne voudrais pas être présomptueuse, mais je crois que je vais épouser un comte et être heureuse jusqu'à la fin de mes jours.

— En effet.

— Le titre de comte m'étant indifférent, je préfère dire que je vais épouser l'homme que j'aime et que j'admire le plus au monde. Avec lui, je vivrai heureuse jusqu'à la fin des temps.

Oh, il ne survivrait peut-être pas à cette journée, son cœur menaçait de flancher. Mais il mourrait heureux, sûr de l'amour de sa mère et de sa Clem adorée.

— Nous devrions grimper dans un arbre, dit-il, la gorge nouée. Qu'en dis-tu ?

Elle lui décocha un sourire suggestif.

— Je dis oui, mais à la condition que nous fassions d'abord l'amour au pied de cet arbre, sans attendre le mariage.

20

Suite et fin

Dans les romans, le jour du mariage marquait le début du bonheur éternel.

Les jours de noces n'avaient jamais plu à Clémentine, et c'était un euphémisme. Elle apprécia pourtant les siennes. Elle laissa Olive voleter autour d'elle en gazouillant, la parer comme une châsse et la traiter comme une poupée adorée. Elle trouva cela plutôt agréable, il suffisait de s'abandonner.

S'avancer vers l'autel de la chapelle de Chiddington, trois semaines et deux jours après sa visite à Mollybrook, s'était avéré étonnamment émouvant. À un moment, quand elle avait regardé les invités, peu nombreux mais chers à son cœur, elle avait failli verser une larme.

Son père, lui, avait pleuré.

Ce qui avait donné à Clémentine une forte envie de rire. Ainsi qu'à Olive, dont les yeux s'étaient mis à pétiller. Olive arborait le chapeau extravagant qu'elle avait commandé pour harponner son prétendant fictif, le fameux Ozymandias Macduff. Le couvre-chef s'ornait de deux oiseaux rouge et brun, des becs-croisés d'Écosse. La modiste les avait si bien réussis que, chaque fois qu'Olive bougeait la tête, Clémentine croyait qu'ils allaient battre des ailes et s'envoler.

Le déjeuner avait été agréable, Archie ayant veillé à ce qu'elle ait de quoi manger à sa faim. En fait, elle avait pu goûter à tous les mets, à l'exception du jambon qu'Archie avait fait disposer à l'autre bout de la table, loin d'elle. Lady Harcourt avait été calme et souriante durant tout le repas, entourée de Mlle Brown et de lord Marsden qui s'étaient occupé d'elle.

Toute la journée, Clémentine avait attendu le moment d'ôter sa toilette de mariée pour enfiler sa robe bleue et draper son châle jaune sur ses épaules.

Le cœur léger, elle sortit de la demeure.

— Lady Harcourt ! s'exclama lord Featherfinch en la voyant approcher.

Elle voulut lui dire, ainsi qu'à lord Marsden, de ne pas se lever. Trop tard.

Archie, lui, resta nonchalamment étendu sur la couverture étalée sous le grand hêtre. Il tourna vers elle un regard rayonnant d'un amour si profond et si ancien qu'elle s'étonna une fois de plus de ne pas l'avoir vu plus tôt. Tous les deux, ils avaient été vraiment stupides.

— Je vous sers quelque chose ? proposa lord Marsden.

Archie avait commandé un pique-nique végétarien pour les mariés et leurs amis, comportant les poires au miel et au vinaigre dont tous raffolaient.

— Je n'en reviens pas que vous passiez votre nuit de noces avec nous ! dit Olive.

— Nous partageons juste votre dîner, rétorqua Archie.

Il lança un coup d'œil inquiet à Clémentine.

— Juste le dîner, n'est-ce pas ?

— Oui, répondit-elle en riant. Ce soir, je rêvais de pique-niquer en plein air avec ma sœur et mes amis, dit-elle à Olive.

Tous lui sourirent.

— Nous avons des projets pour notre lune de miel, annonça Archie à Olive. Nous partons pour l'Italie le mois prochain.

— Vraiment ? C'est merveilleux !

— Nous souhaiterions que vous veniez avec nous, ajouta Archie. Vous parlez l'italien, contrairement à votre sœur et moi. Grâce à vous, notre séjour sera plus amusant.

Olive fondit en larmes et, tandis que lord Featherfinch la réconfortait, Archie chercha le regard de Clémentine. Celle-ci n'avait pas particulièrement envie d'une lune de miel mais, quand Archie avait proposé d'emmener Olive en voyage, elle n'avait pas pu refuser.

— Nous irons à Rome, bien sûr, et à Venise, poursuivit-il. Vous devrez toutefois supporter un long détour par la Lombardie, car mon épouse...

Il s'interrompit et fit un clin d'œil à Clémentine, comme si ce « mon épouse » était une plaisanterie entre eux.

— ... mon épouse tient absolument à tremper ses petons dans le lac de Côme. Or, pour ma part, je tiens absolument à ce que mon épouse ait tout ce qu'elle désire.

Cessant brusquement de pleurer, Olive roula des yeux.

— Tu as trop de chance, Clemmie. Si je ne t'aimais pas autant, je te détesterais.

— Tu oublies M. Macduff, plaisanta Clémentine.

Elles avaient continué à enrichir l'histoire d'Ozymandias Macduff. Cela paraissait amuser Olive, qui avait grand besoin de se divertir, après avoir pu se recueillir, avec sa sœur à ses côtés, sur la tombe de Ralph Scully.

— Je suis sûre que tu pourras le mettre au niveau... s'il se montre.

Les deux sœurs éclatèrent de rire, balayant d'un geste les questions de ces messieurs qui n'y comprenaient rien.

— Où irez-vous l'an prochain pour l'Escapade ? demanda Olive. Et pourrai-je de nouveau m'incruster ?

— Tu ne peux pas, Olive, répondit Clémentine.

— Oh, vous le feriez ? répondit au même instant lord Featherfinch.

Clémentine n'avait pas avoué à Olive qu'elle avait surpris leur conversation dans le couloir de Quintrell Castle. Mais de toute évidence, sa sœur et lord Featherfinch étaient devenus des amis intimes.

— Je plaisante, déclara Olive avec un grand sourire. Je comptais proposer à Clemmie que nous instaurions notre propre rituel pendant cette quinzaine de septembre. Il n'est évidemment pas question de perturber de nouveau la sacro-sainte Escapade des Comtes réservée aux hommes.

— Nous pourrions organiser notre escapade entre sœurs, maintenant que je suis une respectable femme mariée.

— Je te rappelle que tu m'emmènes en Italie. Je propose plutôt de rester ici, à Mollybrook, et de nous promener dans les bois pendant que ces messieurs n'y sont pas.

Grâce à Dieu, Clémentine allait passer une vie entière à Mollybrook. Elle ne voulait pas imposer cette retraite à Olive qui lui avait annoncé le matin même qu'elle comptait retourner à Londres après le mariage.

— Nous réussirons à trouver une solution agréable pour chacune de nous, déclara Olive, lisant dans ses pensées. Je taquinais simplement nos amis.

Elle se tourna vers eux.

— J'aimerais tout de même savoir où vous irez l'an prochain.

— Nous n'en avons pas discuté, répliqua Archie. C'est à Marsden d'organiser nos prochaines vacances.

— J'aimerais bien voir le Royal Pavilion à Brighton, annonça lord Marsden. J'ignore si les travaux seront achevés, mais il paraît que M. Nash, l'architecte, fait des merveilles.

— Excellente idée, approuva Archie.

— Visiter un bâtiment en construction… Une riche idée, vraiment, ironisa lord Featherfinch. Enfin, nous pourrons tout de même prendre des bains de mer.

Le sourire aux lèvres, Clémentine écoutait ses amis se chamailler gentiment. Quand ils eurent fini de manger, Archie, sans s'embarrasser de subtilités, pria leurs invités d'aller passer leur soirée ailleurs.

Clémentine s'allongea sur la couverture, et Archie entreprit de dénouer sa chevelure. Elle avait remarqué ces dernières semaines qu'il adorait glisser les doigts dans ses cheveux.

Elle l'aida à retirer les épingles qui retenaient son savant chignon de mariée. Quand ce fut fait, il la coucha sur le dos et se positionna au-dessus d'elle, sa silhouette se découpant, comme les branches du hêtre, sur le ciel qui s'obscurcissait.

— Clem, dit-il gravement, toi et moi, nous sommes enfin chez nous. N'est-ce pas ?

— Oui, pour toujours.

Deux semaines plus tard

— Monsieur le vicomte ! appela le nouveau laquais en entrant dans un salon de Highworth où Effie essayait de peindre une pierre tombale.

Il avait l'intention d'envoyer le tableau, quand il serait terminé, à Olive Morgan. Sa peinture ne représentait pas une tombe très précise, en tout cas pas celle de son cher Ralph. Il avait donc pensé pouvoir laisser parler son imagination. Mais l'intrusion du laquais le força à étudier son travail et à reconnaître qu'il aurait sans doute dû emporter son chevalet au cimetière et trouver un modèle.

— À quoi cela ressemble-t-il, selon vous ? demanda-t-il au domestique.

— À une pierre tombale, non ?

— C'est ça ! s'exclama Effie, rasséréné.

— Une pierre tombale sur fond de ciel vert chartreuse, ajouta le laquais.

Zut alors ! Effie avait imaginé un tableau imprégné d'une infinie tristesse. Un cimetière n'avait rien de joyeux. Puis il avait pensé qu'une stèle au crépuscule serait peut-être un tantinet moins désespérante. Il avait donc appliqué quelques touches de bleu cobalt, pour éclaircir légèrement l'arrière-plan.

Et voilà qu'il se retrouvait avec un ciel vert chartreuse des plus lumineux.

Il soupira. Qu'est-ce qui clochait chez lui, depuis quelque temps ? Il avait presque l'impression d'être… heureux ?

— Monsieur le vicomte, répéta le laquais. J'ai cru comprendre que les lettres adressées à une certaine Mlle Euphemia Turner doivent vous être remises.

— Oui !

Effie se leva si brusquement que le chevalet vacilla et que le laquais dut se précipiter pour sauver le tableau. Effie toussota.

— Oui, merci. Ce sera tout.

Une lettre d'elle. Enfin !

Il attendit en trépignant que le laquais remette le chevalet en place, traverse le salon et, avant de sortir, fasse la courbette.

Dès que la porte se referma, Effie décacheta la lettre de ses doigts tremblants.

Mlle Julianna Evans, éditrice
Le Monde Joli

20 octobre 1821,
Londres

Chère Euphemia,

Je ne suis pas prodigue en compliments, vous le savez. (Comment m'avez-vous appelée ? Une « pinailleuse indécrottable » ? Je persiste à penser que cet oxymore n'est pas digne d'un talent littéraire comme le vôtre.) Aussi, quand je dis que votre dernier sonnet est excellent, je veux dire qu'il m'a littéralement transportée. Je suis navrée qu'il vous ait été inspiré par la mort de votre chère Sally, mais j'ose croire que sa disparition n'aura pas été vaine.

Je suis cependant agacée de n'avoir pas attendu le soir pour ouvrir votre lettre. J'ai tellement lu et relu vos vers que je n'ai pas travaillé de la journée. En fait, j'ai annulé toutes les réunions que j'avais programmées ; j'ai même repoussé une visite chez l'imprimeur pour vérifier les épreuves de la publication du mois prochain. J'ai seulement honoré mon rendez-vous avec M. Glanvil, que je ne pouvais évidemment pas remettre à plus tard.

Ce qui m'amène à une digression. (Je reviendrai dans un instant à votre éblouissant Humble Lamento.*) Vous n'ignorez pas que M. Glanvil est pour moi une source de perpétuelle frustration. Mais comme il est aussi la source de mes revenus, je dois le manier avec délicatesse. Vous ignorez en revanche, car je n'ai pas jugé utile de grever notre correspondance de pareilles trivialités, qu'il a eu l'idée d'une nouvelle rubrique pour notre revue, intitulée « Conseils aux femmes mariées ». Jusqu'ici, j'ai réussi à l'en dissuader, prétextant que nous ne sommes pas ce genre de magazine, cependant* *je crains qu'il n'en démorde pas. Or, comme il se plaît à le souligner, il est le propriétaire du* Monde Joli. *Hélas !*

J'avais du mal à me concentrer sur notre conversation, plus de mal qu'à l'accoutumée, à cause de votre poème qui ne quittait pas mes pensées. Il cessa cependant de m'obséder un instant, le temps que germe dans mon esprit une brillante idée. J'ai déclaré à M. Glanvil qu'à la réflexion j'étais d'accord avec lui : une rubrique offrant des conseils aux femmes mariées pour décorer leur intérieur, gérer leur ménage et atteindre une parfaite harmonie conjugale, était exactement ce qu'il nous fallait. J'ai ajouté que je connaissais la rédactrice idéale pour cette rubrique. « De qui s'agit-il ? m'a-t-il demandé. – D'une dame mariée d'un certain âge, ai-je répondu. Une aristocrate à la réputation impeccable, mère de six enfants, responsable d'une heureuse et élégante maisonnée, et cætera. » Cela lui a plu. « Bien sûr, ai-je précisé, cette dame devra garder l'anonymat : sa propre harmonie conjugale en dépend. » Ce détail a achevé de le convaincre. Si M. Glanvil est résolu à farcir ma revue de mièvreries, j'admets qu'il a parfois des intuitions qui font vendre du papier.

Qu'en dites-vous, ma chère ? Si je suis obligée, ainsi que mes lectrices, d'ingurgiter une dose mensuelle de « Conseils aux femmes mariées », ne serait-il pas formidable que vous nous l'administriez ? Je vous le propose pour deux raisons. Premièrement, savoir que ma conseillère n'est pas celle qu'on croit m'amuserait énormément. Vous êtes une lady, bien entendu, mais vous n'êtes pas mariée ! Deuxièmement et plus sérieusement, votre perspicacité et votre compassion seront bénéfiques à nos lectrices. Elles l'ont été pour moi. Vous recevriez deux shillings par article, payables à la fin de chaque trimestre.

Si vous acceptez, je continuerai naturellement à publier vos poèmes. Et à les refuser si nécessaire, mais je constate que votre taux de refus a nettement baissé ces derniers temps. Ne pensez surtout pas que notre amitié me rend plus indulgente, je vous garantis que c'est plutôt le contraire. À mesure que les années passent et que l'estime que je vous porte grandit, mes exigences éditoriales se renforcent. Nul ne pourra m'accuser de favoritisme.

Je reviens à présent à votre sonnet. Ma chère Effie, votre vision du monde est bouleversante de vérité. Je serais honorée de publier ce poème tel qu'il est, mais je ne serais pas fidèle à moi-même si je ne vous suggérais pas quelques petites modifications, que je joins à cette lettre.

Bien à vous,

Julianna

P.-S. : J'espère que vous êtes tout à fait remise de votre malencontreuse rencontre avec ce buisson d'orties. Votre récit m'a tellement fait rire que j'ai avalé mon thé de travers.

Effie reposa la lettre avec un grand sourire. Ça alors ! Il n'était absolument pas qualifié pour dispenser des conseils aux femmes mariées ! Il allait s'amuser comme un petit fou !

Il reprit son pinceau. Au nom de quoi un ciel ne pourrait-il pas être vert chartreuse ?

Remerciements

Je tiens d'abord à remercier ma sœur Erin. Si vous connaissez mes livres, vous savez qu'en principe je suis plutôt avare de remerciements. Mais pas cette fois ! Je veux d'abord préciser que ma sœur et moi ne sommes pas Clem et Olive. On me demande souvent si mes romans sont autobiographiques, et je réponds toujours que non. Mais en réalité, quelques éléments de ma vie réussissent toujours à se faufiler dans l'histoire. Non des faits, mais des émotions. Ma sœur et moi sommes constitutionnellement différentes, et pourtant sœurs. Différentes mais semblables. Nous avons les mêmes références, les mêmes repères, qui ont abouti à des résultats différents. Plus nous avançons en âge, moins ces résultats divergents semblent importants. Ces dernières années m'ont montré qu'avoir une sœur, ma sœur, est un fabuleux cadeau. Elle a fait office de rayon de soleil dans tout ce qui a pu arriver, à nous et au monde, ces derniers temps. Merci donc, Josie, d'être là et d'être toi. Je crois que je devrais terminer par une de ces blagues que nous avons entre nous. Mais laquelle ? Nous en avons tellement ! Je dirai simplement : à bientôt sur les montagnes russes.

Les autres comptent aussi ! D'abord et surtout, Courtney Miller-Callihan, qui, comme toujours, a encaissé les coups. Quand j'ai dit : « Hé, si on faisait une romance Régence qui sort du genre ? », elle a répondu : « OUI ! »

Kelly Bowen, qui a discuté avec moi de cette histoire quand elle n'était encore qu'un magma informe, et l'a lue lorsqu'elle n'était guère plus aboutie.

Sandra Owens, qui a lu une première ébauche comme elle le fait toujours, qui a reçu un million de SMS au sujet de ce livre et de son écriture, et qui n'a pas rompu avec moi.

Emma Barry, qui a également lu un brouillon et m'en a fait un compte rendu avec la lucidité et la bienveillance qui sont sa marque de fabrique.

Rose Lerner, qui m'a aidée dans mes recherches.
Enfin, merci à toute l'équipe de Kensington, particulièrement à Elizabeth May. J'ai beaucoup de chance de travailler avec vous tous.

POUR elle

Si vous souhaitez être informée en avant-première
de nos parutions et tout savoir sur vos autrices préférées,
retrouvez-nous ici :

www.jailu.com

Abonnez-vous à notre newsletter
et rejoignez-nous sur Facebook !

14434

Composition
FACOMPO

Achevé d'imprimer en Italie
par GRAFICA VENETA
le 4 mai 2025

Dépôt légal : juin 2025
EAN 9782290414224
OTP L21EPSN002685-643528

ÉDITIONS J'AI LU
82, rue Saint-Lazare, 75009 Paris

Diffusion France et étranger : Flammarion